Javiera Paz

CUANDO LLEGUE
LA NOCHE

Papel certificado por el Forest Stewardship Council®

Primera edición: mayo de 2023

© 2023, Javiera Paz
© 2023, Penguin Random House Grupo Editorial, S. A. U.
Travessera de Gràcia, 47-49. 08021 Barcelona

Printed in Spain – Impreso en España

ISBN: 978-84-19650-54-2
Depósito legal: B-5.775-2023

Compuesto en Comptex & Ass., S. L.
Impreso en Rodesa
Villatuerta (Navarra)

GT 5 0 5 4 2

Para ti.

Para los que alguna vez fueron heridos.

*Para los que escogen la noche
cuando el día se vuelve caótico.*

*Y también para aquellos que se conocen
en la oscuridad, pero siguen escogiendo la vida.*

1
DESTELLOS

Todos tenemos máscaras, por más que nos definamos como sencillos y honestos. Todos tenemos secretos y todos mentimos alguna vez. Hay quienes utilizan máscaras gruesas, que son verdaderos hipócritas, mientras que otros solo necesitan una careta delgada para ocultar secretos pequeños.

¿Cuánto tiempo hay que esperar para quitarse esa máscara? Más bien, ¿cuál es el momento exacto en que debemos ser reales? No lo hay. No hay un espacio definido, simplemente te la sacas y ya. Y luego te quedas solo o te aceptan tal cual eres, porque sí..., así es la sociedad, lo he aprendido. La sociedad te amolda y te dice quién debes ser, cómo debes actuar y a dónde te debes dirigir. Cuando decidas ser real habrá personas hipócritas que te preferirán con máscara, otras que te admirarán por desnudarte frente a todos y por último estarán los cobardes, esos que se quedarán admirándote y no lo practicarán jamás.

Ella utiliza una máscara, una gran máscara de metal, y cuando llega la noche se la quita en la oscuridad de su soledad. Se pueden oír su llanto y sus gritos de auxilio, pero la sociedad hipócrita no está dispuesta a ayudar.

Cuando llegue la noche nos desnudaremos ante el mundo, seremos simplemente nosotros y ya nadie podrá hacernos daño.

DAMIÁN

—¡Estoy cansada de ti, Damián! —fue lo primero que escuché al despertar.

Pestañeé un par de veces, me estiré por debajo de las sábanas y traté de incorporarme. Ella no dejaba de gritarme que estaba cansada de mí, de mis problemas y de mi temperamento. Y, bueno, también de las colillas de cigarro que solía dejar en la entrada.

Me levanté y cogí en silencio el bolso que estaba en el armario. Puse dentro la poca ropa que tenía, agarré una manta y una almohada, me di la ducha más rápida de mi vida y me vestí. Me colgué el bolso en el hombro y caminé hasta la puerta.

—¡¿Dónde demonios crees que vas?! —me gritó una vez más. Esa era la forma más común que tenía para comunicarse conmigo.

—Me voy —respondí girando el picaporte sin siquiera mirarla a los ojos.

—¿Qué diablos pasa contigo, Damián? —me preguntó esta vez bajando la voz.

—Estoy cansado. —Volteé a mirarla—. Me voy de aquí para dejarte en paz. Y para que me dejes en paz tú también.

—¿Te he traído de vuelta para esto?

¿De verdad dijo eso?

La miré una vez más, vislumbrando su arrepentimiento, y luego salí de casa. ¿A dónde iría? Ni puta idea.

Caminé sin rumbo fijo alrededor de dos horas. Tenía ahorros, pero no eran suficientes para quedarme en algún lugar. Miré mi móvil repetidas veces, pero no tenía llamadas perdidas. ¿Para qué lo necesitaba? Tardé una hora en llegar al centro comercial y otra más en venderlo a un precio que me pareció adecuado. Rompí el chip y continué mi camino.

Llegué a un parque y, suponiendo que era público, busqué un árbol grande y me instalé debajo.

Demonios, ni siquiera tenía cigarrillos.

Las horas pasaban lentas y yo me hundía en mis pensamientos. El cielo se tornó anaranjado y luego se puso completamente negro, por lo que me acomodé en el césped y me quedé mirando las ramas encima de mi cabeza.

El reloj de mi muñeca marcaba las tres de la madrugada y todavía no podía dormir. Resoplé, frustrado, y miré a mi alrededor hasta que el humo de un cigarrillo llamó mi atención. Me puse de pie, agarré mi bolso y lo seguí dispuesto a conseguir al menos una calada.

El humo me llevó hasta la salida del parque, al callejón fúnebre y sombrío que estaba junto a él. Pensé en algún vagabundo pasando la noche a la intemperie como yo, pero me equivoqué. Grande fue mi sorpresa cuando frente a mí se dibujó una silueta femenina. Me acerqué un poco más para asegurarme de lo que veía, hasta que sus ojos hicieron contacto con los míos.

—¿Se te perdió algo? —me preguntó molesta.

Su cabello negro se mimetizaba con la oscuridad del callejón, pero sus ojos azules eran inconfundibles.

—Sí, una caja de cigarrillos —respondí y me detuve frente a ella.

—Es lo más doloroso que he escuchado hoy —dijo sarcástica.

—¿Me regalarías unos?

—¿Unos? —Estaba seria, su rostro no tenía siquiera un ápice de agrado.

—Está bien, solo uno. ¿Me lo das?

Sostuvo el cigarrillo con la boca mientras buscaba la caja en los bolsillos de su chaqueta, hasta que finalmente la encontró y me la extendió abierta para que tomara uno. Rodé los ojos y le arrebaté toda la cajetilla, saqué uno y, bajo su fuerte mirada azul, la guardé en mi bolso.

—Gracias. —Sonreí—. Deberías prestarme un encendedor.

—¿Qué demonios te pasa? —me increpó con valentía—. Devuélveme mi cajetilla, solo era uno.

—La noche es larga para un solo cigarrillo. Y supongo que tú volverás a casa, podrás conseguir más.

—Eres un imbécil, devuélveme mi puta cajetilla o te romperé el rostro a patadas. —Me amenazó con violencia.

—No seas egoísta.

Se acercó a mí, me observó directamente a los ojos y sin pensárselo me dio un puñetazo en el rostro enterrándome su anillo con una roca encima.

—¡Demonios! —reclamé—. ¡Es solo una caja de cigarrillos! —Me toqué la mejilla, adolorido.

—Una caja que me pertenece. —Continuó mirándome, pero no logró intimidarme como quería.

—Que te pertenecía. Ya no —dije y me encogí de hombros.

—De todas maneras, no tienes encendedor —respondió burlándose.

Metí la mano en mi bolsillo, saqué mi encendedor y se lo mostré.

—Soy como el sol: siempre tengo fuego. —Le guiñé un ojo. Estaba haciendo alusión a una frase que había escuchado en una canción hacía un tiempo. Vi que casi se le escapa una sonrisa, pero se arrepintió.

—¿Qué haces aquí a esta hora?

—Salí a mirar las estrellas.

—¿Cuáles estrellas? —Inclinó la cabeza hacia el cielo y luego bajó la mirada para posarla en mis ojos—. Está nublado.

—Hay días peores. —Me senté en la solera y encendí el cigarrillo—. Y tú, ¿qué haces aquí?

—Me escapé. —Se sentó a mi lado con confianza.

—Chica rebelde —comenté mirando la calle que se extendía frente a nosotros. Probablemente era una de las calles menos transitadas en la ciudad, se encontraba a las afueras de un parque, apenas había casas y la iluminación era bastante indecente.

—Digamos que también salí a mirar las estrellas.

—Son muy lindas, ¿no?

—Y hoy brillan más que nunca. —Sonrió.

La verdad es que ni siquiera se veía la luna.

—Iré a dormir —dije. Di la última calada a mi cigarrillo y lo pisé.

—¿En el parque?

—Sí, me gusta dormir bajo las estrellas.

—¿Puedo acompañarte? No me apetece volver a casa esta noche.

—Vamos. —Alcé el mentón indicando que me acompañara.

¿Para qué iba a hacerle más preguntas? Quizá había tenido un mal día y no quería verle la cara a nadie, o tal vez se sentía cómoda conmigo. Tenía suerte de que yo no fuera un psicópata.

Regresamos al parque caminando en silencio hasta que divisé un árbol grande y frondoso. Ella solo me seguía, como si yo fuese su mejor amigo. Toqué el césped con mis manos y noté que estaba algo húmedo, así que saqué la frazada y el almohadón.

—¿Vives en la calle? —me preguntó cuando me vio estirar mis cosas.

—Al parecer, ahora sí.

—¿Has peleado con tus padres?

—Con mi madre —confesé restándole importancia.

Cuando mi cama improvisada estuvo lista, me senté encima y ella hizo lo mismo. Me tendí mirando hacia arriba con la cabeza apoyada en mi almohada y ella me siguió.

—¿Te incomodo? —me preguntó en un tono irónico.

—No.

El silencio que vino a continuación no duró tanto, porque ella lo cortó tajantemente.

—¿Has pensado en irte a la mierda alguna vez? —me preguntó y, aunque pensé en reír, me mantuve serio.

—Muchas veces. ¿Quién no?

—¿Qué es lo que haces cuando tienes ganas de que tu vida acabe?

—¿Quieres suicidarte? —Me senté y la observé—. Si quieres hacerlo, te diría que eres una cobarde.

—¿Cobarde?

—Sí. No sabes lidiar con la realidad.

—No sabes cuál es *mi* realidad.

—No está muy alejada de la mía si estamos durmiendo en un parque. —Mantuve mi mirada en la de ella y asintió.

—No me suicidaré. Soy fuerte, aguanto unos años más.

Volví a tenderme a su lado y de un segundo a otro ella se quedó dormida. Yo también me dormí sin darme cuenta. Estaba cómodo, como nunca.

De pronto, alguien tocó mi hombro. Abrí los ojos con dificultad y me encontré de frente con un policía. Me senté y ella despertó.

—Identificaciones, por favor.

Saqué mi cédula de identidad del bolso y se la tendí. Él la miró unos segundos y luego la miró a ella.

—¿Y la tuya? —le preguntó.

—Se me ha quedado en casa, lo lamento —respondió angustiada.

—Tendrán que acompañarme. Están durmiendo en un parque privado, están violando las leyes del lugar —zanjó con dureza.

Me puse de pie con mucha tranquilidad. Prefería seguir pasando la noche en una celda que en el césped húmedo. Miré de nuevo a la chica. Su rostro era rígido, no demostraba nada, pero por su actitud supe que tenía miedo.

—¿A dónde nos llevará?

—A la comisaría. Pasarán la noche ahí —contestó con frialdad—. O al menos estarán ahí hasta que alguien los vaya a buscar.

—No —pidió ella—. Llamaré a mi madre; puedo irme a casa ahora.

—Lamento decirte que eso no va a suceder.

—Llámela usted. —Le tendió su teléfono.

El policía empujó el teléfono hacia atrás.

—La llamaremos cuando estemos en la comisaría. Ahora me van a acompañar de manera pacífica, si no quieren que los espose.

Ella respiró profundo y guardó silencio.

—Ya cálmate —susurré, con el policía detrás como una escolta.

—No puedo, nunca debí quedarme contigo. —Resopló.

—No te he obligado.

—¿Qué demonios le diré a mamá? —se preguntó a sí misma.

—Pues... si te escapaste es probable que ya te esté buscando. Ahora podrá encontrarte con más facilidad, porque estás con la policía.

Se mantuvo en silencio durante todo el camino, hasta que nos metieron al auto. Adentro había otro policía. Nos observó con expresión de cansancio y luego comenzó a hablar con el que nos había llevado hasta ahí.

Lo único que hice durante todo el camino fue mirar a través de la ventana mientras mi compañera miraba hacia todos lados muy nerviosa. Bueno, supongo que era normal. Mi privilegio era que de seguro mi madre no estaba buscándome.

Al llegar a la comisaría nos registraron y nos pidieron números de contacto.

—No tengo el número de mi madre —confesé.

—¿Y el de tu padre?

—Se debió ir cuando yo recién nací.

—Está bien. De todas formas, pasarás la noche aquí —contestó con frialdad y yo asentí en silencio—. Y estoy siendo bueno contigo, porque ya eres mayor de edad y deberías estar pagando una multa.

Me mantuve en silencio, asumiendo mi responsabilidad.

Nos encerraron en la misma celda fría. Ella no dejaba de dar vueltas en círculo mientras yo la observaba desde la única banca que había.

—¿Cómo puedes estar tan tranquilo? —me preguntó, regañándome. Solté una carcajada y la miré.

—Porque no hay nadie a quien le deba una explicación.

Ella se abstuvo de darme alguna respuesta y el silencio invadió el lugar muy rápido. Después de un rato el sueño pudo con nosotros y nos quedamos dormidos. Ella encima del banco y yo en el suelo.

—¿Bianca Morelli? Han venido por ti. —Escuché el grito de uno de los policías.

Ella despertó de un salto y se quedó mirándome.

—¿Cuándo te vas tú? —me preguntó antes de salir.

—Probablemente nunca.

Sus ojos azules se quedaron fijos en los míos. ¿Cómo alguien podía tener un color de ojos tan bonito? Sonreí ante mis pensamientos y ella frunció el ceño, confundida.

—¿Me vas a decir tu nombre?

—No —contesté—. Porque espero que nunca nos volvamos a ver.

—¿Por qué no? —Indagó en mis facciones. Su mirada parecía desencajada.

—Porque suelo llevar a la mierda a los corazones que conozco.

—Te aseguro que no has conocido a ningún corazón. Y es probable que el mío ya esté en la mierda. —Sonrió.

—¿Puedo llevarte a algo peor?

—Creo que no. —Frunció el ceño fingiendo estar pensativa.

—Entonces... —Me puse de pie y me acerqué a ella—. Soy Damián, Damián Wyde, para ser exacto.

—Fue un placer ser la víctima de un robo de cigarrillos —dijo bajando la voz.

—El placer es todo mío. —Le sonreí.

Nos quedamos mirándonos en silencio hasta que un policía nos interrumpió. Llamó a Bianca una vez más, ella salió de la celda y continuó su camino.

Nunca sabes cuándo vas a conocer a pequeños destellos de felicidad en tu vida.

Las horas pasaron y nadie venía por mí, lo que no me parecía extraño, pero ya estaba dándome claustrofobia estar encerrado por tanto tiempo. Un policía joven se acercó a mi celda, se sentó en un banco fuera de ella y se quedó mirándome fijo. Me parecía tan familiar que pensé que tal vez lo había visto en alguna ocasión anterior.

—Tu madre está viniendo por ti —me dijo.

—Prefiero dormir todas las noches aquí que en su casa.

—Me han dicho que se oía preocupada. ¿Por qué has escapado?

—No escapé.

—¿Te echó?

—Tampoco. Solo decidí irme y ella no me detuvo.

—¿Estuviste en un centro de menores? —preguntó desviando la conversación.

Rodé los ojos. Mi pasado parecía ser el culpable de todo lo que me ocurría, pero, siendo totalmente honestos, ¿quién es el verdadero culpable de que un niño llegue a un centro de menores? Creo que yo no.

—Sí. ¿Por qué?

—Deberías querer aún más vivir con tu madre.

—¿Por qué? —Solté una carcajada irónica—. Tal vez nada cambió en mi vida desde que salí de ahí.

—¿No tienes metas en tu vida?

—Definitivamente sí.

—¿Cuáles?

—Sobrevivir —confesé.

—¿Sobrevivir a qué? —me preguntó como si yo estuviese hablando insensateces.

—¿La vida no es demasiado?

2
MADERA

BIANCA

Un año después

La misma rutina de siempre: fingir que todo va bien, ducharme en ese enorme baño saturado de decoración carísima, escoger ropa de colores chillones, maquillarme para ocultar ojeras, bajar las escaleras y desayunar simulando ser parte de una familia feliz.

—¿Te gusta la universidad, Bianca? —Oí a mi madre preguntarme en cuanto me senté a la mesa. Julie se quedó mirándome un momento e intenté desviar mis ojos de los de ella. Me conocía incluso mejor que mi madre.

—Sí.

—Julie, ¿me pasas más café, por favor? —pidió Vincent, el esposo de mi madre, con quien yo me preocupaba de actuar como una chica feliz.

—Claro —respondió Julie y corrió para atenderlo.

Desde que vinimos a vivir aquí ha sido así. Mi madre fingiendo ser feliz en una mansión, Vincent fingiendo ser un padrastro excepcional y yo fingiendo ser una chica feliz. La única real parece ser Julie, el ama de llaves.

Mis padres se divorciaron cuando yo tenía siete años. Siempre pensé que todo estaba bien entre ellos, y su quiebre fue tan repentino que la peor parte me la llevé yo. Antes creía que mi padre me adoraba. Siempre salíamos por un helado, veíamos películas y nos la pasábamos bien, pero cuando las cosas se rompieron con mi madre él pareció olvidarse de mi existencia. Empezó a ocuparse únicamente de enviarme dinero con mensajes del estilo «Espero que seas feliz». Mamá encontró a Vincent un año después. Quizá se veían desde antes, no lo sé, pero vinimos a vivir con él tan rápido que ni siquiera lo pude digerir.

Ahora no hay nada que odie más que los cambios repentinos.

He vivido alrededor de diez años en esta ciudad, en esta casa que finjo ver como un hogar, donde la única que parece interesada en mi salud física y emocional es Julie. Julie es lo más cercano que tengo a una madre, y odio admitirlo, pero con los años he asumido que me quiere más que mi propia madre. Cada vez me duele menos que sea así.

—Qué bueno que te guste, mi amor —comentó ella sonriendo.

Era obvio que solo estaba preguntándomelo porque hacía cinco años se había convertido en una de las administradoras de esa cárcel.

—Disculpa, Bianca, ¿qué estás estudiando? —me preguntó Vincent.

¿Era en serio?

—Arquitectura —respondí sin mirarlo—. Y voy a llegar atrasada, así que adiós. —Sonreí de forma falsa y me puse de pie.

—Pero, Bianca, ni siquiera has com... —Escuché lo que estaba diciendo mi madre hasta la mitad, porque cerré la puerta.

Me dirigí al aparcamiento de casa, apreté el botón del llavero y mi auto encendió las luces. Era un precioso Audi A1 de color vino, regalo de cumpleaños número dieciocho de papá, aunque, por supuesto, jamás vino a entregármelo.

Me metí al coche en silencio y al fin pude respirar mejor. Eché a andar el motor y aceleré para salir de casa y dirigirme a la siguiente parada de mierda: la universidad.

Aparqué en el mismo sitio de siempre, observé en el espejo retrovisor que mi maquillaje siguiera intacto y me bajé con la mochila colgada del hombro. Caminé hasta la entrada de la universidad, me acerqué al panel de informaciones y observé mis horarios del día en la ficha.

Primera clase: dibujo.

Al menos me gustaba. Por suerte no era matemáticas o geometría.

Apenas entré al salón oí la voz de Marie, una de mis amigas, llamándome. Estaba sentada en uno de los asientos de la última fila. Me acerqué a ella y me sonrió.

—Te guardé un lugar.

Le sonreí de vuelta, colgué mi mochila en la silla y me dispuse a escuchar la clase, porque el profesor había comenzado superrápido. No resultó demasiado bien, pues Marie me desconcentraba a cada segundo para hablarme de algún chico distinto. Lo único que mi amiga hacía era describirme ojos azulados, sonrisas encantadoras, penes y espaldas grandotas. Me divertía oírla, pero a ratos solo quería que cerrara la boca.

Marie y yo nos habíamos conocido el primer día de clases y todavía estaba segura de que se acercó a mí porque soy la hija de una de las administradoras de la universidad. Jamás lo había insinuado, pero no era difícil descubrirlo.

—¿Desayunamos? —me preguntó apenas terminó la clase, cuando nos estábamos levantando de las sillas.

—Sí —contesté. No había podido comer nada en casa y ya tenía apetito.

Mientras caminábamos a través del pasillo en dirección a la cafetería se unió a nosotras Dayanne, otra de nuestras amigas, si es que así podía llamarla. De ella sí tenía la certeza de que se

21

había acercado a mí por obligación, ya que era muy amiga de Marie, pero era evidente que nunca nos habíamos ni tragado.

—¿Hoy desayunamos con la princesa Morelli? —ironizó Dayanne en el mismo tono fastidioso de todos los días.

La miré fijamente y sonreí.

—Sí, y deberías sentirte honrada por sentarte en la misma mesa que yo. —Marie rio algo incómoda, pero no me importó.

—No sé cómo puedo soportarte todos los días. —Dayanne rodó los ojos y continuó caminando.

—No sé para qué lo haces, si nadie te quiere aquí —dije y me encogí de hombros sonriéndole. Ella me miró enfadada, pero no continuó hablándome.

Dayanne era el tipo de chica que odiaba a todas las personas más llamativas que ella. El rubio platinado de su pelo me recordaba al de las protagonistas de películas para adolescentes, pero no podía negar que su metro setenta y cinco de altura opacaba a cualquiera, sobre todo cuando caminaba meneando el culo, enamorando a más de algún idiota. Le encantaba fastidiarme y, a decir verdad, yo no me quedaba atrás. Creo que empezó a odiarme cuando le pregunté si se había operado las tetas. Según Marie, se lo había preguntado intencionalmente frente a un chico que a ella le gustaba, pero no fue así. ¿Qué sabía yo?

Apenas entramos a la cafetería noté que nuestra mesa de siempre estaba ocupada por un par de chicas de un grado superior. Marie resopló molesta y Dayanne rio por lo bajo.

—Escojamos otra mesa —dijo Bea, la cuarta chica de nuestro «grupo», que se nos había unido hacía unos segundos. Ella era un poco más agradable, no hablaba todo el día de chicos y me gustaba la forma tajante que tenía de decir las cosas que pensaba. Su cabello castaño combinaba con el café de sus ojos, y era siempre la primera en la clase. La verdad, no sé cómo podía seguir juntándose con nosotras.

—No, déjenmelo a mí. —Les sonreí y caminé segura hasta el grupo. Katerina levantó la vista y la fijó en mis ojos.

—¿Qué quieres? —preguntó desafiante.

Katerina era igual a Dayanne, solo que un año mayor. Ambas compartían el gusto de fastidiarme. A los de primer año suelen hacerles una estúpida bienvenida en donde todo consiste en una humillación pública. Katerina estaba ahí, liderando aquel «bautizo universitario» para mi curso, y cuando intentó rasurarme la cabeza la golpeé hasta que tuvieron que separarnos. Desde ese día nos detestamos e intenta encontrar cualquier momento para que discutamos, pero yo no soy como las demás. ¿Por qué debía dejar que una persona sin cerebro me tratara mal?

—Siempre jodes —dije—. ¿Cuántas veces más tendremos que hablar de lo mismo?

—Hasta que entiendas que ser hija de la administradora no te hace dueña de las mesas.

—¿O sea que te irás por las malas? —Alcé las cejas.

Me desafió con la mirada, pero lo que no entendía era que para mí, más que un desafío, enfrentarme a ella era una tarea diaria. Miré a mi alrededor y, luego de asegurarme de que ninguno de los trabajadores de limpieza estuviera mirando, tomé la bandeja de Katerina y la arrojé al suelo, haciendo que su tazón de café y el plato con su sándwich se estrellaran en las baldosas blancas frente a todas sus amigas.

—¡¿Qué demonios sucede contigo?! —gritó.

—¡¿Qué?! —Reí con ironía—. ¡No puedo creer que hagas esto! —dije mientras miraba de reojo a una de las encargadas de aseo acercarse—. ¿Por qué me lanzaste tu comida, Katerina? —pregunté poniendo mi mejor voz de víctima. Hollywood estaba perdiéndose sin mí.

—No puedo creerlo, estás completamente loca. —Se puso de pie—. Señorita, juro que no hice nada, ¡fue ella!

—¿Qué les sucede? —nos preguntó la mujer, enfadada por la situación.

—No sé qué le pasa a esta loca —reclamé. —Estaba pasando por aquí y ella aventó la bandeja contra mi cuerpo.

—¿Por qué lo has hecho? —le regañó la mujer.

—¡Está mintiéndole! —gritó Katerina, molesta—. Hizo todo este teatro por esta maldita mesa.

—¿Puede creerlo? —Miré a la mujer—. ¿Cree usted que yo voy a pelear por una mesa? ¡Dios! ¡Ni que me pertenecieran! —Reí—. No sé qué demonios tiene esta chica en contra de mí, pero siempre está molestándome.

—¡Estás loca! ¡LOCA! No hice nada, lo juro —dijo poniéndose de pie.

La mujer ya se encontraba recogiendo la comida del suelo. Me agaché junto a ella para apilar los pedazos de loza y sándwich bajo la mirada incrédula de sus amigas y la expresión burlesca de las mías.

—¿Cómo que no hiciste nada? Acabo de verte yo también. No puedo creer que no te importe que esta mujer tenga que limpiar de más. —Una electricidad recorrió mi espalda al escuchar la voz de ese hombre al que pensé que no volvería a ver jamás.

Me levanté y sus ojos hicieron contacto con los míos. De pronto sentí que me faltaba el aire.

—¡¿Qué?! Ahora tienes aliados —continuó Katerina.

—¡Ya salgan de la cafetería! Tú y tus amigas —las regañó la mujer.

—Aquí tiene, señora Parker —dijo él ofreciéndole un pañuelo.

No podía dejar de mirarlo. ¿De verdad estaba ahí?

—Gracias, Damián. Tú ve a atender —le ordenó.

Me miró por unos segundos más, sonrió con sutileza y sentí que mi corazón se aceleraba. Volteó para continuar su camino, y, si no hubiese sido porque mis amigas empezaron a hablarme, habría seguido mirándolo.

—¿Quién es ese? —preguntó Marie.

—No lo sé.

—Claramente se conocían —continuó.

—Obvio. ¿A qué hombre no conoce Bianca? —se burló Dayanne.

—¡Es guapísimo! —chilló otra vez mi amiga.

—No lo conozco, lo juro —solté sin pensar.

—Qué lamentable que solo sea un peón más de esta universidad y no un estudiante.

—¿Y eso qué? —Bea enfrentó a Marie por su comentario.

—Su futuro está aquí, atendiendo a personas.

—Tal vez tenga más futuro que tú, no seas estúpida —la regañó Bea.

Ella de seguro era la chica más real que había conocido en la universidad, y aunque en cientos de ocasiones quise quitarme la máscara para actuar como lo hacía ella, no podía.

—Basta —les dije—. Desayunemos, tengo hambre.

En realidad ya no tenía apetito, pero no quería seguir hablando de él. No podía dejar de mirar en la dirección en que Damián se encontraba atendiendo a las personas en la cafetería. Entregaba cafés y sándwiches, sonreía y hasta bromeaba con algunas personas. Se veía muy diferente, parecía más alto, tenía un poco de barba sin afeitar y noté, ahora que era de día, que tenía lunares esparcidos por su rostro.

3.00 A.M.

Esa noche no podía dormir. En realidad, hacía años que no lograba dormir bien.

Escuché el ruido de la puerta del baño y mi corazón se aceleró. Caminé hasta la puerta de mi habitación y me aseguré de que estuviese bien cerrada. Sus pasos avanzaron por el pasillo hasta llegar cerca de mí. Me senté con la espalda pegada a la pared intentando controlar mi respiración para no dar señas de que estaba despierta. Le oí poner su mano en el picaporte e intentar girarlo. Escuché su gruñido al notar que estaba con pestillo y luego su uña golpeteando mi puerta tres veces, como siempre lo hacía. No respondí como lo había hecho de forma ingenua tantas veces antes. Los ojos se me llenaron de lágrimas y me puse de pie, secándome las mejillas, en cuanto escuché sus pasos alejarse.

Con la luz aún apagada escogí ropa. Unos jeans, camiseta y abrigo. Hacía muchísimo frío, parecía un eterno invierno. Envolví mi cuello con una bufanda y me puse las zapatillas. Abrí la ventana y con cuidado bajé hasta pisar el césped. Me alejé caminando de esa horrible mansión, y cuando estuve afuera de la reja me sentí libre por fin. Avancé con paso ligero, mirando hacia atrás para asegurarme de que nadie me seguía.

Mi destino fue el mismo de siempre, ese callejón que no había visitado desde que pasé la noche en la comisaría con Damián, momento después del cual estuve castigada por un mes completo. Era un callejón sin fin, angosto, e iluminado apenas por la tenue luz de un poste. A nadie se le ocurriría que ese era mi lugar favorito para ocultarme, y eso era, precisamente, lo que más me gustaba. Que nadie supiera mi paradero.

—Sabía que te encontraría aquí. —Me sobresalté y miré a quien me hablaba. Sus ojos cafés chocaron con los míos.

—Tú... ¿qué haces en este lugar?

—Luego de compartir contigo la celda en la comisaría vine cada noche a buscarte, pero jamás te encontré. Estaba seguro de que conocías este lugar mejor que yo, aunque no regresaste.

—¿Me extrañabas?

—Quería que miráramos las estrellas. —Se encogió de hombros y luego sonrió.

—Problemas —dije levantando un hombro.

—¿Un año de problemas?

—Uno más. —Reí—. Te aseguro que han sido solo... dieciocho.

—Al menos no son veinte. ¿Un cigarrillo?

—Por favor.

Sacó una cajetilla del bolsillo de su pantalón y la extendió para que tomara uno. Me ofreció su encendedor y me senté. Él se sentó junto a mí, encendió también un cigarrillo y se quedó mirándome.

—¿Qué fue eso de la cafetería? —preguntó refiriéndose al incidente de aquella mañana. Tenía el ceño fruncido, pero su expresión escondía una sonrisa.

—Katerina siempre me fastidia, se merece solo cosas malas. —Rodé los ojos.

—¿Cuánto tiempo llevas así?

—¿Así cómo?

—Fingiendo ser una persona que no eres.

Me quedé sin palabras por unos segundos. En ese momento sentí como si nos conociéramos de toda la vida. Como si hubiese tenido otras vidas y en todas él hubiese estado. Había hablado con tanta seguridad que hasta dudé de si en realidad nos habíamos visto más de tres veces, pero claro que no, por lo que rápidamente alejé esos pensamientos y me adelanté:

—Siempre he sido la misma; no me conoces.

—Un hermoso Audi, anillos de oro, aros de oro, pulseras de oro. Ropa colorida, cubierta en maquillaje y tres amigas con mentes vacías. ¿En serio? —Se quedó mirando su cigarrillo.

—Eres muy observador, Damián. Gracias. —Sonreí y de pronto me sentí muy incómoda.

—Sí, es un defecto que tengo. Perdón. Solo me pareció que te veías diferente.

—¿Diferente a qué? Si no me conoces.

—Diferente a ti. ¿No sabes a qué me refiero? —Sus ojos me recorrieron de pies a cabeza y luego sonrió—. Bien, supongo que todos tenemos máscaras.

—Supones bien. ¿Cuál es la tuya? ¿De qué está hecha? —Mi pregunta pretendía ser irónica, pero él se mantuvo serio.

—Madera, definitivamente —respondió como si supiera de lo que estaba hablando.

—¿Por qué madera?

—Porque con un poco de fuego podría quemarse y dejarme al desnudo, mostrándome tal cual soy.

—Y ese fuego, ¿dónde lo conseguirás?

—Creo que ya lo conseguí. —Me miró a los ojos y expulsó una bocanada de humo.

3
VIDA DE MIERDA

BIANCA

Damián no hablaba mucho, pero sus ojos cafés invitaban a mirarlos sin decir nada y por algún motivo no sentí la incomodidad que solía sentir cuando alguien nuevo aparecía en mi vida.

Estuvimos la mayor parte del tiempo en silencio, observando el cielo oscuro. Aunque no se vislumbraran las estrellas e hiciera mucho frío, estar en ese callejón junto a él era mil veces mejor que estar en mi casa.

Fue extraño volver a verlo, sobre todo porque nunca lo necesité en mi vida. Después de pasar la noche en la comisaría nunca pensé en él más de la cuenta, y ahora que lo tenía en frente me daba la sensación de nunca habernos alejado, por lo que sin conocerlo en profundidad supe que Damián era el tipo de persona que sientes que conoces hace mucho, que sabes que estará a tu lado de forma constante, aunque no sea físicamente. Me pareció extraño que, aunque lo hubiese visto solo dos veces y con un año de distancia entre esos encuentros, ninguna sensación hubiese cambiado.

No nos conocíamos, pero la electricidad y el vuelco en el estómago que sentí cuando nos miramos a los ojos por primera vez lo único que hicieron fue intensificarse ahora que lo tenía sentado a mi lado.

Regresé a casa una hora más tarde, aterrada de encontrar la puerta de mi habitación abierta, pero lo que vi fue totalmente diferente e inesperado: un carro policial en el estacionamiento, mi madre envuelta en su bata de dormir y Vincent en pijama. Quise escaparme de esa situación, girar sobre mis pies y devolverme al callejón, pero apenas lo intenté oí el grito enérgico de mi padrastro.

Me detuve y cerré los ojos con fuerza. Caminé despacio hacia ellos con las rodillas temblorosas, pensando en lo peor, o sea, que me castigarían de por vida.

—¡Bianca! —Mi madre se abalanzó sobre mí y me abrazó con fuerza, como si hubiese estado perdida un mes entero en vez de una hora.

Demonios, solo estaba en un lugar más seguro que esa apestosa mansión.

—Estoy bien, mamá. —Intenté calmarla—. Solo he salido a hablar por teléfono.

—¡¿Por una hora?! —alzó la voz, ahora con enfado—. ¡Dios, Bianca! Son casi las cuatro de la madrugada.

No me había detenido a ver la hora, porque en general cuando escapaba lo hacía sin el móvil, aunque eso mi madre no tenía cómo saberlo. Los policías me observaron con desaprobación y luego miraron a Vincent Hayden, al que de seguro ya conocían por su fama y su dinero.

Se despidieron de mi madre y se marcharon, no sin antes mirarme otra vez como si yo hubiese sido la culpable de haberles hecho gastar su tiempo.

—¿Quién te despertó? —le pregunté a mi madre mientras caminábamos hacia el interior de la mansión. Vincent venía tras nosotras con el semblante un poco más tranquilo.

—Vincent, por supuesto. Escuchó la puerta y me despertó de inmediato. —¿La puerta? Pero si yo había escapado por la ventana—. Bien, ahora vamos a la cama. Conversaremos de esto por la mañana.

Apenas pude cerrar los ojos en lo que restó de noche. A las siete de la mañana ya estaba dándome una ducha. Esperé pasar desapercibida e irme a la universidad antes del desayuno, pero no fue así. Mamá fue directamente a mi habitación para decirme que debíamos hablar «como familia» acerca de los problemas que estaba dándoles a ella y a Vincent.

Julie tenía puesta una taza de café para mí junto a mis medialunas favoritas. Se lo agradecí, pero mi estómago estaba hecho un nudo, por lo que no toqué nada. Mi mirada se fue hacia la de mi madre. La opinión de su esposo ni siquiera quería oírla.

—¿Por qué estás escapándote por las noches? —me preguntó con semblante severo. De inmediato sentí cómo mis ojos empezaban a arder y mi garganta a apretarse, por lo que me obligué a beber un poco de café.

—No me he estado escapando, mamá. —Rodé los ojos, fingiendo que era algo sin importancia.

—¡Deja de hacer esos gestos, Bianca! —Subió el volumen de su voz y noté que Vincent le cogió la mano para tranquilizarla—. Pensé que ya habías superado tu etapa de rebeldía hace un año. ¿Acaso te has vuelto a ver con ese delincuente? ¿Aquel chico con el que estuviste encerrada en la comisaría?

—No, por supuesto que no. Solo salí a hablar por teléfono y se me pasó la hora.

—¿Con quién hablabas?

—Con una amiga.

—¿Cuál amiga?

—¿Qué demonios ocurre contigo, mamá? —solté de mala forma. Tal vez iba a ganarme una buena bofetada, pero estaba cansada, no podía escuchar ni un segundo más su voz culpándome por todo lo que sucedía—. ¿Desde cuándo desconfías tanto de tu hija? *¡Solo salí a hablar por teléfono!* —dije marcando cada palabra—. ¿Cuál es la parte mala?

—¡Llamé a la policía por ti!

—¡No te pedí que lo hicieras!

Julie me observaba de reojo, pidiéndome con un gesto sutil que mantuviera la calma, pero no podía ni tampoco quería hacerlo.

—Esta tarde vendrá el cerrajero, le quitará el pestillo a la puerta de tu habitación —informó tajantemente.

Pestañeé, incrédula, esperando que se retractara, pero no lo hizo. Sentí que me lanzaban un vaso de agua fría en la espalda y la ira comenzó a subir por mi cuerpo. No tenía sentido alguno hacer una cosa así. Un millón de posibilidades cruzaron por mi cabeza. ¿Cómo no se percataba de las noches horrorosas que vendrían si hacía eso?

Un dolor me recorrió de los pies a la cabeza.

—¿Te has vuelto loca? —pregunté en tono más bajo—. Es mi privacidad, es mi habitación, mamá.

Vincent, al parecer, no soportó escucharnos un segundo más, ya que se puso de pie y se dirigió a la sala.

—Vincent dice que es una buena idea para poder supervisar que estés en tu habitación. Y creo que tiene razón. —Me sonrió y se quedó mirándome, como esperando que sonriera yo también.

No fui capaz de responder nada más. Sentí los ojos llenos de agua, pero no quería llorar, no otra vez. Cogí mi mochila y salí por la puerta de la cocina directa al aparcamiento, sin siquiera volver a mirar a Julie, que era la más preocupada por mí.

¿Cómo mi madre podía pensar que quitarle el pestillo a mi puerta era una forma de protegerme?

DAMIÁN

Antes de entrar a casa encendí un cigarrillo. Por el volumen de la música que venía desde dentro deduje de inmediato a lo que iba a enfrentarme, otra vez. Respiré profundo, me fumé el cigarrillo en silencio y cuando terminé lo aplasté con un pie contra el cemento. Metí las llaves en el picaporte y entré intentando pasar inadvertido. Caminé por el pasillo, pero me detuve cuando vi a la mujer que me dio la vida sentada en el sofá, desprolija y con los ojos medio cerrados. Lo único que parecía tener vida dentro de su cuerpo eran los débiles y destrozados latidos de su corazón.

—Damián. —Su tono transmitía dolor. Sabía que mi madre sufría, aunque nunca me había contado qué le había pasado como para llegar al extremo de emborracharse hasta la inconsciencia.

Me acerqué hasta donde estaba, apagué la radio y la oí quejarse.

—¡¿Por qué apagas la música?! —gritó.

La observé en silencio. Solo podía sentir lástima por aquella mujer que alguna vez fingió estar bien para mí. La acomodé con esfuerzo en el sofá para que quedara tendida. Su cuerpo parecía pesar mucho más cuando se embriagaba. Intentó zafarse de mi agarre, pero igualmente la acomodé.

—¡Te traje un ron del bueno, Damián! —exclamó y luego se rio sin motivo.

—Sabes que no bebo —contesté tajante, pero ella continuó riendo, como si le hubiese dicho un chiste.

—No sabes aprovechar tu puta vida —murmuró.

—Mejor duérmete, mamá.

Dejé ahí su cuerpo débil y lleno de alcohol y me dirigí a la cocina. El refrigerador seguía vacío, las baldosas del suelo estaban sucias y desprendían un olor repugnante.

¿Por qué debía seguir viviendo una vida de mierda después de haber estado por diez años en un centro de menores?

Respiré hondo, cogí un trapo y comencé a limpiar esa mierda que no me pertenecía.

Y es que así era desde que ella se encontraba «rehabilitada».

Cuando salió del encierro estuvo al menos tres meses bien. Consiguió un trabajo estable, cenábamos juntos, conversábamos de cosas cotidianas. Hacíamos todo lo que supongo hacen una madre normal y un hijo normal. Pero luego vinieron las recaídas, y jamás se fueron. No sé cómo lograba siempre conseguir alcohol. No sé si se vendía para conseguirlo o si tenía algún amigo o amiga que se lo diera sin más.

Mi madre bebía hasta que su cuerpo no daba más y expulsaba hasta el alma en cualquier sitio. Obviamente, yo debía hacerme cargo de limpiar las huellas de su intoxicación. En los bares ya nos conocían. De hecho, en el que solía frecuentar tenían mi número para avisarme cuando la vieran entrar. Así era. Yo debía seguirla, cuidarla, vigilarla; debía recoger su mierda, sus vómitos, lavar su ropa y regalarle un poco de la dignidad que se le esfumaba cuando el alcohol se metía en sus venas. Yo era el que la sacaba de las calles y me peleaba con ella para que no vendiera todo lo que tenía a su alcance para conseguir medio litro de algo que ni siquiera rozaba la calidad.

Caminé hasta mi habitación, dejé la ropa de trabajo sobre mi silla y abrí el cajón con llave del escritorio. Miré los billetes unas cuantas veces, cerré la puerta con pestillo y comencé a contarlos. Había estado juntando dinero durante los últimos meses, desde que a mi madre le habían vuelto las recaídas prolongadas, pero todavía no me alcanzaba para arrendar algo y marcharme solo.

Volví a guardar el dinero después de asegurarme de que todo seguía en orden y salí de casa.

Caminé por las calles que conocía al revés y al derecho, calles angostas y llenas de historias, calles en donde tienes que estar alerta o probablemente termines sin pantalones ni zapatillas. Doblé hacia la izquierda levantando el mentón cuando vi a un chico que conocía. Un poco más allá estaba ese lugar en el que siempre me recibían con los brazos abiertos. Cómo no, si lo único que yo hacía ahí era entregar dinero.

—Damián. —Escuché la voz de la vieja Esther antes de llamar a la puerta. Estaba sentada en el mismo lugar de siempre, fumando un cigarrillo y tejiendo, maniobrando ambas cosas como una experta—. Ven aquí, hijo.

Me acerqué y le sonreí en un gesto de saludo. Me senté a su lado y sonrió también. Cualquier persona cuerda sabía que era mejor tener a la vieja Esther de amiga que de enemiga.

—¿Vienes por lo mismo?

—¿Por qué más?

—¿Qué es lo que te trajo hoy?

—Mis pies —respondí y exageré mi sonrisa. Ella negó con su cabeza.

—Tú y tu humor, ¿ah? Vengo enseguida.

Pasaron unos minutos y la vieja Esther ya estaba de vuelta con lo que había ido a buscar.

—Listo. Pensé que tardarías un poco más en volver —dijo y me entregó la pequeña bolsa. Me encogí de hombros y le pasé el dinero.

—Pensaste mal.

—¿Cómo está tu madre? —Encendió otro cigarrillo y me sonrió. Desde que la había conocido, hacía dos años, siempre que la vi estaba fumando.

—Hace cinco días no la veo sobria.

—Dios, qué desperdicio de mujer —comentó expulsando humo por la nariz.

Intenté ignorar ese comentario. No quería que me afectara y terminara molestándome.

—Ya debo irme. —Me puse de pie, forcé una mueca parecida a una sonrisa y me marché.

Esa noche no quería regresar a casa. Solo esperaba poder drogarme hasta despegar mis pies del cemento, hasta que todo a mi alrededor empezara a moverse a cámara lenta para imaginar que nada era real, que yo no estaba viviendo esta vida de mierda.

BIANCA

Había pasado una pésima noche, así que esa mañana salí de casa mucho más temprano de lo habitual, sin desayunar ni ver a nadie.

Llegué a la universidad como un zombi, me pesaban los pies y sentía que iba a caerme en cualquier minuto. Me metí en la biblioteca. De seguro nadie me encontraría en ese enorme sitio de dos pisos con libreros que alcanzaban los dos metros de altura, porque todos sabían que no me gustaba leer.

Me senté sola en uno de los pasillos menos transitados, el de los libros antiguos. Era un poco tenebroso, pero quería refugiarme en esa oscuridad.

—Disculpa. —Escuché una voz femenina. Saqué mi cabeza de entre mis piernas y levanté la mirada algo desorientada. Al parecer me había quedado dormida—. ¿Piensas pasar la noche aquí?

—¿Qué? —Me incorporé de a poco hasta que estuve de pie. Saqué el móvil de mi mochila y vi que tenía doce llamadas perdidas de mis amigas y una de mi madre. Me fijé en la hora. Las 19.49—. Dios, no me di cuenta.

—La biblioteca cierra a las ocho —informó la chica, que parecía de mi edad, aunque era un poco más baja.

—Sí, ya me voy.

—¿Te encuentras bien? —Por su tono parecía que estaba verdaderamente interesada en saber.

—Sí, sí. ¿Por qué preguntas? —Fruncí el ceño.

—Porque te ves como la mierda —soltó con descaro. No pude evitar sentirme enfadada y fruncir el ceño aún más. Me pareció muy ofensiva—. Tengo un poco de maquillaje entre mis cosas —agregó, y ahí empezó a agradarme.

—Me vendría bien —opiné sonriendo. Me dolían el trasero y la espalda.

—Soy Paige —dijo mientras caminábamos hasta el mesón de las bibliotecarias.

—Y yo Bianca.

—Lo sé. —Rodó los ojos—. ¿Quién no te conoce? Eres la hija de Claire Hayden.

—Sí. —Solo en ese momento recordé que tenía mamá... y también recordé quién era.

Paige me tendió un espejo y su cosmetiquero, se sentó frente a mí y comenzó a hablar como si nos conociéramos de siempre. Era agradable, pero yo había tenido un día duro, así que no pude responder de la misma forma. Comencé por quitarme el maquillaje de los ojos, que se me había desparramado.

—¿Trabajas aquí? —le pregunté luego de haber escuchado un sinfín de cosas que ni siquiera entendí.

—Sí. De alguna manera tengo que pagar esta universidad.

—¿Y tus padres?

—No todos los padres del mundo son millonarios —dijo mirándome fijamente. Recibí su indirecta en silencio. Lo último que quería era hablar de mis padres; menos de mi padrastro—. Lloraste toda la tarde —comentó bajando la voz.

—¿Estabas vigilándome?

—Es que ocupaste el lugar donde me quedo dormida.

Me reí por su comentario y ella también rio.

—Lo lamento.

—Da igual.

Terminé de ponerme máscara de pestañas y le devolví sus cosas.

—¿Me veo mejor? —La miré, ella entrecerró los ojos, analizándome, y luego asintió.

—Aprobada, aunque todavía tienes esos putos ojos hinchados.

—Sí. ¿Qué se hace para disimular que uno ha estado llorando?

—Sea por lo que sea que estabas llorando, no vale la pena.

—Supongo que no. —Sonreí de mala gana—. Está bien, debo irme. Gracias.

—Adiós, Bianca. —Levantó una mano en señal de despedida y yo hice lo mismo—. ¡Mañana no quiero verte aquí! —gritó cuando ya me había alejado y solté una risa. Su personalidad me divertía.

Ya no importaba que mi puerta no tuviera pestillo; no volvería a quedarme en mi cuarto por ningún motivo. Habían violado algo que me pertenecía, mi privacidad. La privacidad del único lugar de esa mansión donde me sentía «protegida».

4
ADRENALINA

BIANCA

Llegué a casa sin querer dirigirle la palabra a nadie, pero para mi mala suerte Julie estaba en la cocina preparando la cena. La miré un momento y solo pude enseñarle una sonrisa.

—Estuviste llorando —pronunció antes de saludarme.

—Pensé que lo había ocultado bien. —Reí, pero ella se mantuvo seria. Dejó la carne en el horno y se dirigió directamente hasta donde yo estaba—. ¿Qué te pasó?

—Nada, Julie. La universidad está algo dura.

—No mientas —me enfrentó con carácter—. Siempre traes buenas calificaciones y ni siquiera tomas un cuaderno para estudiar. Te pasa algo. ¿Sabes que puedes confiar en mí? —Esta vez aflojó su mirada y se sentó a mi lado.

—No, y si me pasara algo no vendría a contártelo.

—¿Por qué no? —Frunció el ceño—. Antes lo hacías.

—*Antes* —recalqué.

Julie negó con la cabeza, se puso de pie y, antes de ir a preparar la pasta, se quedó mirándome fijo.

—Hoy salías a las tres de la tarde. —Al parecer decidió ignorar lo desagradable que estaba siendo con ella.

—Trabajos. —Me encogí de hombros, pasé a su lado y me fui a mi habitación.

Todavía no llegaban mi madre y Vincent, por lo que aproveché para cambiarme de ropa. Qué incómoda sensación esa de saber que en cualquier momento podía entrar alguien a mi cuarto sin siquiera llamar. Amarré mi cabello en una cola de caballo, me cepillé los dientes y luego me tendí en la cama con el móvil. Apenas estuve en línea Marie comenzó a escribirme.

Marie: ¿Por qué no fuiste a clases hoy? Jamás faltas.

Bianca: Me sentía enferma, pero ya estoy mejor.

Marie: Ese chico de la cafetería no dejaba de mirarnos, parecía preocupado. Claramente estaba buscándote.

Bianca: Estás loca, ni lo conozco.

Marie: ¿Me crees estúpida?

Marie: De todas formas, está bueno.

Se me subió la molestia al cerebro. ¿Por qué estaba diciendo que Damián estaba bueno, si lo había despreciado? Opté por cambiar de tema.

Bianca: ¿Qué hicieron hoy?

Marie: ¿Puedes creer que Dayanne se acercó a comprar solo para que la atendiera él?

Lancé el teléfono y se estrelló contra el clóset. Puta Dayanne.
La puerta de mi habitación se abrió de pronto y sentí un terror que me hizo saltar de la cama y ponerme en posición de defensa.

—¿Qué sucede? Soy yo. —La miré fijamente y recuperé mi temple sereno, aunque seguía enfadada con ella por quitarle el pestillo a mi puerta.

—¿Qué quieres, mamá? —Me senté en la cama, rígida y tensa.

—¿Vas a salir?

—Sí. No me esperes despierta hoy. Y, por favor, no llames a la policía.

—Mañana es viernes, tienes clases. —Parecía incómoda, como si estuviese hablando con un desconocido y no con su hija.

—Lo sé, pero Marie nos invitó a una pizzería. Tal vez nos quedemos en su casa.

—¿Quiénes? —Alzó las cejas, desafiante. Por supuesto no me creía nada.

—Bea y Dayanne.

—Está bien, pero avísame cuando estén en casa.

—Claro. —Sonreí sin ganas.

—Entonces ¿no cenarás con nosotros?

Ni en un millón de años.

—No, lo lamento.

Julie no volvió a molestarme con sus preguntas al hueso, por fortuna. Me ponía de mal humor que intentara sacarme información. No me gustaba hablar de mis problemas. ¿Para qué iba a amargar a los demás con todos mis asuntos?

Salí casi a las once de la noche de casa esperando que mamá y Vincent se encontraran en su cama. Esta vez usé la puerta. Me encargué de pedirle a Marie que me cubriera y aceptó a regañadientes. No le gustaba meterse en problemas... y tenía bastante claro que a mí los problemas me sobraban.

Caminé directo hacia el callejón. Esperaba encontrarme con Damián, pero cuando llegué no estaba. Encendí un cigarrillo y me dediqué a pensar. ¿Cómo haría para escapar todas las noches de esa horrenda mansión? ¿Por qué papá me había dejado a la deriva junto a un hombre extraño? ¿Por qué no decidió llevarme junto a él a donde fuese? Hubiese preferido eso que soportar a una estúpida enamorada del fundador de la joyería más grande a nivel internacional: el famoso y prestigioso señor Hayden. Si alguien se enterara de que su hijastra sale cada noche a fumar cigarrillos a un callejón me mataría, pero ¿qué más me daba a mí?

—¿Me tardé mucho? —Su voz me sacó de mis reflexiones.

—No. —Damián se sentó a mi lado, sacó la cajetilla de su bolsillo y encendió un cigarro.

—¿Te puedo hacer una pregunta? —Lo miré en silencio esperando que continuara—. ¿Por qué crees que el destino se esfuerza tanto en juntarnos?

—Tal vez podemos ser buenos amigos.

—No tengo muchos amigos.

—Tal vez tú tienes algo que yo necesito y yo tengo algo que tú necesitas.

—¿Qué podría tener una persona como yo? —Sonrió y el humo salió expulsado de su boca.

—¿Un lugar a donde ir esta noche?

Esta vez soltó una carcajada y se quedó mirándome como si leyera mi mente.

—¿Un lugar como cuál? —preguntó con las cejas alzadas.

—Alguna mierda en la que puedas despegarte de la realidad.

—Pues creo que tenías razón. —Se levantó, arrojó el cigarrillo al suelo y lo aplastó con el pie—. Tengo lo que necesitas. ¿Vamos?

Me puse de pie sin pensarlo.

Estuvimos caminando alrededor de veinte minutos por calles angostas y mal iluminadas que yo no había pisado jamás y que él parecía conocer de memoria. Por cada paso de Damián, yo daba tres. Caminaba de forma segura y yo decidí imitarlo.

—¿A dónde vamos? —me atreví a preguntar cuando llegamos a lo que parecía un callejón sin salida.

—A buscar a mi novia.

¿Era en serio?

—¿Es broma? —Me detuve en seco y él se detuvo también, más adelante. Giró la cabeza y me miró.

—Por supuesto que no, ¿tengo cara de estar bromeando?

—¿Cómo lo iba a saber? Después de todo apenas lo conocía. Me observó con seriedad y sentí ganas de volver sola, pero no tenía idea de dónde estaba, así que seguí caminando tras él.

Llegamos a una casa algo deteriorada. Damián silbó un par de veces de una manera particular y las luces se encendieron. La ventana que daba hacia la calle se abrió y esperé ver a una chica. Me sorprendí cuando un chico de más o menos nuestra edad se asomó.

—¡Ya está lista! —le gritó a todo pulmón y yo me preocupé pensando en los vecinos.

Damián me observó de reojo. Parecía estar disfrutando el momento, pero la situación a mí no me hacía una pizca de gracia. ¿Qué me interesaba a mí conocer a su novia? ¿Por qué no me lo había dicho antes?

La puerta de entrada se abrió y el mismo chico se asomó. Tenía el cabello rubio, los ojos oscuros y era tan alto como Damián.

—Ella es Bianca. Bianca, este es Owen.

Owen alzó la mirada, me sonrió de forma amigable y nos hizo entrar.

—Viene a conocer a mi novia —comentó Damián y Owen soltó una carcajada.

—¡Y está más bella que nunca!

Caminé en silencio, nada emocionada de conocer a su chica. Fuimos hasta el patio trasero y entramos a un garaje lleno de herramientas, ruedas, volantes, alarmas. En medio había un bulto cubierto por una manta que Owen quitó de un jalón.

—Te presento a la novia de Damián, la única que va a tener en su puta vida. —Una motocicleta quedó al descubierto y yo me sentí estúpida.

Damián se acercó para revisarla mientras Owen le informaba de todos los cambios que había hecho. Aunque yo no entendía demasiado de motocicletas, esta me pareció bellísima. Era negra, grande y original.

—¿Vas hoy? —Damián sacó su mirada de la moto y la fijó en su amigo.

—Sí, llevaré a Bianca para que conozca un poco.

—Solo por hoy —advirtió Owen —. Recuerda que el sábado comienza.

¿Comienza qué?

Owen ayudó a Damián a trasladar a su novia hacia la calle y le tendió un casco.

—¿Tienes otro? Para Bianca.

—Sí, enseguida vengo.

En cuanto estuvimos solos solté mi lluvia de preguntas.

—¿Sabes conducir?

—No demasiado bien —contestó con tranquilidad.

—¿Es tuya?

—Sí.

—¿Cómo la conseguiste?

—Me la gané.

—¿Dónde?

—En el sitio al que iremos ahora.

—Está bien. Lo único que te advierto es que no quiero morir esta noche, ¿va?

—Te prometo que haré lo posible para que eso no suceda.

—¿Lo posible?

—No puedo hacer lo imposible.

—¿Por qué no?

—Pues porque es imposible —contestó, como si la respuesta fuese demasiado obvia. Rodó los ojos y sonrió—. Ahora súbete o llegaremos tarde.

Owen regresó con el casco, me lo puse y Damián se acercó para apretármelo. Sentía que era dos veces más grande que mi cabeza y que se movía para todos lados. Él se puso el suyo, se sentó frente al volante y partimos.

—Afírmate —dijo, y yo obedecí.

Me aferré a su cintura y sentí su abdomen contraído. Nunca me había subido a una motocicleta, pero alucinaba con hacerlo. Adoraba las películas de acción y muchísima locura, pero ahora que estaba sentada detrás de Damián mis rodillas temblaban.

Después de unos minutos logré calmarme y empecé a mirar a mi alrededor. Todo parecía moverse rápido y la adrenalina se convirtió en mi mejor amiga. No fue un viaje demasiado largo, pero duró lo suficiente como para quedar fascinada.

Doblamos en una esquina y llegamos a una calle ancha alejada de la ciudad. Había más motocicletas y automóviles aparcados, parlantes con luces fluorescentes de los que salía rock, chicos riendo, bebiendo y pasándose dinero. Entramos a baja velocidad y las miradas se dirigieron a Damián. Estacionamos en un sitio libre, él se bajó y me estiró una mano para ayudarme a que yo también lo hiciera. Me saqué el casco y sentí sobre mí algunas miradas. La gente se acercó a saludarlo como si fuese el líder de aquel sitio.

—¡Damián! Al fin te dignaste a presentarnos una novia. —Un chico se acercó a nosotros y lo abrazó. Lo miré sonriendo, sin decir nada, hasta que me saludó con un gesto de cabeza. Su figura imponente atemorizaba a cualquiera.

—Es una amiga. Hoy corro con ella —dijo, y todos me miraron como si estuviera loca.

¿Correr? ¿Conmigo?

—Agradece que hoy es amistoso —comentó el chico y sonrió por fin.

—No soy un idiota, Daven.

Jalé el brazo de Damián, que estaba dándome la espalda.

—¿Qué? —preguntó volteándose.

—¿Cómo que voy a correr contigo?

—Tú querías salir de la realidad, ¿o no? —Buscó la cajetilla en sus bolsillos, tomó un cigarrillo y lo encendió tranquilamente. Lo miré en silencio. Estaba loco, sin duda, pero me quedé junto a él porque yo también lo estaba.

De pronto las personas se concentraron en un círculo, alguien bajó el volumen de la música y un tipo empezó a llamar a viva voz a quienes correrían. Damián movió las cejas de arriba abajo, mirándome, y sin pensarlo demasiado acepté.

Me fijé que otros chicos se acercaban al lugar de partida con sus acompañantes, pero ellas, a diferencia de mí, se aferraban de la parte de atrás del asiento, no de la cintura del conductor. ¿Qué demonios?

—Hay una regla —dijo Damián girando la cabeza para mirarme.

—¡¿Y me la dices ahora?! —Me alteré pensando en que debía sacar mis brazos de su cintura y él rio por lo bajo.

—Solo afírmate de atrás y ya.

—No.

—Bianca, esto ya va a comenzar.

—No me importa, me niego —dije tajante y me aferré más a su cuerpo.

Todas las chicas comenzaron a mirarme, así que lentamente desprendí mis brazos. Eso hasta que partimos. Sentí un jalón tan fuerte que volví a abrazarlo como si fuera mi héroe.

El viento me agarró de frente y de un momento a otro olvidé todo lo que estaba pasando a mi alrededor. Su promesa era cierta: me estaba despegando de la realidad. Él había cumplido. Me olvidé de que estaba viviendo una vida desastrosa, olvidé todos los problemas que tenía y todo ese cuento de «la familia feliz». Qué bien se sintió. Ni siquiera se me cruzó por la cabeza que el que iba conduciendo era un completo desconocido al que había visto un par de veces; un desconocido con el que lo único que compartíamos era el gusto de ir al mismo callejón y fumar cigarrillos. Mi corazón latía con fuerza y, pese a que en las curvas sentía que iba a tocar el suelo, me sentía segura. Damián me había dicho que apenas sabía conducir, pero lo cierto es que era un experto, y que por ningún motivo se dejaría caer o perder.

Tomamos la delantera por muchísimo. No supe qué estaba pasando a mi alrededor hasta que oí de nuevo la música y a la gente gritando expresiones de celebración alrededor nuestro. Estaba aturdida, intentando sacarme el casco, cuando sentí un empujón en las rodillas.

—¡Hey! ¡¿Qué demonios te pasa?! —Escuché la voz de Damián defendiéndome.

Me puse de pie lo más rápido que pude, descolocada. Una chica alta, morena, curvilínea y voluptuosa me miraba con cara de querer asesinarme.

—¡Eres una puta tramposa! —me gritó acercándose a mí.

—¡¿Qué mierda sucede contigo?! —Alcé la voz consiguiendo que toda la atención se fuera a nosotras y se les olvidara por completo que Damián había ganado.

—La primera regla es afirmarse de atrás, no de la cintura del que va conduciendo.

—¡Métete esa puta regla por el culo! —le grité y se escuchó una ola de carcajadas. El rostro de la chica se desencajó.

—¡Hija de puta!

¿Qué demonios le pasaba a esa loca? ¿No se suponía que era una carrera amistosa? Se acercó a mí y me dio un puñetazo. Esta vez no me quedé atrás, me defendí y comencé a golpearla con mis puños en su rostro. Le di unas cuantas patadas también, y en eso unos brazos me rodearon la cintura y me alejaron de ella. Intenté zafarme sin dejar de mirar a la morena que estaba siendo ayudada por otro chico.

—¡Cálmate! —dijo Damián.

—¡Suéltame! —reclamé con voz ahogada.

Obedeció y me dediqué a respirar en vez de ir a golpear nuevamente a la chica. En cambio ella, en cuanto la soltaron, corrió hacia mí. Noté que llevaba una navaja en su mano y me aterré, pues yo no tenía nada para defenderme y mi rostro no dejaba de sangrar. Cuando llegó hasta donde yo estaba, Damián la detuvo. Otras personas ayudaron hasta que lograron quitarle la navaja.

—¡Te voy a matar, hija de puta! —gritaba mientras un tipo se la llevaba.

—¡Quiero verte hacerlo! —respondí a toda voz y Damián me lanzó una mirada asesina hacia atrás.

—Vámonos —ordenó frunciendo el ceño.

—¿Por qué tenemos que irnos? —reclamé.

—He dicho que nos vamos. —Su voz se escuchó tan fría y categórica que preferí no resistirme.

Caminé detrás de él hasta su motocicleta. No supe en qué momento nos alejamos tanto de ella. Damián me tendió el casco y luego se puso el de él. Esta vez no me ayudó, solo esperó que me sentara detrás de él para arrancar. ¿Por qué estaba molesto? Yo siempre era la culpable de las peleas, pero esta vez no había sido yo la provocadora.

Llegamos al callejón y me bajé en cuanto se detuvo. Él estacionó y luego se acercó a mí. Miré en silencio su rostro frío y fijó su mirada en la mía.

—¿En qué demonios estabas pensando?

—¿Tú viste que ella comenzó o no?

—Me hubieses dejado tranquilizarla. Ese lugar no es para ir a pelear, Bianca.

—¡Me empujó! Me dejó de rodillas en el suelo, no iba a quedarme así.

—¿La has visto? Su rostro quedó como la mierda.

—Objeción. —Puse una mano en su pecho y él achinó los ojos—. Su rostro era una mierda antes de que yo la golpeara.

Él rodó los ojos y se le escapó una pequeña sonrisa, pero pronto retomó la seriedad.

—Ella es Lauren.

—Gracias, pero no quiero conocerla.

Noté que los nudillos tenían sangre. Me toqué la cara y cuando me detuve en los labios sentí una leve hinchazón.

—Es hija de un traficante.

—¿Y qué? —Sentí sangre emanar de mis cejas cuando las levanté.

—Te puede matar.

—Dios. A estas alturas lo que menos temo es morir.

—Estás loca. Definitivo —susurró y se rio por fin.

—Ahora hablemos de algo más divertido, ¿puede ser? ¡Debes enseñarme a conducir así!

—¿Qué?

—Lo que has escuchado: debes enseñarme.

—Está bien —dijo sonriendo—. Pero con una condición.

—¿Cuál?

—No debes faltar a ninguna de tus prácticas.

—Trato hecho.

—Comenzamos mañana.

— ¿Por qué mañana?

—Porque ahora te ves como la mierda —soltó y yo reí—. Ve a casa, Bianca. Ya son las cuatro de la madrugada.

—Me quedaré aquí.

—¿Aquí dónde?

—Aquí en el callejón, en el parque. No lo sé.

—Vete a casa. Es mejor que estar en el parque. Aquí hace mucho frío y esas heridas amanecerán peor si no llegas a curarlas.

—No quiero ir a casa, Damián —susurré.

—Entonces vamos a la mía —propuso sin siquiera preguntar por qué no quería regresar a la mansión.

5
BATIDO

DAMIÁN

Por supuesto que cuando llegamos no había nadie en casa, porque tenía bastante claro que mamá no llegaría hasta el día siguiente. Por un momento pensé que Bianca se negaría a mi invitación, pero me equivoqué. Aceptó sin pensárselo, lo que me hizo confirmar que quería estar lejos de su casa. No hice preguntas porque no acostumbraba a sacar información. Lo único que quería era que estuviera cómoda y no se sintiera sola.

Cuando llegamos, ella miró alrededor. Entró cautelosa y quejándose. Su rostro se veía cada vez peor. Fui a la cocina a sacar hielo y luego la guie hasta mi habitación. Noté que estaba inquieta porque no dejaba de observar para todos lados.

—¿Vives solo?

Me senté en la silla frente a ella.

—No, pero esta noche sí.

Me pidió usar el baño y le indiqué donde estaba. Cuando salió tenía el ceño fruncido.

—¿Por qué no me dijiste que me veo como la mierda?

—¡Te lo dije!

—¿Ahora qué voy a inventar? —se preguntó a sí misma.

Le tendí el hielo y se lo puso en la boca.

—¿Qué inventaste para salir? —quise saber.

—Salida con amigas.

—Les puedes decir a tus padres que te peleaste con una chica y ya —opiné, y ella soltó una risita irónica.

—Jamás me lo creerían.

—¿Por qué?

No respondió. Se tendió de espaldas en la cama, como si estar en la habitación de un desconocido con una bolsa de hielo en la boca fuera de lo más normal. Nos quedamos en silencio y luego de un rato oí la bolsa de hielo golpearse contra el suelo. Bianca se había quedado dormida. Agarré la bolsa y fui a dejarla a la cocina.

Cuando regresé, cerré la puerta a mis espaldas y el sonido la despertó.

—¿No vas a dormir esta noche? —me preguntó.

Sonreí. Mi cama era de apenas una plaza, por lo que cuando me acosté a su lado nuestros hombros chocaron. Apenas puse la cabeza en la almohada, el cansancio se apoderó de mi cuerpo.

Una llamada telefónica interrumpió la poca noche que nos quedaba. Bianca se incorporó somnolienta, sacó el móvil de su bolsillo, miró la pantalla y contestó.

—¿Hola? ¿Marie? ¡¿Que hiciste qué?! ¡Pero te pedí que me cubrieras! ¿Qué? ¿Dayanne? ¡No puedo creerlo! Está bien, adiós.

La vi saltar por encima de mi cuerpo y ponerse velozmente las zapatillas.

—¿Qué ocurre? ¿A dónde vas? —pregunté confundido.

—Debo ir a casa.

—Son las siete de la mañana —respondí mirando el reloj de mi velador.

—Debo ir a clases entonces.

—¿Ocurrió algo?

—Problemas.

Su móvil empezó a sonar de nuevo y ella contestó.

—¿Hola? Estuve con Marie, sí, ahora voy a casa. No mentí, mamá. Ignora a Dayanne. Está loca. Es porque no la invitamos. Hablamos en la tarde, ¿sí? Adiós.

Comenzaba a entender lo que estaba sucediendo: sus amigas la habían traicionado.

—¿Te llevo a casa? —pregunté y ella asintió—. De acuerdo. Me ducharé y nos vamos, ¿está bien?

—Gracias.

Me di un baño rápido y me vestí en el cuarto mientras Bianca miraba hacia otro lado. Caminamos a través del pasillo y cuando llegamos a la sala miré para ver si estaba mi madre, pero no.

Aferrada a mi cintura en la motocicleta me dio las indicaciones para llegar hasta su casa. Me sorprendí cuando el paisaje empezó a llenarse de mansiones y casas de lujo.

¿Quién era Bianca Morelli en realidad?

Nos detuvimos frente a una casa de dimensiones gigantescas, con grandes rejas negras y un sinfín de áreas verdes. Se podía oler el dinero en ese lugar: todo parecía más limpio que en otros sectores, incluso había personas paseando a sus mascotas a esa hora de la mañana.

Sentí una leve punzada en el pecho al recordar que había pasado la noche en una cama de una sola plaza, en mi casa deteriorada, de un piso con dos habitaciones. ¿Por qué prefería acercarse a la vida de mierda que había abajo si podía vivir como una princesa?

—Muchas gracias, Damián —me dijo mientras se bajaba de la moto.

—Qué casa —comenté sonriendo.

—En realidad, es la casa del esposo de mi madre —contestó.

—En la práctica, tu casa.

—Y desearía que no fuera —susurró—. Ahora vete. Si mi madre te ve, me encerrará por siempre.

—De acuerdo, cuídate.

—¿Nos vemos esta noche? —me preguntó antes de irse.

—Espero que sí.

—Dijiste que me enseñarías a conducir.

—Hoy.

—Bien. Adiós, Damián —remató y corrió hasta su casa.

Salí de ahí sintiéndome completamente ajeno, como un bicho raro. Las personas me observaban con expresión de desagrado, como si yo fuese un delincuente. Recordé las palabras de Bianca acerca de su mamá y aceleré la moto.

BIANCA

El problema fue que a mi madre se le había ocurrido llamar a Dayanne para saber dónde estaba, y ella, encantada de la vida, aseguró que yo no estaba con ellas. Entré a casa rogando no encontrarme con mamá ni con Vincent. Para mi suerte, solo estaba Julie.

Cuando me asomé en la cocina, su rostro pasó de la tranquilidad al horror.

—¡¿Qué te sucedió?! —gritó acercándose a mí con las manos estiradas.

—Tuve una pelea anoche.

—No puedo creerlo. ¿Por qué? ¿Dónde?

—Da igual, Julie.

—Claire estaba furiosa esta mañana, Bianca. Y Vincent daba las peores ideas.

—¿Cuáles? ¿Quitar mi puerta, por ejemplo? —Alcé la vista y ella resopló.

—Créeme que yo tampoco estoy de acuerdo con eso, pero la casa es de él —comentó y se puso a hacer tortitas—. ¿Me vas a decir dónde te metiste ayer?

—Bueno, quería estar sola. Y sabes que mamá no me dejaría ni en un millón de años.

—Por supuesto que no, y tiene razón. Mira cómo has regresado.

Intenté cubrirme el labio hinchado y el pómulo enrojecido con maquillaje. Desayuné junto a Julie y luego me fui a la universidad. Entré a la clase que me tocaba con Marie y, pese a que dudé de que me hubiese reservado un espacio junto a ella, sí tenía mi puesto guardado.

—Tu madre llamó a la mía para decirle que yo era una mala persona por estar cubriéndote —me contó Marie mientras nos dirigíamos a nuestra próxima clase, que comenzaba dentro de veinte minutos.

—No puedo creerlo. —Resoplé—. ¿Hablaste con Dayanne?

—No —contestó mirándome con desconfianza.

—Iré por un batido antes de entrar a clases —dije y me despedí con una seña.

Bajé corriendo por las escaleras y seguí hasta llegar a la cafetería. Detrás del mostrador estaba Damián, intachable, como si haber dormido poco la noche anterior no fuese nada. Me quedé mirándolo por unos segundos.

—¿En qué puedo ayudarte? —preguntó.

—Quiero dos batidos de fresa, por favor. —Él sonrió y luego se fue a prepararlos.

Regresó con dos vasos en la mano, los recibí, se los pagué y me despedí.

Nadie sospechaba que nos conocíamos y así estaba bien. No quería que hubiese rumores acerca de nosotros o que mi madre se enterara de que él era el chico con el cual había pasado la noche en la comisaría.

Subí apresuradamente las escaleras con los batidos en mis manos, hasta que divisé a Dayanne sentada junto a Marie y Bea. Fui directa hacia donde estaba y, cuando me tuvo cerca, soltó una risa irónica y quiso empezar a hablar, pero no pudo hacerlo, porque derramé uno de los batidos de fresa entero en su cabeza. Soltó un pequeño chillido y luego se puso de pie.

—¡¿Qué demonios sucede contigo?! —me gritó. Su rostro no tardó en ponerse colorado, pero no me sentí mal. Se merecía un castigo. ¿Por qué no solo aprendía a cerrar la boca?

—Pensé que tenías un poco más de principios. ¿Cómo se te ocurre traicionarme así?

Todas las miradas estaban puestas en nosotras. Solo Bea y Marie se mantenían al margen.

—¡Pues yo hago lo que se me dé la gana! ¿Qué te crees tú? ¿Intocable, la reina de la universidad? ¡Dios! ¡Madura, Bianca!

Sus palabras me chocaron e hicieron que me enojara todavía más.

Sentí ganas de llorar por todo lo que me estaba sucediendo, pero no podía. No podía llorar frente a ella, menos sabiendo que yo había causado esa situación. Lancé el vaso vacío a un basurero y bajé las escaleras corriendo, dispuesta a irme. Sabía que mi arrebato me había hecho meterme en más problemas.

Siempre había sido impulsiva, problemática y también hipócrita, no lo negaba, pero lo que había hecho Dayanne iba a afectarme más de lo que cualquiera pudiese imaginar. Por su culpa era probable que mi madre me encerrara hasta la eternidad en esa casa gigantesca o, literalmente, quitara mi puerta y ya no tuviese privacidad nunca más. Me aterraba tanto imaginar esos escenarios que ya no me importaba golpear o desquitarme con la primera persona que se me cruzara en el camino.

Apenas estuve en el primer piso, me desvié hasta la biblioteca y divisé a Paige. Me acerqué a ella sin la mínima intención de preguntarle acerca de un libro. Sus ojos se encontraron con los míos y ella frunció el ceño.

—No me digas que vienes a ocupar mi espacio otra vez —preguntó rodando los ojos.

—No, necesito un favor —dije, y ella rio.

—¿Qué favor podría necesitar Bianca Morelli de una ayudanta como yo?

Si bien Paige tenía mi edad, estaba muy lejos de ser una de las chicas con las que solía juntarme. Su cabello rojizo se notaba a kilómetros, y sus ojos verdes y perspicaces eran el opuesto de los ojos vacíos de mis falsas amigas.

—Necesito que te hagas pasar por una amiga. Es decir, que finjas que somos amigas.

—¡Iugh! —exclamó—. Te ayudé la otra tarde porque te veías terrible.

—Tuve un problema y necesito solucionarlo.

—Eso no debiese importarme a mí.

—¿Y si te digo que aumentarán tu sueldo?

—Podría importarme —asintió sonriente.

—Solo debes darme tu número de teléfono y decir que estuviste conmigo anoche.

—¿Contigo? ¡No me gustan las chicas, Bianca! —Alzó la voz y yo la hice callar.

—A mí tampoco.

—Entonces ¿qué?

—Dirás que eres mi amiga, que fuimos a comer pizza, pero que vives muy lejos y por eso he inventado que me junté con las demás.

—¿Quiénes son las demás?

—¿Qué importa?

—Pues si quieres que actúe, debo saber detalles.

—Y también di que hubo una pequeña pelea con una chica y me golpeó, pero que no pasó a mayores porque... no sé... porque tu madre nos rescató. Eso.

—Ojalá, pero lamentablemente mi madre está muerta.

—Bueno, tu padre.

—Hecho.

—Gracias.

Intercambiamos números y luego regresé a casa.

Lo primero que vi al entrar fue a mi madre sentada en el sofá, de espaldas a la puerta, pero esperándome. Era tétrica la forma en que su atuendo formal combinaba con la decoración elegante de la mansión. Caminé hacia la escalera lo más lento que pude, intentando pasar inadvertida, pero no lo logré. Cuando iba a poner un pie en el primer peldaño, se giró hacia mí y se levantó.

—¿A dónde fuiste anoche? —Supe que estaba intentando medir el tono de su voz.

—Lamento no haberte dicho la verdad. —Me giré hacia ella y alzó las cejas, supongo que sorprendida por las heridas que quedaban en mi rostro.

—No lo lamentes —continuó en el mismo tono—. También me he enterado de que le derramaste un batido a Dayanne en la cabeza por decirme la verdad.

—Lo lamento —murmuré.

—¿Esos golpes te los ha dado Dayanne?

Podría haberla perjudicado diciéndole que sí, pero decidí que no era una buena idea después de todos los problemas en los que ahora estaba.

—No... hubo una pequeña pelea anoche y...

—Todo este tiempo me he sacrificado por ti. Por tu educación, por tu salud, por darte lo mejor que puedo ¡y me pagas así! —exclamó—. ¡¿Qué estás esperando de mí, Bianca?!

—Mamá, estuve con otra amiga —dije de pronto, y ella arrugó el entrecejo.

—¡Ya deja de mentir! ¡Te conozco! ¡Eres mi hija!

—Lo juro, su nombre es Paige —hablé rápido—. Pero vive demasiado lejos y sé que no me habrías dejado ir.

—¿De dónde es?

—La conocí en la universidad, trabaja en la biblioteca...

—¡¿Por qué no fuiste en tu auto?! —continuó gritando—. ¿Sabes? No te creo, no te creo y estás castigada. Nada más de teléfono, internet, nada, ¿me oíste? Voy a imprimir tu horario y quiero que te vengas directo de la universidad a la casa en cuanto termine tu jornada, ¿entendido? No saldrás, no irás con tus amigas a ningún lugar. ¡Nada! ¡Se acabó! ¡Me cansé de tu rebeldía!

Sentí subir la molestia a mi rostro, pero guardé silencio mientras me gritaba. De nada había servido pedirle ayuda a Paige. Mi madre no oiría ninguna otra excusa que saliera de mi boca.

Tuve que entregarle todos mis aparatos tecnológicos y quedé incomunicada. Pero cuando oscureció decidí que no era buena idea quedarme otra vez ahí, en mi cuarto, por lo que cogí un papel y le escribí una nota:

Mamá, lamento esto, pero no puedo quedarme ni un segundo más aquí, menos pasar la noche. Estaré bien, no te preocupes.

Sabía que eso empeoraría más las cosas, pero ya no me interesaba. Caminando hacia el callejón pensé que si mi madre contrataba a una persona que me vigilara las veinticuatro horas del día estaría mucho más protegida que en esa habitación sin cerradura.

—¡Llegué! —exclamé en cuanto vi a Damián sentado sobre su moto.

Él levantó su mirada, sonrió y algo se revolvió dentro de mí. Esa sonrisa empezaba a gustarme muchísimo.

6
APRENDIZ

BIANCA

Damián comenzó enumerándome las piezas principales de una motocicleta y luego me explicó cómo funcionaban y para qué servía cada una. Pregunté más de tres veces lo que no entendía y pensé que se hartaría en cosa de segundos, pero, por el contrario, fue muy paciente.

—¿Has entendido? —me preguntó—. Así aceleras, así comienzas a frenar —indicaba con énfasis—. Ahora súbete.

La ventaja del callejón era que se encontraba vacío, por lo que no había riesgo de estrellarme. El único peligro que corría era olvidar cómo se frenaba y llegar hasta quién sabe dónde.

—Es muy fácil doblar, pero la idea es que no vayas demasiado rápido, por favor.

Me ayudó con el casco y luego me sonrió, entregándome confianza.

—¡Aquí voy! —dije, y sonreí emocionada.

Hice todos los pasos que Damián me había indicado, hasta que aceleré. En cuanto la motocicleta se movió, el miedo entró en mi cuerpo y no encontré nada mejor que bajarme de un salto audazmente y salir corriendo.

—¡Mi moto, Bianca! —reclamó Damián viendo cómo su novia giraba sobre su eje en el suelo.

Corrió hasta donde estaba, apretó un botón y el motor se detuvo. Mi corazón seguía palpitando con fuerza. Por un momento pensé que Damián me mandaría a la mierda, pero solo se giró a mirarme con expresión divertida y, sin poder contenerse, comenzó a reír.

—¡Eres muy mala! —se burló y se acercó a mí—. ¿Estás bien?

—Sí. ¿Por qué te ríes?

No respondió. Solo continuó riendo y yo subí las cejas.

—Si quieres podemos continuar otro día.

—Claro que no, lo intentaré de nuevo. —Me crucé de brazos.

—Está bien, pero inténtalo mejor... porque las motocicletas igual se rompen, y yo no tengo el dinero para arreglarla todos los días, ¿vale?

Me ayudó a subir de nuevo y me dispuse a comenzar mi segundo intento. Esta vez anduve más de seis metros y pude frenar sin necesidad de lanzarme como un doble de acción. Damián corrió junto a mí para ayudarme si algo sucedía y a mí me pareció lo más divertido. No recordaba haber reído tanto desde que era niña.

Luego de otros intentos aprendí a doblar con cuidado, a detenerme y a bajar el pedal para que la moto no se cayera.

—Aprendes muy rápido —comentó Damián cuando terminamos de practicar.

—Seré mejor que tú, ya verás. —Sonreí.

Nos sentamos en la solera, encendimos un cigarrillo y nos quedamos mirando la calle frente a nosotros. A ratos nuestras miradas se encontraban, pero esta vez se sentía diferente. Me gustaba mirarlo y a él parecía no incomodarle observarme mientras fumaba.

—¿Cómo es posible tener un color de ojos tan bonito? —me preguntó, y sentí cómo el rubor subió a mis mejillas. Se me hizo extraño, pues ya me habían hecho comentarios de ese estilo y jamás me había avergonzado.

—No digas eso. —Sonreí.

—¿Por qué no? —Frunció el ceño y luego sonrió también—. Hace mucho me prometí a mí mismo que no callaría nada de lo que quisiera decir.

—¿Y te ha resultado?

—A veces. Hay cosas que definitivamente no se pueden decir.

—¿Como cuáles?

—Pongámonos en este contexto: nació un bebé. Todos sabemos que cuando un bebé nace es feo, pero ¿será pertinente decirle a sus papás «Felicitaciones, su hijo es muy feo»? ¡Ni en un millón de años! Solo debes fingir y asegurarles que crearon a la décima maravilla del mundo.

Solté una carcajada... ¡Es que era tan cierto! Además, Damián tenía una forma particular de contar historias o anécdotas. Decía barbaridades y se mantenía serio, lo que me hacía reír a carcajadas.

DAMIÁN

Pasar las noches con Bianca se había convertido en mi mejor pasatiempo, y aunque tenía bastante claro que veníamos de clases sociales muy diferentes, no me importaba. Cuando estaba conmigo yo veía a una Bianca sencilla, honesta y agradable, muy distinta de la que se paseaba por la universidad como si los pasillos le pertenecieran y todo girase en torno a ella, la líder de ese séquito de chicas que, en el fondo, no estaban ni cerca de ser como la Bianca real, aquella que conocí en el callejón.

No era un «chico de muchas chicas». De hecho, me había mantenido alejado de ellas. Mis únicas adicciones eran el cigarrillo, alguna que otra droga y correr en moto. Solía rechazar todo lo que tuviera que ver con mujeres, no porque no me gustasen, sino porque no necesitaba más problemas de los que ya tenía. Mis romances fueron siempre pasajeros, principalmente debido a que cuando una persona empezaba a adentrarse en mi vida casi siempre su impulso era salir corriendo. Si Bianca pasaba por mi existencia de la misma forma, es decir, como una estrella fugaz, pues que así fuera. No lucharía más por cambiar las cosas. Ya había aprendido que los esfuerzos en ese plano valían una mierda.

—¿Te trajo problemas lo de tus amigas? —pregunté mientras encendía otro cigarrillo.

—Estoy castigada —dijo apretando las mandíbulas y cerrando los ojos.

Sonreí ante su expresión. Bianca siempre hacía gestos particulares y eso me gustaba. Todo lo que hacía o decía iba acompañado de una mueca, un levantamiento de cejas, una sonrisa, un movimiento de ojos o de labios. Eso cuando estábamos solos, pues en la universidad parecía un puto témpano de hielo sin expresión.

—¿Y qué haces aquí?

—Me escapé.

—Chica rebelde.

—Creo que he tenido un *déjà vu*.

Ambos reímos.

—Damián, ¿estudias? —me preguntó de pronto.

—No.

—¿Por qué no?

—No sirvo para eso. —Me encogí de hombros—. Además es muy caro, no tengo el dinero. Y si lo tuviera haría otra cosa.

—¿Tu madre no te exige que estudies?

Solté una risa cansada.

—Mi madre no sabe ni qué día es hoy —contesté, pero ella no rio.

—No seguiré preguntando, porque pensarás que soy una entrometida.

—Gracias.

La verdad, no quería entrar en detalles. Y aunque sabía que se moría de ganas por preguntarme, no insistió.

Cambiamos el tema de conversación rápidamente. Me contó que estudiaba arquitectura, me confesó que odiaba matemáticas y geometría, y que solo había escogido la carrera porque le encantaba dibujar y porque a su madre le había parecido mucho más aceptable que estudiar artes. No me contó tanto sobre su vida personal y tampoco indagué, pero me divertí mucho. En mi mente habíamos estado conversando apenas unos minutos, pero en realidad habían pasado horas. Me sorprendí cuando miré el reloj y vi que eran las cuatro de la mañana.

Dejé a Bianca en la puerta de su mansión y me marché a casa. Afortunadamente no estaban esperándola, lo que podía significar que sus padres no se habían dado cuenta de que había salido a encontrarse conmigo.

N N N

Sin duda ver a Bianca por las noches era un momento de escape en mi vida, pero por más que quisiera quedarme en ese universo utópico debía enfrentar la realidad, y eso incluía el trabajo: llegar puntual, saludar a las personas que se encontraban ahí y bajar las sillas de las mesas de la cafetería para comenzar otro día caótico en ese sitio. Solo esperaba juntar dinero pronto para irme lejos de los problemas.

—Mira quién te vino a ver hoy —dijo la señora Parker. Levanté la cabeza con el ceño fruncido y mi mirada se cruzó con la de Dayanne, una de las amigas de Bianca. Era lunes y así partía mi semana. Sus visitas a la cafetería eran cada vez más frecuentes, y encima iba descaradamente a comprarme a mí, haciendo cálculos para que yo la atendiera. Primero compraba un café, luego regresaba por un sándwich, luego por un batido, y así... ¿No podía comprar todo de una vez?

—Atiéndala usted —pedí con cara de súplica, pero la señora Parker se negó.

Dayanne era una chica guapa, pero no me podía imaginar involucrándome con alguna amiga de Bianca. Tal vez a ella no le interesaría, pero yo me sentiría desleal. ¿Por qué? Ni idea.

—¿Puedo ayudarla en algo? —le pregunté detrás del mesón.

—Ya deja de tratarme como si fuera mayor que tú, debemos tener la misma edad. —Sonrió.

—Cortesía.

—Quiero un batido de chocolate, por favor. Y una conversación a solas contigo —agregó con rapidez.

Me alejé de ella para prepararle su batido. No me tardé más de dos minutos y se lo tendí. Pagó, le di su cambio y luego se quedó esperándome.

—¿Y la conversación?

—Estoy trabajando. No puedo conversar en mi horario laboral.

—Estoy segura de que la señora Parker no se enfadará —insistió.

La señora Parker, que estaba cerca, se quedó mirándonos por unos segundos con cara de aprobación.

—Tienes cinco minutos, nada más —señaló. Una eternidad para mí.

Me sequé las manos con un paño, salí de detrás del mesón y me senté en frente de ella, en la mesa que había escogido.

—¿Qué necesitas hablar conmigo?

—Debes aceptarme una cita —dijo y sonrió. Su propuesta me dejó desconcertado.

—¿Una cita? —pregunté levantando una ceja.

—Sí, una de esas cosas donde dos personas se juntan, comen o beben algo y conversan —comentó y soltó una risita—. ¿Nunca has ido a una?

Si una cita también podía ser sexo sin compromiso, nada de comer ni de beber, menos conversar, pues sí, ya había tenido una. De lo contrario, no.

—¿Por qué quieres que vaya a una cita contigo? No nos conocemos.

—He estado viniendo a comprar solo para que sepas quién soy. Con eso es suficiente, ¿no? Luego nos conoceremos mejor. Si sales conmigo, claro.

—No creo que sea buena idea —contesté pensando en que si iba a la cita debería invitar a todo yo, y lo último que quería era gastar dinero en una chica como ella, que parecía sacada de una película de princesas. Además, no la conocía. No era que me negara a gastar dinero, pero estaba trabajando para lograr mi independencia, y esa era mi prioridad.

—Te prometo que lo pasaremos bien.

—No —respondí, esta vez de forma tajante, no sé si por mi estúpida reflexión acerca del dinero o porque justo vi a Bianca entrando a la cafetería—. Tal vez en otra ocasión.

—Es por ella, ¿no? —preguntó mirando a Bianca.

—¿Por quién? ¿De qué estás hablando? —Me molesté—. Si quieres que algún día tengamos una cita, debes ser más clara.

Si has venido aquí a sacarme información o pretendiendo sacar de quicio a alguien, no cuentes conmigo, ¿vale?

Me puse de pie y regresé para atender. En eso se acercó Bianca y comenzó a mirar en las vitrinas lo que iba a comprar. Luego se acercó a la caja y se quedó mirándome.

—Quiero un batido de fresa y un sándwich —dijo con tono cortante—. ¿Puedes? ¿O he interrumpido tu coqueteo en horario laboral? —No pude evitar soltar una pequeña carcajada y ella se sonrojó.

—Claro que puedo, no te preocupes.

Preparé su batido y se lo entregué junto al sándwich.

—Gracias —dijo sin ninguna expresión de alegría en su rostro.

—Espera —la llamé antes de que se fuera y ella volteó a mirarme—. Si quieres seguir fingiendo que no nos conocemos, deberías ocultar también los celos —susurré. Ella frunció los labios, aún más molesta, pero no respondió.

Me dio la espalda y siguió su camino.

BIANCA

No supe por qué de pronto me afectó tanto ver a Damián conversando con Dayanne. De seguro era porque ella me caía fatal y odiaba que tuviese una relación «agradable» con la única persona con la que había podido ser yo misma. Después del «incidente del batido de fresa», ella decidió alejarse de nosotras, y yo no me preocupé en lo más mínimo. Para mí era bastante mejor que se fuera por su cuenta a que estuviese fastidiándome el día entero. Lo que no me esperé fue que Marie prefiriera seguir siendo amiga de Dayanne en vez de quedarse conmigo, aunque lo superé rápido. Después de todo, ¿de qué me servía mantener lazos de amistad con chicas que solo estaban a mi lado por ser la hijastra de Vincent Hayden y de una de las administradoras de la universidad? Bea fue la única que no tomó partido por ninguna. Pese a eso nos distanciamos, naturalmente, porque nunca fuimos grandes amigas.

Me senté en una mesa vacía para desayunar mirando el móvil y no pasaron más de quince minutos cuando sentí que alguien se sentó enfrente de mí. De inmediato levanté la cabeza y mi mirada chocó con los grandes ojos verdes de Paige.

—¿Qué haces aquí? —pregunté moviendo a un lado mi batido.

—¿No querías fingir ser mi amiga? —Sonrió, pero como me vio seria continuó hablando—. Nada. Solo he venido a comer algo y te vi sentada sola. ¿No puedo sentarme? —preguntó alzando las cejas.

—Sí puedes, claro. —Asentí, aunque todavía me sentía fuera de lugar. Nunca antes había compartido mesa con alguien que no fuesen las tres chicas que ahora me odiaban.

—El otro día todos estaban hablando sobre cómo le derramaste un batido encima a esa chica rubia —me contó.

—No pensé que el rumor llegaría tan lejos.

—Aquí todo vuela, pero eso no es lo importante. ¿Por qué lo hiciste? —Guardó silencio un momento—. Todos se llenan la boca hablando de que eres una mierda de persona, y yo no creo que sea así. Seguro tuviste una razón.

—Tal vez sí soy una mierda de persona. ¿Y sabes? No quiero que me importe lo que piensan de mí. —Por primera vez en esa odiosa universidad estaba siendo yo misma, y se sintió liberador.

—Me gusta tu actitud. —La pelirroja me dedicó una sonrisa cómplice.

—La verdad, fue porque les pedí que me cubrieran para salir y Dayanne me traicionó. Le dijo todo a mi madre.

—¡¿Qué?! —exclamó alzando la voz—. ¡Es una maldita chismosa! ¿Qué tipo de amiga hace eso? ¡No puedo creerlo!

Me reí tan fuerte que algunas personas se giraron a mirarnos, pero fingí que no me importaba.

En mi hora libre estuve conversando con Paige, muy a gusto. Tenía una manera particular de decir lo que pensaba. Era dramática y exagerada, pero se reía de forma natural y me contaba anécdotas abiertamente. Me vi reflejada en ella en lo que me pareció un triste contraste. Qué mal me sabía haber estado fingiendo por tanto tiempo ser alguien que no era: una chica estrella, una persona que adoraba lo que estudiaba, con «buenas» amigas, orgullosa de que los chicos se pelearan por ella y que ignoraba la terrible reputación que cargaba a sus espaldas gracias a los tóxicos rumores de la universidad.

¿Por qué no podía actuar siempre como lo hacía con Paige y Damián? Hablar sin preocupaciones, sonreír con sinceridad, decir la verdad ante cualquier pregunta sin que me importara lo que dijera el resto. ¿Por qué no podía hacer oídos sordos y vivir como todos lo hacían?

Esa tarde no quería volver a casa temprano; sabía que la decisión que había tomado me traería problemas, pero... ¿qué podría ser peor que el castigo que ya me había impuesto mi madre?

Me quedé hasta la hora de cierre de la cafetería esperando encontrarme con Damián, y así fue, aunque solo nos miramos de lejos. Lo seguí con prudencia hasta la salida de la universidad y supe que no había venido en motocicleta, porque en vez de entrar en el estacionamiento encendió un cigarrillo y comenzó a caminar por la calle. No pude contenerme. Fui hasta mi auto, salí a la avenida, volví a localizarlo y lo seguí de cerca. Estuve desplazándome al menos diez minutos junto a él, escondiéndome o simulando estar aparcada para que no descubriera que era yo. No sabía por qué lo hacía, pero una fuerza me impulsaba. Cuando las calles por las que me estaba metiendo empezaron a volverse oscuras, angostas y casi tenebrosas, me pregunté qué estaba haciendo. No recordaba que la casa de Damián estuviese ubicada en un barrio así.

Cuando entró en su casa aparqué en la vereda. Dejó la puerta entreabierta y sentí una música salir a todo volumen desde dentro. ¿Había una fiesta? Me bajé, pensando que ya estaba a salvo de ser vista, pero él volvió a la calle de improviso y nos topamos frente a frente.

—¿Qué haces aquí? —preguntó visiblemente extrañado.

—Lo lamento —me excusé.

—¿Me seguiste?

—Eso creo.

—¿Por qué? ¿En qué has venido?

—En mi auto.

—Es muy peligroso que hayas venido sola hasta aquí. ¿Dónde lo aparcaste?

—Por allá —dije levantando un brazo.

—Bueno, vete —murmuró, y yo me quedé petrificada—. Debo salir, tengo cosas que hacer.

—Damián...

—Hablo en serio, Bianca. —Me miró fijamente. Tenía una expresión muy fría. Parecía estar preocupado por cosas ajenas a mí, porque miraba su teléfono cada cinco segundos.

—¿Puedo ayudarte en algo? —pregunté con sinceridad.

—No —respondió tajante—. Es mejor que te vayas.

—En serio, puedo quedarme para ayudarte —insistí.

Damián pareció tenso por unos segundos y luego relajó sus hombros.

—Jamás había pedido algo así antes, lo juro. Pero siempre hay una primera vez. ¿Me prestarías tu auto?

—Solo si me dejas ir contigo.

—Vamos —dijo mirándome a los ojos.

1
CAÓTICO

BIANCA

Nunca antes había ido de copiloto en mi auto, pero Damián me pidió las llaves y se sentó frente al volante. Condujo a través de las calles con rapidez, como todo un experto. Aunque me sentí segura, ajusté el cinturón de seguridad con fuerza.

Nos detuvimos frente a un bar y Damián me pidió que me quedara en el auto. Dijo, además, que «si ocurría algo» arrancara en el carro lo más rápido que pudiera. ¿Por qué? ¿Qué podía suceder?

Cuando se bajó del auto sentí unas ganas profundas de seguirlo, pero supe, por su expresión, que era importante que me quedara, así que me quedé mirando a través del vidrio cómo las personas entraban y salían del bar. Algunas parecían borrachas, otras lúcidas.

De pronto vi a Damián salir con una mujer rodeándole los hombros. Él tenía un brazo en su cintura e intentaba sostenerla con fuerza. Pestañeé sin entender la situación. Ella se veía completamente ebria, y su cabello parecía el de un espantapájaros... ¿Iba a subirla a mi auto? Cuando se acercaron abrí una de las puertas traseras y él la metió como pudo en el asiento, mientras ella se quejaba y decía cosas inentendibles. Damián regresó al asiento del conductor.

—¿Quién es ella?

—Luego te explico —comentó cansado.

Esta vez condujo con más precaución hasta su casa. Se bajó y llevó a rastras a esa mujer de la que yo ya empezaba a intuir que era un familiar. ¿Cómo podía estar en ese estado tan deplorable?

Me bajé yo también del auto, recogí algunas cosas que se le habían caído por el camino y entré a la casa detrás de ellos. El hedor que había adentro me recibió como una bofetada. Damián notó mi gesto de desagrado y me observó culposo, pero se volteó con rapidez para acomodar a la mujer en un sillón. Yo apagué la radio.

—Creo que es mejor que te vayas, Bianca. —Se dirigió hacia mí con evidente vergüenza y una actitud fría.

—¿Estás loco? Mira el desastre que hay aquí, necesitas ayuda. —Paseé la vista por el lugar y luego volví a poner mis ojos en él—. ¿Es tu madre?

—Sí —susurró—. Vengo enseguida.

Observé a Damián caminar a través del pasillo hasta su habitación y volver unos segundos después notoriamente enfadado. Se acercó a su madre y comenzó a enfrentarla como si ella, en esas condiciones, pudiese entenderle.

—¡¿Con qué derecho has tomado todo mi dinero?! —le gritó—. ¡¿Qué demonios pasa contigo?!

La mujer abrió los ojos, lo miró apenas, esbozó una sonrisa y luego volvió a dormirse.

—Damián... —dije.

—¡Esto es una puta broma! —continuó alterado—. ¡¿Sabes cuánto he trabajado para tener ese dinero?! ¡Me lo has robado todo!

Me acerqué a él y lo cogí del brazo. Se volteó hacia mí irradiando odio y rencor. Me sentí muy mal, tenía una lástima terrible atravesándome el pecho. ¿Por qué él debía vivir algo así?

—Damián, cálmate —bajé la voz, intentando que me escuchara—. No creo que entienda lo que estás diciendo. Mañana podrán hablar y...

—¿Mañana? —rio, cansado—. Ojalá fuese cierto, Bianca, pero «mañana» jamás llega.

Su mirada se enfocó de nuevo en su madre. No pude descifrar si la miró con odio o con lástima, pero luego se dirigió a una puerta, la empujó y frente a nosotros apareció la cocina. Era pequeña y estaba hecha un lío.

—Vámonos de aquí —soltó.

—¿La dejarás sola?

Me observó con tristeza en los ojos.

—Entonces vete tú. Por favor, vete.

—Si quieres puedo...

—No —me interrumpió—. Te prometo que nos veremos esta noche en el callejón, pero ahora tengo cosas que hacer.

—Está bien.

—Gracias —dijo en voz baja, mirándome.

Acaricié su brazo, le devolví una sonrisa triste y me largué de ese caótico lugar que posiblemente se parecía al infierno.

⚡⚡⚡

Encendí un cigarrillo, le di una larga calada y luego exhalé el humo. Miré mis botines, acomodé mi bufanda y en eso oí el ruido de la moto de Damián. Estacionó cerca, se bajó y se acercó a mí con seguridad. Se sentó a mi lado sin decir nada y encendió un cigarrillo.

—¿Cómo fue la escapada de esta noche? —preguntó con una sonrisa que me sorprendió.

—Dura —contesté y luego reí. Levanté mi mano y le enseñé un pequeño raspón en mi palma.

—¿Cómo es que logras salir sin que nadie te vea?

—Por la ventana de mi habitación. Ahí no hay cámaras.

—Nunca entenderé por qué prefieres estar aquí en vez de durmiendo en tu cama, tal vez con un chocolate caliente, qué sé yo.

—Quizá lo entiendas algún día. —Nos quedamos en silencio por unos segundos y luego cambié de tema—. ¿Cómo sigue todo con tu madre?

Él respiró profundo, negó con la cabeza y se quedó perdido en mis ojos. Siempre lo hacía, decía que le encantaba el color de ellos, pero esta vez sentía que intentaba buscar una respuesta en mí.

—¿La verdad o la mentira?

—La mentira.

—Excelente. Pudimos conversar y creo que mañana iremos por un café —contestó con ironía.

—Es decir, pésimo.

—Como la mierda.

No dijimos nada más. Damián se mantuvo pensativo y yo no supe qué decir para animarlo. Quizá ni siquiera quería que lo animara o que le hablaran del tema. Lo dejé en paz, hasta que él solo se puso a hablar.

—No conozco bien la razón por la que mi madre ha llegado a estos extremos —comentó. Por lo general yo no escuchaba a nadie, y menos entregaba palabras de aliento, pero esta vez era diferente: quería escucharlo y simplemente estar ahí para él durante todas las horas que necesitara. No me importaban el tiempo, el espacio, ni que se nos acabaran los cigarrillos—. Nunca conocí a mi padre, pero ella siempre se refirió a él con tanto odio que... he pensado que tal vez fue él quien desató esta locura, aunque tampoco me sabe bien culparlo de todo, ¿sabes? ¿Por qué ella no pudo ser fuerte por mí? Estuve diez años encerrado en un centro de menores —confesó y yo me sorprendí—. La justicia pensó que estaba mejor ahí que con mi madre alcohólica. —Rio—. Me hicieron crecer de la noche a la mañana, me peleaba con los otros niños sin que nadie hiciera nada y hasta me dejaban sin comida por horas. Tuve la suerte de conocer a un chico que me enseñó a defenderme y a esquivar la mierda a diario. Fue necesario golpear a unos chicos que me hacían la vida más imposible de lo que ya era. Luego de eso no me fastidiaron más e incluso intentaron volverse mis amigos, porque peleaba bien. —Su mente parecía estar viajando a lo que había vivido.

—¿Cómo huiste de ahí? —La voz apenas me salió. No quería preguntar de más, pero de pronto todo lo que le había ocurrido a Damián me estaba afectando a mí.

—Ella me sacó. Cuando cumplí catorce años comenzó a ir a visitarme. La psicóloga y la asistente social de ese entonces dijeron que mamá estaba bien, que podía llevarme con ella porque se había «rehabilitado». Fue un largo proceso. Recién un año después salí de ese infierno.

—Entonces ¿qué sucedió?

—Estuvo alrededor de un año bien y luego comenzaron sus recaídas. Duraba tres meses sobria y después volvía a llenarse de alcohol. Las recaídas se volvieron frecuentes, hasta que ya dejaron de ser recaídas y volvió a lo mismo. Hay semanas completas en que no puedo verla sobria —confesó—. Es una mierda... y ya estoy cansado. —Apagó el cigarrillo en el cemento y luego lo lanzó—. Solo una vez la escuché decirme que yo era igual a mi padre, que le traía malos recuerdos, que cuando miraba mi rostro sentía que era el de él. Estaba borracha, pero ¿cómo podía ser así de desconsiderada? Aún no entiendo qué demonios le hizo ese hombre para dejarla así.

—Debe haber sido algo terrible.

—¿Tan terrible como para olvidar que tienes a un niño de cinco años bajo tu cuidado?

—De todas maneras, ella no es la única responsable de que hayas estado en un centro de menores, también lo fue tu padre. ¿Por qué el no pudo hacerse cargo también?

—Es probable que él ni siquiera haya sabido que yo nací. —Se encogió de hombros—. No sé, Bianca, solo sé que estoy jodidamente cansado de todo.

—Lo lamento mucho, Damián —dije en voz baja—. Sabes que puedes contar conm...

—Lo sé —me detuvo—. Me lo has dejado claro esta tarde. —Se acercó a mí, me observó y luego besó mi hombro. Dejó su boca en mi piel un buen rato y una electricidad recorrió mi cuerpo. Quise abrazarlo, pero me contuve. No quería incomodarlo—. Pero dejaremos una cosa clara en este minuto. Dejarás de seguirme, ¿sí? No quiero que te pase algo por meterte en sitios a los que no te corresponde ir, ¿está bien? Ahora vamos. —Se puso de pie—. Dejemos de contaminarnos con malas historias y practiquemos.

—¿Qué?

—¿Creías que se me había olvidado? —Sonrió mirándome hacia abajo.

—Creía que...

—¿Qué? —preguntó alzando las cejas—. Ya ponte de pie. Hoy terminarás la noche siendo una experta conductora de motocicletas.

И И И

Luego del castigo pensé que mi madre sería mucho más estricta conmigo, pero con lo único que se mantuvo rígida fue con el requisamiento de mis objetos tecnológicos. Jamás habría podido imaginar que me escapaba por las noches, porque mi puerta ya no tenía pestillo, y para mi sorpresa eso me dio más libertad. Aprovechándome de la circunstancia, me junté cada noche con Damián con la excusa de que me enseñara a conducir, aunque en realidad lo único que quería era verlo.

Lo aburrido fue que nunca más quiso llevarme a sus carreras. Decía que había mucho dinero en juego y que mi presencia podía causar problemas, obviamente aludiendo a mi pelea con la chica.

Mi madre decidió devolverme el móvil solo por las noches, por lo que agradecí tenerlo conmigo en ese momento en que me moría de sueño, para poder avisar a Damián.

> **Bianca:** Esta noche estoy muy cansada, no creo que pueda ir.

La noche anterior no había dormido más de tres horas estudiando para un examen, por lo que mi cuerpo me exigía un descanso. Iba a adormilarme cuando recordé un detalle horrible y fatal: mi puerta no tenía pestillo.

8
ESTATUA

BIANCA

Desperté cuando ya era demasiado tarde, y no me refiero precisamente a la hora.

Ese hombre estaba en mi habitación y yo maldecía en mi mente a mi madre informándome que quitarían el pestillo de mi puerta. Estaba tan oscuro que no podía distinguir a cuánta distancia estábamos si no me tocaba. Mi respiración estaba agitada, tenía ganas de gritar y sentía que podía oír los rápidos latidos de mi corazón. La sábana se deslizó por mi cuerpo hasta dejarme descubierta. Estaba quieta, tan quieta que si no hubiese sido por mis estruendosas ganas de llorar hubiese pensado que estaba muerta. Las personas dicen que el miedo te hace correr, reaccionar rápido, gritar o hasta golpear, pero desde hacía muchísimo tiempo eso no me pasaba. El terror me petrificaba. Dios sabe cuánto lo odiaba, y Dios... ¿Dios de verdad existía? Y si era así, ¿dónde estaba en esos momentos?

Apoyó su mano en mi rodilla y el dolor de mi pecho se agudizó. Me dijo algo que mi cerebro no alcanzó a procesar. Tenía tanto miedo que lo único que oía era el zumbido de mis tímpanos.

Sentí como se acomodó más cerca de mi cuerpo, y yo solo atiné a pegarme contra la pared, como si con eso pudiese lograr que se cayera encima de él.

—Por favor, déjame —le pedí.

Comencé a llorar, pero él me ignoró. Continuó en lo suyo, mientras yo intentaba apartarme sin éxito alguno.

—Vamos, Bianca, tienes que cooperar conmigo.

—Déjame, por favor —continué rogando, pero fue peor.

Me sentía sucia y humillada. ¿Cómo me pedían que siguiera adelante después de pasar por todo eso?

—¿Recuerdas cuando tu madre y tú comían comida barata y estaban a punto de perder su casa? ¿Recuerdas cuando no tenían nada? —me preguntó, casi en tono divertido—. Si hablas de esto con alguien voy a dejarlas en esa misma situación. Peor, incluso. Me encargaría de separarlas y de meter a tu madre en un psiquiátrico.

Soltó por lo bajo una de esas risitas que tanto detestaba.

—Estás enfermo —solté, con la voz temblando.

—¿Cuánto quieres a tu madre, Bianca?

—Vete, por favor.

—La amas, ¿verdad? Lástima que ella me ame más a mí que a ti.

—Prefiero vivir en la calle que con alguien como tú.

—Cuidado, Bianca.

Eso me decía siempre. Sabía cómo podían aterrarme esas simples palabras.

Caminó hasta la puerta y luego salió con cautela de mi habitación.

Sentí que iba a desmayarme. Corrí a mi baño, cerré la puerta y comencé a quitarme la ropa que ese inescrupuloso hijo de puta había infectado. Me miré en el espejo. Mi reflejo pálido y el recuerdo de lo que había pasado hacía apenas unos minutos me hicieron vomitar.

Giré la manilla de la ducha y me lavé con agua caliente. Ojalá hubiera podido lavar también mis recuerdos para que jamás regresaran. Estuve al menos una hora dejando que el agua resbalara por mi espalda y se confundiera con mis lágrimas.

Tomé la escobilla, la empapé en jabón líquido y la restregué contra mi piel con tanta fuerza que casi me hago daño. ¿Por qué no podía ser una chica más fuerte o un hombre y matar a golpes a ese hijo de puta? Mi dolor físico ni siquiera se comparaba con el dolor emocional que sentía.

Salí de la ducha y me sequé. La toalla quedó manchada de sangre, y supe que esta vez me había refregado con demasiada fuerza. Extendí otra toalla en la cerámica del baño y me senté sobre ella sintiéndome, al fin, protegida.

Me corté las uñas, me las limé e intenté sacar basura inexistente de ellas hasta hacerme daño. Me sequé el cabello y, sin darme cuenta, me quedé dormida sobre el suelo.

La luz del día se metió por la ventana del baño y me despertó. Me desperecé muy rápido, me vestí, saqué las sábanas sucias de mi cama y las metí en la lavadora esperando que Julie no se diera cuenta de que había hecho yo la labor que «le correspondía» a ella. Subí corriendo las escaleras, cogí la mochila y cuando iba directa al estacionamiento para sacar mi auto, Julie me detuvo.

—¿No desayunarás, Bianca? Estás pálida. ¿Te pasó algo? —preguntó acercándose.

—Anoche comí algo que me cayó mal, estuve vomitando. —Había dicho algo falso y algo cierto.

—¿Y ahora cómo te sientes? ¿Eh?

—Mejor.

—De todas formas, ve a desayunar. Tu madre y Vincent te están esperando.

Un escalofrío recorrió mi espalda y las ganas de llorar regresaron, pero me contuve.

—Mejor no, Julie. —Sonreí falsamente—. Desayunaré en la universidad.

—A ti algo te sucede. —Me encaró.

—Solo tuve una mala noche, Jul. Los vómitos y todo eso, ya sabes, sientan fatal —le dije, intentando creer en mis palabras.

—Voy a descubrir qué es lo que te sucede, Bianca —soltó de pronto y yo comencé a sentirme mal de nuevo.

¿Cómo iba a cargar con el peso de dejar a mi madre en la calle, o peor, en un psiquiátrico?

—Nos vemos en la tarde, Julie, adiós —dije y me dirigí apurada hasta mi auto.

Cuando llegué a la universidad, la idea de irme a la biblioteca y quedarme ahí todo el día fue lo primero que pasó por mi cabeza, pero no quería darle una explicación a Paige de por qué ocupaba su lugar otra vez. Y tampoco quería darle una explicación a mi madre, que tenía mis horarios más que controlados y si faltaba a clases lo sabría.

Opté por entrar al curso que me correspondía: geometría. Bea había intentado hablarme un par de veces, y aunque no tenía ningún problema con ella, lo único que me apetecía ese día era estar callada, ser invisible, así que la ignoré.

—Damián me aceptó una cita —escuché que Dayanne le decía a Marie a un volumen lo suficientemente alto como para que yo escuchara.

—¿En serio? —susurró—. ¿Cuándo?

—Esta noche —aseguró sonriendo—. Ay, qué buenísimo está ese hombre.

Lo único que faltaba.

El enojo subió a mi cerebro, pero me mantuve en silencio. No debía estar sintiendo celos, lo sabía. Damián y yo solo éramos una especie de amigos adictos al cigarrillo y a la adrenalina con un sinfín de problemas familiares... ¿Y a ella? ¿Qué podía conectarla con Damián? Absolutamente nada.

—¿No te importa que solo sea un camarero? Y de una cafetería universitaria.

—No seas superficial —le reclamó la rubia.

La detestaba, eso era definitivo.

De pronto se volteó a mirarme y me sonrió con sarcasmo.

—Supongo que escuchaste.

—¿Qué cosa? —pregunté sin siquiera mirarla.

—Que saldré con Damián.

—¿Cuál Damián?

—No te hagas la estúpida, sé que se conocen. El de la cafetería.

—Ya me acordé. —Sonreí con falsedad—. ¿Y? ¿Debería importarme?

—Solo no te entrometas, ¿sí?

—¿Disculpa?

—Estoy segura de que ustedes dos algo se traen. Y no me gustaría que tú le movieras el culo a Damián. Todos sabemos cómo eres.

—Daya... —la regañó Marie.

—¿Qué? Sabemos cómo es Bianca, no te hagas la boba. Le mueve el culo por unos segundos a un chico y luego andan detrás de ella como unos perros.

—Calla tu puta boca, Dayanne —la enfrenté—. Me estás sacando de quicio.

—¿Y qué harás? ¿Lanzarme otro batido?

—¿Qué demonios sucede contigo? ¿Tienes miedo de que a Damián no le guste tu culo y por eso estás preocupándote por el mío?

—Eres una idiota, Bianca. Y la facultad entera está enterada de eso. Incluida tú.

Aunque una mesa nos separaba, empuñé mi mano y le golpeé la cara tan fuerte que llegaron a dolerme los nudillos.

—¡Eres una perra! —gritó poniéndose una mano sobre la nariz.

—¡¿Señoritas?! —La profesora nos llamó la atención—. ¡Están en un salón de clases y encima en la universidad! ¡Salgan de aquí inmediatamente! —ordenó indignada—. Hablaré con el jefe de carrera para que vea qué hacer con ustedes.

Sus palabras no me intimidaron en lo más mínimo. Tomé mi mochila y salí de la sala, mientras Dayanne intentaba convencer a la profesora de algo que no quise oír. Si querían echarme de la universidad, estaba más que dispuesta a irme. Al fin y al cabo, a mí solo me gustaba dibujar.

ⵜⵜⵜ

Aunque fuese irracional, estaba indignada con él y tenía una fuerte necesidad de descargarme. Cuando llegó al callejón, yo no estaba fumando y al verme frunció el ceño.

—¿Dejaste los cigarrillos en casa? —preguntó a modo de saludo.

—No, no quiero fumar.

—¿Te ocurrió algo?

—¿Cómo estuvo tu cita? —Alcé la cabeza, nuestras miradas chocaron y él sonrió—. ¿De qué te ríes? —pregunté sin un ápice de humor.

—¿Es en serio? —Lentamente se acercó a mí—. Cuando nos conocimos casi me rompes la nariz de un puñetazo ¿y ahora estás haciéndome una escena de celos? ¿Qué sigue? ¿Homicidio?

—No seas dramático; solo estoy preguntándote cómo estuvo tu cita.

—¿Con Daya? Pues bien. —Se encogió de hombros.

—¿Daya? Su nombre es Dayanne.

—Es de confianza.

Mi enojo volvió a florecer, y esta vez no pude detenerlo.

—¿Cómo puedes ir a una cita con esa chica? De verdad te has quedado sin cerebro.

—¿Cuál es el problema, Bianca?

—El problema es que la detesto. Al menos busca a alguien que me caiga bien.

—¿Quién es de tu agrado?

—No lo sé...

—Pues nadie. —Sonrió—. Ya deja de joder, que no somos novios.

—Sé que no lo somos, y no me gustaría serlo tampoco.

—Entonces ¿qué? —Se sentó en la solera y sacó un cigarrillo.

—Olvídalo.

—¿Me haces este escándalo y pretendes que lo olvide?

—Es que eres un traicionero —solté, y él se sorprendió por mi actitud—. Pensé que éramos amigos.

—¿Amigos? Tú y yo no estamos cerca de ser amigos, Bianca.

—Y entonces ¿qué es esto?

—No estoy dispuesto a discutir contigo acerca de «esto». Te estás comportando como una niña de cinco años.

—Entonces vete.

—¿Encima me echas del único lugar que me recibe con los brazos abiertos?

—Sí.

—Pues me voy. —Enarcó una ceja—. ¿Creías que me quedaría aquí para que conversemos sobre esto? —comentó con una sonrisa irónica—. ¿Sabes? No necesito que me controles. Ni tú ni nadie. Yo hago lo que se me dé la gana, ¿está bien? Y si has tenido un día de mierda, te enseñaré una cosa. —Se acercó a mí—. Yo no soy un saco de boxeo. ¿Bien?

Apagó el cigarrillo que había encendido recién y lo guardó en su cajetilla. Quise decirle que se detuviera, que lo sentía, pero mi orgullo fue más grande. Se subió a la moto, se puso el casco y se marchó. ¿En serio se estaba comportando así conmigo?

Me sentí molesta, cansada y confundida. Quería escapar de la realidad. Damián se había ido, pero de pronto sus vicios se me vinieron a la cabeza y se me ocurrió una idea. ¿Qué tan malo podía ser ir a una carrera?

Caminé por las calles vacías y sombrías en dirección a la casa de Owen. Algunas personas que andaban a esa hora me observaban y yo solo fingía conocer a la perfección el entorno mientras apresuraba el paso para no salir de ahí sin mi ropa. Finalmente di con el bendito pasaje y reconocí la casa de Owen por la dichosa ventana del segundo piso. No había timbre, y como no sabía silbar, decidí lanzar una pequeña piedra al vidrio. La luz se encendió y después de unos segundos se asomó Owen.

—¿Bianca? —preguntó frunciendo el ceño.

—La misma.

—Quédate ahí, bajo enseguida.

9
EXPERTA

BIANCA

Owen bajó a la calle y se quedó mirándome con expresión confundida.

—¿Cómo has llegado hasta aquí?

—Con mis pies —respondí.

—¿Le ocurrió algo a Damián?

—No, nada. Es solo que necesito tu ayuda.

—¿Qué sucede?

—¿Es posible que me digas dónde es la carrera de hoy? —Ni siquiera sabía si había carrera, pero debía parecer segura.

—No puedo hacer eso, lo lamento —contestó seco, aunque él no era tan frío como Damián.

—¿Por qué no? Solo quiero ir a ver cómo es. La última vez no tuve una buena experiencia.

—¿Damián sabe sobre esto? —preguntó con desconfianza.

—Sí. Me dijo que debía llegar antes al lugar, que nos viéramos ahí. Y al parecer luego se olvidó de confirmarme la dirección, porque está desconectado.

—Eso no suena como a Damián.

—¿Me puedes dar la dirección o no? La conseguiré de todas maneras. —Ya me estaba cansando.

—Okey, yo te llevo, voy para allá.

Lo esperé unos minutos hasta que sacó su motocicleta por el garaje. Era grande, brillante y de un color azul metálico asombroso. Me prestó su casco, el único que tenía, pues yo me había quedado con el suyo aquella noche.

Arrancó la moto tan veloz como Damián lo hacía, aunque noté que ponía más atención a los transeúntes y a los semáforos. Anduvimos un largo trayecto hasta que nos adentramos en un lugar vacío y oscuro como una boca de lobo. Empecé a desesperarme, hasta que por fin vi una luz y llegamos a donde estaba el grupo reunido. Había música muy fuerte, botellas de alcohol y un intercambio de lo que, supuse, eran drogas. Y había, obviamente, autos y motos, y chicas con poca ropa que bailaban al compás. Parecía una fiesta clandestina con invitados peligrosos.

Me bajé de la motocicleta esperando no encontrarme con Lauren. Sabía que estaría muerta en segundos si la veía, ya que me había dejado claro que no era una chica de solo puños. Era la hija de un narcotraficante, y podían matarme si ella hacía sonar los dedos.

—Las carreras comenzarán dentro de unos minutos, te aconsejo que te quedes de este lado —sugirió Owen—. Allá solo hay corredores y espectadores con pase VIP.

—¿Quiénes son esos? —quise saber.

—Los amigos de los que correrán. Hijos de gente importante..., amigos de gente importante —me explicó—. Si te quedas aquí, estás a salvo. Si vas para allá, asegúrate de encontrar a Damián.

—¿Damián correrá?

—Claro. ¿No lo sabías?

—Lo había olvidado —mentí.

—Iré a dar una vuelta por allá. Tú mantente aquí, ¿sí?

Aunque me había advertido sobre las consecuencias de ir hasta ese lugar, mi instinto me lo pedía a gritos. Estaba tan cansada de todo y de todos que sentía que en realidad no tenía nada que perder.

En cuanto Owen se perdió entre las personas, comencé a caminar con la capucha de la chaqueta puesta esperando que nadie me reconociera, especialmente Damián, Lauren y él. La adrenalina se apoderó de mí y me quité la capucha para observar mejor una vez que estuve en el otro frente. De pronto sentí una mirada casi encima de mí.

—¡Regresó la tramposa! —Escuché su voz. Levanté la cabeza y nuestras miradas chocaron, pero no quería armar una pelea, por lo que continué caminando—. ¡Hey! ¡Espera! —gritó y dos tipos me cogieron de los brazos para llevarme hasta ella. Estaba rodeada de amigos que parecían asesinos seriales—. Esta vez no quiero pelear —dijo—. Te propongo una tregua, Blanca.

—Mi nombre es Bianca.

—Está bien, ojitos azules. Correrás contra mí.

—¿Qué? No.

—Pierdas o ganes, estaremos bien —insistió—. Además, sé que si pierdes puedes pagar todo el dinero que hay en juego.

—Aunque quisiera no puedo, no tengo motocicleta —aseguré, intentando quitarme del problema.

—Si la trajo Damián, le confío mi moto.

Volteé a ver quién había dicho eso. Era un hombre alto y robusto, parecía mayor y tenía tatuajes hasta en la cara. Intimidaba a cualquier persona.

—¡Mira! ¡West se ofrece a prestarte su moto! —exclamó Lauren, emocionada.

—No, no me apetece conducir, gracias. —Sonreí con falsedad.

—Eres una cobarde. ¿Prefieres quedarte ahí parada esperando a que te mate o correr conmigo para una tregua?

—¿Cuánto dinero hay en juego? —pregunté.

—Diez mil —respondió.

—¿Dólares?

—¡Vamos, cobarde! ¡Ese dinero lo gana tu familia en un día laboral! Ya sé todo de ti.

Miré a West.

—Te confío mi moto porque sé que Damián es el mejor corredor de este lugar, y si te trajo aquí es por algo.

—Está bien —contesté, y Lauren sonrió como si acabase de cerrar el mejor trato de su vida.

La adrenalina que ya estaba sintiendo aumentó de golpe. Aparte de las prácticas con Damián, había estado leyendo un poco sobre motocicletas, técnicas y demás, pero aun así estaba aterrada. Solo había dicho que sí porque la otra opción era caer en las manos de esa matona. Si perdía me iba a doler despedirme de mi dignidad. El dinero no me importaba tanto, podía pagarlo.

Miré la pista e intenté visualizarme encima de la moto de ese desconocido. Si no ganaba, probablemente moriría en la primera curva.

DAMIÁN

—Ahora vienen las chicas por diez mil, luego los hombres y después el mixto —me informó Owen.

—Bien.

—Qué extraño que hayas seguido invitando a Bianca a estos lugares. —Me volteé a mirarlo. Los gritos de las personas no me dejaban oír del todo bien, y la carrera de las chicas ya iba a comenzar.

—¿Qué?

—¡Que me parece extraño que hayas seguido invitando a Bianca aquí! —gritó.

—¿Bianca está aquí?

—Pensé que lo sabías.

—¡¿Dónde está?! —Me alarmé.

—La dejé del otro lado.

—¡Demonios!

Comencé a caminar entre la gente para atravesar, pero en cuanto di algunos pasos la vi en el mismo sector que yo estaba, y encima de una moto ajena. West estaba frente a ella acomodándole el casco y Lauren se encontraba al costado sonriendo victoriosa. Iba a matarse, iba a matarse si corría. Y si le rompía la moto a West, iba a morir dos veces.

—¡Bianca! —le grité, pero no me escuchó—. No, no..., no —decía mientras me abría paso entre los espectadores—. ¡Bianca!

Vi cómo una chica anunció la partida y las motos salieron disparadas hacia adelante. Owen llegó hasta donde estaba y enseguida lo enfrenté.

—¡¿Tú la has traído aquí?!

—Ella me dijo que sabías sobre esto, Damián.

—¡Eres un imbécil, Owen! ¡Ahora va a matarse en esta puta carrera!

De lejos vi cómo conducían a toda velocidad y mi corazón empezó a latir con fuerza. Cuando se acercaron a la curva más pronunciada y peligrosa, quedé expectante. Maldita Lauren. ¿Por qué se comportaba así cuando alguien se le metía entre las cejas? Noté que algunas motocicletas se fueron al suelo. Solo tres se mantuvieron en carrera y solté el aire, aliviado, cuando noté que una de ellas era la de West. Demonios, Bianca era increíble. Parecía una experta en vez de una novata, pero de todas formas me tenía jodidamente asustado. Quedé con la boca abierta cuando la primera en pasar la meta fue ella. Se hizo un círculo a su alrededor, todos se acercaron a felicitarla y West parecía orgullosísimo con su pecho inflado.

Aparté a todos de mi camino y troté hasta que estuve frente a los dos. La mirada de Bianca se quedó en la mía y en vez de irradiar culpa me observó victoriosa. Resoplé, enfadado. No pude acercarme más porque llegó Lauren quien, como nunca, se acercó para felicitar a Bianca por su destreza. Sin duda ella se había ganado el respeto de un puñado de idiotas poderosos. Esperé que le pasaran el dinero, vi que lo dividió en dos y le pasó una parte a West. Él no era tan bueno corriendo, por lo mismo hacía negocios prestando su motocicleta, pero ya lo había visto romperle la cara a puñetazos a un chico por rasparle la pintura.

Cuando le dieron espacio me acerqué a ella, la tomé de la muñeca y la saqué de ahí. Se produjo un silencio.

—Damián, ya déjala. —Oí la voz de West a mis espaldas. Volteé a mirarlo con enfado—. ¡Hizo la carrera más asombrosa que he visto!

—¿Y a ti quién demonios te invitó a opinar? —Alcé mi vista para enfrentarlo.

—No seas un hijo de puta ahora.

—Vete de aquí, West. Y no hagas tal de traer tu puta moto de nuevo. Menos tu culo, o yo mismo me encargaré de romperlo a patadas.

West se quedó mirándome unos segundos y se largó.

—Has sido muy grosero, Damián —reclamó Bianca cuando por fin estábamos solos.

—¡¿Qué demonios sucede contigo?! ¡¿Te has vuelto loca?!

—¿Por qué tengo que darte una explicación, Damián?

—¡Porque yo te traje a este mundo y tú no puedes venir aquí creyendo que lo sabes todo! ¡¿Tienes idea de lo que hubiese ocurrido si rompías esa moto?! ¡Estarías muerta!

—¡Pero no pasó! ¡Gané!

—Estás más loca de lo que creí. ¿Cómo es posible que le hayas mentido a Owen y encima te montes en la moto de un desconocido?

—Repito: ¡no me pidas explicaciones, Damián!

—¿Todo esto lo hiciste porque pensaste que salí con Dayanne?

—¡¿Qué?! ¡NO!

—Cuando creo que no puedes ser más infantil, me encuentro con que eres infantil y encima que has perdido un tornillo.

—Me dejaste sola en el callejón ¿y ahora quieres que estemos bien? —Alzó las cejas, desafiante.

—Me hiciste enfadar.

—Es que eres un puto traidor.

—Bianca. —La miré directamente a los ojos—. No he salido a ninguna cita, ni con Dayanne ni con nadie —confesé y ella entrecerró sus ojos azules—. A veces bromeo, pero no debes llegar a estos extremos. Te hubieses matado —hablé regulando mi voz—. Ahora vamos, te llevaré a casa.

—Entonces ¿por qué me dijiste que habías salido con Dayanne? —preguntó mientras caminaba detrás de mí intentando seguirme el paso, pero la ignoré—. ¡Espera, Damián! —Me volteé a mirarla por unos segundos y ella se detuvo—. Sé que tienes que correr ahora. Ve y hazlo.

—Retrasaré un poco la carrera, no correrán sin mí. Ahora vamos, que te llevo a casa.

—¡No quiero ir a casa, Damián! —alzó la voz y yo me quedé petrificado mirándola. Sus ojos contenían mucho enojo, pero pude divisar cómo una capa de lágrimas aparecía en ellos.

—¿Qué te sucede, Bianca? —pregunté, acercándome.

—Nada, ¿está bien? No quiero ir a casa, por favor, deja que te vea correr y luego regresamos juntos al callejón —rogó.

—Está bien.

No quise indagar más en sus asuntos. Si me contaba qué le ocurría, iba a ayudarla. Bianca se había convertido en la persona más cercana a mi vida y ni siquiera nos conocíamos tanto. Daven y Owen también eran cercanos, pero de una forma diferente.

A Owen lo conocí en las carreras a los dieciséis años. Él no corría, pero siempre le gustó la mecánica y les arreglaba las motocicletas a casi todos. Era excelente, nadie lo superaba. Daven era mi amigo desde que nos conocimos en el centro de menores, cerca de los siete años, cuando me enseñó a defenderme. Desde ese entonces fuimos inseparables en medio de ese infierno. Aunque teníamos la misma edad, a él le resultó mucho más fácil adaptarse al centro de menores por toda la violencia que vio afuera. Cuando salimos, me llevó a las carreras clandestinas y nos volvimos los mejores. Daven se independizó rápido y olvidó a las personas de su familia que le hicieron daño, cosa que yo admiraba porque a mí me había costado más. No podía solo fingir que mi madre no existía.

—Quédate aquí —le dije a Bianca en cuanto llegamos al lado de Owen.

—Creo que Bianca ya dejó bastante claro que no necesita que nadie la cuide —comentó Daven, acercándose—. Ha protagonizado una de las mejores carreras femeninas que he visto en mi puta vida. —Soltó una carcajada.

Bianca me observó y movió sus cejas de arriba hacia abajo.

—Eso no quita que aquí puedan violarte sin que nadie se entere. —La miré fijamente y ella cambió su expresión. Se puso seria y asintió como si de pronto hubiese vuelto a ser una niña. Se apegó a Owen y se quedó con él.

Caminé junto a Daven hasta llegar al lugar de la carrera. Revisé mi moto por última vez, me subí, me puse el casco y luego me concentré en la pista. Nunca había corrido en ese lugar, pero tampoco es que me costaran demasiado las curvas. Necesitaba el dinero, y en la carrera solo existiría un ganador. Por suerte, si fallábamos no perderíamos nada, ya que había sido una de las tantas carreras de «regalo» del padre de Lauren.

La chica bajó la banderilla delante de nosotros y arrancamos. Iba mucho más rápido que las veces anteriores, como si literalmente estuviese persiguiendo ese dinero. Pasé la primera curva sin dificultad y me posicioné en el primer lugar. La siguiente era más pronunciada, hacia la derecha. Me concentré en la pista. Otro competidor se me acercó mucho, pero logré seguir primero. De pronto divisé a las personas en la meta bajo los faroles. Iba a ganar, estaba todo en mis manos, pero el sonido de otra moto muy cerca me alertó.

—¡Apártate, hijo de puta! —le grité sin saber quién era. Solo veía sus ojos dentro del casco.

Aumenté la velocidad y sentí un golpe en la parte trasera que desequilibró mi moto y me hizo caer. Mi cuerpo impactó en la tierra y mi cabeza rebotó en el piso. La arena parecía metal. Intenté cubrirme, pero debido a la velocidad me fue imposible caer bien. Me golpeé el brazo y la pierna derecha y tuve que cerrar los ojos porque un silbido agudo se instaló en mis oídos. El sabor metálico de la sangre no tardó en llegar a mi boca, sentía mis párpados pesados y una punzada de dolor en la frente me impedía abrir los ojos. Intenté ponerme de pie, pero un grito me detuvo.

—¡No lo hagas! —me gritó Daven—. Owen, trae un maldito auto, ¡ahora!

Vi la imagen borrosa de Bianca, que se agachó junto a mí con la intención de quitarme el casco, pero Daven la detuvo.

—No le levantes la cabeza del suelo —ordenó.

Bianca se quedó a mi lado.

—Quédate despierto, ¿sí? Owen traerá el auto, iremos al hospital —susurró preocupada.

Intenté con todas mis fuerzas mantenerme cuerdo. Sabía que había tenido un accidente, por lo que entendía que si cerraba los ojos podía ser peor. Por un momento me desconecté. Pasé de estar sobre la tierra a encontrarme en la parte trasera de un automóvil, sin el casco y con la cabeza apoyada en las piernas de Bianca. Luego dormí y desperté de nuevo, pero esta vez en una sala de hospital. Minutos después mi cuerpo fue absorbido por un oscuro y asfixiante agujero negro.

10
TODO

BIANCA

Llegué a su lado y tuve el impulso de quitarle el casco, pero Daven me detuvo. Parecía más histérico que cualquiera. Ordenó a Owen traer un auto, lo subieron entre todos y yo me acomodé para que su cabeza quedara sobre mis piernas. Daven arrancó el auto como si su vida dependiera de ello.

Apenas llegamos al hospital, Owen se bajó del auto y pidió una camilla. Afortunadamente reaccionaron rápido y lo metieron a una sala, dejándonos a los tres afuera. Mi corazón estaba latiendo con fuerza, todo había sido tan rápido que recién en ese momento me bajó la histeria.

—Voy a matar a ese hijo de puta —soltó Daven. Owen no dejaba de pasearse de un lado a otro.

—¡Te dije que iba a chocarlo! —exclamé, y ambos se quedaron mirándome—. ¡Es tan injusto! ¿Hay algún castigo para las personas que hacen eso?

—Claro que no —respondió Owen—. Se supone que las normas las ponen los participantes.

—Te aseguro que cuando Damián despierte lo primero que hará será ir a recordarle a ese hijo de puta por qué existen las normas —expresó Daven.

—¡Debería! —lo apoyé—. ¡Podría haberlo matado!

Se quedaron mirándome, confundidos. Daven se acercó a mí y frunció el ceño.

—Y tú, ¿de dónde saliste?

—Supongo que de donde mismo saliste tú —respondí, y Owen soltó una carcajada. Daven también se rio de mi respuesta y negó con su cabeza.

—Solo pensé que tal vez tu madre había tenido cesárea —bromeó—. Llamaré a Lauren, debe haber quedado preocupada.

A medida que las horas pasaban, más impaciente me sentía. Toqué mis bolsillos y noté que el móvil seguía en mi abrigo. Automáticamente recordé que tenía una «familia», es decir, personas a las que debía responderles el llamado. Lo desbloqueé y comprobé que no tenía llamadas perdidas. Todavía no se percataban de que no estaba, o bien Vincent quería dejarme tranquila por unos días.

Cuando Daven apareció en la sala comenzó a contarle a Owen lo que había estado conversando con Lauren y, por la forma en cómo habló, deduje que Daven era cercano a la morena. Me removí inquieta alrededor de la sala de espera mientras ellos seguían conversando, hasta que por fin vimos salir a una doctora. Se nos quedó mirando por unos segundos y luego se acercó.

—¿Familiares de Damián Wyde? —preguntó. Los tres asentimos con los ojos bien abiertos esperando que continuara—. Buenas noches, solo vengo a darles un poco de información acerca de Damián. Bueno, al parecer iba a exceso de velocidad... La verdad es que ha tenido muchísima suerte —soltó y yo fruncí el ceño—. Lo que quiero transmitirles es que a la velocidad que creemos que iba lo más probable hubiese sido que muriera de inmediato.

No necesitaba tantas lecciones de vida.

—¿Él está bien? —pregunté, intentando tener una respuesta más clara.

—No —contestó—. Solo está vivo. Tiene la mitad del cuerpo fracturado y deberá ser sometido a cirugías. Estuvo a cinco centímetros de quedar parapléjico.

Respiré profundo. Miré a Daven y a Owen, pero ninguno lograba articular palabra. Parecían haber quedado congelados luego de escuchar a la doctora.

—Lo hemos sedado por el dolor que pueda sentir mientras lo examinamos y le curamos las heridas. —Posó su mirada en la mía porque, al parecer, la única persona que estaba dispuesta a hablar era yo—. Deberá ser trasladado de urgencias a una clínica para que comiencen a intervenir de inmediato.

—Eso es demasiado caro —opinó Daven—. ¿Por qué no pueden curarlo? ¿No lo cubre algún seguro, alguna mierda? —Estaba visiblemente alterado.

—No, y no hay médicos suficientes —le explicó la mujer—. Si dejan aquí a Damián, puede morir. Su amigo necesita ser tratado por especialistas.

—Pero ¡¿qué clase de médicos tienen aquí?! —exclamó Owen agarrándose la cara.

—Lo lamento mucho... —comenzó a decir la mujer y yo la interrumpí.

—¿A qué clínica podemos derivarlo? —pregunté ignorando los gruñidos de Daven y Owen—. Una en la que entre de urgencia y no lo dejen de tratar hasta que se recupere por completo.

La doctora enumeró diferentes clínicas y escogí una de ellas. Daven y Owen me observaban como si me hubiese vuelto loca. Loca estaba, pero también estaba segura de lo que hacía.

—Muy bien, esta misma noche lo trasladaremos. Debes ir a llenar unos papeles a recepción.

—Okey, gracias.

Caminé hacia recepción con Daven y Owen siguiéndome, sin entender qué había hecho.

—¿Cómo pagarás esa mierda? —preguntó Daven cuando se acercó a mí. Lo miré un par de segundos.

—Eso no importa, solo necesito que alguien más firme por mí. Yo pondré todo el dinero.

—Yo firmo —respondió Owen.

—¿Estás loco? —Daven se volteó—. Apenas estamos conociéndola, pueden meternos a la cárcel si no paga.

—Damián confía en ella, Daven —remató.

Daven se mantuvo en silencio. En cuanto llegamos a la recepción, Owen comenzó a leer algunos papeles y a poner su firma en todos los lugares en que se la pedían. Damián iría a un lugar en donde pudiesen salvarlo; no iba a dejar que muriera esperando a que se desocupara una camilla y que un médico se arriesgara a operarlo.

La ambulancia no tardó en salir del hospital hasta la clínica. Nosotros nos fuimos siguiéndole en el mismo auto en el que habíamos llegado hasta allá.

✶ ✶ ✶

Me subí encima de la silla, estiré mi brazo hasta chocar con la caja y la deslicé por encima del clóset hasta que la tuve entre mis manos. Metí la llave y la abrí. Empecé a contar el dinero que me había ganado vendiendo algunas de mis cosas y también unos excedentes de mesadas —además del dinero de la carrera, que sumé enseguida—. Había estado ahorrando con la ilusión de irme lejos de ese lugar, pero ahora existía otro motivo para ocuparla, y no me dolía ni me costaba hacerlo. Pensé que lo que había en la caja sería suficiente y llamé a Daven para contarle, pero él me explicó que a Damián lo habían intervenido un par de veces más y estaba en recuperación.

Conocía bien el sector privado, en el que siempre me habían atendido, y supuse que me faltaría dinero para cubrir el gasto de todas esas intervenciones.

Quedaba solo una opción.

Cogí mi mochila y caminé alrededor de la casa asegurándome de que Vincent y mi madre ya se hubieran ido al trabajo. Julie estaba dando vueltas, ordenando, pero me quedé tranquila porque jamás se metía a la habitación de mamá. Caminé intentando pasar desapercibida. Envolví mi mano en un pañuelo y giré el picaporte. Entré en la habitación sin hacer el menor ruido. Lo que iba a hacer provocaría un gran problema, pero no era momento de pensar en eso.

Había estado un par de veces en esa habitación junto a mi madre conversando de cosas cotidianas, aunque jamás me sentí cómoda y no conocía bien la distribución de sus cosas. Miré alrededor detenidamente hasta que la vi: la famosísima caja fuerte de Vincent. Fijé mi vista en el seguro numérico y achiné los ojos. No me costó para nada adivinar la clave... Vincent podía ser muy predecible. Contemplé el dinero, agarré un par de fajos de billetes, los puse en mi mochila y me marché sin dejar rastro.

И И И

—¿De dónde sacaste todo ese dinero? —me preguntó Daven luego de unos segundos.

—Eso no te incumbe —respondí sin más.

El doctor de la famosa clínica nos había informado que Damián había despertado hacía algunas horas y que estaba recuperándose de las cirugías a las que había sido sometido. Aún no podíamos verlo, y esperaríamos lo que fuese necesario.

—¿Qué crees que estará haciendo su madre? —le pregunté a Owen. No sabía por qué, pero me infundía muchísima más confianza que Daven. Tal vez porque parecía una persona normal y no un asesino en serie.

—Pues bebiendo —soltó—. ¿Qué más? ¿Crees acaso que

podría estar preocupada de que su hijo no haya llegado a casa luego de semanas?

Me encogí de hombros y él sonrió con ironía, como si estuviese hablando con una pobre chica ingenua.

Cerca de las seis de la tarde mi móvil empezó a sonar. No había asistido a ninguna clase ese día y lo primero que vino a mi mente fue la imagen de mi madre gritándome y pidiéndome explicaciones. Miré la pantalla y comprobé que, en efecto, era ella.

—¿Hola? —contesté.

—Bianca, ¿dónde estás? Has faltado a clases hoy.

—Luego te explico, mamá.

—De acuerdo, solo quiero que llegues temprano a casa. Le han robado a Vincent de la caja fuerte, la policía está aquí.

Mi estómago se apretó.

—¿Cómo es posible, mamá? Hay seguridad en toda la cuadra.

—Es por eso que debemos hablar. Julie es la única que está aquí en el día y...

—¡No pensarás que fue ella! —hablé rápidamente y me alejé de Owen y Daven.

—Solo ven pronto, ¿sí?

—Está bien, adiós.

Miré la pantalla luego de cortar y tuve el impulso de llamar a Paige para pedirle que me cubriera. Pensaba decir que había estado con ella.

En cuanto llegué a casa divisé en la entrada a algunos policías registrando el césped y todo el exterior. Saludé a mi madre y pasé de Vincent dirigiéndome a hablar con Julie, quien se encontraba más nerviosa que nunca.

—¿Qué ocurre? —le pregunté cuando al fin nos quedamos solas en la cocina.

—Me van a culpar de todo esto, Bianca. Me quedaré sin trabajo y no encontraré otro.

—Eso no va a pasar, Julie. —Fruncí el ceño—. No has sido tú, así que cálmate.

—Te juro que estuve aquí y no vi a nadie. —Comenzó a darme explicaciones, pero yo no las quería. No iba a confesar que había sido yo, pero tampoco dejaría que echaran a la única persona que se preocupaba por mí.

La búsqueda de pistas en casa se extendió por horas. No me moría de nervios, pero estaba impaciente por que se fueran para poder ir a ver a Damián a la clínica y conseguir el permiso de algún doctor para poder entrar en su habitación. Vincent me observó de reojo un par de veces y yo lo último que quería era hacer contacto visual con ese imbécil.

Cuando la policía se marchó, continuó una cena «familiar». Vincent había enviado a Julie a su casa porque debíamos tomar decisiones «en familia». Estaba claro que el tema principal sería «Cómo despedir a Julie» o «Culpemos a la empleada».

—Julie debe irse —comentó Vincent de manera tajante.

—No creo que haya sido Julie, cariño —respondió mi madre, y estuve a punto de vomitar.

—¿Quién más pudo haber sido? Nosotros estábamos trabajando, y Bianca en la universidad. Solo estaba Julie en casa en ese momento.

—Bianca, ¿ahora nos puedes contar dónde estabas? A la universidad no fuiste —observó mi madre. Levanté mi vista intentando incorporarme a la conversación.

—Fui a casa de una amiga. Estaba enferma y necesitaba ayuda con una materia.

—¿Cuál amiga?

—Paige. Ya te había hablado de ella.

—Está bien. ¿Y no viste a nadie extraño cerca de casa hoy? ¿Algo?

—No, a nadie.

—Otra razón por la que debemos despedir a Julie —continuó Vincent.

—No. —Me dirigí hacia él con la valentía que antes jamás había tenido—. Yo no... no estoy de acuerdo con eso.

—Es una ladrona, Bianca. —La voz de Vincent se reguló y su mirada se fue a la mía. Lo odiaba tanto que a veces sentía el impulso de ponerme de pie y darle un puñetazo en la cara, pero cuando sus ojos hacían contacto con los míos o se dirigía a mí, mis rodillas flaqueaban y me ponía a temblar.

—No puedes tratarla así —respondí, concentrándome en mamá en vez de en él—. Julie ha trabajado años en esta casa, prácticamente me ha criado, y no dejaré que la manden fuera como si nada.

—Bianca, tal vez es mejor escuchar a Vincent.

Rodé los ojos y mamá me fulminó con la mirada.

—Está bien, no la despediremos, pero mañana mismo pondremos cámaras en todos los lugares de esta casa.

—¿Todos? —Esta vez lo miré.

—Excepto baños, claro.

Estaba segura de que aquellas cámaras no irían a parar a ninguna habitación y que él intentaría alejar de mi lado a las personas que me querían con tal de dejarme desprotegida. Pero yo no iba a permitir que apartaran a Julie.

N N N

Dos semanas después

—¿Podemos entrar a verlo? —le pregunté al doctor.

—Sí, está despierto. Y, al parecer, mejor que nunca —nos informó.

Entré junto a Daven y Owen a la sala en donde estaba Damián. Observó fijamente a sus amigos y sonrió, pero cuando su mirada se posó en mí pareció sorprendido. Se veía mucho mejor que cuando lo habíamos traído, aunque su mentón tenía una herida profunda que no terminaba de cicatrizar.

—¡Estás vivo, maldito hijo de puta! —exclamó Daven de pronto.

Damián soltó una carcajada y extendió su mano para saludarlo.

—¿Qué te ha dicho el médico? —le preguntó Owen. Seguramente él era el más sensato de los tres.

—Que he mejorado, que las cirugías salieron bien y que la recuperación también va excelente. He estado caminando por la habitación con unas muletas, y la verdad me siento mejor —nos contó.

No sabía por qué me encontraba inmóvil, mirándolo como una estúpida. Sentía unas ganas enormes de abrazarlo y también de decirle lo idiota que había sido al arriesgar su vida así, pero, como siempre, me contuve.

—¿Por qué no hablas ahora, Bianca? —me preguntó Daven.

Rodé los ojos y Damián sonrió.

—No soy tan sentimental como ustedes —respondí, y los tres rieron.

—Eso está claro. Lo único que ha hecho durante estas semanas es dar instrucciones y discutir con quienes han osado no hacerle caso —comentó Owen.

Lo miré directamente esperando que no dijera que yo había puesto el dinero para que lo trasladaran a esa clínica. Por fortuna, Damián no preguntó acerca de eso y los chicos tampoco tocaron el tema.

Owen y Daven tuvieron que marcharse y me quedé sola junto a Damián. Afuera estaba oscuro, se suponía que yo también debía volver a casa, pero no lo hice. Me hubiese quedado ahí hasta que le dieran el alta con tal de no regresar a la mansión.

—¿Por qué has hecho esto? —Escuché su voz luego de un silencio.

Estaba medio sentado en la camilla y yo a su lado en un sofá.

—¿Qué? —Fruncí el ceño.

—Sabes de lo que hablo.

Por supuesto que sabía.

—No, deberías ser más explícito.

—¿Por qué has gastado todo este dinero para mandarme a una clínica cinco estrellas?

—Ibas a morir, Damián. O quizá hubieses quedado parapléjico.

—Pues te debería haber importado una mierda, ¿no?

—¿Eres tonto o qué? —Alcé la vista, seria.

—Solo necesito un porqué.

—Porque sí —respondí y sonreí enseñándole toda mi hilera de dientes.

Él sonrió levemente y negó con la cabeza.

Las horas pasaron más rápido de lo que imaginé conversando con él mientras las enfermeras le tomaban los signos vitales y revisaban sus sueros. Me abstraje, hasta que una llamada de mi madre me hizo volver a la realidad. Dejé que el móvil vibrara hasta que se cansó de llamarme.

Luego le mandé un mensaje diciéndole que me encontraba bien y que no se preocupara, que mañana hablaríamos. Sabía que iba a querer matarme luego de eso, pero prefería eso que escuchar sus gritos.

—Voy por un café —dije y me puse de pie.

—¿No te vas?

—No. —Sonreí—. Solo iré por un café y a fumar un cigarrillo.

—Deberías darme un cigarrillo. O fumar junto a mí.

—No puedes fumar.

—¿Desde cuándo seguimos reglas?

—Damián...

—Está bien, vete. —Rio—. Pero no tardes en volver, ¿sí?

—Sé que no quieres pasar ni un segundo sin mí, tranquilo.

—Tienes razón —susurró y mi estómago se contrajo. De pronto sentí que mis rodillas temblaban—. *Ni un segundo*, así que no tardes. —Me guiñó un ojo y yo solo pude sonreír como una estúpida.

11
MUNDO PEQUEÑO

DAMIÁN

Estaba muy lejos de recibir atención en mi vida cotidiana. De que me preguntaran acerca de mi estado de salud o de lo que pretendía hacer con mi vida. Ahora que estaba teniendo todo eso me sentía abrumado, aunque algo se tranquilizó dentro de mí cuando los ojos azules de Bianca Morelli hicieron contacto con los míos.

Debo confesar que me gustaba sentirla cerca de mí, mirarla en silencio u observar sus gestos cuando le contaba alguna cosa. Me gustaba que escuchara con tanta atención las estupideces que tenía para decir y las reflexiones absurdas que soltaba a veces. Esta vez no lucharía en contra del destino.

—¿No te pone mal que tu madre no esté aquí? —me preguntó en un momento.

Bianca había ido a buscar un café y al regresar se había recostado en el sofá envuelta en una manta y agarrando su vaso con fuerza. Su pregunta no me sorprendió. Ya estaba acostumbrado a esos análisis.

—No —contesté—. Créeme que prefiero que se quede en casa.

—No te creo. Es imposible que seas así de frío.

—Frío no. Soy caliente, más bien. —La miré y ella soltó una carcajada.

—Eres un idiota.

—Estoy pudriéndome junto a ella. Tanto así que siento que durante estos días he descansado.

—¿Descansar? —preguntó, incrédula—. Casi te has muerto, ¿y tú lo llamas «descansar»? —Me encogí de hombros y ella desvió su mirada por unos segundos—. ¿Qué piensas hacer cuando salgas de aquí?

—Golpear al hijo de puta que me hizo esto, lo primero. Luego veré si Owen ha arreglado la moto por segunda vez... y probablemente el callejón esté esperándome para fumar un cigarrillo.

—Deberías dejar de pensar en la moto por un momento, ¿no?

—Jamás dejaré la moto, Bianca —aclaré—. Además, ella no me hizo esto. Fue mi exceso de velocidad y ese hijo de puta.

—Entonces ¿bajarás la velocidad?

—Claro que no.

—Dios. —Rodó los ojos y yo solté una carcajada—. Solo espero que pronto te saquen de aquí.

—Así será, tal vez dentro de dos días.

No dijimos nada más y nos quedamos mirando. El silencio entre nosotros era cómodo. Hay personas que lo detestan, pero no era nuestro caso.

—Ven aquí —propuse rompiendo las reglas de mi habitación, y me quedé viendo sus encantadores ojos azules. Lo pensó un momento y se sentó a mi lado en la camilla. Luego se quitó las zapatillas y se recostó junto a mí.

—¿No crees que es extraña la forma en que nos conocimos? —preguntó.

—Puede que sí. Pero prefiero eso a un encuentro cliché en donde dos personas chocan y a una se le caen los libros.

Soltó una carcajada y luego habló en voz baja.

—Siento que te conozco desde siempre.

—Yo siento lo mismo —confesé.

—¿Me imaginabas con el mismo color de ojos? —Me observó y pestañeó rápidamente con una sonrisa inocente que se esfumó enseguida. Sabía que Bianca Morelli no estaba en la lista de «chicas inocentes a las que conoces».

—No te imaginaba, Bianca. —Continué mirándola de costado—. Solo te encontré en ese callejón y sentí que, de alguna u otra forma, no serías solo una estrella fugaz.

—¿Y si lo hubiese sido?

—Me hubiese tatuado tus ojos azules. Y jamás se me habría olvidado tu puñetazo.

—Lo lamento —comentó riendo.

Me descubrió contemplando sus labios y noté que se puso algo nerviosa, pero no se alejó de mí.

No lo pensé mucho más y me acerqué a ella. Había bastantes probabilidades de que me diera otro puñetazo, pero ya no podía arrepentirme. Sentí su respiración cerca de la mía y una tranquilidad se posó en mi cuerpo. Deslicé mi mano por detrás de su cuello y la acerqué a mí hasta que sus labios hicieron contacto con los míos. Podría haber descrito de muchísimas formas lo que sentí, pero ninguna palabra le haría justicia. Sus labios eran suaves, cálidos, y ya no quería separarme. Fue ella quien se alejó de mí y se quedó mirándome con los ojos bien abiertos.

—Dime que no la he cagado —susurré.

Ella sonrió y acarició mi rostro.

—No la has cagado, Damián.

*** *** ***

Con Bianca no nos referimos más al beso que nos dimos, probablemente porque no estábamos preparados para confesarnos algo. Dos días después me dieron el alta con cientos de indicaciones, medicamentos y la prohibición total de hacer ejercicio.

Owen pasó por mí a la clínica. Iba junto a Daven, pero de Bianca ni rastro.

—¿Por qué dejaron que Bianca pagara tanto dinero? —los increpé camino a casa.

—¿Qué querías que hiciéramos? —reclamó Daven—. Ella se ofreció y no esperó a que Owen o yo opináramos, y dudo mucho que le hubiese importado. La chica es bastante llevada a sus ideas.

—Claramente está enamorada de ti —soltó Owen.

—Solo es una amiga, idiota. —Me dirigí hacia él.

—Una amiga con mucho dinero, Damián.

—Es lo que menos me importa. Solo me preocupa averiguar de dónde lo sacó. ¿Tienen alguna idea? ¿Qué pasa si tuvo que robarlo o vender alguna cosa?

—¿El golpe te afectó las neuronas? —preguntó Owen—. Bianca está forrada en billetes y tú te piensas que tuvo que robar, ¡pfff! Seguro le alcanzó con sus ahorros.

Me quedé en silencio hasta que llegamos a casa. No me apeteció invitar a Owen ni a Daven. Ellos ya conocían mi realidad y sabían que no me gustaba que vieran mi deplorable entorno.

Durante toda mi estadía en la clínica no recibí siquiera una llamada de mi madre. Eso significaba una sola cosa: estuvo inconsciente y hundida en su ebriedad durante todos esos días. Tampoco esperaba que me llamara, en realidad. Me bastó con la ayuda de mis amigos.

Abrí la puerta y me costó deslizarla, porque había un montón de ropa en el suelo. Recorrí la sala con la mirada antes de entrar, y el hedor a cigarrillo y a alcohol no tardó en llegar a mi nariz. Después de los días internado, casi había olvidado lo que era vivir en la mierda.

—¿Mamá? —pregunté alzando la voz. Nadie respondió.

Caminé, buscándola, hasta que la encontré en el baño sentada sobre las baldosas y apoyada en el inodoro. Me acerqué despacio y comprobé que tenía los ojos cerrados. La levanté del suelo, le quité ropa y la metí en la ducha con agua helada.

Su reacción fue reclamar y abrir los ojos, aunque obedeció. La sequé, la vestí e intenté que comiera algo.

—¿Qué te pasó en la mano, Damián? —me preguntó cuando recuperó un poco de lucidez y vio que tenía una muñeca vendada.

—Me caí —respondí.

—Eres un idiota —resopló.

Cerré los ojos y me mordí la lengua.

BIANCA

No me esforcé mucho en mentirle a mamá. Seguramente ya estaba pensando que me gustaba mi amiga Paige, pero poco me interesaba. La verdad, prefería que se engañara con ese tipo de pensamientos antes de que descubriera a Damián.

Finalmente no despidieron a Julie, y Vincent optó por trasladar su caja fuerte a una habitación en la que instaló las famosas cámaras. Aseguró que con eso bastaba. Se excusó diciendo que no era necesario «atentar contra la privacidad» poniendo circuito cerrado de televisión en todos los cuartos, por lo que solo ese cuarto y el primer piso tendrían cámaras.

El beso que nos dimos con Damián en la clínica me dejó confundida por algunos días. No podía dejar de pensar en su boca ni en la forma tan delicada en que me trató esa noche. A ratos me arrepentía de no haber seguido besándolo, pero temí. Jamás había sentido algo parecido por nadie y me causaba terror enamorarme de un chico como él, tan fugaz, impredecible y con tantos problemas como yo. ¿Cómo íbamos a sobrevivir si ambos estábamos hasta el cuello?

Damián no tardó en regresar a su trabajo en la cafetería de la universidad. Se veía mucho mejor y cada vez se me hacía más difícil dejar de mirarlo. Dayanne continuaba con su coqueteo, pero él no parecía interesado en ella, cosa que me tranquilizaba.

—Vamos a una fiesta esta noche. —La voz de Paige me sacó de mis pensamientos. Parecía una buena idea dejar de pensar en Damián por una noche y no ir al callejón.

—¿Dónde?

—Cerca de mi casa, es algo pequeño —dijo y se encogió de hombros.

—Está bien, pero no tengo cómo regresar.

—¿Te quedas en mi casa?

—Está bien. —Sonreí.

✗ ✗ ✗

Mi madre, curiosamente, aceptó que yo fuera a la fiesta. Según ella, había estado demasiado concentrada «estudiando con Paige». Me vestí como me parecía aceptable ir a una fiesta con mi amiga y me subí al auto con el mapa activado para llegar hasta donde vivía. Era una casa pequeña, de color marrón y con una farola encendida en la entrada. Me quedé estacionada afuera, llamé a Paige y luego de unos segundos la vi salir, apurada.

—¿Es cerca o vamos en mi auto? —pregunté asomando la cabeza por la ventana.

Ella arrugó la nariz y se apoyó en la puerta del copiloto.

—¡Vamos en tu auto, ábreme!

Quité el seguro y ella se subió. Se abrochó el cinturón y arranqué. Paige comenzó a indicarme por qué calles meterme y pronto estuvimos lejos de su casa.

—¿Y de quién es la fiesta? —pregunté mientras giraba el volante a la izquierda.

—De mi hermana. Siempre hace fiestas, pero esta vez un amigo le prestó su casa.

—¿Y por qué no se vino con nosotras?

—Está allá desde las ocho organizando todo. Es una maniática de los eventos —soltó y luego rio.

Cuando llegamos el reloj marcaba las once de la noche. Aparqué el auto en un lugar seguro, según Paige, y nos bajamos. Esa sí era una casa enorme y peculiar. Se parecía, de hecho, a la mansión en la que yo vivía, aunque esta estaba ubicada en un entorno espeluznante y la fachada estaba deteriorada, como si fuese una construcción muy antigua y nadie la hubiese cuidado.

—¿Estás segura de que esta casa es de tu amigo? —pregunté con desconfianza.

—Sí, tranquila —dijo y sonrió.

Paige caminaba como si conociera esas calles de memoria, y aunque el pánico invadía mi cuerpo, se me daba espléndidamente fingir que todo estaba bien y que no le temía a nada.

Caminé junto a ella por el césped y empezamos a ver a personas fumando cigarrillos y con cervezas en sus manos. Paige saludó a unos cuantos invitados hasta que por fin llegamos a la puerta de entrada.

En el interior había personas sentadas en los sofás y otras bailando. Parecía un ambiente en donde todos se conocían y se agradaban. Nadie parecía tener conflictos o estar de mal humor.

—Ven, te presentaré a mi hermana —me indicó Paige.

—¿Está de cumpleaños?

—¡No! Somos mellizas, aunque la verdad no nos parecemos en nada. Yo soy el ratón de biblioteca y ella la maniática de las fiestas, te caerá bien.

Asentí y decidí relajarme. Estaba con Paige en un lugar en que ella conocía a todo el mundo y también sabía de memoria las calles. No debía preocuparme por nada, ¿no?

Caminé junto a Paige por los pasillos de la casa hasta que llegamos a la cocina. Al centro se estaba dando un típico juego de mesa en el que todos esperaban perder para emborracharse con chupitos de tequila. Comencé a sentir que conocía a las personas que estaban en ese lugar, aunque me mantuve en silencio.

—¡He llegado! —exclamó de pronto.

Algunas personas voltearon a verla y la saludaron. Uno de ellos me pareció conocido. Fruncí el ceño intentando recordar dónde lo había visto.

—Traje a una amiga de la universidad, ella es Bianca, sean amables, ¿sí?

—¿Cómo no conocer a la mejor corredora que hemos tenido? —dijo un chico alzando la voz. Me quedé pálida cuando vi que se trataba de West, el mismo tipo que me había prestado su moto.

¿Dónde demonios me había metido?

—¿Corredora? —Paige me observó con expresión de asombro, me tomó del brazo y me jaló hasta su lugar—. Me tendrás que explicar esto.

—No estoy entendiendo nada, Paige. ¿Dónde demonios estamos?

—Ven que te presento a Lauren.

—¿Lauren? —Su nombre retumbó en mis oídos.

Dios, no. En qué me metí.

Paige fue abriendo paso entre la multitud hasta que llegamos a donde estaba su hermana.

—¡Lauren! —la llamó. Lo que menos quería que pasara estaba pasando. Dios—. Lauren, ella es Bianca, una amiga. Bianca, ella es Lauren, mi hermana.

La mirada de Lauren se posó en la mía y sonrió con sarcasmo. Alzó las cejas y su rostro cobró una expresión victoriosa.

—Qué pequeño es el mundo, ¿no, Bianca?

12
TRANSPARENCIA

BIANCA

—¿De qué me perdí? —preguntó Paige, mirándonos intercaladamente.

Rodé los ojos y luego me quedé mirando a mi amiga.

—Nada, solo nos hemos conocido en una carrera.

—¿Por eso West te llamó «corredora estrella»? ¿Qué hacías tú en una carrera? ¿Ahora sí me lo vas a explicar?

—Olvídalo, Paige, me voy de aquí —contesté.

—¿Por qué? ¡La última carrera me la has ganado, pensé que estábamos bien! —Lauren alzó la voz, pero yo ignoré su comentario y continué mi camino hasta la salida. Mi cerebro estaba hecho un lío.

Comencé a pensar en la poca información que me había dado Damián acerca de Lauren y solo pude recordar que era hija de un traficante. Pensé también que si Lauren conocía a Damián, Owen y Daven, era probable que Paige también.

—¡Bianca, espera! —Escuché la voz de la pelirroja.

Volteé a mirarla cuando ya estaba en la entrada de la casa, a punto de dirigirme al estacionamiento para buscar mi auto e irme. Quería sacar de mi cabeza a Damián, y probablemente él llegaría a la fiesta.

—¿Por qué no me dijiste que corrías en las carreras?

—No corro en esas mierdas, Paige. Soy amiga de Damián, ¿lo conoces?

—Sí, lo conozco. Un poco. No voy mucho a esos sitios.

—Él me llevó ahí y corrió junto a mí. Tu hermana me culpó diciéndome que era una tramposa y me golpeó. La golpeé de regreso y la segunda vez que fui me retó a una carrera. Y gané.

—¿Qué?

—Lo que has oído. Ahora tú, dime, ¿cuándo ibas a contarme que eres hija de un narco?

—No vas por esta ciudad diciendo: «Hola, soy Paige, hija de un narco», ¿o sí?

—¿Y eso de «No todos los padres del mundo son millonarios»? —Imité su voz y recreé lo que me había dicho en nuestro primer encuentro en la biblioteca.

—Está bien. —Me miró a los ojos—. Si vamos a ser amigas, no debemos tener estos estúpidos secretos.

—Me parece una buena idea —dije y saqué el aire de mis pulmones.

No había tenido una amiga en años. Las chicas de la universidad con las que me juntaba solo eran personas que me seguían todo el día y con las que fingíamos que nos llevábamos bien, pero Paige era diferente. Realmente pensaba que podía confiar en ella.

—Te hago un resumen. Mi mamá sí está muerta y mi papá no es pobre. Es... bueno... Su trabajo es algo dudoso, pero te prometo que es una excelente persona. Lauren y yo debemos fingir algunas cosas. Yo me preocupo de trabajar, porque mi padre me quiere lejos de lo que hace él.

Aunque entendía que Paige estaba sincerándose conmigo, yo no pude hacerlo. Lo único que le dije acerca de mi vida era que vivía en una casa gigantesca y que mis padres estaban divorciados. De Damián no quise hablar. Pese a que no le conté ni el uno por ciento de mi vida, ella lo aceptó.

Lauren terminó siendo una chica de mi edad, simpática, aunque su personalidad avasalladora seguía chocándome un poco. Era muy parecida a Paige, aunque ella no tenía una versión tierna. Durante el tiempo que estuve junto a ella fue agradable conmigo, y suponía —claramente esa era la razón— que su cambio de actitud se debió a que era amiga de su hermana. Con Paige y Lauren comenzamos a beber cerveza y a bailar con algunos de sus amigos. De pronto noté que casi todos miraban hacia la entrada, sin disimulo.

—Él está aquí —dijo un chico.

—¿Quién? —preguntó Lauren.

—Es mejor que no lo sepas —le respondió a la morena.

—Ya dime —insistió.

—El chico que botó a Damián de la moto —soltó.

Sentí que mi corazón comenzó a bombear más rápido.

—Debemos salir de aquí. —Me dirigí a Paige.

—¿Por qué? Es él quien debe irse, Bianca.

—Se armará un lío enorme.

—Tranquila, lo sacarán.

Me quedé mirando desde atrás. La música a todo volumen hacía parecer que todo seguía en orden, pero Lauren y sus amigos estaban removiéndose inquietos y haciendo llamadas por teléfono. Comencé a tener un mal presentimiento. Supe que debía hacerle caso a mi instinto de supervivencia cuando escuché gritos y botellas quebrándose en la sala de estar. Agarré el brazo de Paige y Lauren nos siguió hasta que llegamos a donde se desarrollaba la gran pelea, precisamente en la única salida que conocía de aquella casa.

Antes de que Lauren nos dijera que saliéramos por la puerta de atrás, mis ojos chocaron con Damián, quien estaba golpeando con desenfreno al tipo que lo había hecho accidentarse. Los gritos cada vez parecían ser con más histeria y comenzaban a gritar «¡Eres un hijo de puta!», «¡Tiene un arma!».

Dios.

—Lauren, Daven está ahí —soltó Paige deteniéndose en seco.

—Lo sé, todos están ahí, ya vámonos.

—No, llegará la policía, Lauren.

—Sí, y lo último que queremos es que nos atrapen y nos investiguen a nosotras —le dijo su hermana con autoridad.

Me parecía bien que el tipo recibiera una paliza por lo que había hecho, pero jamás imaginé que Damián iba a ser capaz de golpear a alguien de esa manera. Estaba sorprendida por la dimensión que estaba tomando la pelea en el interior de la casa, ya parecía una batalla. Cuando decidí dejar a Damián y a sus amigos atrás, alguien me jaló del pelo haciéndome caer al suelo. Grité y me meneé con fuerza para que me soltara, pero la persona detrás de mí tenía tanta fuerza que me arrastró entre la gente. Cuando pude girarme vi a un tipo que no conocía. Me iban a matar, me matarían.

—¡Paige! —grité.

Paige y Lauren voltearon a verme y corrieron a ayudarme, pero había tanta gente dándose puños que les costó llegar.

—¡Suéltame! —continué gritando.

Algunas de las personas que estaban lanzando puñetazos y corriendo de un lado a otro me pisoteaban y me golpeaban la cara sin siquiera percatarse. Cuando logré ponerme de pie, con un fuerte dolor en la cabeza, el tipo me dio un puñetazo en el rostro dejándome tirada en el suelo de aquella casa catastrófica.

—¡Esta es la hija de puta que nos delató! —gritó.

¿Que yo había hecho qué?

Me puse de pie nuevamente, adolorida y con la respiración entrecortada, y no encontré nada mejor que enfrentarlo.

—¡¿Qué demonios pasa contigo?! —le grité e intenté golpearlo, pero mis golpes no eran nada frente a su imponente cuerpo.

Me dio otro puñetazo que me dejó la boca sangrando. No podía contra todos los empujones, pisoteadas y rodillazos que estaba recibiendo, así que comencé a gatear entre las personas, enterrándome restos de vidrio. De pronto oí las sirenas de policía. Dios, mi vida iba a acabar en un segundo. La gente comenzó a correr en distintas direcciones y yo, aún gateando, sentí que la vista se me nublaba.

De pronto vi a Damián. Se acercaba con dificultad hacia mí, pero decidido a llegar hasta donde estaba.

—Tranquila, te tengo. Todo va a estar bien —dijo mientras me levantaba del suelo con delicadeza.

DAMIÁN

El móvil de Bianca comenzó a sonar y di con él debajo del asiento cuando estuvimos allí. En la pantalla decía: «Llamada entrante de Paige».

¿Paige? ¿La hermana de Lauren?

Contesté.

—¿Hola?

—¡¿Hola?! ¡¿Quién es y por qué demonios contestas el teléfono de mi amiga?! —gritó

—Soy Damián. Estoy con ella, Paige.

—¿Dónde están? ¿Cómo está?

Miré de reojo el rostro de Bianca, que cada vez se ponía peor.

—Necesito algo de ayuda.

—Tráela a mi casa, por favor —me pidió.

—En cinco minutos estoy ahí —dije y colgué.

Conduje lo más rápido que pude hasta la casa de las hermanas Vicentino, conocidas en toda la ciudad.

Paige abrió la puerta en cuanto me vio bajar con Bianca.

—Tiéndela ahí, traeré algo para curarle las heridas —me dijo Paige apenas entramos a su habitación.

No tardó en regresar. Junto a ella venía Lauren cargando un botiquín de primeros auxilios. Bianca ya estaba un poco más orientada, pero no dejaba de toser.

—¿Dónde estoy? —se preguntó a sí misma con dificultad —. Dios, qué dolor de cabeza.

Sonreí, mirándola, y ella me observó fijamente.

—Dime que no me caí de una moto —me dijo, algo aturdida.

—La verdad es que sí, Bianca —murmuré y sentí las pequeñas risas de Lauren y Paige a mi espalda—. No debí llevarte a conducir a esa montaña.

—¿Cuál montaña, Damián? —Abrió los ojos aún más y vi su gesto de dolor.

—¿Qué? ¿Perdiste la memoria? —continué, divertido—. Estabas conduciendo y no podías frenar y me pediste ayuda.

—Está bien, ya no te creo. —Sonrió.

—¿Por qué? —pregunté mientras metía un pañuelo en agua destilada para limpiarle las heridas.

—Porque si estuviera a punto de perder la vida jamás gritaría pidiéndote ayuda. —Rio y luego tosió quejumbrosa.

Solté una carcajada y luego la observé con una sonrisa.

¿En dónde me estaba metiendo?

Me parecía tan bella estando en ese estado, pero confiando en que podía curarle sus heridas.

—Si quieres vas a casa, Damián —me dijo Paige con la mejor de sus intenciones—. Debes estar cansado, nosotras podemos cuidar a Bianca.

—No, me quedaré con ella —contesté.

—¿Seguro?

—Sí, no hay problema.

—Se nos ha enamorado Damián —susurró Lauren de manera burlesca.

—No me jodas. —La miré y ella soltó una carcajada típica de una Lauren burlesca y salió de la habitación diciendo buenas noches, y lo mismo hizo Paige después de un rato.

Aún quedaba noche y a lo único que me dediqué fue a limpiarle las heridas a Bianca y cubrírselas con ungüentos. Le di una pastilla para calmar sus dolores y ella misma comenzó a darse ánimo diciéndome un par de bromas hasta que empezó a adormilarse.

—Gracias, Damián —dijo antes de que la venciera el sueño.

—Te debo mucho, Bianca —susurré.

—Ven a dormir aquí, así sigues pagando tu deuda —bromeó.

Me quité las zapatillas, saqué también las suyas y me tendí a su lado.

No podía conciliar el sueño pensando en Bianca que se encontraba a mi lado respirando profunda y tranquilamente. Sus pestañas estaban pegadas a sus pómulos, pero su ceño estaba fruncido. Acaricié su rostro, le aparté un mechón de pelo y sonreí. La tenía junto a mí, y estaba viva. Gracias a un microsegundo no le había pasado nada grave.

Besé su frente, y me dormí justo ahí.

A su lado.

13
SERENDIPIA

DAMIÁN

Desperté con la tos de Bianca. Mis párpados pesaban, pero me desperecé de inmediato para averiguar cómo estaba.

La miré en silencio mientras ella seguía tosiendo con los ojos cerrados, intentando a toda costa volver a dormir. La luz ya estaba entrando por la ventana. Miré la hora en mi móvil y comprobé que ya iban a ser las siete.

Bianca dejó de toser y se acomodó para seguir durmiendo. Su cabello estaba desparramado en la almohada y reposaba boca abajo como si de su habitación se tratara. Moví la cabeza de lado a lado y sonreí.

¿Qué estaba pasándome?

Nadie nunca me había enseñado a querer.

No tuve una madre presente en mi desarrollo. No tuve una base sólida de cariño y respeto, ni tampoco una figura paternal que me enseñara a respetar e impulsara a mantenerme fuerte. Todo lo que aprendí acerca de la vida fue encerrado en un lugar cercano a un infierno, en donde solo comías golosinas si te peleabas con algún niño mayor que tú. Todo el «amor» que recibí durante diez años fue el de las mujeres que nos cuidaban.

La primera mujer que tuve en mi vida me decepcionó, y aunque intente parecer frío frente al mundo, sigo buscando una excusa válida para justificar la razón por la que mi madre se convirtió en lo que es ahora. He sufrido por ella, quien es la mujer más importante de mi vida, pero eso no me cegó. No me convertí —incluso intentándolo— en el típico chico malo e idiota de los clichés, formando un muro a su alrededor sin dejar espacio para que otra mujer entre y lo destruya todo de nuevo. Nunca quise ocultarme, siempre me pareció que esconderme en mi mierda era ser un débil. Y siempre preferí ser fuerte, aunque eso significara decepcionarme de todas las personas que entraran en mi vida.

Los ojos azules de Bianca Morelli me hacían viajar a todo lo que era y me desnudaban ante un Damián que temía volver a explorar, pero no quería quitarla de mi camino ocultándome detrás de una pared y arrancando de sus encuentros. La quería cerca de mí y, al parecer, el destino también lo quería. Me hacía bien. Era la primera chica que no había juzgado a este imbécil lleno de problemas.

—¿Cómo estoy? —quiso saber cuando despertó.

—Como la mierda —le contestó Paige.

—Diremos que me caí —opinó Bianca.

—Pésima idea —comenté.

—Si le digo que me peleé con alguien, jamás me creerá.

—¿Por qué no? Es algo que sucede —opiné.

—No es algo que les suceda a las «hijas perfectas», Damián. —Paige se dirigió hacia mí.

—¿Hija perfecta?

—Ya cállense —se entrometió Bianca. —. Iré a darme una ducha. ¿Puedo?

Paige asintió, sacó unas toallas del armario y se las tendió. Ella tomó su bolso y con pesadez caminó hacia el baño.

No tenía ganas de darle una explicación a Damián acerca de mi vida y de por qué mi madre no me creería si le decía que estuve en un conflicto. Bueno, quizá sí me creería, pero haría de todo por denunciar a quien me había agredido, sin saber en qué podía meterse.

Siempre había sido rebelde, pero solo en el ámbito de querer escapar de casa. Para mi madre no era sorpresa que fuese altanera o mentirosa, pero insistía en tratarme como una hija modelo. Intenté seguirle el juego fingiendo que era una estudiante perfecta, una amiga genial y de buenos modales, pero todo tiene un límite. Ante su mirada ciega soy una chica brillante, y ella se preocupa de no manchar su imagen como administradora de la universidad y, por supuesto, la de su famosísimo marido. Es mucho más fácil para seguir fingiendo que lidiar con una Bianca temperamental.

Salí del baño y rápidamente me vestí. Intenté no mirarme mucho en el espejo, pero fue imposible. Mi rostro se veía como si hubiese estado en un ring de boxeo enfrentándome a Caín Bennet.

Bajé las escaleras y me reuní con Daven, Lauren, Paige y Damián. Estaban desayunando y conversando, pero al ver que llegué a su lado se quedaron en silencio.

—Te ves como la mierda —observó Lauren, y yo hice mi gesto característico. O sea, rodé los ojos—. A todo esto, ¿por qué te han empujado así?

—¿Empujado? ¿Quién te empujó? —se entrometió Damián.

—Un tipo me cogió del cabello y me arrastró por el suelo, me golpeó en el rostro diciendo a viva voz que yo era la traicionera. No entendí qué pasó; solo sé que me dejó así.

—¡Qué hijo de puta! —exclamó Damián con enfado—. ¿Por qué no me lo dijeron ayer?

—Estábamos todos preocupados por Bianca, no por ese idiota —respondió Paige.

—Olvídalo, Damián —le pedí.

Él se quedó mirándome. Sabía que mis palabras no le convencían, pero no insistió.

—Bianca, no sé si ya se conocían. Probablemente sí, pero te presento a mi novio, Daven —soltó Paige de pronto, y yo pestañeé, sorprendida.

—¿Qué más, eh? ¿Owen es novio de Lauren o qué?

Lauren soltó una carcajada e hizo una mueca de asco.

—No me vienen los chicos y, además, Owen solo está preocupado de arreglar motos.

Luego de recibir tanta información comprobé que el mundo, realmente, es muy pequeño.

Estuve toda la mañana en casa de Paige intentando inventar una buena excusa para decir en casa, aunque no se me ocurrió nada creíble para justificar mi estado deplorable. Tal vez no me dejarían salir durante algunos fines de semana, pero estaba preparada para recibir las consecuencias. De todas maneras, me maquillé en exceso para intentar disimular.

—Está bien, me voy con Daven —anunció Damián.

Lauren ya se había ido a su habitación, y mientras Daven besaba con efusividad a mi amiga me acerqué a Damián.

—Creo que todo lo que tiene relación contigo incluye golpes —dije, y él sonrió sin ganas.

—Encontraré a ese imbécil, Bianca —aseguró.

—No quiero que lo encuentres, Damián —le pedí, y él relajó su semblante—. Gracias por todo.

—Ya te dije que te debo mucho.

—Nunca me había sentido tan segura con nadie —confesé.

Y sí que era verdad. Él acarició mi rostro y besó mi frente. Sonrió mirándome.

—Si estás junto a mí, no dejaré que nada malo te pase, ¿sí?

—¿Podrías prometérmelo?

—¿Crees en las promesas?

—No.

—¿Entonces?

—Se siente bien cuando te mienten —bajé la voz.

—No podría mentirte, Bianca.

—Entonces es mejor que no me prometas nada.

—Te prometo que si estás junto a mí nada malo va a sucederte —susurró mirándome. Sus ojos cafés y su rostro lleno de pequeñas pecas me parecían tan irreales—. Te prometo que es verdad. —Movió sus cejas de arriba a abajo.

Sonreí y tuve unas ganas enormes de besarlo, pero me contuve. No podía dejar de mirar sus labios y él tampoco dejaba de mirar los míos. Daven interrumpió el momento y luego se marcharon.

—Vamos, invítame a comer a tu casa —propuso Paige mientras cogía su bolso.

—Está bien, vámonos. —Sonreí y salimos.

N N N

Paige no hizo comentario alguno acerca del lugar en donde vivía hasta que estuvimos adentro. Afortunadamente solo estaba Julie.

—No puedo creer que vivas en este lugar —comentó asombrada.

—Tu padre no creo que esté muy alejado de poder vivir en un lugar así, ¿no?

—Claro que no, pero no puedes ir y comprar una mansión como esta cuando no tienes un trabajo... digno —susurró.

Entramos en la cocina, le di un beso en la mejilla a Julie y le presenté a mi amiga.

—¿Se quedan a comer? —preguntó Julie sonriente.

—Sí, contigo.

—Súper. —Me observó fijo y luego se acercó a mí consiguiendo que me pusiera nerviosa. Paige se quedó inmóvil cerca del mesón de la cocina—. ¿A qué se debe tanto maquillaje? —consultó.

—Siempre me maquillo, Julie. —Reí falsamente, rodeé el mesón y me alejé de ella y sus preguntas.

—Si no te conociera tanto, te creería —comentó seria—. Ve a quitarte todo eso de la cara antes de que se te infecten las heridas.

—Julie... —bajé la voz.

—Te has metido en un problema, ¿cierto?

—En realidad, ambas —se entrometió Paige—. Solo que Bianca salió más perjudicada.

—Bien, quítate el maquillaje —repitió.

—Está bien. Pero, por favor, no le digas nada a...

—Claro que no. Jamás te he delatado.

Estuve toda la tarde con Paige y Julie, conversando y tratando de bajar la hinchazón de mi rostro. Cuando mi amiga se fue, Julie no me llenó de preguntas, cosa que agradecí profundamente. En el fondo no le interesaba saber qué me había pasado, solo quería que estuviera bien.

Por la noche tuve que cenar con Vincent y mi madre. Estaban tan preocupados de arreglar unas cuentas mientras comíamos que ni siquiera repararon en mi rostro herido. Si bien agradecí no enfrentarme a un regaño más, en el fondo sentía un vacío enorme. Quizá sí estaba esperando notar un poco de preocupación por parte de mi madre.

И И И

Los días fueron pasando rápidos y cada noche, sin falta, me juntaba con Damián en el callejón a fumar un cigarrillo y hacer hipótesis del universo. No hablábamos mucho de nuestras vidas. Sabíamos de sobra que estábamos hasta el cuello de mierda, y por lo mismo evitábamos todo lo que tuviera relación con nuestro círculo cercano.

—Tengo una idea —le dije luego de haber estado en silencio por algunos minutos.

—Te escucho.

—Es que he estado pensando en todo lo que nos rodea, Damián —solté y él frunció el ceño.

—¿Qué es todo lo que nos rodea?

—Mierda.

—Está bien. ¿Y?

—Quiero que este lugar sea de los dos, que cuando vengamos aquí no exista nada más.

—Pensé que eso era —comentó sonriendo.

—Pero ahora es oficial.

—¿Estamos creando un nuevo planeta?

—¿Por qué bajas la voz? —pregunté.

—¿Crees que la NASA no puede oírnos?

—Está bien —susurré—. Sí, será un planeta nuevo... este oscuro y frío callejón.

—A mí me parece bastante cálido —continuó susurrando.

—Es cálido porque estamos juntos. —Ambos sonreímos.

—Busquémosle un nombre, ¿te parece?

—Soy pésima para eso.

—Serendipia —murmuró Damián fijando su mirada en la mía. Apagó su cigarrillo en el cemento y se metió las manos en los bolsillos.

—¿Qué significa?

—Una mujer del centro de menores nos enseñaba palabras extrañas, de esas cuyo significado todos quieren saber, pero que nadie usa. Serendipia es un hallazgo afortunado, valioso e inesperado que se produce de manera accidental o cuando buscamos algo distinto.

—Es perfecto. —Miré sus ojos cafés que seguían incrustados en los míos.

—Somos la perfecta definición de serendipia, Bianca.

14
LÍOS

BIANCA

Supongo que ya estaba acostumbrándome a pasar sola el rato en la cafetería con la mirada de Damián a algunos metros. Pensaba que en algún momento podríamos sentarnos juntos a tomar un café como cualquier otro estudiante, pero luego imaginaba las consecuencias —mi madre enterándose de quién era realmente Damián y el montón de rumores en torno a nosotros— y desistía. Por primera vez estaba intentando proteger algo que se había construido de la nada..., del humo de un cigarrillo.

Como estaba hundida en mis pensamientos no alcancé a darme cuenta de que alguien se había sentado frente a mí. Levanté la vista y me encontré con Steve, un chico que había estado en la sala de mi casa conversando con mi madre hace unos días. Su padre y Vincent se conocían, una razón más que suficiente para que mi madre nos organizara una cita a ciegas.

—¿Puedo sentarme? —No respondí, pero él se sentó de todas maneras con una sonrisa simpática—. Lamento que nos hayamos conocido de esa forma la otra noche.

—No hay problema, mi madre es así —respondí y di un trago a mi café.

—¿Tus amigas no eran Dayanne, Marie y Bea? —preguntó mirando con poco disimulo adonde estaban ellas.

—*Eran*.

—Conflicto de féminas. —Sonrió y yo me quedé viéndolo con cara de póker—. Me gustaría conocerte más, Bianca —dijo después de un silencio.

—¿Más? —Alcé las cejas—. Pues aquí estoy —contesté y me encogí de hombros.

—¿Te gusta el café?

—Sí. ¿A quién no?

—A mí.

—Te pierdes la mejor bomba de energía de tu vida —contesté.

—Solo siento que luego te haces adicto a la cafeína.

—¿Y eso es malo?

—No discutiremos si el café es malo o no. Vine hasta aquí por otra razón.

—¿Cuál?

—Acéptame una cita —pidió mirándome fijamente a los ojos y con una sonrisa de galán que supuse había practicado toda su vida.

Steve era guapo. Su cabello era rubio y sus ojos claros. Tenía un cuerpo como si hubiese estado entrenando con Zac Efron, pero mi cabeza estaba puesta en un solo chico, y ese era el mismo que vendía cafés, tés de manzanilla o negro, el que fumaba cigarrillos, el que tenía una moto y corría a toda velocidad. El de ojos cafés y cabello oscuro: Damián, el mismo tipo que cada noche veía en mí a una persona que nadie pensaría que existía. ¿Cómo mentirme así?

—Preferiría que no, gracias —contesté y él pareció disgustarse de inmediato.

—¿Tienes novio? —Frunció el ceño.

—No. Es solo que apenas nos conocemos y lo único que sé de ti es que no te gusta el café.

—¿El café es un impedimento para tener una cita con una persona? —Rio.

—Pues claro que sí, Steve.

135

—Tienes un humor muy extraño, Bianca Morelli.

—Gracias.

—Bueno, entonces supongo que nos conoceremos más y tú me aceptarás una cita.

—No puedo creerlo.

—¿Qué?

—¿Ves el futuro? —Fruncí el ceño y él negó con la cabeza—. Entonces ¿cómo estás tan seguro de que nos conoceremos más y te aceptaré una cita?

—Vincent y mi padre comenzarán a trabajar juntos. Pasaré un poco de tiempo en tu casa.

—Entonces deberías saber desde ya que de esa familia que intenta parecer perfecta yo soy la que pasa menos tiempo en casa —dije, y él pareció desconcertado, aunque mantenía su sonrisa de galán.

—Te aseguro que querrás pasar tiempo ahí cuando nos conozcamos mejor —concluyó y luego se puso de pie—. Que tengas un buen día, Bianca. —Me observó esperando, tal vez, que le dijera lo mismo.

—Gracias. —Sonreí y luego le di un gran sorbo a mi café, que para mí tenía muchísima más gracia que el tal Steve.

Cuando vi que abandonó la cafetería sentí que alguien estaba observándome. Me volteé a mirar y comprobé que no se trataba solo de una persona, sino de todas mis examigas y Damián. Respiré profundo y me dispuse a salir de ese lugar. De seguro Marie y su séquito estaban suponiendo que Steve era otra de mis conquistas.

Durante la clase estuve tan aburrida que solo me dediqué a dibujar hasta que acabó el suplicio. Tomé mis cosas, salí apurada y caminé hasta el baño de chicas. Estaba vacío. Entré a un cubículo, cerré la puerta y oí que luego entraron más personas. Reconocí sus voces enseguida.

—¿Ves? De eso estaba hablándote —dijo Marie. Me quedé sentada sobre la tapa del retrete, escuchándolas.

—No entiendo por qué los tipos más buenos se fijan en ella —comentó Dayanne—. Steve es un hombre increíble.

Claro, hablaban de mí, pero al parecer Bea no se encontraba ahí.

—Tal vez Bianca se dio cuenta de que estaba cayendo muy bajo, y por eso ahora se junta con Steve.

—Siempre ha estado abajo. Su madre se volvió administradora de esta universidad porque Vincent Hayden tiene los mejores contactos en negocios, lo sabes, ¿no? Bianca y su madre salieron de la miseria gracias a él.

El enojo subió hasta llegar a mi rostro. Me acaloré y sentí unas ganas incontrolables de salir y golpearla.

—Tienes razón —la apoyó Marie—. Y ahora que dejó de juntarse con nosotras ha estado demostrando lo ordinaria y corriente que es.

Intenté controlar la respiración. Debía mantenerme al margen y pensar en mi dignidad.

—Siempre ha sido ordinaria, corriente y vulgar, al igual que su madre. Intenté que ustedes se dieran cuenta, pero nunca me escucharon. La sarna se contagia, así que es muchísimo mejor que ahora esté bien lejos de nosotras.

A la mierda la dignidad.

Salí del baño y me enfrenté a ellas. Ambas me observaron desconcertadas, pero luego de unos segundos Dayanne sonrió con satisfacción. Marie, en cambio, parecía avergonzada.

—Está bien, Marie, vámonos. —Dayanne la miró—. Recuerda que la sarna se contagia y no queremos que esta perra nos la pegue.

Empuñé mi mano y le di un puñetazo en el rostro que la dejó tirada en la cerámica del baño. No quería hablarle, solo golpearla hasta cansarme. ¿Cómo podía ser tan mala? O tal vez yo lo era, pero no tuve tiempo para reflexionar. Estaba cegada.

Le jalé el cabello y le di puñetazos mientras ella intentaba defenderse. Luego de unos minutos, Marie se entrometió para defender a su amiga, pero también la golpeé, aunque no tanto como hubiese querido. Había demostrado que solo era un peón más del estúpido juego de Dayanne.

De pronto sentí que alguien me cogió del brazo y me jaló hacia atrás con fuerza. Volteé la cabeza y me encontré de frente con Paige.

—¡Ya basta! —gritó. Dayanne estaba sangrando en el suelo y Marie tenía el rostro rojo. —¡¿Qué demonios pasa con ustedes?! —continuó gritando la pelirroja.

—¡Eres una bruta, Bianca! —me gritó Dayanne mientras intentaba ponerse de pie.

—Vámonos de aquí —me dijo Paige. La miré en silencio y salí tras de ella de los baños.

Caminamos rápido hasta el estacionamiento y miré mis nudillos llenos de sangre. Me observé las piernas y noté que se me habían roto las medias negras. De pronto sentí una punzada en la ceja... una vez más mi cara estaba herida.

—Tienes que dejar de golpear a esas idiotas, Bianca —comentó Paige cuando estuvimos frente a mi auto.

—Las oí hablando de mí en el baño; no sabes toda la mierda que decían —expulsé.

—¿Y qué demonios te importa? —me regañó como si fuese mi hermana mayor—. Ellas son unas víboras sin vida que lo único que hacen es criticarte.

—Lo sé...

—Entonces ¡¿por qué diablos te importa?! ¡Que se pudran en la mierda que hablan!

—Dios..., me metí en un lío.

—Claro que sí, ahora te mandarán a revisar el protocolo de la universidad y tal vez te expulsen.

—Créeme que sería lo mejor. —Paige me observó fijamente, abrí el auto y me subí—. Iré a casa —dije bajando el vidrio de la ventanilla.

—Sí, vete a casa y piensa en lo estúpida que estás siendo —soltó y caminó de regreso a la facultad.

Ya había tenido un día de mierda y lo único que quería era llegar a casa para dormir, pero ni eso podía hacer tranquila.

En cuanto llegué, me di cuenta de que Vincent estaba en casa porque vi su maletín en la sala de estar. Caminé cautelosa hasta la cocina, me serví comida y tragué a la velocidad de la luz. En eso apareció Julie.

—¿Qué haces aquí tan temprano?

—Me suspendieron las últimas dos clases —mentí.

—Vincent está en casa.

—Lo sé, vi su maletín.

—Creo que debería contarte esto —me dijo, y yo solo la observé—. Hoy Vincent tiene una cena de negocios y debe ir toda la familia.

—Qué bueno, podré dormir unas horas tranquila.

—Con toda la familia me refiero a que debes ir tú también. Tu madre, Vincent y tú.

—Qué asco —bufé.

—Bianca —me regañó.

—¿Acaso no pueden aceptar que esto no es una familia?

—Hazlo por tu madre. —Me sonrió con amabilidad—. Ella está muy feliz aquí, está muy feliz de estar con un hombre como Vincent.

Estuve a un pestañeo de vomitar por lo que acababa de escuchar. ¿Un hombre como Vincent? ¿Podía ese imbécil ser llamado «hombre»?

—Espero que no tenga la valentía de preguntarme si quiero ir o no. Estaré en mi habitación.

Siempre que cerraba la puerta de mi habitación recordaba que ya no había pestillo y me entraba un terror horrible. Busqué ropa entre mis cajones y me dirigí al único lugar que tenía seguro: el baño. Me di una ducha y luego me vestí.

Unos minutos más tarde escuché golpes en la puerta y luego

su voz: «Bianca, ¿estás ahí?». No respondí. La puerta se abrió, pero yo seguía refugiada en el baño.

—Bianca —dijo en voz muy baja.

Me mantuve petrificada. Ni siquiera quería respirar para que no me escuchara.

—Sé que estás en el baño, pero no podrás esconderte ahí por siempre. —De pronto sentí que se encontraba muy cerca de la puerta, tanto que tuve que caminar hasta el final del baño para sentirme un poco más protegida—. Hoy tenemos una cena y todos debemos ir, no lo arruines con tus porquerías.

Cuánto lo odiaba.

—Bianca, cariño. —Escuché la voz de mi madre afuera—. Vincent, ¿qué haces aquí?

—Nada. Estaba buscando a Bianca para comentarle de la cena de esta noche, pero al parecer está ocupada.

—Bianca, ¿estás ahí? —preguntó mamá.

—Sí, estoy algo ocupada —contesté. Mis ojos comenzaron a llenarse de lágrimas y lo único que pude hacer fue abrir el grifo para tomar agua y lavarme la cara.

—Bien, entonces te esperaré aquí para que conversemos.

—Está bien —continué.

—Tú puedes irte —le dijo a Vincent—. Yo hablaré con mi hija.

—Está bien, nos vemos abajo. —Supuse que se había ido de la habitación porque escuché la puerta cerrarse. Salí del baño intentando poner mi mejor cara de joven feliz.

—¿Estás bien? —me preguntó mamá.

—Sí, todo bien.

—Bueno, entonces te cuento que hoy Vincent tiene una cena importante en donde debemos estar todos.

—¿Quiénes todos?

—Tú y yo, específicamente.

—No creo que...

—Debes ir.

—Es que tengo mucha tarea y no me siento tan bien.

—Harás la tarea después. Y le diré a Julie que te dé alguna pastilla. —Me sonrió—. Busca en tu armario ese vestido turquesa que te pusiste una vez. Es hermoso. Espero que estés lista a las siete.

—Mamá...

—Ya hablé. Irás —comentó y salió de mi habitación. Le escribí a Damián.

> **Bianca:** No podré ir a Serendipia esta noche, tengo algunas cosas que hacer.

> **Damián:** No hay problema, yo tampoco puedo ir. Conseguí un trabajo de una noche.

> **Bianca:** Suerte con eso.

> **Damián:** Gracias, la necesitaré.

Eliminé los mensajes y comencé a buscar ese famoso vestido dentro del armario, hasta que di con él. Era ajustado y dejaba al descubierto gran parte de la espalda. Intenté no pensar en que Vincent estaría ahí recorriéndome con su morbosa mirada. Me maquillé, arreglé mi pelo y me puse el vestido junto a los tacones. En otra vida me habría encantado verme así, pero esta no era la vida correcta para sentirme hermosa. Busqué una chaqueta negra que me cubría hasta por encima de las rodillas y bajé las escaleras.

—¿Qué es eso, Bianca? No hace frío —comentó mi madre en cuanto me vio.

—Lo sé, pero prefiero ir así.

Vincent estaba hablando por teléfono.

—Debes quitártela para las fotografías —dijo mientras movía las cejas de arriba hacia abajo, como si eso pudiera entusiasmarme.

Para mi pesar no pude ir en mi auto, así que me senté en el asiento trasero del lujoso auto de Vincent intentando no pensar en todo lo que me hacía. Él tenía una manera particular de fingir que nada ocurría, pero yo no podía ser como él.

Cuando llegamos vi fotógrafos y periodistas intentando conversar con algunos socios del lugar o conseguir buenas fotografías para las revistas. Antes de bajarnos, mi madre me pidió que me quitara «esa ridícula chaqueta» y tuve que obedecer. Sentí que la mirada de Vincent se fue a mi cuerpo y enseguida me sentí incómoda y desesperadamente sucia.

—Te ves hermosa, Bianca —soltó.

Iba a vomitar. Me contuve. ¿Cómo podía fingir tan bien ese maldito?

Caminé detrás de ellos intentando que las lágrimas no cayeran por mis mejillas. Cuando pensé que lo peor había pasado, muchísimas cámaras fotográficas se detuvieron frente a nosotros para capturar el «maravilloso momento familiar». Intenté sonreír, y aunque me costó supuse que la mueca que había hecho los había dejado satisfechos.

—Mira quién está ahí —me susurró mi madre y luego me dio un pequeño codazo en el brazo. Levanté la cabeza y mi vista chocó con la fuerte mirada de Steve, quien de inmediato me sonrió. No tardé en darme cuenta de que estábamos ubicados en la misma mesa.

—¡Qué coincidencia! —Mi madre alzó la voz en cuanto estuvimos frente a Steve y sus padres.

Vincent y mamá se sentaron estratégicamente para dejarme junto a él. No podía creer que iba a tener que pasar toda la noche en ese asiento.

—No pensé que vendrías —dijo dirigiéndose a mí, solo para que yo escuchara.

—Si estoy aquí no es porque quiero —solté.

Sí, me encontraba de mal humor.

No quería estar en ese lugar junto a personas ricas comiendo preparaciones que ni siquiera sabía cómo se llamaban.

No quería fingir ser alguien que no era y tampoco quería estar frente a la persona que más odiaba en el mundo. Me sentía débil y pequeña, como si cualquier persona pudiese quebrarme en mil pedazos. No dejaba de hacerme la misma pregunta: ¿por qué debía hacer algo por él si lo único que él hacía era dañarme? El nudo de mi garganta no se iba y solo quería correr. Debía ocurrírseme algo.

Antes de comenzar a cenar una persona dio un discurso arriba de un pequeño escenario. Habló de asuntos comerciales y también reconoció a personas por su gran trabajo y honor, entre ellos, a Vincent Hayden, a quien todos, ¡por supuesto!, querían y admiraban.

Comí muy poco, probé algo de postre y luego comenzó a sonar música. Algunas personas bailaban y otras bebían copas de vino conversando sobre quién sabe qué. Mi madre se puso de pie junto a Vincent y los padres de Steve dejándonos completamente a solas. Lo miré por unos segundos sin decir nada, hasta que él rompió el silencio.

—¿Quieres algo de beber? Le puedo decir a alguno de ellos que te traiga lo que tú quieras —dijo Steve señalando a los meseros que corrían de un lado a otro sosteniendo bandejas.

—No, gracias. Estoy bien.

—¿Un café?

—¿Aquí dan café?

—Aquí dan lo que tú quieras. —Se encogió de hombros—. ¡Ey, tú! —Llamó a una persona que atendía y en cuanto levanté la vista para ver quién era me quedé congelada.

—¿Puedes traerle un café, por favor? —le pidió Steve a la persona que más quería ver en el mundo.

Damián.

Él observó con detención a Steve y luego desvió su mirada hasta encontrarse con la mía. Parecía algo incómodo, pero fingió no conocerme.

—¿Un café? —preguntó con el ceño fruncido.

—Sí. ¿No escuchaste?

—Claro que escuché, pero eso no está en el menú y dudo que su acompañante quiera tomar un café —soltó Damián con dureza, y Steve lo miró anonadado.

—Claro que quiere un café. ¿No es así, Bianca?

—En realidad...

—Si quieres algo dulce, puedo traerte un batido de fresa —dijo Damián hablándome directamente. Me conocía bien. Sabía que un batido de fresa estaría perfecto.

—Aquí no dan batidos de fresa. —Lo miré con una pequeña sonrisa.

—Te conseguiré uno —aseguró.

Damián le dio una última mirada recelosa a Steve y se alejó para ir a las cocinas.

15
HERIDAS

BIANCA

Me quedé esperando el batido de fresa que supuestamente iba a traerme Damián. Steve se veía un poco sacado de quicio con cómo le había respondido él.

—¿Lo conoces? —me preguntó mirándome a los ojos, y yo fruncí el ceño.

—No, ¿por qué?

—Porque sabía perfecto que preferirías un batido de fresa.

—Tal vez muchas chicas piden eso y yo no soy la excepción.

—Nadie pide un batido de fresa en una cena como esta. —Sonrió con ironía.

—Tal vez sí y nadie se da cuenta.

Steve se mantuvo en silencio hasta que vi a Damián acercándose. Me tendió el vaso y me sonrió.

—¿Se les ofrece algo más?

—Sí —contesté de inmediato—. ¿Dónde está el baño?

—Por allá —indicó—. ¿Puedo acercarla?

—Sí, por favor.

—No es necesario, yo puedo acompañarte —dijo Steve.

—No, no hay problema. —Lo miré y él se quedó sentado.

Caminé junto a Damián por el gran salón de eventos hasta que estuvimos afuera del campo de visión de Steve.

—¿Qué haces aquí? —me preguntó por lo bajo.

—Es una cena del esposo de mi madre, todos teníamos que estar.

—Entiendo. ¿Y con él? —Me observó con seriedad.

—Créeme que no es mi elección.

—Es guapo.

—Damián. —Fruncí el ceño y él rio—. ¿A qué hora te vas de aquí?

—Dentro de una hora, ¿por qué? ¿Quieres que te rescate? —Se le dibujó una sonrisa y yo asentí rápidamente—. Inventa algo. Te estaré esperando afuera en la moto.

—Gracias.

Me guiñó un ojo y luego se alejó. Debía entablar una conversación con Steve por al menos una hora. O por lo menos evitarlo lo que más pudiera.

Entré al baño a retocar mi maquillaje y luego salí con el batido de fresa en la mano. Caminé a paso lento hasta la mesa y me senté a su lado. Me sonrió, supongo que intentando disimular su molestia.

—Yo podría haberte acompañado al baño, no es la primera vez que vengo a estas cenas —me dijo.

—No hay problema, sé moverme sola —respondí. Esperaba haberle contestado de una manera amable, pero todavía me encontraba de mal humor por estar ahí.

Estuvimos unos segundos en silencio y me dediqué a beber mi batido lo más lento que pude para que me durara toda la noche, o al menos hasta que pudiera irme.

—¿Te dije que te ves hermosa hoy? —comentó acercándose a mí para que lo escuchara. Por el nivel de la música era algo complicado conversar a una distancia prudente. Solo pude sonreírle—. Es en serio, eres muy hermosa, Bianca.

Lamentablemente, como había reflexionado infinitas veces, esta no era la vida correcta para sentirme hermosa.

—Gracias —contesté de manera seca. Él no tenía la culpa,

pero yo solo esperaba mantenerme alejada de las personas con vidas como la de Vincent. Tenía claro que no todos eran iguales, aunque me causaba terror caer en las manos equivocadas.

—¿Quieres bailar? —murmuró.

—No, gracias, no bailo —respondí.

—Todos bailan, Bianca —me animó.

De pronto, sentí que esa era la oportunidad perfecta para inventar algo y salir de ese evento.

—Está bien, vamos. —Me puse de pie y dejé el batido de fresa encima de la mesa.

Nos dirigimos al centro del lugar, donde había muchas personas bailando al ritmo de una música que solo podrían poner en eventos como ese. Estuvimos bailando por un largo rato separados y sin hablar. Él solo me sonreía y me observaba de pies a cabeza como si yo fuese una escultura. No podía evitar sentirme incómoda, y eso que lo peor vino después. El DJ puso una canción lenta y todas las parejas se reunieron para bailar abrazadas. Steve se acercó, puso sus manos en mi cintura y yo quedé rígida como una roca. Él tomó mis manos, las llevó hasta sus hombros y volvió a poner las suyas en mi cintura.

—¿Estás bien? —susurró en mi oído.

Respiré profundo. Me sentía aterrada. Si no hacía algo, iba a terminar empujándolo lejos de mi cuerpo.

—Sí —respondí con voz ahogada.

De pronto vi que una de las meseras venía con una bandeja con copas de vino tinto y gaseosas. Di un giro y choqué intencionalmente con ella. Mi vestido se impregnó del color oscuro y el fuerte olor del vino. A la pobre se le desfiguró el rostro cuando las copas se quebraron en el suelo.

Steve iba a increpar a la mesera, pero lo detuve con solo una mirada. Además la joven ya había comenzado a disculparse.

—Dios —decía—. Cuánto lo lamento. Haré que le consigan otro vestido, lo lamento de verdad —continuó afligida.

—No, no —contesté—. No te preocupes, todo está bien,

solo fue un accidente. —Toqué su hombro y ella me observó aún más afligida. Les pidió ayuda a unas personas que trabajaban junto a ella para poder limpiar el desastre que Bianca Morelli había ocasionado sin que nadie se diera cuenta.

Caminé en dirección a la mesa y comencé a limpiarme con un paño que había ahí, pero era imposible disimular lo mal que había quedado el vestido. Me sentía satisfecha por la actuación realizada.

—Dios, Bianca, ¿qué ocurrió? —Escuché la voz de mi madre a mis espaldas. Volteé a mirarla, pero Steve se adelantó en contestar.

—Una de las torpes chicas que sirven le derramó todo el vino en el vestido —soltó.

—Dios, vamos al auto para que puedas cambiarte. ¿Trajiste otra cosa?

—No...

—Le diré a una de ellas que te consiga otro vestido —continuó.

—No, mamá. —La miré—. Odio ponerme cosas que no son mías, iré a casa, no te preocupes.

—Pero si lo estabas pasando tan bien.

—Sí, pero es mejor que me vaya. Además, tengo tarea que hacer. Llamaré un taxi, solo dame mi chaqueta que está en el auto.

—Está bien —dijo mirando aún horrorizada mi vestido.

—Yo puedo ir a dejarte, si quieres —comentó Steve. Ya estaba comenzando a fastidiarme.

—No, gracias.

—Bianca, deja que vaya a dejarte, él ha venido en su auto. *Mierda de vida. ¡Que me dejen en paz!*

—No. —Esta vez mi voz sonó desagradable y ambos se quedaron mirándome algo sorprendidos—. No sigan insistiéndome, no me iré contigo, Steve, lo lamento —dije directamente, y él asintió en silencio.

Le pedí las llaves del auto a mi madre y fui a sacar mi

abrigo para cubrir el vestido manchado y evitar ir dejando una estela de aroma a alcohol. Se las devolví, me despedí de ella y de Steve y fui al estacionamiento hasta dar con la moto de Damián.

Luego de unos minutos lo vi salir del salón. Le hice señas para que se diera prisa y él comenzó a caminar mucho más lento. Corrí hasta él y lo jalé de un brazo.

—Qué buen espectáculo ese de empujar a la chica para que derramara todo encima de ti —dijo tendiéndome un casco—. Toma, para que no te reconozcan.

—Gracias.

—En serio, deberías enseñarme a actuar tan bien como lo haces. —Rio.

—Ya vámonos, Damián —le pedí.

—Con una condición.

—¿Cuál?

—Invítame a dormir contigo.

—Imposible, vámonos —respondí de inmediato.

—Entonces estaremos aquí toda la noche.

—Mi puerta no tiene pestillo, no puedo meterte en mi habitación —le conté.

—Me esconderé. —Se acercó a mí, y yo sonreí.

—¿Por qué quieres pasar la noche conmigo? —Miré sus ojos. Parecían el mejor lugar para estar.

—Descubrí que me gusta. ¿Algún problema? —Alzó las cejas, desafiante.

—Deberías preguntarme si a mí también me gusta —bromeé.

—Sé que sí. —Se encogió de hombros y se subió a la moto. Me subí detrás de él y abracé su cintura—. Nadie puede resistirse a los abrazos nocturnos de Damián Wyde.

Solté una carcajada y me acomodé el casco. Él encendió la moto y nos fuimos por un camino «secreto», según él. ¿Qué tan malo podría ser que Damián se quedara en casa? Vincent y mi madre llegarían tarde.

Estacionamos a unos metros de la mansión y caminamos hasta llegar. Entré yo primero, me aseguré de que Julie no estuviera y luego lo hice entrar. Damián observaba detalladamente las cosas de la casa, como si estuviese en un palacio.

—No puedo creer que vivas aquí —bajó la voz, lo miré unos segundos y quise que ignorara todo lo que veía a su alrededor.

—¿Quieres algo de comer?

—No, gracias.

Lo invité a subir a mi habitación y cuando estuvimos ahí cerré la puerta. Él seguía viéndose incómodo.

—Deja de mirar mi habitación así. Olvídate del lugar en donde estamos —le pedí—. Voy a darme una ducha, acomódate. —Le sonreí con picardía y entré en el baño.

DAMIÁN

La habitación de Bianca era unas seis veces más grande que la mía y tenía baño privado. Al parecer confiaba mucho en mí, porque me dejó a solas mientras se daba una ducha. Podría haber robado todo en cinco minutos si hubiese tenido la intención.

Cuando escuché el sonido del agua, comencé a moverme lentamente y a mirar todos los detalles, desde el color blanco de las paredes hasta la alfombra fucsia debajo de mis pies. Terminé sentándome en una silla en frente de su escritorio y revisé mi teléfono. No tenía muy claro por qué estaba ahí, ni tampoco sabía bien por qué quería pasar la noche junto a ella. Tal vez solo me había molestado verla con un tipo rico que no miraba más allá de sus zapatos. Oí que cortó el agua de la ducha y luego encendió un secador de pelo.

Después de unos minutos la vi salir con su pijama puesto y solo pude sonreír ante su aspecto.

—Esto es lo mejor que puedo hacer. —Se encogió de hombros. Su pijama consistía en un pantalón de polar púrpura con corazones y una camiseta de manga larga blanca, también con corazones.

—Podría ser mejor. —Reí y ella me lanzó un cojín.

—¿Café o chocolate caliente? —me preguntó, y yo levanté una ceja.

—Chocolate caliente.

—¿Un sándwich?

—No es neces...

—¿Queso y jamón o solo queso?

—Queso y jamón —respondí sorprendido por su actitud.

Bianca me dejó solo de nuevo y bajó las escaleras. Regresó cargando una bandeja con un café para ella, mi chocolate caliente y dos sándwiches.

—Está bien, ven —me pidió.

Dejó la bandeja en la cama y nos sentamos. No encendimos el televisor; solo nos quedamos frente a frente comiendo en silencio mientras nuestras miradas se encontraban a ratos. Hasta que por fin decidí hablar. Quería conocerla más. Me interesaba. Por primera vez quería saber, honestamente, detalles de la vida de alguien.

—Entonces ¿tus padres son divorciados? —solté, y ella asintió—. ¿Te acuerdas?

—Sí, de algunas cosas —contestó—. Se divorciaron cuando tenía siete años. Fue... repentino. Brusco.

—¿Y Vincent? —Sonreí—. ¿Ha sabido reemplazar el cariño de un padre?

Su rostro cambió por completo y reflejó pura seriedad. Pude sentir la incomodidad en sus gestos, pero de todas formas continuó hablándome.

—No —respondió seca.

—No quería incomodarte, lo siento.

—Tranquilo. No tienes por qué saber.

—Solo quiero conocerte un poco más.

—Pregúntame cosas que no tengan que ver con esta familia, ¿sí?

—¿Color favorito?

—Púrpura. ¿El tuyo?

—No tengo color favorito.

—¡¿Qué?! No puedes no tener un color favorito, Damián —dijo como si eso fuese lo más terrible en el mundo.

—Dios. ¿Qué tiene? —Reí.

—Debes preferir alguno.

—A juzgar por las cosas que tengo creo que son el negro y... ¿el azul? Tal vez también el blanco y el café.

Bianca soltó una carcajada y yo también reí. Era muy bella y, al parecer, no lo sabía.

—¿Comida favorita?

—Pasta, definitivamente —aseguré—. ¿Y la tuya?

—Tacos.

—No he comido aún.

—¡No puede ser! —Dio un salto y quedó de rodillas en la cama—. Prometo que te invitaré a comer.

—Cobraré tu palabra. —Me quedé mirándola fijo.

Luego de conversar acerca de nuestras preferencias, gustos, disgustos, lo que odiábamos y lo que no, Bianca me obligó a quitarme las zapatillas para que pudiera estar más cómodo. Eran alrededor de las tres de la madrugada, pero parecía ser de día para nosotros. Encendimos el televisor y nos quedamos viendo una película tendidos en su gran y cómoda cama. Bianca apagó todas las luces y se recostó a mi lado. La verdad, yo no estaba prestándole atención a la película, solo estaba pendiente de los gestos que ella hacía cuando una escena le gustaba.

—Damián —susurró con sus ojos puestos en la pantalla.

—¿Qué? —La miré, pero ella siguió con la mirada atenta en la película.

—¿Alguna vez te has enamorado? —preguntó. Corrí la vista y me fijé que los protagonistas estaban besándose. Sonreí.

—No. ¿Y tú?

—¿Zac Efron cuenta? —murmuró, y esta vez volteó para mirarme. Estábamos cerca y no podía evitar observar sus labios.

—Si no lo besaste, no.

—Demonios, pensé que había sido importante. —Sonrió.

Si hubiese podido quedarme mirándola toda la noche, o tal vez contando sus pequeños lunares, lo habría hecho encantado. Era especial, quizá solo ante mis ojos, pero eso ya era muy significativo para un tipo complicado como yo.

Me acomodé y empecé a acariciar su rostro. Ella fijó su mirada en mis labios. La tensión entre nosotros era palpable, y me gustaba.

—No sé cómo llegaste a mi vida, Bianca —le dije acortando la distancia que nos separaba.

—Por el humo de un cigarrillo —susurró.

—Espero que ese humo no se vaya nunca.

—Damián...

Esta vez no dije nada, solo la besé. La besé de la misma manera que lo habíamos hecho en la clínica, aunque ahora, en vez de separarse, se acercó aún más y sentí que todo lo que estaba a nuestro alrededor empezaba a desaparecer. Solo ella estaba enfrente de mí y en mi vida. Me acomodé para profundizar nuestro beso. Sus labios eran suaves y me hacían desearla. Ella puso su mano en mi cuello y nos concentramos en disfrutar de ese momento.

Mis besos bajaron a su cuello y sentí los latidos de su corazón en sus venas. Me aferré a su cintura y mordí suavemente su mandíbula. Ella solo sonreía ante mi contacto y se apegaba mucho más a mí.

Pensé que todo estaba bien.

Me acomodé encima de su cuerpo. Ya comenzaba a sentir presión bajo mi pantalón. La besé tanto que parecía conocerla al revés y al derecho, y ella me acarició como nunca nadie lo había hecho.

Deslicé mi mano derecha por su muslo y Bianca se removió, inquieta, pero no se alejó. Muy rápido pareció que todo lo que llevábamos encima estaba estorbándonos.

Metí mi mano por debajo de su camiseta haciendo contacto directo con su piel. Sentí una electricidad recorriendo mi cuerpo. Me cosquilleaban las yemas de los dedos exigiéndome ir más rápido, pero no, quería disfrutarla.

No pasó tanto cuando nuestras camisetas ya estaban en el suelo. No podía dejar de contemplar lo que tenía enfrente. Bianca era mucho para mí, pero ella no lo entendía, parecía incluso querer esconderse debajo de mi cuerpo mientras me besaba. Mi boca recorrió su clavícula, el espacio entre sus pechos y luego su abdomen. Ella estaba sintiéndome con placer, pero no tomaba iniciativas conmigo y no me importó. Me bastaba con verla sonreír con las mejillas enrojecidas.

Tiré del cordón de su pijama para desanudarlo y, cuando maniobré quitándome mi cinturón, sentí que se quedó rígida como una estatua.

—¿Estás bien? —pregunté, deteniéndome.

—Sí. —Su voz sonó entrecortada.

—Si quieres me detengo —propuse.

—No, estoy bien, continúa —dijo y acarició mi espalda desnuda.

Gracias a la luz del televisor lográbamos vernos algo. Sus ojos azules se quedaron en los míos y me regaló una sonrisa tranquila.

Y seguimos.

Le quité el pijama deslizándolo por sus piernas. Ella me ayudó a desabrocharme el pantalón, que rápidamente voló a la alfombra. Había estado con algunas chicas antes, pero Bianca, sus lunares, su color de piel y sus ojos azules me hacían sentir cosas muy diferentes. Mucho más de lo que me gustaba admitir. El corazón iba a salirse de mi pecho, pero no quería arrebatarme. Quería hacer las cosas bien y con cuidado para que se sintiera cómoda y feliz. Deslicé mi boca por su abdomen, luego por sus caderas y también besé sus muslos. Tragué duro cuando le separé las piernas y entendí que podíamos llegar a más. Sin embargo, cuando acomodé mi entrepierna en la suya, ella dio un pequeño salto y me esquivó. Me detuve de inmediato y me quedé observándola.

—Bianca.

—Lo lamento, lo lamento —dijo rápido.

Salió de debajo de mi cuerpo y se sentó en la cama con sus piernas apegadas a su pecho, cubriéndose por completo, cubriendo lo hermosa y perfecta que era ante mis ojos.

—¿Qué sucede? —Intenté regular mi respiración—. ¿Hice algo mal?

Me acerqué a ella y despejé su rostro que se encontraba cubierto por su cabello negro.

—No puedo, lo siento, en serio lo lamento —decía pidiéndome perdón, casi de rodillas.

—Tranquila, Bianca, no pasa nada. —Me acerqué aún más a ella, pero se apartó.

—Damián —susurró. Sus ojos estaban llenos de lágrimas y yo no estaba entendiendo una mierda. ¿De verdad no había hecho nada mal?

—Está bien, tranquila. —La miré fijo—. Solo soy yo, Damián, el mismo tipo que conociste una noche y le diste un puñetazo. ¿Qué ocurre? Puedes confiar en mí.

—Lo lamento —dijo una vez más. Se puso de pie y comenzó a reunir su ropa que estaba repartida por la alfombra.

Algo estaba mal. Ella no se había detenido porque no quisiera tener sexo conmigo o porque yo estuviese siendo precipitado. Estaba a punto de llorar. Sus movimientos eran nerviosos y bruscos, como si quisiera vestirse y arrancar, pero yo no iba a dejarla así. Me puse de pie y esta vez la tomé de los hombros haciendo que me mirara a los ojos.

—¿Qué ocurre? —Busqué sus ojos azules y ella comenzó a llorar de inmediato. Sentí algo en mi interior, como si hubiesen roto una parte de mi cerebro. ¿Quién demonios hacía sentir tan frágil a la única persona que parecía tener luz en su vida? Antes de sentir rabia por eso, sentí lástima porque ella estaba dañada, y preferí no insistir con mis preguntas. La acerqué a mí y la abracé. Se acurrucó en mi pecho y se aferró a mi torso desnudo como si fuese la única protección en ese momento.

16
EBRIEDAD

DAMIÁN

Estuvo apegada a mí casi ahogándose en sus lágrimas. No quería interrumpirla, aunque me afectaba el estado en el que se encontraba. Acaricié su cabello hasta que ella se separó de mí y se secó las lágrimas con sus manos. Otra vez me observó, pero con una notable vergüenza en sus ojos. No pude evitar preguntarme «¿por qué?». Todos tenemos problemas y ella no estaba ajena a eso, aunque viviera en un castillo casi como una princesa.

—¿Quieres hablar de esto? —pregunté bajando la voz, y ella negó con la cabeza—. Está bien, no pasa nada. —Sonreí y ella asintió. Luego tomó una gran bocanada de aire y se dirigió al baño, aunque no cerró la puerta, así que vi que se enjuagó el rostro y luego se lo secó.

Mi cabeza no dejaba de estar hecha un lío. ¿Y si alguien le había hecho algo? ¿O si el problema era yo y no me lo quería decir? Cogí mi camiseta y mis pantalones de la alfombra y me vestí. Bianca salió del baño, apagó la luz y se sentó a mi lado en silencio.

—¿Prefieres que me vaya? —pregunté.

—No, no te vayas —me pidió, y yo asentí.

—Entonces es mejor que descanses.

Deslizó las sábanas hacia atrás y se metió a la cama cubriéndose hasta el cuello. Me senté a su lado y comencé a arroparla mientras ella solo sonreía con sus ojos algo hinchados. Se apegó a la pared y abrió la cama pidiéndome sin palabras que me acostara a su lado, cosa que hice unos segundos después. Me tendí de espaldas, algo inseguro, y eso que yo jamás había sido inseguro. Se acercó a mí y no dudé en pasar mi brazo izquierdo por debajo de su cuello. Su cabeza se fue al costado de mi pecho y me abrazó con los ojos cerrados. La verdad, no pedía nada más que estar justo ahí.

Bianca se quedó profundamente dormida luego de unos minutos. Pude darme cuenta por su respiración profunda. Y aunque a mí me costó mucho más hacerlo, también me dormí. Me costó dormir porque estaba intentando descifrar qué escondía Bianca Morelli detrás de esos grandes ojos azules, detrás de toda esa fachada de niña rica y de princesa quebrada.

Desperté sintiendo pasos en el corredor. Me sobresalté y recordé que Bianca me había dicho que su puerta no tenía pestillo. Cuando me moví para salir de su cama, ella solo se acomodó para seguir durmiendo. Tomé mis zapatillas y me metí dentro de su gran armario. Los pasos se acercaron y luego escuché tres golpes en la puerta, pero como si la persona los estuviese dando solo con un dedo. Fruncí el ceño, confundido. Si su madre o el esposo de ella querían saber si Bianca estaba dormida o no, solo debían abrir la puerta, verificarlo y luego irse, pero no. De pronto vi que la manilla se giró y me quedé quieto como una estatua, hasta dejé de respirar para que no me oyeran. Sin embargo, la apertura de la puerta quedó interrumpida por la voz de la madre de Bianca, que dijo: «Vincent, ¿estás ahí? Debo preguntarte algo». Escuché que el tipo soltó la manilla, caminó por el pasillo y dijo: «Claro, estaba viendo si Bianca había llegado bien», cuando lo cierto es que ni siquiera había entrado. ¿Qué demonios? «Dios, eres tan preocupado, ya déjala un poco», comentó ella. Las voces se fueron alejando hasta que no pude oír más. Salí del armario y me acerqué a Bianca. Me senté a su lado y me puse las zapatillas, sin dejar de pensar en ese tipo: su padrastro.

¿Y si Bianca solo necesitaba que me quedara a su lado?

Decidí quitarme otra vez las zapatillas, deslicé las sábanas y me recosté nuevamente a su lado en medio de la oscuridad. Ella abrió los ojos con dificultad, me observó y me abrazó.

—Soñé que te ibas —susurró.

—¿A dónde? —pregunté en voz baja.

—Solo te ibas...

—No me iré a ningún lado, Bianca —le aseguré, y se aferró más a mí.

BIANCA

Lo único que estaba sintiendo en ese momento era vergüenza. Vergüenza de mí, de mi cuerpo, de mis actitudes. Me sentía culpable, culpable por todo lo que me había estado pasando. Tenía un gran presentimiento de que sería juzgada de la peor manera si hablaba lo que había estado callando por años.

Damián se quedó a mi lado a pesar de que todo estaba hecho un nudo. En realidad, yo era un nudo y a él no le importó para nada, ni tampoco se esforzó en hacerme sentir más incómoda de lo que estaba. ¿Cómo podía no estar bien junto a él? No me juzgaba, no preguntaba más allá de lo que yo no quería hablar y me abrazaba en silencio imitando al mejor hombre de la Tierra. ¿Cómo alguien tan destruido como yo podía querer así?

Me quedé dormida en su hombro luego de unos minutos y cuando desperté, por primera vez en mucho tiempo, sentí que había descansado como cualquier chica de mi edad. Damián a esa hora, las 6.05 a.m., ya no estaba junto a mí. Me puse de pie y divisé la bandeja con dos tazas y dos platos. No había sido un sueño, él había pasado la noche conmigo, pero se había ido antes de que se formara un lío.

Fui hasta el baño a darme la mejor ducha de la vida. Sentía un nudo en mi estómago, y no era exactamente porque algo malo me hubiese pasado, sino porque sentía la necesidad de ver a Damián y lanzarme a abrazarlo. De pronto, algo crujió dentro de mi cabeza. ¿Por qué había sido tan estúpida? Las cámaras de seguridad que había puesto Vincent iban a delatarme, demonios. Terminé de vestirme, bajé con la bandeja, metí la loza al lavavajillas y en eso aparecieron mi madre y Vincent.

—Tenemos que hablar, Bianca —dijo ella.

Julie entró unos segundos después a la cocina y comenzó a servir té y café en los tazones correspondientes.

—¿De qué? —Me quedé atónita. Era imposible que hubiesen revisado las cámaras tan rápido.

—¡¿De qué?! —preguntó alterada, y mi mente viajó a Marie y a Dayanne. Las había olvidado por completo.

—Mamá...

—¿Qué es lo que pasa contigo, Bianca? Cuando el jefe de tu carrera me comentó lo que había ocurrido, no pude creerlo. ¿Cómo es posible que mi hija sea una matona? ¡Jamás me lo habría esperado de ti!

—Estaban hablando mal de mí, mamá —me defendí—. Dijeron porquerías acerca de mí. ¡Y también acerca de ti!

—¿Y qué importa? No puedes ir por la vida golpeando a todas las personas que hablen mal de ti.

—Pues yo no soy así. No me quedaré callada como una estúpida —solté, y ella se sorprendió por mi insolencia.

—¡En qué te has convertido, Bianca! —Se puso de pie y me enfrentó.

—¿Hace cuánto que dejaste de ser mi madre? —pregunté a punto de llorar, y lo siguiente fue una bofetada.

Se hizo un silencio incómodo en la cocina. Tragué saliva para aliviar mi nudo de la garganta y miré a Julie, quien evidentemente estaba odiando a mi madre en ese momento, pero no podía expresarlo.

—Estás castigada, Bianca, una vez más —dijo casi resignada—. Y ahora asume las consecuencias en la universidad.

Salí de la cocina y me dirigí a mi habitación. Me metí en el baño e intenté tranquilizarme. Mi objetivo era esperar a que se fueran para poder sacar la memoria de la cámara o al menos borrar el momento en que Damián y yo entramos a casa. Estuve al menos una hora encerrada hasta que por fin Vincent y mi madre se fueron a trabajar. Bajé las escaleras y me encontré de frente con Julie.

—¿Estás bien? —preguntó.

—Sí, todo bien.

—Si no te conociera tanto, te creería. —Respiró profundo.

—Es que me tienen cansada, Julie —solté, y por su expresión supe que me comprendía—. No puedo creer que sea tan descarada. Apenas me ha dado atención desde que hemos venido a vivir a este lugar. ¿Y ahora dice saber cómo soy? Que se joda, Julie.

—¿Qué estaban diciendo de ti esas chicas?

—Que soy una ordinaria y que mi madre tiene el cargo en la universidad gracias a Vincent. Y que ahora que no me junto con ellas estaba mostrando lo «corriente y ordinaria que soy». Dios, ¡es que son unas estúpidas! —me desahogué y Julie sonrió.

—Cuídate, cariño. Solo te diré eso. Sé que todo esto es difícil para ti, pero debes tener precaución. Si sigues con esa actitud podrías terminar tras las rejas. El dinero mueve montañas.

—Lo sé, Julie. Gracias.

Al fin y al cabo, tenía razón. No sabía cómo podían reaccionar los padres de Dayanne o Marie, que también tenían dinero y podían demandarme o algo así.

Julie regresó a hacer las cosas de la casa y, evitando las cámaras, me acerqué a la habitación de ellos. Abrí la puerta y saqué el *notebook* de Vincent. Busqué el archivo de video de la noche anterior y adelanté las partes en que no pasaba nada, hasta que de pronto nos vi a Damián y a mí llegando. Borré esa parte de la cinta, y aunque sabía que Vincent podría darse cuenta de que faltaba ese trozo, no me interesó. No sospecharían de mí.

И И И

—Tendrás que hacer trabajo comunitario para la universidad —me anunció el jefe de la escuela de Arquitectura, un reconocido arquitecto que debía recibir un sueldo muy superior al de los profesores y profesoras de la carrera—. Tu madre nos pidió que te diéramos otra oportunidad, dijo que has estado teniendo algunos problemas personales y que estás alterada. Escuchamos y atendimos sus razones. Además, no podemos ignorar tus excelentes calificaciones.

—Está bien. ¿Qué debo hacer? —pregunté restándole importancia a lo que decía. No quería charlas motivacionales.

—En la universidad estamos desarrollando espacios urbanos. Trabajarás haciendo murales. Sabemos que tu mejor talento es dibujar, Bianca.

—Es decir que debo trabajar con la DEM.

—Así es, estoy seguro de que te recibirán con los brazos abiertos.

La DEM era una organización compuesta en su mayoría por estudiantes de Pedagogía en Artes Visuales y Diseño Gráfico. La sigla hacía referencia a «Dibujemos el mundo», y no me alegraba trabajar con ellos porque siempre me había burlado de su propósito cuando me juntaba con Dayanne, Marie y Bea. Utilizaban camisetas iguales, estaban todo el día haciendo trazos en el aire y creando ideas, y dudábamos de que asistieran a clases. Y ahora debía tenerlos cerca... Genial.

Salí de la oficina y me dirigí a paso rápido hacia el estacionamiento, pero Paige me detuvo a mitad de camino.

—¿Cuál es el castigo esta vez? —me preguntó.

—Trabajo comunitario. Con la DEM.

—Dios. —Rodó los ojos—. Bueno, olvídate de eso, tengo buenas noticias.

—Por favor, *necesito* una buena noticia.

—Esta noche hay una fiesta en casa de Daven. Sé que Damián pudo haberte dicho, pero no quería quedarme atrás. —Sonrió.

—No lo sé, Paige. Estoy castigada hasta el año 3000.

—¡Por favor! ¿Cuándo se ha perdido Bianca Morelli una fiesta como esta?

—Por supuesto que nunca. —Reí.

163

N N N

No sé si el destino empezaba a jugar a mi favor, pero esa noche Vincent había invitado a mi madre a una cena, y siempre que salían a cenar regresaban muy tarde y ella no se daba el tiempo de ir a mi habitación para saber si estaba ahí o no. En cuanto se fueron me vestí, me maquillé y pasé a buscar a Paige a su casa. No llevé mi auto para que mi madre no sospechara que había salido.

La casa de Daven era bastante grande, y cuando llegamos ya estaba llena de gente. Todos hablaban, reían, fumaban cigarrillos y se movían al ritmo de la música, que sonaba muy fuerte. Busqué entre las personas a Damián, pero no lo vi. Tampoco estaba Owen. Tal vez tenían carreras, pensé.

—¿A quién buscas? —me preguntó Lauren alzando las cejas.

—A nadie. —Disimulé una risa.

—Damián dijo que vendría, pero llegará más tarde.

DAMIÁN

Fui por ella antes de ir a la fiesta de Daven, pero no llegó a nuestro lugar. No le dije tampoco que la invitaría. Seguramente Paige ya se había adelantado en decirle, así que solo tomé la moto y me dirigí a la casa de Daven. Había tenido un día de mierda y la vieja Esther logró distraerme un poco con sus viejos y alucinógenos cigarrillos. Estuvimos riéndonos y escuché algunas de sus tantas historias, hasta que fue hora de partir. No quería llegar a la fiesta cuando todos estuvieran borrachos hasta las pestañas.

Cuando fumaba porros con la vieja Esther perdía algo en mi vida que se llamaba «mierda» y solo me dedicaba a reír. Siempre me aconsejaba que no me subiera a la moto con sustancias en el cuerpo, pero yo no hacía caso. No iba a morir. Todavía tenía muchísimos desastres que armar antes de irme al infierno.

Estacioné, entré, saludé a algunas personas y caminé hasta donde debían estar Daven, Lauren, Paige y Owen, es decir, en la cocina, lanzando la maldita pelota a los vasos y bebiendo chupitos de tequila cuando perdían. Los vi en cuanto abrí la puerta, y divisé también a Bianca en medio de dos tipos que había visto en las carreras clandestinas. Estaba intentando darle a los vasos, pero falló en dos ocasiones y bebió tequila como si no tuviera garganta. A juzgar por cómo se veía —y porque yo era un experto en borracheras—, diría que ella ya estaba ebria. Por lo mismo yo no bebía. Conocer tan bien las consecuencias del alcohol y tenerlo todos los días en mi casa me causaba asco. Saludé a las personas que estaban ahí y me acerqué a Bianca, quien me sonrió como si no me hubiese visto en años.

—¡Tardaste demasiado! —alzó la voz y luego rio.

Le guiñé un ojo y ella continuó jugando. Me alejé algunos metros para observar la partida y encendí el porro que me quedaba de la vieja Esther. Sentía mi cabeza dar vueltas. Las cosas parecían ir a cámara lenta, no entendía demasiado bien lo que pasaba a mi alrededor hasta que vi a Bianca perder el equilibrio y caer sobre unos vasos servidos. Soltó una carcajada y todos rieron junto a ella. Un tipo la ayudó a ponerse de pie y otros armaron el juego de nuevo, pero ella, en vez de ayudar, cogió la botella de tequila y comenzó a beber de ella sin hacer siquiera un gesto de asco. Todos la aplaudieron y rieron de lo que hacía, pero a mí me pareció una burla.

—¡Mejor bailemos! —gritó y el grupo pareció encantado.

Bianca se subió encima de la mesa y comenzó a bailar mientras todos alzaban los brazos a su alrededor. Paige me observó rápidamente y luego lo hizo Owen. Bianca movía sus caderas, se quitó la chaqueta, la lanzó en el aire y luego de un tirón se quitó la camiseta, quedándose en sujetador. Todos reían y lanzaban gritos, hasta que me sacó de mis casillas. Caminé hacia ella entre las hormonas calientes de aquellos hijos de puta y la tomé de las rodillas. Ella se quejó, pero no le hice caso. Agarré su ropa y la saqué de ahí sobre mis hombros.

La llevé hasta uno de los baños y cerré la puerta con seguro.

—¿Por qué me sacaste? ¡Estaba pasándolo bien! —decía.

La dejé sentada en el suelo y empecé a ponerle su camiseta. Su cuerpo se fue hacia un costado y apoyó la cabeza en el inodoro. No pude evitar ver a mi madre reflejada en ella. Me sentía enojado. ¿Por qué tenía que hacer esto? De pronto se removió y dijo que se sentía mal. Su rostro poco a poco comenzó a tornarse pálido.

—Debes vomitar —sugerí.

Hice que se arrodillara enfrente de la taza, le tomé el cabello para que no se lo ensuciara y comenzó a vomitar. Cuando acabó, o eso pensaba, volvió a sentarse en el suelo y apoyó la cabeza en la pared. Se veía frágil.

—Lo lamento —dijo e hizo una mueca de disgusto exagerada.

Me mantuve en silencio, porque seguía molesto. No quería lidiar con una persona que no pudiese medirse con el alcohol. Quizá estaba siendo demasiado egoísta, pero ¿acaso no era obvio?

Luego de unos minutos en los que nos golpearon la puerta en cientos de ocasiones, Bianca comenzó a temblar de frío sin poder controlar los movimientos de su cuerpo. Sus ojos se cerraban y su cabeza se caía.

—Iremos a otro lugar —susurré.

La saqué otra vez en mis brazos y la llevé a la habitación de Daven, que se mantenía cerrada para las fiestas, pero yo sabía exactamente dónde escondía la llave de emergencias. «Emergencias» para él significaba que ibas a tener sexo casual con alguna chica, aunque no era mi caso, ni el de mi amigo, quien ahora estaba feliz y en exclusiva con Paige.

Abrí la puerta y la cerré por dentro. Tendí a Bianca en la cama de Daven y la arropé con el cobertor. Ella se quedó en posición fetal, y yo solo me quedé mirándola mientras dormía. Despertó después de un rato frunciendo el ceño. Esa era la fase en donde comenzaría a hablar de cosas sin sentido y a quejarse de por qué todo estaba dando vueltas.

—¿Por qué todo da tantas vueltas? —preguntó. Su voz sonaba pesada y su lengua estaba enredándose.

—Estás ebria —contesté.

—Lo sé. —Rio. Yo no podía reírme. Me sentía fuera de mi cuerpo—. ¿Por qué estás tan enojado? —preguntó y yo la observé, pero ella tenía los ojos cerrados y el ceño arrugado—. No te enojes conmigo. —Sonrió.

—No estoy enojado contigo, Bianca —dije, aunque sabía que no entendería nada.

Las primeras veces que mi madre se emborrachaba cuando yo era un niño, siempre intentaba dialogar con ella para que entendiera mi punto de vista, pero con el pasar de los años esa inocencia e ingenuidad que tienes cuando eres pequeño se esfumó, y ahora dejé de hacerlo. No teníamos una conversación en sobriedad hacía meses. Ya no me quedaban fuerzas ni ganas de hacerle entender mis argumentos, así que era probable que ya no habláramos más, aunque ella estuviese sin beber, cosa bastante improbable.

—Estás enfadado, Damián —soltó con pesadez—. Y yo no quiero eso, Damián. Yo quiero que vengas aquí, Damián, y... que te acuestes aquí y que duermas aquí, justo donde estoy, aquí —pidió, y ahora sí no pude evitar reír. Al menos era una borracha graciosa y tierna.

—Tal vez sí estoy un poco enfadado —contesté.

—¿Por qué? ¿Por qué estás enfadado? No te enfades, no te enfades conmigo —bajó la voz.

—Estoy enfadado conmigo —comenté, y sí que era cierto—. Estoy enfadado conmigo porque veo reflejada en ti a otra persona.

—No puedes enojarte conmigo. —Seguía sin poder salir de sus pensamientos incoherentes.

—¿Por qué no?

—Porque yo estoy enamorada de ti, Damián.

17

CÓMO SE SIENTE EL AMOR

DAMIÁN

«Porque yo estoy enamorada de ti, Damián».

Me quedé sin respiración.

¿Qué? ¿Qué estaba pasando? Quería convencerme a mí mismo de que ella estaba hablando incoherencias por su estado, pero todos siempre me habían dicho que los borrachos y los niños dicen la verdad. ¿Y si era cierto?

Me quedé mirándola petrificado, pensando en los pros y los contras que tenía estar enamorada de Damián Wyde. ¿Algún beneficio? Para nada. ¿Algo en contra? Todo.

Mi vida había sido una encrucijada desde que tuve uso de razón. Envuelto en problemas, vicios, encierros y un par de adicciones. ¿Qué beneficios podría tener estar enamorada de mí? Tal vez lo único que podía darle era amor de verdad, pero ¿eso era suficiente en comparación a todas las responsabilidades, preocupaciones y problemas que no debería? A esto agreguémosle que no tenía ni un puto peso. Lo que lograba tener, mi madre se lo robaba. Que Bianca estuviese enamorada de mí no era su mejor opción, porque ¿quién era ella?

Una chica millonaria, con coche del año y ropa cara, con una casa más grande que el hospital público y un baño más grande que mi habitación. Pero, por sobre todas las cosas,

Bianca tenía un futuro, ¿qué mierda podría darle yo a cambio? Conflictos por dinero, tal vez. Ella estudiaba en la mejor universidad del país y seguramente dentro de cuatro años estaría graduándose para ser alguien en la vida, a diferencia de mí, que no lograría ser nadie.

Aquellas sombras terminaron por comerme la cabeza y llenarme de pensamientos oscuros y erróneos, que me dejaron hundido en un agujero.

¿Por qué no podía pensar, en cambio, que podía intentar ser mejor por ella?

—Estar enamorada de mí no es un beneficio —dije en voz baja. De pronto ya no estaba enojado. Me quité las zapatillas y me metí a su lado en la cama.

—Siempre es un beneficio enamorarse, Damián. —Se acomodó y me abrazó—. ¿Acaso tú no estás enamorado de mí? —me preguntó casi ofendida dentro de su borrachera.

Me quedé en silencio. Ella abrió los ojos, me observó y se acercó a mí para besarme. Continué besándola, queriéndola y ocultando mis sentimientos. Eran tan nuevos para mí que ni siquiera me atrevía a verbalizarlos.

Bianca continuó besándome. Parecía querer intensificar el beso, pero recordé cómo se había puesto la noche anterior en su casa y la detuve.

—Mejor duérmete, ¿está bien? —le pedí y ella asintió.

Tenía unas ganas incontenibles de besar cada centímetro de su cuerpo, de quitarle todo y solo quererla. Me gustaba, me gustaban su mirada y sus movimientos, sus besos y sus caricias, pero no podía aprovecharme de ella en el estado en que se encontraba. Quería cuidarla, que se sintiera segura conmigo estando borracha o sobria.

Bianca se durmió y me quedé mirando sus largas pestañas. Sin querer, sonreí.

—Creo que yo también me estoy enamorando de ti, Bianca —susurré, pero ella ya estaba lejos de escucharme.

BIANCA

Desperté con un terrible dolor de cabeza y con la garganta más seca que nunca; incluso respirar me dolía. Me moví y mi cuerpo chocó con el de otra persona. Me incorporé, asustada, y vi a Damián.

¿Qué había pasado? ¿Qué estaba haciendo en esa cama con él? Recordaba que habíamos llegado a la fiesta, que busqué a Damián, pero no estaba, que fuimos a la cocina para jugar y beber tequila y ya. Lo demás solo eran escenas cortadas.

—Dios —susurré cuando recordé que había estado encima de la mesa de la cocina bailando solo con sujetador.

—Despertaste. —Escuché su voz. Volteó para mirarme y yo apenas pude mantener los ojos abiertos.

—¿Qué sucedió anoche, Damián? —pregunté, y él sonrió y movió las cejas de arriba hacia abajo.

—¿No te acuerdas de nada? —Estiró su cuerpo por debajo de las sábanas.

—¿De qué hablas? ¿Por qué estamos aquí y acostados juntos? —Fruncí el ceño.

—Tuvimos la mejor noche de nuestras vidas, ¿y tú no la recuerdas? —simuló estar ofendido.

—¿Qué? ¿Estás diciendo que tuve mi primera vez contigo y ni siquiera lo recuerdo? —pregunté rápido y él soltó una carcajada. Fue ahí cuando me percaté de que estaba molestándome.

—¡Solo bromeo, Bianca! Te emborrachaste, bailaste encima de la mesa, estuviste a punto de desnudarte frente a todos y te tuve que sacar de ahí. Ah, también vomitaste y luego te traje hasta aquí, a la habitación de Daven.

—¿Hay fotografías?

—Espero que no.

—Si es que las hay deben ser eliminadas, mi madre no puede verlas.

—Tranquila —dijo—. Lo que pasa en casa de Daven se queda en casa de Daven. —Se encogió de hombros.

De pronto, la puerta se abrió y entró Paige. Nos observó fijamente, sonrió y luego lanzó mi teléfono a la cama.

—¡Ha sonado toda la puta mañana! —chilló.

—Es mamá.

—Contéstale.

—Está bien, cállense —les pedí.

Deslicé el botón verde para contestar y aclarando mi garganta dije solo «Hola».

—¿Dónde demonios estás? —Su voz sonaba furiosa—. ¿Acaso no entendiste que estás castigada, Bianca? ¿Qué pasa contigo?

—Mamá, tuve que salir. Me he ido temprano esta mañana. Quedé de juntarme con una amiga para hacer un proyecto.

—¿Un sábado, Bianca? ¿Crees que soy idiota?

—Era el único día que podíamos, y olvidé decírtelo ayer. —Oí su respiración a través del teléfono. Estaba intentando controlar su enfado.

—¿Regresas a almorzar?

Paige negó con la cabeza y Damián rio por lo bajo.

—No, almorzaré con ella. No te preocupes.

—Está bien, adiós. —Colgó sin esperar una respuesta.

—Bueno, los dejo solos. —Paige sonrió y antes de cerrar la puerta nos quedó mirando—. Iremos por una pizza. ¿Vienen?

—Sí —contesté de inmediato y Damián asintió con la cabeza.

Subió ambos pulgares y cerró la puerta por fuera.

—Entonces ¿nunca has tenido sexo? —me preguntó Damián con una leve sonrisa. Yo negué.

—¿Es extraño?

—No, claro que no.

—Solo creo que no estoy preparada —confesé, y él se mantuvo mirándome, como si quisiera descifrarme.

—Y eso está bien —aseguró.

Sin embargo, las personas de mi círculo, o al menos mis examigas, no veían bien que a los dieciocho años no hubiese experimentado con ningún chico. Ellas preferían no creerme. Decían que quería ocultar mi sexualidad de múltiples gustos y que solo fingía que todavía no había estado con ningún chico. Pero no era cierto. Cada vez que había estado cerca de dar el paso, me daba pavor.

—¿Tú crees? —Me senté en la cama y lo miré fijamente.

—Claro que sí. ¿Por qué crees que no? Cada persona debe hacer lo que desea en el tiempo en que se sienta lista. ¿No?

—Tienes razón —murmuré.

Más tarde Daven, Paige, Damián y yo fuimos a una pizzería cercana. Owen tenía cosas que hacer en el taller y Lauren pasó de nosotros porque debía terminar un proyecto para la universidad.

Noté que Damián estaba comportándose algo extraño conmigo, un poco más distante, y no entendía por qué. No sabía si en mi estado de ebriedad le había dicho algo que lo molestó o si había sucedido algo más. No quise preguntarle nada en frente de los demás.

En vez de irme con él, fue Paige quien me acercó a casa esa tarde. Estuve encerrada en mi habitación terminando algunas tareas pendientes y poniéndome al día con las materias de la universidad.

Pero cuando llegó la noche solo pensé en ir a un destino: Serendipia.

Encendí un cigarrillo, luego otro y otro hasta que fueron cinco. Pero Damián no apareció.

N N

Al día siguiente tuve la intención de ir a la cafetería para enfrentarlo, pero no quería que se supiera nada acerca de nosotros, así que ni siquiera me acerqué a comprar para evitar actuar de forma impulsiva.

Después de clases debí quedarme con la DEM para pagar el castigo que me habían dado. Eran alrededor de quince personas y, cuando me senté, todos se quedaron mirándome de forma nada disimulada.

Estábamos dentro de un salón con murales y sillas de colores que habían habilitado para ellos. Christopher, el encargado, anotaba cosas en la pizarra y yo solo tenía ganas de irme, aunque debía reconocer que me aliviaba tener una excusa para estar fuera de casa.

—El proyecto que nos toca ahora es la cafetería —anunció Christopher—. Debemos llenar los muros de colores claros, por favor, *claros*. Compartiremos ideas, y estoy seguro de que, si ponemos de nuestra parte, quedará genial.

¿La cafetería? ¿En serio?

Estuvimos al menos una hora ahí dentro dando ideas. Cuando salí de la reunión, la universidad ya estaba casi vacía. Caminé en dirección a los estacionamientos y fue ahí cuando vi a Damián yendo hacia su moto. Pensé en ignorarlo, pero no iba a dejar pasar esa oportunidad de hablar a solas.

—Damián —lo llamé y él enseguida volteó a mirarme, pero no sonrió como siempre lo hacía.

—Bianca —dijo cuando ya estábamos bastante cerca—. ¿Qué haces a esta hora aquí? —me preguntó con el ceño fruncido.

—Castigos de mamá y de la universidad. —Me encogí de hombros—. ¿Estás bien?

—Sí. ¿Por qué?

—Me has dejado esperándote —comenté en voz baja.

—Sí, tuve un problema. Pero hoy voy, sí o sí.

—Estás mintiéndome. Soy una experta en mentiras, no las practiques conmigo —le pedí y él sonrió.

—De acuerdo. Solo que no quería decírtelo de esta manera.

—¿Qué?

—La otra noche, cuando te emborrachaste, me dijiste que estás enamorada de mí, y yo no supe cómo reaccionar —comentó, y mi corazón se aceleró.

—No es necesario que reacciones, Damián —dije, intentando que los nervios no se metieran en mi cuerpo. ¿Cómo había sido tan estúpida? Ni siquiera lo recordaba, y tampoco lo había pensado estando sobria—. Estaba borracha, no debiste darle importancia.

—¿No? —Alzó las cejas—. ¿Por qué no?

—Porque estaba ebria, no controlé mis palabras.

—Entonces ¿es mentira?

—Sí, tal vez... No lo sé —contesté casi tropezándome con mi lengua.

—Estás aquí para que te dé una explicación acerca de por qué no fui al callejón, ¿y esperas que me crea que es mentira?

Quedé congelada. No entendía a dónde quería llegar. ¿Estaba ofendido porque supuestamente estaba enamorada de él?

—Es solo que no quiero que por un par de palabras algo cambie entre nosotros.

—No es eso, Bianca. —Se quedó en silencio unos segundos y luego continuó—. Yo también a veces pienso que me vuelves loco, que das vuelta todo en mi vida, y también me he cuestionado si estoy enamorándome de ti. —Eso fue como recibir un balde de agua fría, pero no uno malo, tal vez un balde de agua fría en pleno verano con 40 grados de temperatura—. Es solo que... tuve una mala noche.

—¿Fue porque te dije eso? —bajé la voz.

—No, Bianca. —Se acercó a mí—. Bebiste hasta quedar inconsciente.

—¿Y eso qué?

—No quiero tener a una segunda persona en mi vida que me haga sentir de esa manera.

—¿Lo dices por tu madre?

—¿Tú qué crees?

—Lo lamento, yo...

—Sé que nada de esto es tu culpa —me interrumpió—, pero si estás dispuesta a enamorarte de mí, deberías saber que todo es una mierda en mi vida, Bianca.

—En la mía también, Damián.

—Y no sé por qué... —bajó la voz y me miró directo a los ojos.

—Y no quiero que lo sepas. ¿Es por lo que me has estado evitando, Damián?

—Sí —confesó—. Porque no sabía cómo tomarme todo esto, ni qué decirte. Necesitaba pensar y armarme de valor para hablarlo contigo.

—Está bien, ni siquiera recordaba lo que te dije, lo siento —comenté.

Me dejó petrificada cuando luego de eso se acercó a mí y me besó. Por un momento sentí que todo desaparecía, pero luego recordé donde estábamos y me alejé levemente de él con el corazón en la garganta. Sus ojos atravesaron los míos.

—Entonces ¿no es mentira? —me preguntó.

—No —susurré.

Se quedó mirándome a los ojos en silencio. Me parecía tan perfecto en ese mismo instante. No quería separarme de él, sentía que estábamos pasando a otro nivel en nuestro vínculo. ¿Eso era bueno o malo?

Su silencio me descolocó. Pestañeé esperando que me respondiera, pero no lo hizo, así que aclaré mi garganta y me armé de valor.

—Tú no sientes lo mismo por mí, ¿verdad?

—Nunca he estado enamorado antes, Bianca.

—Pues yo tampoco.

—¿Y cómo demonios se siente eso?

—Solo lo sientes y ya. No es tan difícil, Damián —reclamé.

—Bianca...

—Olvídalo —lo interrumpí—. Si no sientes nada por mí, está bien, pero no dejes que me quede aquí mirándote como una estúpida.

Volteé para caminar hacia mi auto y él no me detuvo.

18
VALE LA PENA QUERER

BIANCA

Me senté dentro del auto y miré por el espejo retrovisor, esperando tal vez que Damián viniera por mí, pero no lo hizo. Me sentía como una idiota, solo debería haber llevado a la Bianca de siempre y haberle dicho que no sentía nada por él, ni sentiría nada por él nunca, pero no. La Bianca borracha que tenía dentro había salido en todo su esplendor para decirle cosas románticas, que estaba enamorada de él. ¿Por qué no podía controlar mis palabras cuando el alcohol entraba en mi cuerpo?

N N N

Era tarde, de madrugada, y todavía no podía conciliar el sueño, aunque no era precisamente por estar pensando en Damián. Cientos de veces pensé en levantarme e ir a Serendipia, pero mi orgullo era más fuerte. No iría a pararme frente a él aunque tuviese que pasar toda la noche sentada en el frío piso de cerámica del baño.

La vida a veces no me daba segundas oportunidades y solo me aferraba a la idea de que todo iba a estar bien. Lamentablemente, yo no podía ir en contra de la mierda del destino, o lo que sea que controlara mi vida.

Oí sus pasos acercarse a mi habitación. Cuando dormía a solas, mi sueño era ligero; hasta el móvil vibrando me despertaba, por lo que, cuando sentí sus pasos, salté rápidamente de la cama, pero él fue más rápido que yo. Me jaló del cabello y me cubrió la boca para que no gritara. Las lágrimas llegaron a mis ojos en cosa de segundos, mis latidos comenzaban a dolerme y todo se nubló frente a mí. La oscuridad no me protegía, el pijama más feo y abrigado tampoco, y las cuatro paredes de mi habitación me ignoraban. El lugar al que debería llamar «hogar» fingía mi inexistencia.

Murmuró unas palabras que mi cerebro bloqueó.

Estaba detrás de mí, podía sentir su respiración y el olor a alcohol meterse por mi nariz. Quería correr y gritar, escapar de la situación que me hacía sentir ultrajada y sucia, pero, a la vez, necesitaba cerrar los ojos, quedarme congelada y que todo ocurriera rápido. Sus manos eran ásperas, me hacían daño. Y por más que intentaba quitármelo de encima, no funcionaba. Mi fuerza parecía desvanecerse frente a él. Me recorría como si estuviese enfadado conmigo, con la vida, consigo mismo, y yo no entendía.

Me largué a llorar. Me largué a llorar y me aferré a lo que fuera que estuviese por sobre nosotros pidiendo que me ayudara, que me sacara de una situación que cada vez parecía peor. Rogué que alguien me salvara de ese inminente destino que me observaba a los ojos cada noche desde la puerta. Me costaba respirar y, si él no se detenía, iba a desmayarme. Me aterraba no tener control sobre mi cuerpo y no recordar lo que estaba pasando.

De pronto, un ruido en el pequeño balcón de mi habitación hizo que él se detuviera en seco, aunque no se alejó de mí. Me mantuve quieta al igual que Vincent, quien intentaba asegurarse de que el ruido era real. Estaba esperando con todas mis fuerzas que se largara de mi habitación, pero eso no ocurrió.

Sin embargo, esta vez el ventanal del balcón se abrió de forma violenta y una figura masculina apareció. Vincent se alejó de mí y yo solo fui capaz de acomodarme el pijama y quedarme estática. No podía ver de quién se trataba, mis ojos seguían envueltos en lágrimas y el miedo continuaba metido en mi cuerpo. Fue como un reflejo el golpe que vino después. El tipo golpeó a Vincent en el rostro con un puñetazo seco, luego otro y otro. Vincent intentaba defenderse, pero el otro era mucho más rápido y fuerte. Vi que lo pateó en el suelo y, cuando lo dejó casi inconsciente, se giró hacia mí. No dijo nada y volvió a escapar por la ventana.

¿Qué demonios había sido eso?

Miré a Vincent tendido en el suelo. Encendí la luz y noté que estaba envuelto en sangre. Por supuesto no me apeteció ayudarlo, pero de todas formas salí de mi habitación, caminé por el pasillo y me metí en el cuarto de ellos.

—Mamá, mamá. —Comencé a moverla, pero ella no despertaba—. Mamá, despierta. —Toqué su hombro y abrió los ojos apenas. Ella jamás había tenido el sueño tan pesado. Miré su velador y había un tazón.

Vincent claramente la estaba drogando para meterse en mi habitación.

—¡Llama a la policía! —Escuché a Vincent gritar por el pasillo, pero lo único que hice fue salir de su habitación y correr al primer piso para esconderme en uno de los baños. Si quería que viniera la policía, que la llamara él. Yo no acusaría a la única persona que me había defendido.

Efectivamente, unas horas más tarde Vincent llamó a la policía y llegaron de inmediato. Tomaron registro de huellas, revisaron las cámaras e hicieron otras inspecciones, pero al final no dieron con nada.

Fue una noche larguísima.

𝑁 𝑁 𝑁

No crucé palabras con Damián durante todo el día en la universidad, ni siquiera estuve dispuesta a mirarlo en la hora de almuerzo, pero la tarde llegó y tuve que reunirme con los de la DEM. La cafetería era gigantesca, y debíamos comenzar a dibujar. Llegué casi de las primeras a la convocatoria que había realizado el monitor y me quedé esperando a que estuvieran todos. Fue en ese momento cuando desvié mi vista hasta Damián. Estaba limpiando el mesón, y vi que tenía un pequeño corte en la ceja derecha, que había cubierto con una bandita blanca. Levantó la mirada y rápidamente hizo un gesto para que me acercara a él. Lo dudé unos segundos, pero al final accedí.

—¿Qué ocurre? —le pregunté. Él dejó el paño a un lado y rodeó el mesón hasta quedar frente a mí.

—Tenemos que hablar —dijo. Su rostro estaba serio.

—¿De qué?

—Sobre lo que pasó ayer, Bianca —soltó, y mi mente viajó al episodio en donde un tipo se había colado por mi ventana y golpeado a Vincent sin escrúpulos. No sé qué expresión tomó mi rostro, pero él aflojó su mirada. ¿Había sido él? Sentí la vergüenza a flor de piel y las ganas de llorar. Damián no podía enterarse de eso, y menos de ese modo—. Anoche fui a Serendipia, y no estabas ahí —dijo, y sentí que me habían devuelto el oxígeno—. Te esperé, pero no llegaste. Quería hablar contigo.

—No hay nada de qué hablar. —Me alivié cuando entendí que el tipo de anoche no había sido él.

—Fui un idiota la otra tarde —bajó la voz y miró alrededor para comprobar que nadie estuviera mirándonos.

—No, está bien. Está bien que seas honesto y no me pintes un castillo en el aire. Sé cómo funciona todo, sé que...

—¿El mundo es una mierda? —terminó la frase—. ¿Que no todo es de colores y feliz? ¿Que a veces despiertas y sientes que todo está roto? ¿Eso te cuestionas? —Me observó a los ojos—. ¿Cuestionas por qué vivimos en un mundo tan hipócrita y desmedido? ¿Te preguntas si haces bien al seguir respirando?

—Damián, no creo que sea el momento de hacernos preguntas así —susurré.

—Intento decirte que sí, que yo también estoy en la mierda, que me cuesta despertar y que cuando lo hago también me pregunto si hago bien en seguir respirando, ¿sabes? Me he cuestionado muchas cosas, créeme que cuando te conocí comenzaste a darlo vuelta todo y por primera vez me cuestioné si sabía o no querer a alguien, Bianca.

—¿Y a qué conclusión llegaste? —Quería tenerlo justo en ese momento, abrazarlo y quedarme a su lado sintiéndome por alguna vez poderosa, querida, bella y mujer.

—Que si estar enamorado significa perder la cabeza, preocuparse más de la cuenta, tener unas locas ganas de besarte, abrazarte y mirar tus ojos azules a cada momento, estoy enamorado de ti, Bianca. —Acortó el espacio entre nosotros—. Y créeme que yo sí soy un idiota, probablemente no pueda protegerte y te dé malos consejos. Probablemente me hunda contigo y no te saque de la mierda. Es muy probable que estar conmigo sea la peor decisión que puedas tomar en tu vida, y te lo advierto desde este preciso momento, mi pequeña Bianca: yo no sé amar como todos lo hacen.

—Yo tampoco sé, Damián. —Puse mis manos en su cuello y él sonrió mirándome —. Y si alguna vez lo hice, fue tan rápido que se ha ido de mis recuerdos. Tal vez no sepamos querernos, pero estoy segura de que no apareciste en ese callejón para luego olvidarnos. No.

—Gracias —susurró. Apoyó su frente en la mía y yo no entendí por qué estaba agradeciéndome—. Gracias por darme la oportunidad de quererte a pesar de que puedas salir lastimada.

Sí, definitivamente valía la pena querer.

El amor siempre ha valido la pena. Incluso aunque mi vida fuese un desastre y mi cabeza también, el amor valía la pena para mí. Sigue valiendo la pena porque antes no lo tenía y lo había encontrado en los ojos cafés y en las pecas de Damián.

Lo besé. Esta vez lo besé sin importarme quién o quiénes estuviesen mirando. Lo abracé tanto que parecía querer meterme en su piel. Sus labios eran suaves, acogedores. Sus brazos eran fuertes y cuando me rodeaba con ellos parecía protegerme con tanto cariño.

Me separé de él y ambos sonreímos. Besó mi frente.

—Ve a dibujar —me dijo.

—Y tú a limpiar. —Reí.

—Es lo que nos ha tocado en esta vida. —Se encogió de hombros.

—Compraré la siguiente para asegurarme de que solo existamos nosotros. —Sonreí y él se quedó mirando mi boca—. ¿Qué te ocurrió en la ceja? —pregunté, y él automáticamente se tocó el parche.

—Nada. Tuve una pelea anoche de regreso a casa.

—¿Todo bien? —pregunté, y él guiñó un ojo.

и и и

—He estado ahorrando dinero; pronto podré salir de casa —me contó Damián.

Estábamos sentados en la solera de nuestro planeta nuevo que aún no había descubierto la NASA, fumando un cigarrillo e intentando encontrarle un sentido a la vida o, tal vez, solo mirándonos a ver si en nuestros ojos había una respuesta.

Hacía frío, tanto que apenas podía doblar los dedos y la punta de mi nariz estaba congelada. Los largos dedos de la mano derecha de Damián sostenían su cigarrillo, y su mano izquierda estaba oculta en el bolsillo de su chaqueta.

—¿Es lo que quieres? —Lo miré y él se encogió de hombros.

—Supongo que veinte años es una buena edad para salir de casa —contestó soltando el humo.

—Creo que sí, pero ¿eso es todo?

—¿Qué más?

183

—¿Y tu madre?

—Quiero por primera vez desligarme de ella, Bianca —confesó—. Quiero poder hacer mi vida como se me dé la gana y no tener que estar todas las noches preocupándome de ir por ella a los bares de la ciudad.

—Entiendo. Cuando algo te está haciendo daño es mejor soltar.

—Sí. —Desvió su mirada hacia la mía—. Y créeme que me ha costado mucho desligarme de mi propia sangre.

Me quedé en silencio observándolo. Acaricié su espalda con la palma de mi mano y luego apoyé mi cabeza en su hombro.

—Si pudieras viajar en este mismo momento, ¿a dónde irías? —me preguntó cambiando el tema de conversación.

—No lo sé, quizá a una playa paradisiaca. ¿Y tú?

—El primer lugar al que debemos ir juntos es a París.

—¿Por qué?

—¿Por qué no? Debemos besarnos en París, Bianca. Y andar en esos botes de amor, los que pasan por un río lleno de infraestructura novelesca.

—¡Damián! —Reí.

—¿Qué? —Rio también—. Créeme que lo pasaríamos genial.

—¿Tomaríamos café y comeríamos *cggruasáng*? —pregunté imitando un acento francés, y él soltó una carcajada.

—No sé qué es esa mierda, pero la comeríamos, estoy seguro. —Se acercó a mí y besó mis labios.

—¿Cuándo estás de cumpleaños, Damián?

—27 de octubre. ¿Y tú?

—17 de agosto —contesté. No quedaba tanto.

—¿Dónde te gustaría estar justo ese día? —me preguntó de pronto.

—Contigo.

—¿Justo aquí?

—Donde sea.

—A mí también.

19
DONDE SEA, PERO CONTIGO

BIANCA

¿Qué excusa había inventado esta vez Vincent Hayden para justificar los golpes en su rostro y explicar por qué los había recibido en mi habitación? ¿Por qué estaba ahí en mitad de la noche? ¿Y por qué nadie aparte de él salió lastimado? Fácil. La mentira más estúpida y barata que se inventó Vincent fue la siguiente: «Estaba verificando si todo se encontraba bien, cuando escuché ruido en el balcón de la habitación de Bianca. Agarré a un tipo queriendo meterse a robar y empezamos una pelea. Bianca corrió hasta el pasillo gritando y el tipo se asustó tanto que se marchó». Por supuesto que mi madre le creyó todo, pero cuando se levantaron de la mesa fui hasta la cocina y Julie se quedó mirándome mientras refregaba un plato.

—Bianca —murmuró y luego movió su mano para que me acercara—. Dime la verdad. Él no estaba ahí verificando si «todo estaba bien» —dijo simulando las comillas con sus dedos.

De inmediato sentí que mi corazón se aceleraba.

—Llegaré atrasada, Julie —comenté incómoda.

—Si hay algo en lo que pueda ayudarte, dímelo. Si algo te sucediera, yo sería la primera en defenderte. Lo sabes, ¿no?

—No pasa nada, Julie. —Acaricié su hombro—. Todo está bien.

—No está todo bien —insistió—. No le encuentro sentido que justo haya estado verificando que estuviera todo bien en tu cuarto. ¿Y por qué tanta obsesión con sacarle el pestillo a tu puerta? ¿Está haciéndote algo, Bianca?

Mis ojos se cristalizaron.

—Shhh —le pedí que bajara la voz—. No es nada, olvídalo.

Salí apurada de la cocina y fui hasta mi auto. Ella no me siguió y lo agradecí. No quería hablar del tema, no quería que me juzgaran ni que me señalaran con el dedo. Lo que menos deseaba era que me pusieran en tela de juicio por el solo hecho de que Vincent Hayden era uno de los tipos más ricos del país y con muchísimos contactos. No quería sentir la humillación de que todo el mundo supiera lo ultrajada y sucia que me sentía, ni mucho menos quería ir a terapia para poder «superarlo». ¿Cómo se sentiría contarle a una desconocida algo tan retorcido?

Esa tarde llegué directo a la cafetería para seguir con mi proyecto de la DEM. El día anterior había sido día de pago, y recuerdo que Damián habló de que se había jugado la vida en una carrera para ganarla. Estaba como loco intentando juntar dinero para marcharse de «ese infierno», como llamaba a su casa, pero yo dudaba si era correcto obsesionarse de esa manera con el dinero.

No vi a Damián en lo de siempre, es decir, limpiando mesones, preparando batidos o haciendo inventario de la comida.

Salí corriendo de la cafetería hacia el estacionamiento y vi que Damián ya estaba yéndose en su motocicleta a toda velocidad. Me subí a mi auto y lo seguí. No alcancé a darme cuenta cuando estaba metiéndome por calles poco concurridas en un barrio que no era el suyo. Aparcó frente a una casa que parecía antigua, me estacioné a unos metros de distancia y me bajé. Lo vi entrar al lugar sin llamar ni tocar algún timbre. ¿De quién era esa casa? Me acerqué despacio hasta que estuve de pie afuera de la entrada. Una sombra interrumpió mi curiosidad e instintivamente retrocedí unos pasos.

—¿Qué quieres? —me preguntó un tipo alto con panza de cerveza. Era mayor, se le notaba.

—Busco a un amigo —contesté sin más. Me miró con sus cejas peludas levantadas.

—¿Amigo? —Soltó una risa—. Aquí no vive ningún amigo tuyo.

—Lo sé —afirmé segura de mis palabras—. Pero dijo que nos encontraríamos aquí y jamás nombró a un tipo que impediría mi paso. —Alcé las cejas y él frunció el ceño.

—¿Cuál es el nombre de tu amigo?

—Damián.

Me observó de pies a cabeza y luego se hizo a un lado.

—Pasa.

No pude evitar sentir algo de miedo al entrar, pero de todas maneras moví los pies directo hacia adentro. El lugar estaba impregnado de olor a cigarrillo, los árboles eran más grandes que la casa y estaba oscurísimo. Escuché voces que provenían de lo que parecía el jardín trasero y fui hasta allá. Damián estaba sentado —¿enrolando un cigarrillo de marihuana?— junto a una anciana que fumaba mientras tejía.

Me quedé detrás de un árbol mirando a Damián. Si estaba ahí consumiendo drogas, ella no podía ser su abuela, ¿no?

Finalmente me dispuse a caminar hacia ellos. Cuando notaron mi presencia, los dos me quedaron viendo y la mujer se puso de pie. Llevó una de sus manos a la cadera, y Damián también se levantó.

—Es una amiga —dijo. La mujer frunció el ceño y me miró de pies a cabeza con desconfianza—. Bianca, ¿qué haces aquí?

—Iba a verte, pero tu camino se desvió —contesté, y esbozó una sonrisa.

—¿Cómo entraste? —preguntó la mujer de forma seca—. No puedes irrumpir así en una casa que no conoces, y en donde nadie te conoce. —Sus ojos verdes me miraban con mucho enfado y su tono era rudo, pero volvió a sentarse.

—Decir «Damián» fue como abrir una cerradura —contesté.

—¿De dónde has sacado a esta amiga, Damián? ¿De una caja de porcelana? —Rio.

—No lo creerías.

—Entonces ven aquí y cuéntenme —dijo la mujer indicándome una silla—. ¡Adoro las historias de amor!

Me acerqué a paso firme y me senté al lado de Damián, quien no pareció acomplejado de que estuviese ahí y continuó armando su cigarrillo de marihuana o lo que fuese.

—¿Qué es eso? —le pregunté en voz baja.

—Mierda envuelta —respondió la mujer antes de que Damián contestara, y él rio. Deslizó su lengua en el papel para pegarlo y luego sacó su encendedor.

—Y claro que tú vendes esa mierda, ¿no? —me dirigí a ella.

—Acertaste. —Guiñó un ojo—. Aunque esa mierda es la más inofensiva de mi mercado.

—¿Por eso está bien? —Esta vez le hablé a Damián.

—Hay muchas cosas que no están bien y no por eso las personas dejan de hacerlas —respondió.

—¿Y? ¿Me van a contar su historia de amor? —se entrometió de nuevo la anciana.

—Una de las mil y una historias de amor que conocerá la vieja Esther. —Damián rio y le dio una calada a su cigarrillo, que desprendió un olor tóxico.

Intenté relajarme. Si Damián estaba ahí fumando mierda con «la vieja Esther», era porque le tenía confianza. Al fin y al cabo, tenía razón: había miles de cosas en el mundo que no estaban bien y las personas no dejaban de hacerlas. Matar no está bien, y la gente sigue matando. Las guerras no están bien y continúan. Abandonar mascotas en medio de la carretera está fatal, pero hay personas que lo hacen; y así muchas cosas más. ¿Qué tan malo podía ser entrar en un mundo de adicciones y risas?

—El humo de un cigarrillo, un puñetazo, un parque y una noche tras las rejas —comenté, y la vieja Esther fijó su mirada en la mía—. Esa es la mejor definición de nuestra serendipia.

—De seguro esa palabra te la enseñó Damián. —La mujer rodó los ojos y yo asentí—. Recuerdo que una vez me dijo: «Venir aquí es como una efímera ataraxia».

Solté una carcajada y Damián también. La vieja Esther negó con la cabeza mientras sonreía.

No dimos más detalles de nuestra historia, y ella tampoco insistió. Dijo que en algún momento se la contaríamos. Estuvimos bastante rato en silencio y también hablando del tejido de la anciana. Yo no podía dejar de mirar lo hábil que era con el cigarrillo en la boca: fumaba sin siquiera sostenerlo con los dedos.

—¿Me darás o no? —le pregunté a Damián indicando su cigarrillo, y él negó con la cabeza.

—Definitivamente no.

—¿Por qué no? ¡Qué injusto!

—La primera vez que lo probé me caí de cara al cemento y me rompí la boca y la nariz. Debí haber estado en una casa con personas que me cuidaran. No, no lo probarás.

—Pero si estamos en una casa con personas que me cuidarán —dije alzando los hombros, y la vieja Esther soltó una carcajada.

—¿Crees que si comienzas a vomitar y a desmayarte me haré cargo? Olvídalo, pequeña... ¿Cómo te llamas?

—Bianca.

—Olvídalo, pequeña Bianca.

—¿Y tú? ¿Tampoco me cuidarás? —le pregunté a Damián.

—En estas condiciones no me cuido ni yo, Bianca. —Tomó mi mano y luego la besó—. En otra ocasión será, ¿está bien?

—Está bien.

Estuvimos unos minutos más en el lugar, hasta que Damián

se estabilizó y volvió a la realidad. Sus ojos estaban rojos y sus párpados caídos; parecía caminar en las nubes.

—Bueno, ya debemos irnos —dijo él poniéndose de pie. La anciana le acercó otra pequeña bolsa y él la metió a su bolsillo. Nos despedimos de la mujer y luego nos marchamos del lugar.

—¿Viniste en tu auto? —me preguntó, y yo asentí—. Entonces sígueme. Iré a casa por un par de cosas, y luego buscaremos algo de comer.

Lo seguí hasta su casa. No quería incomodarlo, así que me decidí a esperarlo adentro de mi auto, aunque igual él me invitó a pasar. Esta vez su casa no tenía la puerta entreabierta ni tampoco la radio encendida. No había olor a alcohol ni a cigarrillo, por lo que asumí que su madre no se encontraba adentro. Vi a Damián caminar por el pasillo hasta su habitación. Iba a meter las llaves al picaporte, pero sus labios formaron una línea recta cuando notó que estaba la puerta abierta.

—¡Maldita sea! —gritó. Oí que golpeó una pared y que luego algo se quebró. Corrí a su habitación y lo encontré como un loco desarmando su cama, mirando las tablas y después abriendo los cajones, lanzando su ropa al suelo. Fue hasta el baño, hurgó hasta dentro del retrete, pero al parecer no encontró lo que buscaba.

—Damián —susurré, pero él estaba terriblemente ofuscado. Miró su teléfono, ignorándome, y le marcó a alguien.

—¿Hola? —dijo con la mandíbula apretada—. ¿Ella está ahí? ¿Dónde la vieron por última vez? ¡Maldita sea, Sherin! ¡Te he dicho que les digas que no le reciban ni un puto peso! Bien, adiós. —Colgó.

Caí en la cuenta de que su madre le había robado todo. Otra vez.

—Damián —lo llamé en voz baja una vez más y vi sus ojos cristalizados. Cuánto me dolió verlo así.

—Estuve tan cerca, Bianca —dijo sentándose en el suelo con la espalda apoyada en la pared. Me senté a su lado sin decir nada. A veces es mejor no hablar y solo escuchar—. Tan cerca de ir a arrendar una puta habitación fuera de aquí. ¡Pero no! —alzó la voz, empuñó su mano y golpeó el suelo.

—No sé qué decir —confesé.

—Ni yo. —Observó mis ojos.

Él estaba destrozado, pero no permitió que ninguna lágrima bajara por su rostro. Era un chico fuerte, aunque yo podía sentir su dolor como si fuese mío.

—Necesitas una cuenta. Una cuenta de banco donde puedas guardar todo lo que ganes —le dije, y él me observó—. Una cuenta resguardada por una clave que solo tú conozcas. Vas a salir de aquí, ¿me oíste? No puedes darte por vencido.

—Intenté tener una cuenta, pero mi madre clonó mi tarjeta, Bianca.

Se quedó mirando un punto fijo en el suelo y, cuando pensé que estaba volviendo a la calma, la puerta se abrió dejando ver a la mujer que le había dado la vida y que ahora le estaba quitando todo. No podía evitar detestarla o tener ganas de golpearla por lo que le hacía a su hijo. Damián se puso de pie de un salto, dispuesto a enfrentar a esa mujer borracha y tambaleante.

—¡¿Qué demonios pasa contigo?! —La mujer lo miró y frunció el ceño de forma exagerada—. ¡Me has robado todo de nuevo!

Damián estaba fuera de sí, totalmente superado. Podía notarlo en su mirada oscura y rencorosa. Fue como si se hubiese olvidado de que yo estaba ahí. Pensando positivo podría decir que era porque me tenía confianza y ya no quería ocultarme sus tormentosos problemas económicos.

La mujer se quedó mirándolo desorientada. Caminó apoyándose en los muebles hasta llegar el sofá y se quedó ahí.

—¡Ya deja de joder! —exclamó—. Todo lo de esta casa es mío; mío todo lo de aquí, sobre todo cuando...

—¡¿Cuando qué?! —gritó Damián siguiéndola hasta estar frente a ella.

—Tienes la misma puta cara de tu padre —escupió—. La misma. Vete, Damián. Me cagas la vida. —Sus ojos quedaron fijos en los de ella y pude notar que algo se quebró en su interior, pero no se sacó su armadura de metal y continuó enfrentándola.

—Vámonos —le dije.

—¿A dónde?

—A donde sea, pero vayámonos de aquí —exigí.

20
BRAIN

DAMIÁN

«Hay cosas peores», intentaba repetirme en cada paso que daba. Siempre me ocurría lo mismo con mamá y nunca aprendía. Las cosas habían ido demasiado lejos, quebrándose definitivamente.

Salí de casa junto a Bianca. Nos subimos a su auto y dentro de mi enfado me percaté de que estábamos dirigiéndonos a nuestro planeta. Bianca estacionó y me bajé enseguida. Lo siguiente fue encender un cigarrillo y comenzar a contar hasta diez antes de que me invadiera la furia por todo el dinero que había perdido.

—Creo que iré a quedarme donde Daven —dije, y Bianca asintió.

—Te llevo.

Ella estaba junto a mí, y no la obligaría a regresar a casa si no quería. La acerqué hacia mi cuerpo y solo pude abrazarla. Ella me acurrucó entre sus brazos y me acarició la espalda con sus pequeñas manos.

—Hay cosas peores —dije, y ella me observó. Sus ojos azules parecían arreglarlo todo.

—Nada es peor que perder nuestros sueños —contestó.

—Nunca he perdido uno, pero ha de ser terrible.

—¿No acaba de pasarte?

—El único sueño que tengo eres tú, y aún no siento que te haya perdido. —Ella sonrió, me acarició la mandíbula y luego me besó la frente.

Bianca fue a dejarme a la casa de Daven y luego regresó a la suya. Insistí en que se quedara, pero me dijo que no quería seguir teniendo problemas con su madre.

—De verdad te gusta —dijo Daven mientras sacaba del congelador una cerveza y una gaseosa.

Era normal llegar a casa de Daven después de haber discutido con mi madre o cuando nos metíamos en problemas y debíamos escapar de la policía. Usualmente Owen llegaba después o intentaba evitar nuestros conflictos, porque sabía el nudo de problemas que éramos Daven y yo. Owen solo quería ganar dinero —de forma legal o no— para correr con los gastos de la enfermedad de su madre.

—Sí —contesté. Él destapó la gaseosa y me la pasó—. Nunca me había ocurrido esto antes.

—¿Has pensado en que la chica está a años luz de nuestro estilo de vida? —Se sentó en el sofá y le dio un trago a su cerveza.

—Es algo que no quiero que me complique.

—Entiendo, pero siento que Damián Wyde está yendo demasiado lejos. Como nunca, en realidad. Antes te acostabas con un par de chicas, nunca con la misma, y luego hacías tu vida, te enfocabas en las carreras y en tu puta motocicleta.

—Por eso he dicho que nunca antes me pasó.

—¿Y estás bien con eso? —Alzó las cejas y yo respiré hondo.

—¿Cómo te sientes con Paige? Supongo que así es como me siento ahora.

—Paige es mi vida, Damián —respondió más seguro que nunca.

—Y es la hija de un narco —le recordé, y él sonrió.

—Pero podemos salir de esta vida de mierda juntos —aseguró. Me quedé pensativo unos segundos y luego asentí.

—Pues no creo que yo pueda sacarla de la mierda. Ni a ella ni a mí —confesé.

—¿En qué mierda podría estar Bianca Morelli? Hija de una de las administradoras de la universidad más cara del país e hijastra del empresario millonario Vincent Hayden. Esa chica no está en la mierda.

—No creas que solo los que no tenemos nada estamos en la mierda, Daven —comenté, y él me observó con atención—. A veces podemos tenerlo todo y estar en un agujero igual.

⚔ ⚔ ⚔

Bianca seguía dibujando en las paredes de la cafetería, aunque mientras la observaba descubrí que para ella no parecía ser un castigo. Además, lo hacía genial. El tipo que parecía ser el guía estaba en todo momento a su lado, felicitándola o diciéndole cómo se veía mejor, y ella solo asentía con una sonrisa. Bianca avanzaba muy rápido con los dibujos, y realmente parecían majestuosas obras de arte. Lo disfrutaba, podía verlo. Y me gustaba que estuviera feliz.

Esa noche llegué antes que ella a nuestro angosto y oscuro planeta. Encendí un cigarrillo y seguí pensando en estrategias para largarme de casa. Las oportunidades ya se me estaban acabando.

Los pasos de Bianca me desconcentraron. La miré en silencio mientras se acercaba a mí. Vestía un jean oscuro y una chaqueta que cubría sus muslos a la mitad. Me sonrió en cuanto hicimos contacto visual, besó mis labios y se sentó a mi lado.

Nos habíamos acostumbrado a saludarnos así, con un pequeño beso. No teníamos un nombre para lo que éramos. Ni un apodo. Nada. Solo éramos y ya. No necesitábamos una etiqueta para querernos. Sin embargo, aún seguíamos sin saludarnos en la universidad. Nadie habría podido adivinar la historia detrás de nuestros ojos.

—¿En qué piensas? —me preguntó. Le ofrecí un cigarrillo y ella lo tomó.

—En nada —sonreí y le acerqué el encendedor.

—Estuve pensando en ti, Damián —dijo de pronto, y yo la observé para que siguiera hablando—. He pensado en... No lo sé. En que tal vez deberías salir de tu casa. Pronto —comentó nerviosa, y yo fruncí el ceño.

—También lo he pensado, pero justo ahora no tengo el dinero para hacerlo.

—Yo puedo dártelo —soltó rápidamente. Pestañeé sin entender—. No sé, como un regalo de cumpleaños adelantado. —Se encogió de hombros y bajó la vista.

—¿De qué estás hablando?

—De un departamento, Damián. Un departamento cuya ubicación ella no conozca, donde puedas vivir en paz por fin.

—Olvídalo —dije de inmediato—. ¿Cómo podría aceptar algo así? ¿De esa magnitud? Gastaste millones pagando mi recuperación en la clínica, ¿y ahora esperas que reciba esto?

—Es solo un regalo —susurró.

—No estoy acostumbrado a recibir regalos.

Ella se mantuvo en silencio. No quería hacerla sentir mal con mis respuestas y supongo que ella no quería hacerme sentir nada más que feliz con lo que estaba ofreciéndome, pero no podía aceptar.

—Bianca —le dije, y ella me miró a los ojos—. No quiero que te sientas responsable por nada. No quiero que sientas la responsabilidad de hacerme feliz o que intentes sacarme de la mierda. —Acaricié su rostro y acomodé un mechón detrás de su oreja.

—Puedo hacerlo, Damián —afirmó—. No es un favor, no es una responsabilidad, no es nada de lo que estás pensado. Es solo un puto regalo. —Se encogió de hombros.

—Un regalo que no recibiría —contesté seguro.

Sabía muy bien que Bianca y su familia estaban forradas en

dinero, pero yo no era parte de ese círculo. No quería que me dieran regalos por lástima, menos de esa dimensión.

—Entonces esta es mi segunda oferta. —Sus ojos azules a veces parecían de lo más amables y cariñosos, pero ahora eran una lanza atravesando mi pecho—. Trabajemos para Brain —soltó.

¿Qué acababa de escuchar? Mi cabeza hizo un clic.

—¿Brain?

—Sí, Brain. Sabes de quién estoy hablando.

—¿Cómo sabes de él?

—Escuché de él en la última carrera a la que fuimos. Sé que podríamos trabajar ahí.

—¿Te has vuelto loca? —Reí.

—¿Por qué?

—Realmente no sabes de quién estás hablando si mencionas a Brain tan a la ligera.

—Tal vez no, pero es mi segunda opción. Mi segundo ofrecimiento para ti.

Era cierto que ella no le temía a nada. Me recordó a mí.

Brain Walker era uno de los tipos más peligrosos de la ciudad y, de hecho, la tenía dividida en dos: los que eran sus amigos y los que querían verlo muerto. Dueño de al menos diez discotecas enormes donde ocultaba todo lo que hacía. Un tipo calculador y sin escrúpulos. No era el narco más importante ni tampoco quería serlo, pero en su «negocio» era el mejor. Reclutaba personas necesitadas, se aseguraba de que tuvieran las características que requería y los enviaba a robar, vender un par de drogas, viajes de comercio —fraudulentos, por supuesto— y... reclutaba sicarios. Cientos de historias acerca de él recorrían las calles, hasta que al final llegaron a mis oídos. Estuvo catorce años en prisión por asesinar a un tipo que acosaba a su sobrino y, cuando lo liberaron, solo volvió peor de lo que era.

Nunca me generó pánico oír de él, aunque sabía que era peligroso.

—No —zanjé.

—¿Lo conoces personalmente?

—Eso no te incumbe, pero no trabajaremos con él —aseguré.

—De hecho, no es «con él», sino «para él» —corrigió, y yo me reí.

—¿Crees que soy tan idiota como para trabajar «para él»? —La miré—. No conoces a ese tipo, Bianca. O se ensucia las manos con nosotros o se va a la mierda.

—Entonces ¿sí? —Sonrió—. ¿Iremos a verlo?

—¿Qué es lo que te emociona? —La miré confundido.

—Eres un cobarde. —Se puso de pie y me miró hacia abajo.

—No creo que ese sea el problema, Bianca. —Me levanté consiguiendo que ella ahora mirara hacia arriba.

—Entonces ¿cuál es?

—Es que no sabes ni una mierda. Ni siquiera has pensado un poco en esto.

—No necesito pensarlo demasiado, Damián.

Me quedé mirándola por unos segundos sin saber qué decir. A veces Bianca me parecía ficticia. Imaginaria. Tal vez demasiado impredecible. Aunque mi cabeza me gritaba que estaba haciendo las cosas mal, me costaba escucharla. «El amor ciega», solía decir una mujer en el centro de menores, y yo no lo entendía; solo me preguntaba si cuando alguien se enamoraba venía otra persona a quitarle los ojos, o si acaso habría un sujeto llamado «amor» al que le gustara arrancar glóbulos oculares. Era un niño ingenuo en ese entonces, pero ahora estaba entendiéndolo. No me importaba tomar malas decisiones, pero esto era ir demasiado lejos.

—Olvídate de esa idea. No iremos con él. —La miré a los ojos y ella rodó los suyos.

BIANCA

—No puedo creer que me hayas convencido de esto —dijo Damián mientras caminábamos hacia a su moto.

Me había costado dos días hacerlo. No conocía a Brain y tampoco tenía una noción real de la influencia que tenía en la ciudad, o quizá en el mundo, pero no me enloquecía ni me causaba escalofríos estar frente a él. Mi cerebro tenía una pequeña obsesión con las malas decisiones, lo sabía desde que marcaba la alternativa correcta en los exámenes y luego la borraba para cambiarla por la equivocada. Pero esta vez era diferente. Quería ayudar a Damián y, la verdad, no tenía tanto que perder. Mi madre vivía bien. Su marido millonario jamás pagaría por lo que hacía, y Julie... Julie me tocaba el corazón. Me quería por sobre todas las cosas, pero yo no quería dejarme ayudar por ella.

—En el fondo sabes que es una buena opción. —Reí y me acomodé el casco. Damián se subió a la moto y yo me aferré a su cintura.

—Es una *pésima* idea —recalcó encendiendo el motor.

Anduvimos rápido por las calles de la ciudad. Eran alrededor de las once de la noche y mi madre se había tragado otra vez la historia de que me quedaría en casa de Paige para hacer una «noche de chicas». No estaba segura de si mi madre sentía lástima por mí o si cada vez le importaba menos.

Nos metimos por una calle llena de jóvenes. Había una discoteca con una entrada imponente y puestos de comida rápida. Damián fue disminuyendo la velocidad y se estacionó en un sitio oscuro. Aseguró la moto y los cascos y me miró fijamente antes de que cruzáramos la calle.

—¿Qué hacemos aquí? —me adelanté. No entendía qué estábamos haciendo frente a esa discoteca enorme de la que entraban y salían universitarios.

—Bianca, necesito que seas discreta —me pidió—. Vamos a entrar ahí y solo me vas a seguir. Fácil, ¿no?

—Fácil —repetí.

—Está bien, vamos.

Cruzamos la calle corriendo y un guardia nos detuvo en la entrada de la discoteca.

—Identificaciones, por favor.

—Vengo a ver a Brain —soltó Damián con total soltura.

El guardia se quedó mirándolo de pies a cabeza, pero a él poco le importó. Era calvo, robusto y de piel oscura. Su rostro no decía «quiero ser tu amigo», sino más bien «alerta de peligro».

—No sé quién es Brain, no seas tan específico, por favor —dijo el guardia y soltó una carcajada.

—Sabes de cuál Brain estoy hablando, no te comportes como un imbécil —respondió Damián molesto.

—¿Quién eres y qué quieres? —preguntó en voz mucho más baja.

—Solo dile que Damián Wyde está aquí.

Miré a Damián de reojo. ¿Por qué Brain debería saber quién era Damián? El guardia asintió e hizo esperar a la fila que teníamos detrás. Habló por un pequeño teléfono y luego se acercó a nosotros. No dijo nada, solo habilitó la pequeña barrera y nos dejó pasar.

El lugar estaba atestado de personas eufóricas bailando, bebiendo y gritando. Recordé que mis antiguos «amigos» frecuentaban discotecas así, e instintivamente me oculté detrás de Damián y procuré no mirar a nadie.

Él caminaba seguro de sí y, cuando se percató de que iba casi oculta dentro del gorro de mi chaqueta, me tendió la mano y entrelazó sus dedos con los míos. Al fin sentía un poco más de seguridad.

Caminamos por unos pasillos angostos, vacíos y con decoración extraña. Las luces eran rojas y las puertas de color café oscuro. Había cuadros enormes, y de pronto caí en la cuenta de que las paredes eran aislantes, porque ya no podía oír ni siquiera un poco de la música.

Damián se detuvo frente a una puerta y me observó.

Golpeó dos veces y entró antes de recibir una respuesta. No me soltó la mano; de hecho, me jaló junto a él hasta que estuvimos dentro de una lujosa oficina.

Solo recuerdo que había un escritorio de vidrio y tras él una pared cubierta por un dibujo. Una ciudad. Me quedé petrificada cuando del fondo de la oficina se abrió una puerta. Mi cabeza me gritaba: «¡Mira hacia otro lado, es mejor que no hagas contacto visual!», pero lo primero que hice fue mirarlo.

—¡Hasta que te decidiste, Damián! —exclamó el tipo.

Parecía tener unos cincuenta años y se notaba que estaba en forma. Vestía como si hubiese llegado de un matrimonio muy elegante, y noté que sus ojos café claro se posaron en mí. «Hasta que te decidiste, Damián». ¿Qué demonios significaba eso?

—No exactamente —respondió él.

Brain se acercó a nosotros, le dio un apretón de manos a Damián y luego tomó mi mano. Me observó con detención y me besó los nudillos.

—Un placer conocerla, señorita Bianca Morelli. Es un honor tenerla aquí. —Me sonrió.

Estaba muerta.

¿Por qué me conocía?

21
CHICA DE DIAMANTE

BIANCA

Brain caminó con extrema elegancia rodeando el escritorio y se sentó frente a dos sillas que supuse eran para nosotros.

—¿Cómo es eso de «no exactamente»? —preguntó mirando a Damián—. No has venido aquí para verme, estoy seguro de eso.

—Claramente no, no vendría a verte por gusto.

—Entonces ¿sí has venido a aceptar el trabajo que te ofrecí?

—Vine a conversarlo.

—Oh, no... Aquí vienen las negociaciones de Damián Wyde. —Rodó los ojos—. Solo te dejo hacer esto porque no he encontrado a alguien mejor que tú.

—Bianca entrará también. —Brain desvió la mirada hacia mí y luego se posó en la de Damián.

—Debes estar bromeando. —Rio.

—Claro que no.

—Detente ahí, Damián. —Brain lo miró con gracia—. Estaría de acuerdo si la chica que tengo en frente fuese, no sé, una persona cualquiera. Pero tú y yo sabemos que no eres cualquier persona. —Se dirigió hacia mí—. Eres la hijastra de uno de los hijos de puta que tiene más dinero en este país. Si te pillan, seguramente yo estaría muerto dos segundos después.

—Y bien muerto —soltó Damián encogiéndose de hombros.

—Primero —dije, y Damián me observó de inmediato—, Vincent Hayden no está ni a un centímetro de ser llamado papá ni padrastro. Y segundo, la muerte es una opción en este lugar, ¿no?

—No, para mí no —contestó Brain de manera tajante—. Si trabajan conmigo, ni ustedes ni yo estaremos cerca de la muerte, pero no puedo arriesgarme a tener conmigo a una chica que vive con ese imbécil.

—Entonces, vámonos. —Damián se puso de pie. No pensé que sería tan fácil sacarlo de quicio, pero de todas maneras lo seguí. Entendí lo que estaba haciendo cuando Brain lo llamó antes de que saliéramos.

—Damián, espera. Está bien, vamos a conversarlo, pero hablemos como personas civilizadas, ¿sí?

—Tú y yo estamos lejos de ser civilizados.

—Lo sé, pero intentémoslo.

Regresamos a las sillas, y esta vez me quedé en silencio. El acuerdo sería entre ellos dos.

—¿Cuál es la razón esta vez?

—Necesitamos dinero. ¿Qué otro motivo podría haber? —contestó Damián, y yo estuve a punto de decirle: «¡Por favor, muestra un poco de amabilidad!»—. Sabes que no vendría aquí por diversión.

—¿Es tu madre nuevamente? —preguntó con las cejas alzadas.

DAMIÁN

Y es que eso era, en parte, lo que odiaba de Brain. Conocía bien a las personas que lo rodeaban, y cuánto me enfurecía que supiera cosas acerca de mi vida, sobre todo porque siempre me había preocupado de ser un tipo reservado. También lo odiaba por actitudes bajas que había tenido, como ofrecerle alcohol a mi madre cuando estaba en plena abstinencia.

—Eso no te importa, Brain —solté, y él sonrió.

—Y ustedes ¿qué son? ¿Novios? ¿Algo?

Bianca se quedó mirándome por unos segundos, pero no respondió.

—No importa lo que seamos, pero ten por seguro que, si algo le sucede a Bianca, iré a prisión no por robar para ti precisamente... Usa tu imaginación.

—Ya deja la violencia, Damián. —Sonrió—. Bien, deben enterarse de que, además de los beneficios que obtendrán ustedes, tengo solo una regla. Regla que Bianca no conoce, y la diré igual, aunque te joda. Se reduce solo a esto: no me traiciones. —Se dirigió a Bianca—. Damián me odia, pero sé que tú puedes ser muchísimo más objetiva que él. Si cumples con esa simple regla tendrás mi seguridad, dinero y confianza.

—Bianca tampoco sabe el trabajo sucio que debemos hacer, así que deberías explicárselo —dije, y Brain me observó irritado.

—Entregar droga, en primera instancia, a ver cómo se adapta a las calles. Y luego de lleno a robar.

—¿Qué robamos y dónde? —preguntó Bianca, y Brain la miró con una sonrisa.

—Casas, tiendas y, si se vuelven expertos, bancos. Jamás a personas, jamás clonación de tarjetas. A no ser que odien a alguien y quieran joderle la vida. De las casas solo nos vamos a las cajas fuertes y objetos tecnológicos pequeños, nada de

detenerse en el televisor de ocho mil pulgadas —exageró—.
Nada de detenerse en el cuadro, la estatua, el gato... Ya saben.

—¿Algo más, Brain? —Sonreí con ironía.

—No tengan miedo a disparar. Sé que quizá a Damián le importe una mierda, pero te lo digo a ti, Bianca. —Probablemente ella era todo lo que necesitaba Brain en su negocio. Un rostro angelical que ocultara detrás de sus ojos lo inteligente y frívola que podía llegar a ser. Ahí estaba ella, la impredecible.

—No quiero asesinar a nadie —dijo de pronto. Me observó y luego miró con nervios a Brain.

—No lo harás —le respondí de inmediato. Lo que menos quería era que se sintiera insegura—. Y si algo malo sucede, yo estaré ahí para hacerme cargo.

—Me parece justo —comentó Brain.

—Hay algo que debes saber tú ahora. —Miré a Brain y él alzó la vista hasta chocar con la mía—. Si nosotros nos ensuciamos las manos, tú también lo harás. ¿Está claro?

—¿Crees que tengo soldados para que me jodan la vida? —Alzó las cejas con molestia.

—Es que, si me vas a ver como un soldado, te jodes —recriminé—. O trabajas a la par, o te quedas aquí esperando que otro Damián aparezca.

—¿Y qué esperas? ¿Quieres que salga con ustedes a robar? Sabes que prefiero quedarme sin un Damián y sin una bomba de problemas como Bianca Morelli.

—Solo espero que si alguien está siguiéndonos o queriendo cagarnos la vida, vayas y lo mates. Con tus propias manos.

—Para eso tengo soldados, querido.

—No, vas tú —dije seco—. Tus soldados no atormentan a nadie. O vas tú o no cerraremos este trato.

—Está bien, Damián. —Asintió mirándome fijo—. Iré yo. Solo hagan las cosas bien. Créanme que podemos llegar a ser un gran equipo. —Nos guiñó un ojo.

BIANCA

Brain nos había facilitado un auto, que no sabíamos si era suyo o de alguien más. Nunca había hecho algo parecido a lo que estaba a unas pocas horas de hacer. Tenía miedo, sí, pero nada me detendría. Quería ayudar a Damián a ganar el dinero suficiente para salir de esa porquería de vida que tenía, y si él no quería recibir mi ayuda económica, pues recibiría este tipo de ayuda que sí podía darle.

Nunca había sido la chica que se arrepentía a último momento de hacer algo. Cuando había que tomar decisiones siempre era la primera en hacerlo, y si me daba de bruces con el cemento volvía a levantarme. Desde que mi vida comenzó a ser una mierda, intenté cubrirme en una capa de metal para que nadie más pudiese hacerme daño, y no quería permitirle a nadie ver mi debilidad, ver mis lágrimas ni los miedos que tenía bien guardados. Sin embargo, Damián había conocido un poco de lo que no quería mostrarle. Y cuando creía que iba a lanzarse encima de mí para llenarme de preguntas, solo calló, dejando que siguiera siendo una estúpida impredecible y sin ganas de que entraran en su vida personal.

Quería quererlo, pero no era necesario desnudar mis sentimientos frente a él. Esos sentimientos que dolían y me hacían gritar con la cara metida en la almohada.

El automóvil era antiguo, pero tenía los vidrios polarizados y estaba extremadamente limpio. Damián lo conducía con seguridad. Aparte del auto, Brain nos dio dos teléfonos para comunicarnos y una mochila con paquetes que preferí no preguntar qué contenían. La dirección a la que debíamos ir Damián la conocía de memoria, así que no nos costó llegar.

—¿Estás seguro de que es por aquí? —le pregunté cuando vi que estábamos entrando en una calle tan angosta que el auto apenas entraba.

—Sí —respondió doblando hacia la izquierda y estacionando en un pasaje sin salida.

No había casas, solo paredes altas. Parecía que ahí penaban los muertos. Estaba totalmente abandonado y no había ni siquiera una farola encendida. Era una boca de lobo. Nos mantuvimos dentro del auto por un momento y el teléfono de Damián sonó. Era un mensaje de texto. Lo miró unos segundos y luego desvió su mirada hacia la mía.

Brain: Que Bianca entregue la mochila.

—¿Cuál es su problema? —bufé rodando los ojos.

—Supongo que si quieres trabajar con él, debe verte actuar.

—Está bien.

Esperamos unos minutos más dentro del auto hasta que una figura masculina se dibujó al final del callejón.

—Ahí está —susurré.

—Sí, ve —contestó Damián—. Si algo se complica, estoy aquí. —Guiñó un ojo.

Le quité el seguro a la puerta y me bajé con la mochila enganchada a mi brazo. Pese a que nunca había estado en una situación parecida, no estaba nerviosa. Quizá se debía a que confiaba en que Damián me rescataría si algo malo sucedía.

Llegué frente al tipo que tenía las mismas características que había descrito Brain: cabello oscuro, aspecto de treinta años, algo pasado de peso... Sí, era él.

—Así que eres la nueva trabajadora de Brain Walker.

No me inmuté.

—El dinero —dije.

—Primero los paquetes. —Alzó la vista.

—Sabes cómo es esto, ¿no? —Lo miré fijo—. Me muestras el dinero y luego te entrego la mochila, fácil. Si no haces eso, pues me largo. —Fui terca. Brain me había explicado que tenía que serlo.

—Está bien. —Sonrió con gracia. Se sacó la mochila que llevaba a la espalda y la abrió frente a mis ojos. Me enseñó el dinero y luego regresó su mirada a la mía, desafiante.

Me entregó el dinero al mismo tiempo en que le entregué la mochila con los paquetes.

—Eso es todo. —Colgué el bolso en mi brazo izquierdo y de pronto sentí que me volteó de forma brusca hacia él.

—Brain ha conseguido buenos culos para que trabajen con él. ¿Cuánto cobras? O quizá puedas regalarme una noche. —Sonrió.

Ese contacto provocó que se erizaran todos los vellos de mi piel. Casi pude ver en sus ojos al hijo de puta de Vincent, pero, antes de que el terror me dejara petrificada, reaccioné y quité mi brazo. Le di un puñetazo tan fuerte y rápido que ni siquiera lo vio venir. Mis nudillos empezaron a arder y los anillos que tenía puestos en mis dedos parecieron meterse bajo mi piel por el impacto del golpe. Lo vi desequilibrado y no esperé a que pudiera estabilizarse cuando con mi mano libre apreté su entrepierna tan fuerte que se retorció del dolor.

—Hijo de puta —solté.

Dios. ¿Qué acababa de hacer?

Caminé a paso rápido hasta el auto con la mochila colgada en mi hombro dejando atrás al hombre y sus quejidos. Mi corazón estaba latiendo con fuerza. Cuando iba a abrir la puerta, vi a Damián bajarse del auto con rapidez. El tipo venía siguiéndome y ni cuenta me di, por lo que Damián lo detuvo de un puñetazo que lo dejó en el suelo. Le dijo algo que no alcancé a oír y luego regresó al auto.

—¿Qué demonios fue eso? —pregunté mientras arrancábamos.

—No sé, pero estamos en problemas —contestó saliendo del lugar.

∦ ∦ ∦

—No puedo creer que en el primer trabajo que les doy dejen a un tipo en el suelo —nos dijo Brain moviéndose de un lado a otro—. ¡El puto primer trabajo!

Estábamos sentados como dos estudiantes de primer grado a los que el profesor regañaba por haber copiado en un examen.

—Era fácil —gritó—. Entregabas la droga, te pasaba el dinero y te largabas.

—¡Pensó que era una prostituta! —alcé la voz y Damián sonrió—. Ni siquiera eso, quería que le regalara una puta noche, y no aguantaré eso.

Brain se quedó mirándome unos segundos eternos, intentando analizarme.

—¿No puedes solo ignorar esos comentarios? —Alzó las cejas—. Puede que en este trabajo te llamen de muchísimas formas. Prostituta o puta es algo suave, creo que nada.

—Pues aprenderán por las malas que no deben llamarme así —solté rápidamente. —¿Qué mierda se creen? No, si esto va a ser así, se joden.

Brain pestañeó un par de veces como si no estuviera entendiendo nada de lo que decía, y Damián solo sonreía mirándome en plan «estás loca, pero te quiero».

—¡Así me gusta! No dejes que ni un puto imbécil te llame o haga contigo lo que se le dé la gana, ¿me oíste? —me dijo Brain con un tono de orgullo.

Pestañeé un par de veces.

—¿Es una broma? —pregunté bajando la voz.

Damián miró a Brain con el ceño fruncido.

—Claro, era solo una puta farsa. El idiota de Paul todavía debe estar llorando, pero necesitaba someterte a una prueba como esta —dijo Brain.

—¿Qué demonios crees que soy? —Lo miré.

—Debí haberlo pensado antes —dijo Damián. Se puso de pie e irguió su cuerpo—. Casi mato a ese idiota de un puñetazo. Debiste habérmelo advertido.

—No. ¿Por qué? Solo quería ver cuál es la forma que tienen para defenderse. Quiero decir, sé cómo lo haces tú, Damián, pero no sabía lo que traía entre manos mi nueva chica de diamante. —Sonrió.

Si Damián y yo estábamos locos, Brain era el dueño del hospital psiquiátrico.

22
LOCURAS

BIANCA

Cada noche Brain tenía algo nuevo para nosotros, pero entendía que yo no podía inventar una excusa nueva para salir cada día. Damián lo veía como su última opción, aunque todavía no era de su agrado estar involucrado con Brain.

No sabía mucho acerca de él, Damián no me contó tanto como esperé. Solo me detuve a pedirle una explicación sobre por qué se conocían y por qué no me lo había dicho antes de ir a verlo. Me dijo que Brain lo estuvo observando por largo tiempo, y que se acercó a él en el momento exacto en que su madre sufría una de sus peores recaídas y él no tenía dinero para ofrecerle «un trabajo». Damián se negó. No quería formar parte de la oscuridad de Brain. «Estuve diez años en un centro de menores», mencionó, y de inmedirto lo entendí. No quería correr el riesgo de ir a prisión o pasar por algo parecido. Apenas me dijo eso, me sentí culpable por haber insistido, pero él le restó importancia diciéndome que igualmente iba a hacerlo, pues estaba desesperado. Además, se sentía mucho mejor ahora que yo estaba a su lado.

Por mi parte, quería olvidarme a toda costa del lugar donde vivía. Las noches que me quedaba en casa Vincent estaba acechándome; sin embargo, no había podido acercarse a mí porque estaba reaccionando más rápido que él y me encerraba en el baño. Él no podía gritarme que saliera de ahí. Y yo solo me mantenía en silencio, sentada sobre las baldosas con la luz apagada detrás de la puerta, esperando que se fuera de una vez.

Cada mañana me miraba en el espejo y me preguntaba por qué tenía el valor de meterme en las calles y no de enfrentar a Vincent Hayden. ¿Por qué tenía la valentía de golpear a un tipo y no hacerlo con el esposo de mi madre?

Tal vez todo se resumía a una razón: mamá.

Cuando mis padres se divorciaron, a mamá le costó mucho encontrar un trabajo, pero no fui consciente de eso hasta que tuve que ducharme un par de veces con agua helada y comer comida instantánea. Hasta que llegó Vincent y nos rescató «como un héroe». En realidad no tardó tanto en llegar como me hubiese gustado. De pronto mi madre ya tenía un trabajo estable, teníamos comida, una casa gigantesca y buena educación para mí. Y yo no quería decepcionarla, no quería alejarla de lo que la hacía feliz. Estaba convencida de que ella necesitaba una segunda oportunidad, pero ¿cuánto tenía que soportar yo por verla feliz?

—Deberías invitar a tu amiga a cenar, Bianca —propuso mamá.

Estábamos desayunando como la familia feliz que no éramos mientras Julie me miraba de reojo. Todavía no olvidaba la conversación que habíamos tenido.

—¿A Paige? —Alcé la vista.

—Sí, no la conocemos —agregó Vincent, y sentí repulsión.

—Yo sí la conozco —dijo Julie mirándome con una sonrisa y luego desviando la mirada hacia la de su jefe—. Es una dulce chica de cabello rojo.

—¿Ah, sí? —Mi madre levantó las cejas.

—Sí —contesté rápidamente—. Ha venido un par de veces a almorzar, y solo ha estado Julie.

—Aun así, deberías invitarla para que nosotros la conozcamos.

—Claro, veré cuándo puede —mentí.

Por ningún motivo haría que Paige compartiera con mi madre, menos con el imbécil de Vincent.

Llegué a la universidad más temprano de lo habitual y caminé hasta el salón que me tocaba, cuando de pronto escuché la voz de Paige a mis espaldas, gritándome como solo ella podía:

—¡Bianca! —Volteé a mirarla, se acercó a mí y me saludó con un beso en la mejilla—. ¿Cómo estás? —Sonrió.

—Bien. ¿Pasa algo? —Fruncí el ceño.

—¿Por qué?

—Nunca me preguntas cómo estoy así de la nada.

—Tienes razón. —Bajó los hombros—. Necesito hablar de algo contigo.

—¿De qué?

—Lauren te vio la otra noche en una de las discotecas de Brain. Estabas con Damián, y no bailando exactamente.

Tragué duro.

Desde que habíamos forjado una amistad, no nos habíamos dicho ninguna mentira. Yo solía mentir mucho, pero no quería hacerlo con Paige. Era agradable, además de una buena persona. Solo me había ayudado y llevado a fiestas buenísimas, excepto en la que casi muero.

—Debió haberse confundido. —Reí restándole importancia.

—Lauren conoce todos los espacios de ese lugar y está segura de que fueron ahí para hablar con Brain.

—Dile que no se meta —contesté, y ella abrió un poco más los ojos.

—Entonces ¿es cierto?

—¿Qué es lo que quieres escuchar, Paige?

—¿Fueron ahí para pedirle trabajo?

—No debería importarte; es un tema aparte. Y dile a Lauren que no se comporte como una chismosa —solté, y ella rio.

—Estaba preocupada, pero está bien. Supongo que ustedes saben qué decisiones toman.

—Exactamente.

—Okey, pero ya deja de comportarte como una estúpida, ¿sí? Solo he venido a preguntarte porque también me preocupé. ¿Acaso no sabes nada de ese sujeto? —Frunció el ceño con molestia.

Mientras caminábamos juntas por el pasillo, Paige me fue contando de la vida de Brain como si estuviese en Wikipedia y se la hubiese memorizado para una presentación. Habló de un asesinato, de la cárcel y también de un par de asuntos en los que no quise indagar. No quería saber más, solo trabajaría con él para ayudar a Damián a conseguir dinero. No quería atormentarme por lo que era o por lo que podía llegar a hacer con nosotros. Suponía que Damián lo tenía bastante claro.

—¿Estás enamorada de Damián? —me preguntó mi amiga para romper el silencio que se formó después.

—No lo sé, creo que sí —confesé.

—¡Lo sabía! —Me observó y comenzó a dar pequeños saltitos.

—¿Qué es lo que te pone tan feliz? —Reí.

—Es que Damián es una mierda —bajó la voz y yo fruncí el ceño.

—¿Qué tiene eso de bueno? ¿Se te ha caído un tornillo?

—Es que tú no sabes nada, Bianca —Rodó los ojos—. Damián no es un cliché. Es el chico con el que todas quieren tener sexo, pero luego de conocerlo solo quieren escapar de su vida.

—¿Por qué?

—Las chicas con las que se acostaba se escapaban. Al parecer, veían en él solo problemas con los que no querían lidiar, problemas en los que no valía la pena involucrarse por un polvo. Está loco por una droga de mierda que le vende la vieja Esther. Y nunca se ha enamorado, según Daven, pero tampoco ha esquivado esa posibilidad.

—¿Quieres decir que es más complicado que las matemáticas? —Levanté las cejas.

—Daven dice que sí, pero estoy segura de que no. Probablemente solo necesita a alguien que lo abrace fuerte para que vuelva a armarse.

—¿Y si me rompo en el intento? —La miré. Ella aflojó su mirada y me acarició el hombro.

—No creo que puedas romperte más —soltó, y no supe si sentirme mal por eso o darle la razón.

—¿Gracias?

—Solo sé tú misma, Bianca, deja de fingir lo que siempre te han dicho que finjas. Cánsate, grita, explota, no lo sé, haz algo —resopló—. Estoy segura de que tus pedazos volverán a su sitio si te detienes a amarte.

Ella tenía razón, pero no dije nada.

Nadie sabía el secreto que ocultaba detrás de mis ojos; tampoco quería gritarlo a los cuatro vientos. Menos quería que todos me juzgaran en algo que era tan mío.

♪ ♪ ♪

Me encontré con Damián en el callejón y nos fuimos en su moto hasta la oficina de Brain. Habíamos estado haciendo algunas pequeñas entregas y todo había salido como esperábamos, incluso mejor. Ya era tiempo de que él nos pasara dinero.

—El próximo destino es algo complicado —dijo—. Necesito que vayan a una bodega y carguen un pequeño camión. No creo que alguien nos siga, pero siempre existe la posibilidad. Allá estarán esperándolos tres tipos que trabajan con nosotros. Viajarán con uno más, y cuando lleguen al lugar quiero que Bianca se mantenga en el volante en todo momento. Los chicos se encargarán de subir la mercancía. Cuando esté hecho, se van. Solo dos personas en el camión. Nadie más.

—¿Si algo malo pasa?

—Escapan del lugar. Como sea, pero escapan. Por ningún motivo dejen la droga tirada por ahí, o estaremos fritos. ¿Está bien?

Asentimos.

—¿Eres buena conductora, Bianca?

—Supongo que sí. Solo que nunca he conducido un camión.

—Si no te sientes capaz de hacerlo, le pasas el volante al tipo de tu lado.

—Está bien.

—¿Nos enviarás cargados? —preguntó Damián. Brain asintió.

—Por supuesto que sí, exceptuando a Bianca, que todavía no sabe usar armas. Dejaré a todos a cargo para que no le suceda nada —comentó mirándome—. No te preocupes por tu seguridad. Estarás bien.

Luego de unos minutos conversando acerca de la entrega que haríamos, Brain nos entregó el dinero que acordamos la primera vez. Era bastante, tal vez un sueldo de seis meses reducido a dos semanas. Lo dividió en dos.

—Supongo que con eso está bien por ahora. —Sonrió. Claramente estaba siendo sarcástico. Eso era bastante más que «una buena paga».

—Tal vez merecemos más. —Damián se encogió de hombros y luego sonrió. Brain soltó una carcajada.

—Ya lárguense. Dentro de dos días es la entrega. —Nos guiñó un ojo.

Salimos del lugar y, aunque Damián caminaba seguro de sí mismo, yo no podía sentirme de la misma forma. No podía estar caminando como si nada con tanto dinero en los bolsillos. Nos subimos a su moto y regresamos a nuestro callejón. Estacionamos y nos quedamos mirando.

—Ten. —Le pasé una parte de mi dinero.

—Olvídalo, eso es tuyo —soltó.

—No, no lo quiero.

—¿Qué dices? No lo voy a recibir.

—Está bien. —Me acerqué a él y lo metí en sus bolsillos a la fuerza. Él rodó los ojos y yo me detuve—. Pero quiero que con esto... —le enseñé el dinero que estaba en mis manos— celebremos nuestra primera paga.

—¿Qué? —Rio.

—¡Sí! ¡Vayamos a una fiesta! ¡No lo sé!

—Estás loca. —Soltó una carcajada—. Pero está bien, déjame llamar a los chicos.

Damián tomó su teléfono y llamó a Daven y Owen. No les dijo la razón de la fiesta, pero aun así todos se unieron y fuimos nada más ni nada menos que a una de las discotecas de Brain.

Con el dinero que había dejado para la celebración, reservamos un VIP y pedimos mucho alcohol, gaseosas y comida. Paige, Daven, Owen y Lauren se encontraban con nosotros, aunque luego de unos minutos, Daven y Paige se fueron a bailar, Owen fue en busca de alguna chica y Lauren rápidamente encontró a alguien que le interesó. Damián y yo quedamos frente a diez cortos de tequila. Yo ya había bebido cerveza.

—¿Qué dices? —me preguntó acercando su oreja a mi boca. La música estaba sonando fuerte.

—El que pierde bebe —repetí.

—¿Y cuál es el juego? —me preguntó frunciendo el ceño.

—Piedra, papel o tijera —dije, y él soltó una risotada.

—Hay un problema.

—¿Cuál?

—Yo no bebo.

—Solo por esta vez. —Junté mis manos como una súplica, y él vaciló, pero luego de unos segundos aceptó.

No sé si Damián había tomado tequila antes, pero era muy malo para jugar a piedra, papel o tijera. Terminó bebiendo cinco de los diez cortos que había frente a nosotros.

Después de un rato decidimos ir a bailar. Él bebía una bebida energética y yo una cerveza. Nos estábamos riendo, besándonos a ratos y haciendo pasos que, tal vez, no estaban clasificados como «pasos de baile» o «pasos que haces cuando vas a una discoteca». Era más probable que estuvieran en la lista de «pasos que NO debes hacer».

Luego de un rato comencé a sentir el efecto del alcohol en mi cuerpo. A ratos sentía que la realidad se quedaba pegada y otras que pasaba demasiado rápido. Nos sentamos en el sofá de cuero, cansados de bailar tanto. Fue en ese momento cuando vi a Damián sacar un pequeño cigarrillo de su bolsillo, no exactamente de tabaco. Miré sus ojos por unos segundos y él me sonrió.

23
CHICO DE ETIQUETAS

DAMIÁN

Mientras los días pasaban, Brain fue dándose cuenta de las ventajas y desventajas que Bianca y yo teníamos. Pasábamos tiempo juntos en su oficina haciendo planes y compartiendo opiniones. Se percató de que Bianca era una excelente dibujante y que podía diseñar planos exactos y brillantes de un sitio en apenas un día. También era una gran conductora y no temía por su vida. De hecho, tomaba buenas decisiones cuando algo estaba saliéndose de nuestras manos. Brain confiaba en ella y no quería desperdiciarla por ningún motivo. Por supuesto, en mí confiaba desde antes. Ya tenía claras mis debilidades y fortalezas, y me recalcaba que mi única debilidad era ser un irónico rabioso de mierda sin filtro para decir las cosas. En todo lo demás, le servía. No tenía miedo a morir ni a ensuciarme las manos con sangre ajena. Podía ser un buen mentiroso y escabullirme entre las personas sin ser visto. Confiaba en que éramos un buen equipo y nos recalcaba que no peleáramos por cosas estúpidas para no separarnos.

—Es suficiente para un viaje a la playa, ¿no? —le dije a Bianca mientras fumábamos un cigarrillo en la solera de nuestro planeta.

—Más que suficiente, pero es mejor que lo ahorres.

—Es tu parte del dinero. —La miré, y ella me sonrió.

—¿Y quieres ir a la playa? —Alzó las cejas.

—Sí, no voy de hace mucho.

—¿Solos?

—Podemos decirles a Paige y Daven si quieren ir también.

—Está bien, así tengo una excusa para la escapada.

Dicho y hecho.

Bianca le inventó una excusa genial a su madre, aunque no me quiso decir cuál fue. Lauren y Owen pasaron del plan, así que solo fuimos Daven, Paige y nosotros dos en el auto de Bianca.

Nos quedamos en una cabaña de dos habitaciones, pequeña y acogedora, cerca del mar. Estaba situada en un lugar céntrico y podíamos ir y venir sin necesitar el auto para movernos. Cuando llegamos, Daven y Paige comentaron que solo querían dormir porque viajar los agotaba, pero Bianca y yo estábamos lejos de querer eso. Estábamos en la playa, y si debíamos estar despiertos los tres días, así sería.

—Supongo que somos diferentes a los demás —me dijo.

Estábamos acostados en la arena mirando las estrellas con el sonido de las olas de fondo.

—¿Qué tanto?

—Tal vez bastante.

—¿Bueno o malo?

—Es subjetivo. —Sonrió.

—¿Qué crees tú?

—Ser diferente siempre es bueno.

—¿Siempre?

—Tal vez no siempre —se retractó—. Pero no sé cuál es el límite de la diferencia. ¿Cuándo te detienes?

—Puede que nunca.

Nos quedamos observando el universo arriba de nosotros. Muy pocas personas se detenían a mirar todos esos brillantes y pequeños puntos blancos en el cielo. Tan pequeñas y poderosas: las estrellas. ¿Quién se había detenido a mirarlas por tanto tiempo hasta empezar a dudar de su existencia? Yo solo podía pensar en eso y, luego, en Damián. En esos eternos minutos que se quedaba mirándome. Tal vez él también se preguntaba si yo existía o no, y tal vez también pensaba que era pequeña, brillante y poderosa.

—Damián —hablé. Él desvió su mirada hacia la mía—. ¿Estamos juntos?

—Claro. Estamos en la playa. Tú a mi lado mirando las estrellas.

—No me refiero a eso. Hablo de juntos como..., ya sabes. Juntos como una pareja. —Intenté preguntar de forma pausada, sin que las palabras salieran como una enredadera, pero creo que no lo conseguí.

—¿Qué te hace dudarlo?

—Supongo que nada.

—Dime. —Se sentó en la arena y yo lo imité.

—Tal vez la etiqueta. —Reí sintiéndome tan estúpida.

—¿Esa que dice «somos novios, no jodas»? —me preguntó con una pequeña sonrisa.

—Olvídalo, es una estupidez. Ni siquiera sé por qué dije eso.

—No, está bien. De hecho, yo debería sentirme estúpido por no habértelo preguntado. Quizá es importante para ti.

—¿Hablas en serio?

—Claro, pero no te lo preguntaré ahora.

—No me molestes. —Reí.

—¿Por qué no lo haces tú?

—No lo sé, supongo que solo no sé hacer esas cosas.

—¿Piensas que yo nací con ese don solo por el hecho de ser hombre? —Soltó una carcajada.

—¡Claro que no! —comenté riendo—. Es solo que se me viene a la cabeza que tú no eres así, que no eres de los chicos que tienen novias o andan preguntando esas estupideces. Solo eres y ya. Solo estás y ya. Sin necesidad de etiquetas.

—Puede que sí. Y puede que no. —Movió las cejas de arriba hacia abajo y yo negué con la cabeza mientras le sonreía.

Eran alrededor de las tres de la madrugada cuando llegamos a la cabaña. Las luces estaban apagadas, por lo que supusimos que Paige y Daven ya estaban durmiendo. Nuestra habitación tenía una cama para dos personas, un armario pequeño y un velador. Sobre una de las paredes colgaba un cuadro de un paisaje costero, y en una de las esquinas había un mueble con una planta de interior que lo hacía acogedor. Me puse el pijama con rapidez cuando Damián se encontraba en el baño y luego me metí a la cama, que sentí congelada. Damián entró a la habitación unos minutos después, se quitó la ropa con total naturalidad frente a mí y quedó solo en bóxer. Encima se puso un *short* y una camiseta de algodón. Se metió a la cama y se acercó a mí sin preguntar. Metió un brazo por debajo de mi almohada y me abrazó.

—Dime si te sientes incómoda teniéndome así de cerca —susurró y luego cerró sus ojos—. Apaga la luz para que podamos dormir, ¿sí?

—Está bien —susurré. Apagué la luz del velador y cerré los ojos.

Mi estómago estaba hecho un nudo. Tenía a Damián Wyde a mi lado abrazándome como si eso hiciéramos todas las noches, aunque estábamos a años luz de que fuera así. No solía tener contacto físico con las personas. Me aterraba que alguien estuviese tan cerca de mi cuerpo; sin embargo, con él no estaba sintiendo esas horribles náuseas o ganas de correr para encerrarme en el baño. Estábamos en una cabaña a kilómetros de distancia de lo que nos hacía daño. Estábamos seguros. Nadie podía molestarnos, y eso me hacía sentir tranquila. Comencé a respirar mejor. El contacto físico me tenía algo nerviosa, pero no de forma mala, sino porque era el chico del que estaba enamorada y no quería cometer ningún error.

Con los ojos cerrados, solté el aire de mis pulmones y me acerqué más a él.

Pese a todo lo que había detrás de nosotros, pese a la forma en que estábamos ganando dinero y el mundo oscuro en el que nos estábamos involucrando, no creía que fuéramos malas personas. Tal vez nos queríamos mal..., sí, pero no necesitaba decirlo o platicarlo con alguien más, pues me hacía completamente feliz tener algo que hacer fuera de casa, tener algo con qué distraerme de la mierda de vida que tenía. Me hacía completamente feliz tener dinero y escapar con él. Como ahora.

N N N

Cuando desperté ya era de día. No vi la hora, solo observé a Damián a mi lado, que seguía durmiendo mientras me abrazaba.

Me alejé de él despacio, besé su frente y salí de la cama. Quería aprovechar el día en la playa. Ya habíamos tenido suficientes días fríos, y aunque el clima no estaba para meternos al mar, me apetecía sentir un poquito de sol en mi piel.

Entré al baño y mi reacción fue poner el seguro a la puerta, pero de inmediato recordé que ahí nadie me haría daño. Lo quité y me metí a la ducha para darme un baño con agua caliente. Por primera vez en muchísimo tiempo estaba dándome una ducha tranquila, tanto que ni siquiera supe cuánto tiempo estuve bajo el agua. Estaba sintiendo la libertad a flor de piel, y cuánto me encantaba.

El vapor se apoderó del pequeño baño y, cuando decidí que ya era hora de dejar el agua caliente para vestirme, deslicé la cortina y mi mirada se fue hasta el espejo en donde había un mensaje escrito con un dedo. Sonreí cuando lo leí: «¿Quieres ser mi novia?»

Me sequé rápidamente y volví a ponerme mi pijama. Salí del baño con un nudo en el estómago. Tal vez solo eran las famosas mariposas de las que todo el mundo hablaba. Me encontré a Damián sentado en la cama junto a dos cafés. Me sonrió.

—Puedo ser un chico de etiquetas, si tú quieres que lo sea.

24
LADRONES DE DIAMANTE

BIANCA

Solo pude sonreír ante su comentario. Me acerqué a la cama y me senté frente a él.

—No quiero que cambies solo porque soy una caprichosa —confesé un poco avergonzada.

—Si eres una caprichosa, yo tampoco quiero que cambies. —Se encogió de hombros.

—Ay, Damián. —Reí.

—Responde mi pregunta.

—¿Cuál pregunta? —bromeé.

—¡La del espejo! —contestó como si no fuese obvio.

—Se borró. Deberías preguntármelo aquí, frente a frente.

—¿Crees que me cuesta ser directo?

Asentí, pero ser directo era la mejor cualidad de Damián Wyde.

Se sentó más cerca de mí, me observó a los ojos y de pronto sentí un brinco en el pecho.

—¿Quieres ser mi novia? —preguntó deslizando sus palabras con espontaneidad, como si no le costara nada.

—¡Claro que sí! —chillé. Me lancé a abrazarlo y a besarlo por toda la cara.

Desayunamos junto a Paige y Daven y luego nos fuimos a la playa. El sol estaba algo más fuerte a esa hora.

—Voy a comprar algunas cosas para que comamos —dijo Damián. Daven se le unió y quedamos a solas con mi amiga.

—Te has despertado feliz —comentó Paige.

—No es nada de lo que piensas —dije de inmediato.

—¿Qué crees que pienso? —Soltó una carcajada.

—No lo sé..., ¿sexo o algo así? —Reí.

—Pues dime tú.

—No, no lo hemos hecho.

—¿Esperas que te crea?

—Claro que sí, no te mentiría.

—Bromeas, ¿verdad? ¿Por qué no? Damián está buenísimo. No más que Daven, pero sí.

—No se ha dado el momento —mentí y de inmediato me sentí nerviosa.

—¿No se ha dado el momento con... Damián? ¿Segura?

—Quizá solo está siendo distinto conmigo.

—¿Y para ti está bien?

—Sí.

—Bueno, ¿y por qué has despertado tan feliz? —Me dio un codazo.

—Me ha pedido ser su novia —dije y sonreí. Paige abrió los ojos de forma exagerada.

—¡Es que esto no me lo creo! Te está amando de verdad, Bianca.

Antes de que pudiese contestarle, Daven y Damián llegaron cargando bolsas con galletas, papas y gaseosas. Se sentaron junto a nosotras y de inmediato Paige comenzó a hablar.

—¡Es que no me lo puedo creer! —exclamó, y Daven negó con la cabeza mientras sonreía.

—Ya me ha contado, no exageres.

—Hablan como si fuese una mierda —opinó Damián mientras reía—. Estoy queriendo de verdad. ¿Qué tiene de malo?

—¡Eso es lo raro! —exclamó Paige—. Que no tiene nada de malo.

Todos reímos.

И И И

Los siguientes días —o más bien noches— estuve trabajando mucho con Brain y Damián. Me enseñaron a utilizar un arma, pero me aterraba tomarlas, así que lo dejé de inmediato. Prefería que me enseñaran a defenderme con puñetazos, porque no quería matar a nadie. Lo divertido fue aprender a entrar a sitios sin dejar rastros. Brain decía que eso lo hacíamos genial.

Finalmente llegó el día en que entraríamos a una casa gigantesca. La habíamos estado estudiando con detención y nuestro objetivo solo era la caja fuerte. Después de tantas prácticas con Brain, ya no sentía tanto miedo. Conocía tan bien el lugar que asaltaríamos que sabía hasta dónde debía esconderme si algo resultaba mal.

La casa se encontraba alejada del centro de la ciudad. Era una de esas mansiones que incluso podrían ser caras para Vincent. Había cámaras y un guardia en la entrada que parecía no descansar jamás. Brain nos abrió paso a la mansión con sus habilidades tecnológicas. Las cámaras y luces estaban desactivadas. El guardia se alejó un momento de la puerta.

Teníamos una hora para entrar, robar y salir.

El reloj de Damián marcaba las tres de la madrugada.

—Visualizas la caja y comienzas a abrirla —comenté. Damián asintió.

Entramos por la puerta de la terraza, rodeada de árboles y adornos majestuosos. Cuidamos que nuestros pasos fueran sigilosos, y en diez segundos estábamos en la habitación principal. Damián parecía un experto. Solo sabía que no podíamos romper la caja ni las cerraduras, de lo contrario corríamos el riesgo de que las alarmas de emergencia se activaran.

—Date prisa, por favor —susurré.

Solo quedaban veinte minutos para que las cámaras volvieran a funcionar. Empecé a apretar las manos, hasta que oí el sonido de la puerta de la caja fuerte abriéndose. Mi mirada se enfocó en Damián, quien tenía una sonrisa en el rostro. Comenzó a poner el dinero dentro de una mochila, la cerró con sigilo y volvimos a dejar todo en orden.

—Cinco minutos. —Escuché la voz de Damián a mi lado. Mi corazón comenzó a latir con fuerza mientras caminábamos a toda prisa por esos pasillos enormes hasta la terraza. Me detuve en seco cuando a unos metros de nosotros vi al guardia hablando por teléfono. Cogí a Damián del brazo y lo jalé hacia atrás.

—Esto no estaba en el plan —susurré.

—Ven, debemos salir de aquí —respondió en el mismo tono de voz.

Lo seguí y supe exactamente a dónde estábamos dirigiéndonos: la entrada principal.

—No podemos salir por ahí. —Toqué el hombro de Damián y él me miró.

—Debemos salir, solo quedan dos minutos para que se enciendan las cámaras.

—No por ahí, Damián, es demasiado peligroso.

—¿Y qué sugieres? —Se acercó a mí, murmurando.

De pronto, el teléfono que se encontraba en mi bolsillo vibró. Era un mensaje de Brain que decía: «Libre la puerta principal, salgan». Dios, ¡no!

—No —le pedí.

—Vamos, te prometo que no ocurrirá nada.

—Iremos a la cárcel.

—Regla número uno: no hablar de cárcel —dijo apurado y en voz muy baja—. Vámonos de aquí. Ahora.

El cronómetro de mi muñeca indicaba que nos quedaba un minuto, así que opté por callarme y correr detrás de Damián. Había dibujado cientos de veces cada detalle de esa casa, por lo que sabía que cuando abriéramos la puerta de la entrada principal comenzarían a sonar las exóticas campanas de viento que colgaban en el recibidor. Damián abrió con cuidado sin poder evitar que algunas de las campanitas y llaveros emitieran ruido. Aguanté la respiración y chequeé mi reloj. Solo quedaban cincuenta y cinco segundos.

—Corre —susurró.

En cuanto Damián cerró la puerta a nuestras espaldas, corrimos a toda velocidad en medio de la oscuridad. Sentía que mis piernas eran dos hilos que se manejaban solos y agradecí que hubiese tantos árboles y arbustos alrededor.

Finalmente dimos con el auto que Brain había encargado para nosotros, nos subimos y por fin pude soltar todo el aire que había contenido en los pulmones. Damián me dedicó una mirada fugaz y yo reí, nerviosa.

—¡Qué locura! —dije recostándome en el asiento, y él comenzó a reír igual de nervioso que yo.

$$N \, N \, N$$

—¡Son increíbles! —exclamó Brain en cuanto llegamos a su oficina—. ¡No puedo creer que lo consiguieron! Por un momento pensé que los atraparían.

—Gracias por tenernos fe. —Damián se quedó observándolo.

—Bueno, chicos, saquemos cuentas de inmediato para que esté todo en orden.

—Creo que debería irme. Mi parte se la das a Damián —dije, y ambos se quedaron mirándome.

—¿Qué sucede?

—Nada.

—¿Segura? —insistió Damián.

—Sí, claro. —Sonreí.

—No estás bien —aseguró Brain.

—Solo estoy algo nerviosa por lo que hicimos —confesé.

—Sabes que esto funciona así. No te estreses, querida —intentó calmarme pasándose una mano por su cabeza calva.

—Si quieres lo dejamos y ya. —Damián me observó, y lo miré de regreso.

De pronto todos mis problemas se vinieron a mi cabeza como un tornado. Lo hijo de puta que era Vincent con todo su poder y su dinero, las peleas de Damián con su madre, mi madre cegada por tener una vida de lujos...

Bajé la mirada y respiré hondo.

—No. —Reí—. Claro que no lo dejaremos. Es solo que estuve algo estresada ahí adentro, nada más.

Damián asintió y luego besó mi frente.

⚡⚡⚡

—¿Cómo te ha ido en la universidad? —me preguntó Julie mientras miraba de reojo la televisión y planchaba unas camisas—. Siento que estamos algo alejadas. ¿O es solo idea mía?

—Es idea tuya, Julie. He estado metida en muchas cosas, pero todo va bien. —Se quedó mirándome por unos segundos y luego regresó a lo suyo.

—¿Conociste a un chico?

—¿Qué? No.

—¿Segura?

—¿Con qué tiempo? Solo me la paso estudiando.

—Sabes que puedes contarme lo que sea, ¿no?

—Lo sé.

—Siempre querré lo mejor para ti.

—Gracias, Julie, eso también lo sé. —Sonreí.

De pronto en la televisión interrumpieron las transmisiones y comenzaron a pasar una noticia de último minuto. La periodista que hablaba casi me deja sin respiración, pero pude controlarme: «Los llaman "ladrones de diamante". Nadie los ha visto jamás. No dejan huellas ni rastros de que estuvieron ahí, pero a su última víctima, la familia Peter, le han robado cerca de cinco millones de dólares. Frank Peter no se explica cómo pudo efectuarse el robo, ya que su casa cuenta con el más alto nivel de seguridad». «No sé por qué lo hicieron», decía el empresario ante las cámaras. «Nos robaron todo lo que guardábamos en la caja fuerte. Nos recuperaremos. Todo lo material se recupera».

—No puedo creerlo, jamás habían podido entrar a esas mansiones —comentó Julie con los ojos clavados en el televisor.

—¿Lo habían intentado antes? —pregunté fingiendo el mismo asombro que ella.

—Claro, siempre lo intentan, pero todos terminan yendo a la cárcel.

Me quedé en silencio con el corazón a punto de saltar de mi pecho.

DAMIÁN

Apagué el cigarrillo en la acera, me puse de pie y conduje en la moto hasta la casa de Daven.

—¿Qué haces aquí? —me preguntó cuando llegué, y yo solo me apresuré para entrar.

—Necesito tu ayuda —dije, y él frunció el ceño.

—¿Damián Wyde pidiendo ayuda? Déjame despertar, es un sueño, ¿no?

—No jodas. —Me reí.

—¿Qué quieres? —Caminó hasta la sala y se sentó en el sofá.

—Quiero comprarme un departamento. —En cuanto dije esa frase, Daven volteó a mirarme y sonrió—. Puedo dar el primer pago, y luego puedo ir pagando mes a mes. —Me encogí de hombros.

—¡¿Cuándo me lo ibas a contar?! ¡Es una noticia genial! —exclamó feliz.

¿Por qué se alegraba tanto?

—Pues te lo estoy contando ahora. No sé qué debo hacer, en realidad. Solo tengo el dinero y necesito recomendaciones.

—Pues vámonos, hijo de puta. Vas a tener el puto mejor departamento de tu vida.

Luego de hablar de cuánto dinero disponía, comenzamos a buscar en internet las mejores ofertas. Daven llamó y envió mensajes, mientras yo me dedicaba a contemplar las fotografías y revisar cada descripción de los espacios. Hicimos varias citas y nos fuimos en su auto a atender cada una.

El primer departamento estaba en un tercer piso, tenía dos habitaciones y un baño. No me gustaba, había demasiados detalles que reparar. Daven se esmeraba en decirme que no me fijara tanto en eso, pero se me hacía imposible no mirar las esquinas de las paredes, las huellas de humedad en el techo.

El segundo era un poco más grande, pero estaba en un piso veinte y odiaba los lugares sobrepoblados. Mi amigo empezaba a parecer exhausto por mi indecisión, pero yo sabía que nos iría bien con el tercero. Era espacioso y estaba ubicado cerca de mi lugar de trabajo y de «mi planeta».

—Definitivamente me quedo con este —dije y sonreí.

—¿Seguro? Obsérvalo bien. A los demás les has mirado hasta las cerámicas del baño —soltó Daven, y la dueña del departamento rio.

Tenía tres habitaciones y dos baños, la cocina era genial y el espacio que quedaba para la sala y el comedor eran perfectos. Además, tenía un pequeño balcón con vistas a la ciudad, y uno de mis grandes sueños era poder sentarme en mitad de la noche a fumar un cigarrillo mientras miraba los edificios. Para mejor suerte, solo había tenido una dueña, y lo había cuidado como si fuese una pirámide egipcia, porque parecía casi nuevo.

—Lo quiero, es amor a primera vista —confirmé mirando el entorno con una sonrisa.

—¿Está bien el piso en el que está?

—Así es.

Piso cinco en un edificio de solo ocho. Con eso me bastaba.

Hablamos un poco más con la dueña, nos explicó los pasos a seguir y luego nos largamos.

Llegué a casa con actitud positiva. No quería dejar que mi madre se metiera en mis pensamientos ni me hiciera sentir culpable, pero fue casi imposible. En cuanto llegué la vi acostada en el sofá junto a una botella de whisky barato y una música melancólica sonando a todo volumen. A veces me preguntaba quién me daba más lástima, si ella o yo. Sentía la necesidad de irme de ese lugar, pero sabía de antemano que ella me necesitaba para sobrevivir. Iba a morirse si me largaba de casa, pero si me quedaba a su lado iba a morir yo, si es que ya no lo estaba.

Intenté ignorarla. Cogí mi teléfono y envié un mensaje. Necesitaba compartir con alguien la milésima de alegría que sentía de poder, por fin, salir adelante.

Damián: Te tengo una sorpresa.

25
NUEVA VIDA

DAMIÁN

Una semana después

—No sé por qué te tardaste tanto en decirme la sorpresa que tenías —comentó Bianca con una sonrisa en el rostro.

—Necesitaba un poco de tiempo —respondí. El tiempo que se necesita para cerrar contratos y resolver ese sinfín de papeleos por el que no quiero volver a pasar.

El camino en la moto fue corto. Cuando me detuve frente al edificio, Bianca se quitó el casco y vi que se quedó pestañeando con la boca un poco abierta.

—No me digas que... —comenzó.

—Así es —dije sin poder disimular una sonrisa.

—¡¿Te has comprado un departamento?! —chilló como solo Bianca Morelli podía hacerlo.

—¡Tienes que verlo! —Reí.

Aparqué la motocicleta y entramos al edificio. Nos saludamos con el encargado de la recepción y subimos en el ascensor hasta el quinto piso. El departamento todavía se encontraba vacío, pero Bianca ignoró eso y comenzó a recorrer todo el lugar mirando los detalles mientras hablaba rápidamente dándome consejos de cómo podría decorar mi espacio. No pude evitar sonreír ante sus ojos iluminados.

—Es maravilloso, ¡me encanta! ¿Quién te ayudó a escogerlo?

—Daven. Bueno, lo escogí yo después de ver... algunos.

Ella asintió contemplando las vistas de la ciudad a través del ventanal.

—¿Y cuándo te vendrás a vivir aquí?

—Supongo que pronto. Quiero comprar algunas cosas básicas como la cama, no lo sé.

—Si quieres puedo acompañarte. Ahora mismo —propuso animada.

—Estoy de acuerdo.

—Iré por mi auto, así vamos en él y podemos traer más cosas. ¿Sí? —Sonreí por su emoción.

—Está bien, aunque solo compraré algunas cosas. No es aconsejable tener de todo tan rápido cuando estamos trabajando en..., ya sabes, ¿no?

No podía ocultar lo feliz que me sentía por él. Damián al fin estaba cumpliendo uno de sus sueños, y yo estaba siendo parte de su vida para verlo. Soñaba con salir de su casa y comenzar una vida nueva lejos de su madre, lejos de los problemas, lejos del alcohol, lejos de la mierda, de los vómitos y los gritos ensordecedores de una mujer adicta.

A la vez, yo podía notar cómo intentaba ocultar lo extasiado que estaba con sus decisiones porque se sentía egoísta. Quería aplazar su mudanza lo que más pudiese con excusas como «No lo sé, debo comprar una lámpara» o «Me preocupa que la casa quede sin seguro». Pero él no debía hacerse cargo de eso. Su madre estaba rota, sí, pero Damián, en todos sus intentos de armarla, no lo había conseguido: siempre volvía a romperse, y ya no podía seguir siendo igual. Él necesitaba quererse también y armarse a sí mismo.

El dinero que tenía alcanzaba para comprar el departamento, además de todos los muebles, pero fue cauto para no llamar la atención. En el centro comercial solo compró la cama, que la llevaría un camión por la mañana al edificio, y también algunas cosas pequeñas como una alfombra, una lámpara y un hervidor de agua. Después de algunas semanas o meses podría llenar su nuevo hogar como a él se le diera la gana.

—Creo que escogimos una cama demasiado grande para mí —opinó Damián mientras recorríamos el centro comercial.

—¿Por qué? Está perfecta.

—No lo sé, no estoy acostumbrado.

—Te acostumbrarás. —Sonreí.

—Me acostumbraría más rápido si vinieras a dormir conmigo al menos una vez a la semana.

—Me lo voy a pensar...

Él sonrió y luego se acercó para besarme. Por un momento

olvidé el lugar en el que estábamos y solo me dejé llevar por la calidez de sus labios, pero cuando nos separamos sentí que alguien nos observaba. Me giré a mirar y mis ojos chocaron con los de Dayanne y Marie. Ambas fingieron sonreír con gracia, aunque poco les faltó para sacar su teléfono y sacar una fotografía. Damián se las quedó mirando unos minutos y luego fingió que no estaban ahí. Se alejó un poco de mí y continuó como si nada mirando un microondas que le había gustado.

—Le van a decir a mamá —dije en cuanto se perdieron de mi vista.

—No le dirán.

—Marie no, pero sé que Dayanne haría de todo por verme en un agujero. Sé que le dirá, Damián. —Comencé a sentirme mal. No quería que mamá se enterara; menos Vincent.

—Está bien, tranquila. Voy a hablar con Dayanne, si eso te deja más tranquila.

—¿Qué le dirás?

—No lo sé, me inventaré algo.

—Dios, lo lamento tanto. —Bajé la mirada.

—No entiendo por qué estás tan acomplejada. Sé que vivimos en mundos completamente diferentes, pero pensé que no era un problema para ti.

—Claro que no es un problema, ni siquiera está en la lista de problemas que podría tener, Damián. No me interesan nuestros niveles socioeconómicos.

—Entonces ¿por qué te está preocupando tanto que todos se enteren de que estamos juntos?

—No quiero que te alejen de mi vida, es solo eso —confesé.

—Ellos no tienen ningún derecho de elegir a quién quieres o no en tu vida. Tienes dieciocho años, Bianca, y pronto cumplirás diecinueve, ya eres mayor.

—Lo sé, pero en mi vida no vale la edad que tengas...

—¿De qué hablas?

—Ellos mandan, tú obedeces.

—Pues que se jodan —soltó con desagrado.

Desde que me había sentado en el último pupitre esa mañana, Dayanne y Marie no paraban de hablar acerca de Damián y de mí en el pupitre de adelante. Decían cosas hirientes, cosas que sin duda alguna estaban sacándome de mis casillas, pero intenté con todas mis fuerzas contenerme. Necesitaba demostrar que era mejor que ellas... O quizá solo para que no fueran a contarle a mi familia.

—¿Hace cuánto tienes una doble vida, Bianca? —preguntó Marie.

—Ya déjala, Marie, de seguro ni su madre sabe de esto. Estoy segura de que, si se entera, pondrá un grito en el cielo.

Metí el cuaderno dentro de mi mochila y luego la colgué en mi espalda, tragándome la rabia.

—No conseguirás nada ignorándonos, esto llegará a los oídos de tu padrastro y de tu madre, la que se enamoró de su billetera.

—¿No tienen nada mejor que hacer? —Alcé la vista mirándolas—. Preocúpense de sus malditas vidas, que ya deben ser lo bastante lastimosas.

—Eres una perra —soltó Dayanne con mala intención.

—*Perrísima* —recalqué y le sonreí.

Acomodé mi cabello y salí del salón de clases bajo sus miradas odiosas. Damián debía arreglar esta situación o yo moriría en el intento de querer tener un novio como él.

DAMIÁN

—Debí haber adivinado que no querías salir conmigo porque estabas enredándote con Bianca —me dijo Dayanne. Estaba «comprando» algo en la cafetería, aunque era evidente que solo había ido a encararme.

—¿Cuál es tu problema? —le pregunté frunciendo el ceño.

—¿Sabes cuál? Bianca siempre se queda con lo mejor, pero es una puta orgullosa, ambiciosa y estúpidamente petulante.

—¿Qué?

—No la conoces en lo absoluto, Damián —continuó—. Bianca hacía llorar a chicas en el baño por cómo lucían, por cómo llevaban recogido el cabello o por cualquier cosa. Es una mala persona y nadie ha tenido el valor de decírselo.

—Dayanne. —La miré fijo—. Sé que ustedes se llevan mal, pero no quiero que eso influya en la relación que tengo con ella.

—¡Y encima la defiendes!

—Por supuesto que la defenderé, ¿qué crees? Solo te pido que no vayas de chismosa a contárselo a todos, incluyendo a su familia.

—¿Por qué no? —Sonrió—. Sería genial ver en la portada de un periódico que la hijastra de Vincent Hayden, el empresario más rico del país, se enamoró de un chico que solo trabaja en la cafetería de una universidad.

—Creo que la petulante eres tú.

—No te equivoques conmigo —dijo desafiante y se acomodó en el mostrador—. Si ustedes no se hubiesen conocido antes de verte trabajando en la universidad, ella jamás te hubiese mirado.

—Pues no pasó así, y me importa una mierda. Yo no soy como tú, ni como Bianca ni como el séquito de personas que estudian en este inmenso lugar. Y tampoco me importa decirte las cosas a la cara: no te metas en donde nadie te ha llamado y estaremos bien.

—¿Estás amenazándome?

—No, pero es que me hastía que estés ahí como un puto mosquito buscando cosas para hundir a otra persona.

—Tranquilo, Damián, no arruinaré tu vida ni la de Bianca —soltó—. No iré con el chisme a ningún lugar, pero créeme que tarde o temprano esto se sabrá, y no seré yo quien se lo haya dicho a todos. Supongo que sus vidas ya están bastante en la mierda como para haberse encontrado y haberse enamorado el uno del otro.

—No tienes idea.

—Espero equivocarme. —Fue lo último que dijo antes de marcharse.

И И И

Pasaron algunos días antes de que me sintiera preparado para salir de casa e ir a vivir al departamento. Dejé todo atrás: mis muebles viejos, mi cama, la casa que me vio crecer y madurar... y también dejé atrás a mi madre. No le dije que me iba para siempre, aunque tampoco me habría entendido si se lo hubiese dicho. Solo cogí mi bolso y puse toda la ropa que tenía ahí, además de algunos aparatos tecnológicos y mis cosas de aseo. Me marché sin dejar dinero ni comida, nada. La culpa me comía las venas, pero ya era hora de recoger mis pedazos y armarlos para encarar un futuro nuevo.

El departamento me recibió con los brazos abiertos. Una cama grande con sábanas limpias me esperaba al fin. Hasta cambié el cepillo de dientes por uno nuevo. Debía comprar *mi* comida, pagar *mis* cuentas, mantenerme solo a mí y no a dos personas.

—¡Te traje un regalo! —Escuché el pequeño grito de Bianca cuando entró al departamento. Venía con una caja enorme entre sus brazos y la dejó en el suelo—. Bueno, varios regalos. —Sonrió con inocencia.

—Te dije que no necesitaba cosas todavía, Bianca.

—Y yo te dije que sí las necesitabas, Damián.

Me acerqué a la caja y ella comenzó a sacar lo que había dentro.

—Mira, te traje esto y esto... —comenzó.

Eran tazones, platos y cubiertos. También champú, acondicionador y jabón. Además, un par de cuadros y una lámpara pequeña en forma de balón de fútbol. Luego sacó adornos como pegatinas, imanes para la nevera y un sinfín de cosas que Bianca no me explicó qué eran por lo ilusionada que estaba.

—Quiero que hagas algo. —La detuve, y ella se quedó mirándome con el ceño fruncido.

—¿Qué? —Sus ojos azules se mantuvieron en los míos.

—Quiero que dibujes en las paredes. En las de la habitación, el baño, la cocina. ¡Donde tú quieras! Tú eres la artista.

—¿Qué?

—Lo que has oído. ¿Te quedaste sorda?

—Es que no me lo creo. ¿Estás seguro?

—¡Claro que sí! Dibujas muy bien, Bianca. Y quiero que mi nuevo departamento me recuerde que tengo la artista más linda entre mis brazos.

—Gracias, Damián —bajó la voz. Su mirada se quedó en el suelo por unos segundos, pero sin sonreír.

—¿Qué ocurre?

—Nada, olvídalo. —Volvió su mirada hacia la mía y sonrió apenas.

—Vamos, dime.

—Es que todos siempre me han dicho que dibujar es un talento, o un *hobbie*, pero que no puedo dedicarme a eso, que es una mierda y que no tendré dinero para nada si lo hago. Siempre quise estudiar arte, ¿sabes? Mamá no me lo permitió. —Se encogió de hombros—. Empecé a girar en torno a lo que los demás querían de mí, y nadie nunca me había dicho que soy una artista. —Sonrió con humildad. Se veía afectada por lo que me estaba contando, y la entendía.

Entendía que es una puta mierda que alguien corte tus alas por el solo hecho de pensar distinto. Son tus sueños, es lo que harás toda la vida, nadie puede decidir por ti.

—Lo haces increíble y conmigo siempre podrás demostrarlo, si quieres pinta hasta las alfombras, la cerámica, todo. Créeme que siempre voy a valorar lo que haces, porque eres maravillosa, Bianca.

—A veces siento que te has escapado de un cuento de hadas y otras que solo saliste de esas películas donde los hombres son rudos y no hablan cursilerías.

—Puedo ser ambos.

—Y lo haces genial. —Rio.

—Es que estoy confirmando que sigo enamorándome de ti todos los días.

—Y yo también de ti, Damián —susurró.

26
LA GOTA QUE REBALSÓ EL VASO

BIANCA

Apenas llegué de la universidad, me percaté de que Vincent y mi madre ya estaban en casa. Subí las escaleras rápidamente y me encerré en mi habitación, pero Julie no tardó demasiado en golpear mi puerta para decirme que fuera a cenar. Bajé las escaleras detrás de ella y me metí a la cocina. Miré de reojo a mi madre y ella me regaló una sonrisa como si no me hubiese visto hace días. Vincent también me observó, pero no recibió ningún gesto de mi parte.

—¿Por qué siento que no te veo hace mucho? —me preguntó mamá en cuanto me senté.

Me encogí de hombros.

—Estás algo distante, Bianca —comentó Vincent. Apenas pude levantar la vista para mirarlo.

Julie me observó por unos segundos y, cuando estaba sirviéndonos la comida, habló.

—Eso es porque no están tanto en casa. Bianca y yo pasamos mucho tiempo juntas —dijo, y le sonreí.

—Sí. Además he tenido muchas cosas que hacer en la universidad.

—¿Cómo te fue en el viaje a la playa con tus amigas? —preguntó mi madre—. Insisto en que debemos conocerlas. ¿No, Vincent?

—Sí, podrías invitarlas un día de estos.

—No, no creo que puedan venir —respondí sin pensar.

Mi madre frunció el ceño y continuó comiendo. Toda la cena transcurrió así: ella queriendo acercarse a mí con preguntas a las que yo respondía con monosílabos y Vincent opinando como si fuese el mejor padre del mundo.

Apenas terminé de comer me levanté de la mesa y fui a mi habitación a esperar que todos se durmieran para ir a Serendipia y fumarme un cigarrillo. Pero no fue así. No alcancé a ponerme el pijama cuando escuché golpes en la puerta.

—¿Qué ocurre? —Era mi madre. Fruncí el ceño, confundida. Rara vez ella se acercaba a mi habitación para hablar conmigo, de seguro algo había pasado y, para ser sincera, lo que más deseaba era que me dijera que se había peleado con Vincent y que nos íbamos a China.

—Nada, solo quería hablar contigo. ¿Puedo? —Entró, cerró la puerta a sus espaldas y se sentó en mi cama. Yo me senté en el sillón enfrente de ella.

—Sé que últimamente nos hemos llevado fatal —comenzó—. No sé qué sucede contigo, no entiendo por qué cambiaste tanto de un momento a otro. Es como si me hubiesen cambiado a mi hija... ¿Extrañas a tu padre? ¿Es eso?

—No —contesté con frialdad.

Extrañaba muchísimas cosas, entre ellas estaba mi padre, pero no moría de ganas por volver a verlo. Me había fallado, había roto mi corazón cuando demostró ser lo que siempre fue: un puto cretino al que no le importaba su hija ni dejarla a la deriva con su madre y un tipo que no conocía.

—¿Entonces?

—No sé a qué te refieres, mamá.

—Sé que sabes, pero bueno. —Respiró hondo—. ¿Por qué te cuesta tanto llevarte bien con Vincent? Él es un buen hombre, nos quiere, y también muestra interés por llevarse bien contigo.

Mi corazón de inmediato se aceleró y lo único que sentí fueron ganas de llorar, pero me contuve. Me tragué todo lo que sentía y continué.

—No lo sé, no quiero llevarme bien con él. Estoy bien así.

—Si tú lo dices...

—Sí, mamá. No creo que él no pueda vivir si no nos llevamos bien. Tú eres su esposa, no yo, y pronto me iré de aquí.

—¿Qué?

—Sí, compraré un departamento y me iré de casa.

—Habíamos acordado que cuando terminaras de estudiar te irías a vivir sola, antes no. ¿Recuerdas?

—Sí, pero tenía doce años cuando hice ese acuerdo.

—Creo que deberíamos mantenerlo, luego ya ni te veré.

Como si ahora lo hicieras.

Me quedé en silencio, mirándola. Había algo más. La vi acomodarse en la cama y me sonrió con dulzura.

—Vine aquí para decirte que tengo un viaje de negocios —comentó con emoción en sus ojos.

—¿Viajaremos? —Sonreí, sintiéndome al fin tranquila. *Adiós, Vincent.*

—Ese es el problema —continuó, y comencé a sentir que me zumbaban los oídos. Ya sabía lo que venía—. Solo yo viajaré. Tú debes quedarte aquí por unos días con Vincent —dijo rápidamente—. Julie vendrá todos los días, como hace siempre.

—¿Cuántos días?

—Son solo cinco días.

—¿Y?

—Quiero que intentes arreglar la relación que tienes con mi marido, sé que se divertirán mucho sin mí. Pueden ir a los bolos, tomar helado, qué sé yo.

—Está bien, mamá. No te preocupes por mí.

—Claro que me preocupo por ti, Bianca —soltó con desagrado.

—Si te preocuparas por mí, no me dejarías aquí con un completo desconocido.

—¿Qué? Vincent no es un desconocido. Hemos vivido por años junto a él.

—Olvídalo —dije de mala gana—. Me comportaré, lo prometo.

—Gracias. —Soltó el aire de sus pulmones un poco más relajada.

Claro. Lo único que importaba era que Bianca no armara problemas. Solo para eso venía a hablar conmigo, solo para asegurarse de que no hiciera un desastre cuando ella no estuviera. Que no discutiera con Vincent, que no lo hiciera enfadar..., ¡que fuera a los bolos con él!

Mi madre se levantó de la cama, me informó que se iría a primera hora, me abrazó como si fuésemos las mejores amigas y luego se marchó de mi habitación.

Cerré la puerta y solo pude quedarme mirando como estúpida la pared. Respiré profundo, intentando contener el llanto, pero sentía tanta rabia... Caminé en círculos, haciendo esfuerzos por controlarme, pero a veces me parecía que toda mi vida era una maldita broma. Quería creer que las mujeres que se enamoraban de los hombres y dejaban todo de lado solo existían en las películas, pero esa mujer estaba viviendo dentro de mi casa, y lo peor es que era mi madre. Se había desligado de todo y solo le interesaba el imbécil de Vincent.

Esa noche no fui a Serendipia, y aunque pasé la mitad del tiempo encerrada en el baño ocultándome de Vincent, él no me molestó. Supuse que fue porque al día siguiente mi madre viajaba y no la vería en cinco días. Me maquillé para que las bolsas negras debajo de mis ojos no me delataran, y cuando me senté frente a Julie en la cocina, ella me observó por unos segundos, casi leyéndome los gestos. Me dio un vaso con jugo y unas tortitas con fruta. Luego se sentó frente a mí sosteniendo una taza de café entre sus manos.

—¿Estás bien?

—Creo —contesté.

—¿Estás así porque no viajarás con tu madre?

—No pensé que le importaba tan poco, Julie —confesé mirándola a los ojos.

—No hables así, ella te quiere muchísimo —dijo intentando creerse lo que acababa de decir, aunque sabía que lo decía solo para hacerme sentir mejor.

—Sé que tú me quieres mucho más que ella.

—No voy a competir con ella, Bianca.

—Quiero contarte algo, Julie. —La miré y ella frunció el ceño—. Pero, por favor, no se lo cuentes a nadie.

—Claro, dime. —Sonrió.

—Conocí a un chico.

—¡¿Qué?! ¿Cuál es su nombre?

—Damián.

—¿Y dónde lo has conocido?

—Esa es una historia aparte. —Desvié el tema—. Es un chico genial, Julie.

—¿Estás enamorada?

—Creo que sí.

—¿Y por qué no quieres que se lo cuente a nadie?

—Es que no es de este mundo. No es como nosotros.

—¿Como ustedes, quieres decir?

—No es hijo de un empresario, ni de un abogado, nada. Es solo un chico con los problemas de las personas normales. Trabaja en la cafetería de mi universidad y además no estudia.

—¿Por qué no?

—No tiene dinero y... prefiere trabajar.

—¿Te trata bien?

—Sí.

—¿Te quiere?

—Dice que está enamorado de mí y de mis ojos azules.

Julie sonrió como si la que estuviese contándole todo eso fuese su hija. Respiró profundo y continuó.

—Me alegra tanto que no seas como las personas de aquí...

—Siempre pensé que me importaban, que todo giraba en torno a eso, pero cuando conocí a Damián descubrí que no, que en realidad yo no quiero ser esa Bianca arrogante y petulante. Solo quiero ser yo... una chica de dieciocho años enamorada. Nada más.

—Tengo que hacerte esta pregunta. Es sumamente importante.

—¿Cuál?

—¿Le gustan tus dibujos?

—Dice que soy una artista.

—No necesitas nada más. —Sonrió y bebió un trago de su café mirándome a los ojos.

И И И

Estacioné mi auto y me bajé con precaución. Tanta, que no parecía que estaba en el estacionamiento de mi propia casa. Mamá ya no estaba. Solo se encontraría Vincent y, si tenía suerte, Julie, aunque estaba a unos minutos de terminar su turno.

Caminé con valentía hacia la entrada y abrí la puerta. En la sala había algunos de los socios de Vincent bebiendo vino y botellas de ese whisky carísimo. Por suerte logré pasar desapercibida en la «fiesta» insoportable que se había armado. Subí corriendo por las escaleras y me encerré en mi habitación. No bajaría ni aunque me pagaran un millón de dólares.

Me di una ducha rápida y me vestí. No medí el tiempo que pasó, me distraje con el móvil mientras hablaba con Damián sentada en la cerámica del baño.

—¿Estás bien?

—Sí, lo estoy. ¿Por qué?

—No lo sé, te oyes nerviosa. ¿Dónde estás?

—En el baño de mi habitación. ¿Nos veremos esta noche?

—Sí, Serendipia nos espera —dijo—. ¿Y por qué estás en el baño? ¿Acaso estás descargando tu estómago mientras hablas conmigo?

—¡No! —Reí—. Vincent tiene una especie de fiesta abajo con sus socios, me siento más cómoda aquí.

—¿Tu madre está con ellos?

—No, viajó por algunos días. Viaje de negocios —le conté.

—¿Solo estás con él? —Su voz sonó desencajada.

—Sí.

—Si quieres puedes quedarte conmigo esta noche.

—¿Por qué lo dices? —Fruncí el ceño.

¿Por qué estaba pidiéndome algo así? ¿Qué estaba sospechando?

—No lo sé, solo estoy siendo amable —bromeó—. Si quieres quedarte en casa, está bien.

—Me lo voy a pensar, ¿sí? —Intenté no parecer desesperada por quedarme en su departamento—. Voy a vestirme —mentí para cambiar el tema de conversación—. Nos vemos dentro de una hora en Serendipia, ¿está bien?

—Sí, te espero ahí.

Corté la llamada y me sequé un poco el cabello. Cuando estuve lista para irme, miré el reloj y noté que habían pasado más de dos horas desde que había llegado a casa. Salí del baño y me asomé por la escalera para asegurarme si la fiesta continuaba, pero no, ya todos se habían ido. El terror se apoderó de mi cuerpo. Me devolví casi corriendo a mi habitación por los nervios que estaba sintiendo y cerré la puerta. Saqué una chaqueta del armario y, cuando estaba con una pierna afuera de la ventana, la puerta de mi habitación se abrió bruscamente chocando contra la pared.

—¿A dónde crees que vas? —preguntó Vincent.

Estaba borracho.

Rápidamente caminó hacia mí y yo sentí mi cuerpo congelado. Otra vez no pude moverme. Me cogió del brazo con fuerza y me arrastró hasta mi cama.

—Suéltame —rogué, pero él estaba alejadísimo de escuchar alguna petición de mi parte.

—¿Por qué te comportas tan mal, Bianca? —arrastró las palabras y sentí ganas de vomitar.

Olía a alcohol y a cigarro. Nunca me había molestado el olor a cigarro, pero en él me daba náuseas.

Me alejé cuando se descuidó, pero alcanzó a coger mi chaqueta y me la quitó con fuerza. Por un momento recordé que solo estábamos él y yo en esa horrible mansión, y que por más que gritara nadie llegaría a ayudarme. De nuevo el miedo me jugó una mala pasada y no pude reaccionar. Se me acalambraron los músculos. No quería ser violentada una vez más.

—Ya déjame —dije con la garganta hecha un nudo. Apenas se escuchó mi voz.

Vamos, Bianca, tú eres más fuerte que esto.

—¡¿Que te deje?! —exclamó con una sonrisa de oreja a oreja—. ¡Estamos solos, pequeña Bianca! ¡No te dejaré! —Reía como un maniático.

Y fue ahí donde comenzó todo. No podía dejarme. No esta vez.

Me volteó con fuerza, pero me resistí en silencio. Él se enfadó, aunque continuó sonriendo con esa cara morbosa. Le pedí que se detuviera, pero no lo hizo, no me escuchaba. Lo golpeé en el estómago con las piernas, rasguñé su rostro, pero un mal movimiento me hizo caer al suelo, desorientada.

Mi cabeza dolía, pero no me rendiría en esta oportunidad.

Mientras me encontraba en la alfombra intentando recuperar el aliento comencé a llorar, a gritar; pedí auxilio, pero claramente en esa enorme mansión nadie iba a oírme. Lo que jamás pensé que haría, lo hice: me aferré a Dios, si es que existía para mí en ese momento. Solo pude cerrar los ojos y pedirle que me sacara de esa situación. Susurraba mis peticiones hasta que por un momento golpeé su rostro con una fuerza que no pensé que tenía. Se desequilibró, golpeé su entrepierna y, cuando intentó recuperarse, me puse de pie a pesar de mis dolores. Lo oí quejarse, y lo único que atiné a hacer fue lanzarle a la cabeza la lámpara de cerámica que estaba en mi velador. Y corrí. Corrí escalera abajo acomodando mi ropa. No fui capaz de buscar mi auto, solo hui del lugar como si mi vida dependiera de ello, ignorando a cualquier persona que se cruzara en mi camino y aferrándome a la idea de que no volvería jamás a ese lugar de mierda.

27
MI PEQUEÑO RAYO DE LUZ

DAMIÁN

La hora pasó y comencé a sentir la incomodidad de no ver a Bianca en el callejón. Estaba sola junto a su padrastro, y no llegaba. Comencé a caminar de un lado a otro hasta que por fin me decidí: iría por ella, aunque me fuera a la cárcel esa misma noche. Iba a montarme en la moto cuando vi una silueta corriendo hacia el callejón. Se acercó más y más hasta que finalmente la reconocí... Era Bianca.

¿Qué demonios le había pasado?

Llegó hasta donde yo estaba y se detuvo frente a mí, pero no fue capaz de mantenerse de pie y se cayó de rodillas en el cemento de nuestro planeta. Me arrodillé junto a ella y solo pude abrazarla mientras su llanto silenciaba todos mis pensamientos.

Mataría al hijo de puta que había destruido a mi pequeño rayo de luz.

—Bianca. —La sangre de su rostro empapó mi camiseta. Me quité la chaqueta y la cubrí—. Bianca —repetí, pero no contestó—. Vamos a un hospital.

—No —respondió alejándose rápidamente de mí—. No, no, no —continuaba—. No quiero, por favor.

—Pero...

—Por favor —pidió. Sus ojos hicieron contacto con los míos por primera vez esa noche, que sería la más caótica de nuestras vidas.

Su ojo izquierdo tenía un pequeño derrame. Era evidente que había recibido golpes en la cara. Su frente sangraba y su boca, además de estar hinchada, tenía una herida bastante grande. No quise seguir inspeccionando cómo se veía, así que solo obedecí a mis instintos.

—Está bien. —La miré—. Vamos a mi departamento, vámonos ya —le dije apoyando mis manos en sus hombros. Ella asintió—. Pero no puedo llevarte en la moto. Llamaré a Daven, ¿sí?

—No, Damián, por favor —me pidió mientras las lágrimas bajaban por sus mejillas. Mi corazón se hizo pequeño en ese momento—. Vámonos en tu moto, puedo hacerlo.

—Entonces, vamos —susurré.

La ayudé a ponerse de pie y luego a subirse a la moto. Le tendí mi casco y, cuando ya estábamos listos, conduje con cuidado pero rápido hasta mi departamento. Estacioné y la tomé en mis brazos para bajarla. El conserje nos miró de reojo, pero no me detuve. Inventaría algo para despistarlo.

Abrí la puerta del departamento y Bianca entró delante de mí. La observé un momento, parecía estar perdida en sus pensamientos. Se sentó en el sofá con dificultad y lo único que hizo fue llorar mirando un punto fijo en la alfombra. Me acerqué a ella con precaución, no quería agobiarla. Me senté a su lado y ella me observó a los ojos.

—Estoy hecha un desastre —susurró—. Lo lamento.

—Eres la mujer más hermosa que he visto en mi vida. Deja de lamentarte.

—Soy una mierda, Damián. —Su llanto se hizo más fuerte—. ¡¿Por qué demonios sigo viva?! —alzó la voz, aunque fue como si se lo estuviese preguntando a sí misma.

Me puse frente a ella, a su misma altura, y tomé su rostro con ambas manos.

—Estás aquí —le dije en voz muy baja—. Estás conmigo y te prometo que ahora nadie te hará daño. Ven. —La abracé—. Te quedarás junto a mí, y si alguien se opone estoy dispuesto a todo.

—No me dejes, por favor. —Se aferró a mí como una niña, y sus dedos se clavaron en mi espalda. Estaba destrozada.

Las horas pasaron lentamente hasta que Bianca pudo tranquilizarse un poco. Me preguntó si podía tomar una ducha. Largué el agua caliente y le dejé un par de toallas limpias. Cuando cerré la puerta para que estuviera tranquila, me puse a pensar en lo que le estaba pasando.

Caminé por el pasillo con ganas de tomar una puta arma e ir a matar a alguien, pero me contuve. Busqué algunas cosas de emergencia que había comprado en el supermercado y las dejé encima del mesón. Suponía que Bianca no tenía hambre, pero aun así preparé pasta con pollo. Puse a hervir agua para darle un té y busqué algo para calmar sus dolores.

Los nervios estaban matándome. Empezaba a inquietarme que Bianca estuviera tanto tiempo en la ducha. Me puse en estado de alerta y caminé por el pasillo. Toqué la puerta del baño algunas veces, pero no respondió.

—¿Bianca? ¿Estás bien? —pregunté, y solo hubo silencio.

Abrí la puerta y la encontré sentada en la cerámica del baño con la toalla blanca alrededor de su cuerpo, envuelta en sangre. Con un cortaúñas escarbaba sus dedos buscando basura inexistente. Solo había conseguido hacerse daño y sangrar. El terror se apoderó de mí y le arrebaté el cortaúñas de un manotazo.

—Damián...

—¿Qué sucede, Bianca? —Me puse en cuclillas—. No pasa nada, aquí no hay nada a lo que le puedas temer, ¿sí?

Asintió sin energía. Sus brazos desnudos estaban con rasguños y moretones, lo mismo sus piernas. Tenía el cabello atado, dejando ver su rostro hinchado con marcas azules y verdes.

Caminamos hasta mi habitación y le tendí una camiseta y un short. Me volteé para no verla cambiarse, pero no salí de la habitación. No iba a dejarla sola una vez más, no después de lo que había visto. Cuando estuvo vestida me acerqué a ella, me senté en la cama y ella me imitó.

—No puedes esperar que no pregunte qué ocurrió —dije. Su rostro se tensó y de inmediato me percaté de que iba a llorar otra vez, así que continué—: Pero no te presionaré. Si no quieres hablar de esto ahora, no lo haremos.

—Gracias —contestó.

—Hice té, ¿quieres? También preparé comida.

—Está bien.

—Si quieres puedo bajar a comprarte algo para los dolores musculares —comenté mientras salíamos de mi habitación.

—Gracias.

No tenía la necesidad de agradecerme. Estaba enamorado de ella, teníamos una etiqueta de novios y yo sentía que no estaba haciendo nada por ayudarla.

Curé sus heridas de la cara, le ayudé a secarse el cabello y luego calenté un poco mi habitación para que fuera a dormir. «Cenamos» juntos, y las comillas son porque ya había olvidado lo que era comer con una persona frente a mí. Bebió su té y se tomó los medicamentos que le di.

Finalmente se acostó en mi cama boca arriba. Se notaba que no quería molestarme, pero no podía evitar quejarse por sus dolores.

—Bianca. —Me senté en la cama frente a ella y nos miramos—. Si te incomoda, puedo dormir en el sofá.

Ella pestañeó un par de veces, confundida.

—No. Por favor, no. No quiero que me dejes sola, Damián.

—Solo pensé que estarías más cómoda.

—No necesito abrazos por la noche esta vez, pero sí quiero sentir que estás a mi lado.

—Así será. —Sonreí.

Me puse el pijama y me acosté a su lado. Estábamos en silencio, y aunque las ganas de hablar sobre lo que había ocurrido estaban comiéndome la cabeza, me contuve e intenté dormir. Al menos ella estaba a mi lado, y eso me tenía relativamente tranquilo.

Cuando estaba sintiendo a Morfeo apoderarse de mí, la escuché respirar profundo. Se acomodó un poco más y habló.

—¿Podemos dormir con la luz de la lámpara encendida? —me preguntó en un susurro.

—Claro.

Luego de unos minutos de silencio la escuché sollozar. Era uno de esos llantos ahogados, de los que no quieres que nadie escuche, aunque tienes tanta angustia que es casi imposible controlarlo.

—Creo que sí es necesario que te abrace esta noche —susurré.

Bianca se acercó a mí y me abrazó. Su cuerpo frío se apegó al mío como un imán. No quería decirle que dejara de llorar o que no estuviera triste o enfadada; era una estupidez. De seguro tenía muchas razones para estar así, por lo que solo dejé que se desahogara para que al fin pudiera descansar tranquila.

Acaricié su cabeza con la punta de mis dedos casi la mitad de la noche hasta que por fin se durmió. Besé su frente y solo la envolví más en mí. Si ella necesitaba esto, eso era todo lo que le daría. Se había convertido en todo. Por ningún motivo la dejaría caer de nuevo.

N N N

El despertador de mi teléfono sonó a las siete de la mañana. Regresando a la realidad, recordé que debía ir a trabajar, así que me inventé la excusa de que había amanecido sumamente enfermo y que no podría asistir. La señora Parker me creyó. Bianca seguía durmiendo a saltos, aunque al menos dormía.

Me puse de pie para ir al baño y cuando regresé la encontré despierta. Estaba acostada de espaldas con los ojos puestos en el techo. Las cortinas azules de mi habitación hacían que pareciera que aún estaba de noche, por lo que me acosté a su lado y ella me observó fijamente.

—¿Estás bien? —pregunté.

—He soportado esto muchísimo tiempo, Damián.

No estaba preparado para despertar con todo lo que iba a contarme Bianca, pero quería escucharla. Quería que se atreviera a contarle a alguien el infierno por el que estaba pasando.

—Mamá decía que era un buen hombre... A mi padre poco le importó. Él se marchó dejándome a la deriva con la loca enamorada de su exmujer y un hombre al que no conocíamos en lo absoluto. —Aclaró su garganta—. Nunca pensé que me ocurriría algo como esto, y lo he estado callando desde los diez años. —Su voz comenzó a quebrarse y a mí se me apretó la garganta—. Comenzó con miradas, luego con amor efusivo, después ya se metía en mi habitación... Siempre me quedé congelada, aterrada, suplicándole que me dejara en paz. Siempre quise que mi mamá fuera feliz, aunque eso conllevara destrozar mi vida, mi niñez, mi juventud...

—¿Nadie sabe sobre esto?

—No —contestó—. Al principio pensaba que estaba exagerando, ya que jamás ha llegado al punto de... —Su voz cobró un tono de vergüenza—. Pero las últimas veces sé que ha intentado todo para quitarme lo único que me queda.

—Bianca...

—Lo odio tanto, Damián —dijo sollozando—. La otra noche estuvo a punto de hacerlo y un tipo se coló por la ventana y lo golpeó. No sabes cómo me sentí.

—Lo sé...

—¿Qué? —Sus ojos se clavaron en los míos.

—He sido yo.

—¿Qué estás diciendo, Damián?

—Fui a verte. Lo vi ahí y solo quería matarlo, ¿sabes?

—¿Por qué no me lo dijiste? —Se sentó en la cama y me observó fijamente.

—No quería presionarte, no quería que hablaras de algo tan delicado si no te sentías preparada. Quería escucharte, que tuvieras tu tiempo, no lo sé. Y... no sabía cómo decirte esto, yo...

—Siento tanta vergüenza. —Las lágrimas recorrieron sus mejillas.

—No, olvídalo. —Me acerqué a ella y levanté su cabeza para que me mirara—. Él debe sentir vergüenza por todo lo que te ha estado haciendo. Es un hijo de puta y te aseguro que se pudrirá.

—Estoy toda sucia —bajó la voz—. Cada vez que ocurre algo así, me meto al baño e intento limpiar basura inexistente —confesó angustiada—. Me estoy volviendo loca.

—Claro que no. Yo te ayudaré, te ayudaré a que te olvides de ese hijo de puta, Bianca. Te alejaré de él, aunque tengamos que ir a vivir muy lejos si es necesario. Y si no podemos viajar, pues me encargaré de matarlo.

—Es un multimillonario. Nadie le hará nada.

—Créeme que no me conoces lo suficiente.

Me sentía muy mal. Me dolía el cuerpo, partes de mi rostro ardían y cuando cerraba los ojos mi mente reproducía una y otra vez lo que había ocurrido.

Damián solo se estaba encargando de tratarme bien, como a una princesa destrozada, y de verdad lo agradecía. Sentía vergüenza de mi cuerpo, de lo que había pasado, y también tenía terror de que ocurriera otra vez. La angustia estaba posada en mi tórax amenazando con no dejarme respirar. Damián fue testigo en silencio de las emociones que estaba cargando en mi espalda. Lo quería tanto... Era la primera persona con la que fui capaz de desahogarme y me creyó. Me creyó... con todas sus fuerzas.

Él insistió en que fuéramos a la policía o al hospital, pero yo no quería. Sabía de memoria cuál sería el procedimiento, porque lo había averiguado cientos de veces en internet. ¿Por qué era tan difícil creer que algo como eso le había pasado a alguien?

Prometí no regresar a casa, pero era consciente de que debía ir a buscar ropa y mi auto. Según mis cálculos, solo Julie debía estar a esa hora, así que me armé de valor y me dispuse a ir, pero con Damián. Ya me valía una mierda lo que dijeran de mí. Él me hacía sentir segura y nadie lo sacaría de mi vida.

Cuando llegué todo parecía en orden. Afortunadamente, la camioneta de Vincent no estaba estacionada, lo que significaba que estaba en el trabajo.

Damián entró detrás de mí, y rápidamente Julie salió de la cocina para ver quién había llegado. Su mirada chocó con nosotros, pero ni siquiera miró a Damián; solo me observó casi horrorizada.

—¡Bianca! ¡¿Qué te ha ocurrido?! —exclamó. Acercó sus manos con mucho cuidado hacia mi rostro. Por suerte llevaba ropa de Damián encima; de lo contrario me hubiese visto los brazos—. Dios, hija, ¿¡qué ocurrió!? ¿Has peleado de nuevo en la universidad? ¿Te han robado? ¡Dime, por favor! —hablaba con rapidez.

—Nada de eso, Julie. —Mi garganta se apretó y mis ojos se llenaron de lágrimas.

—¿Qué? ¿Acaso este chico te hizo algo? —Miró a Damián amenazante—. ¡¿Qué le has hecho a mi niña!?

—No, Julie. Él no me ha hecho nada —la calmé, pero no pude evitar seguir llorando, y ella me abrazó con fuerza.

—Es Vincent, ¿no? —Me separó de su cuerpo y me miró fijamente. Asentí, y ella apretó los ojos con fuerza—. ¿Qué demonios te hizo?

Le conté como pude lo que había sucedido y le di a entender que estaba pasando hacía años. Ella no pudo evitar ponerse a llorar conmigo mientras me abrazaba diciéndome que todo estaría bien.

—Escúchame, Bianca. —Tomó mis manos—. Debes contarle a tu madre e ir con la policía, ellos sabrán qué hacer.

—No me creerán.

—Sé que es difícil que un tipo como Vincent vaya a la cárcel, pero al menos no dejarán que se acerque más a ti.

—No, no puedo. —Sequé mis lágrimas—. Mamá... ¿Qué hará mamá, Julie?

—Pues... asumir todo —contestó fría—. Su marido está enfermo y lo debe asumir ya. Eres más importante que cualquier otra cosa, mi niña.

—Me quedaré junto a Damián hasta que llegue de su viaje y podamos conversar.

—Está bien. Gracias, Damián. Lamento haber pensado que eras tú...

—No hay problema —respondió él.

Julie me ayudó a armar mi bolso para irme de casa. Bajamos las escaleras y vi que ella también tomó su cartera y su chaqueta.

—¿Qué haces, Julie?

—Renuncio —dijo.

—Pero, Julie...

—No pasa nada, Bianca. —Sonrió con dulzura—. He ahorrado, y jamás trabajaría para alguien que te ha hecho tanto daño.

Dejó una nota encima del mesón de la cocina antes de marcharse junto a nosotros en mi auto. Ella quería escribirle varias cosas a Vincent, pero le pedí que no lo hiciera. No soportaría que algo malo le sucediera a ella, así que me hizo caso y solo escribió:

Renuncio. Lo único que espero es que se quede en la calle y que el karma se encargue.

28
DESTINO

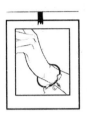

BIANCA

En el camino a casa de Julie, ella y Damián conversaron un poco de todo y también se pasaron sus números de teléfono. Julie quería asegurarse de que iba a quedarme con alguien confiable los días en que mi madre no estuviera, por lo que lo interrogó haciendo casi un cuestionario.

La dejamos afuera de su casa y nos despedimos con un fuerte abrazo. Me recalcó que me apoyaría en todas mis decisiones y que si necesitaba algo no dudara en ir con ella. También dijo que si no le contaba yo a mi madre, ella misma iría a decírselo. Julie era una gran mujer, y nos queríamos muchísimo.

Cuando llegamos al departamento de Damián, comimos lo que había quedado de la noche anterior e hizo mi curación de heridas. Yo tenía los dedos vendados y no podía usarlos.

—¿Sabes de lo que me he estado acordando? —me preguntó Damián de pie frente al fregadero mientras lavaba los platos.

—¿De qué?

—En dos días es tu cumpleaños. —Sonrió.

Ni siquiera lo recordaba.

—Ni me lo digas.

—Piensa positivo, estaremos juntos. —Me miró y luego movió sus cejas de arriba hacia abajo.

—No me parece demasiado positivo si la pasta te queda pegoteada —bromeé, y él sonrió.

Decidí no ir a la universidad durante los días que pasaría con Damián, pero él continuó yendo al trabajo para que nadie sospechara nada. Me sentía aliviada sin tener que ir a clases y fingir que todo estaba bien y que los moretones eran producto de una caída. Era mucho mejor quedarme en el departamento dibujando en la pared de la sala. Sería mi proyecto por los días que estaríamos juntos.

Con Damián no habíamos vuelto a hablar del tema. No quería recordarlo a cada segundo. Me sentía segura y bien en su departamento que, por cierto, nadie conocía exceptuando a Daven. Ni siquiera Owen, Paige o Lauren habían estado ahí.

Brain volvió a llamar para que comenzáramos a trabajar en un nuevo proyecto, pero Damián le explicó que habíamos tenido algunos problemas —graves—. Pensé que Brain no lo entendería, pero respetaba a Damián como a nadie, así que no nos presionó y comprendió que debíamos mantenernos alejados por un tiempo. Damián no quería admitirlo, pero yo siempre había pensado que Brain lo veía como a un hijo. Claro que ambos eran demasiado orgullosos para decirlo.

Eran cerca de las cuatro de la tarde cuando mi móvil comenzó a sonar. Era mamá. No quería contestar y dejé el teléfono en silencio hasta que tuve diez llamadas perdidas. Luego empezó a enviarme mensajes de texto.

Mamá: ¿Por qué Vincent me ha dicho que anoche no llegaste a dormir?

Mamá: ¿En dónde te has metido, Bianca?

Mamá: Te pedí que te comportaras bien. ¿Por qué estás haciéndome esto?

Mamá: Conversaremos cuando llegue a casa.

Mamá: Al menos contéstame el maldito teléfono, me estoy preocupando, nadie sabe de ti.

Mamá: Julie ha renunciado. ¿Acaso tienes algo que ver con eso?

No contesté.

Mientras Damián seguía en el trabajo, intenté cocinar algo para divertirme. Miré los cajones en busca de mercadería y me di cuenta de que había hecho la compra del mes. Seguramente Damián aprendió a mantenerse durante el largo tiempo en que su madre no estuvo presente y solo se dedicaba a beber. Cogí mi móvil y busqué en YouTube algún tutorial de cocina, pero nada me convencía. No era tan mala para cocinar, solo que no estaba acostumbrada. Siempre acompañaba a Julie en la cocina, porque me encantaba ver cómo lo hacía, pero mi madre en general terminaba regañándome y diciéndome que saliera de ahí.

Miré alrededor de diez videos diferentes hasta que recordé que Damián jamás había comido tacos. Busqué en internet cómo prepararlos y deduje que terminaría en el año 3000.

Me maquillé un poco, tomé las llaves de mi auto y las del departamento y bajé en el ascensor hasta el estacionamiento.

Cuando estuve sentada en mi auto busqué un restaurante de comida mexicana. Estaba solo a dos kilómetros, así que me puse en marcha. Estuve alrededor de una hora esperando el pedido, que incluía tacos y otras cosas que él jamás había probado y que parecían ser deliciosas. Me llevé todo al auto y cuando estuve arriba miré el móvil. Tenía cinco llamadas perdidas de Damián y un mensaje.

Damián: ¿Dónde te metiste?

Probablemente ya había llegado. Subí en el ascensor y cuando salí al pasillo lo vi sentado afuera de la puerta. En ese momento recordé que teníamos solo un juego de llaves.

—Estoy aquí hace media hora —expresó.

Sonreí intentando parecer inocente y él solo negó con la cabeza, también sonriendo.

—Lo lamento, pero sé que te encantará mi sorpresa.

—¿Qué has traído? —Alzó las cejas.

—¡Sorpresa! —chillé.

Entramos al departamento y dejé las cosas encima de la mesa. Él besó mis labios con delicadeza e intentó inspeccionar lo que había traído.

—No seas tramposo, ve a darte una ducha.

—¿Qué? No, me muero de hambre.

—La ducha...

—Bianca

—Ducha.

—Pe...

—Ducha. —Fruncí el ceño.

Damián me mostró su labio inferior, me dio un último beso y se fue al baño.

Preparé la mesa lo mejor que pude. Si iba a probar los tacos por primera vez, el ambiente debía ser digno. Cuando tuve todo listo comencé a preguntarme si era mucha comida, pero era mejor que sobrara a que faltara, ¿no?

—Deja que me pellizque. ¿Qué es esto? —Escuché su voz.

—¡Tacos!

—¿Por qué estás mal acostumbrándome? —Sonrió—. Luego ya no dejaré que te vayas de aquí.

—Pues no me voy.

—Ven a darme un beso.

—Los besos no se piden. —Puse los ojos en blanco.

Cuando estuve frente a él, sus manos viajaron a mi cintura y con delicadeza me besó, haciendo que todo a mi alrededor diera un vuelco peligroso. ¿Cómo podía provocarme tantas cosas?

—¿Puedo decirte algo? —bajó la voz.

—Sí.

—Te quiero más de lo que imaginé.

—¿Cuánto imaginabas que me querrías?

—Un poco.

—¿Hasta dónde?

—Tal vez hasta la ventana de ahí —Señaló con la boca.

—Cretino. —Sonreí.

—Imaginaba que no querría así nunca, es solo eso. Y me estoy enamorando tanto que hasta duele un poco.

Solo pude abrazarlo con fuerza. Yo estaba sintiendo lo mismo por él, y era una emoción extraña. Besé sus labios y sus mejillas. Él me siguió con su mirada y luego habló.

—Vamos a probar esos benditos tacos de una vez.

Veinte minutos más tarde Damián ya iba por su quinto taco, poniéndole cuanto condimento encontrara en su camino, y ya había manchado su camiseta blanca con salsa picante. Definitivamente era un niño y, por muy independiente que fuera, nos necesitábamos.

И И И

Cuando desperté, Damián no se encontraba a mi lado; seguramente ya se había ido a trabajar y no me avisó porque por fin estaba logrando dormir tranquila. Miré mi móvil y lo primero que vi fue la fecha: 17 de agosto.

No me apetecía estar de cumpleaños tan pronto, ni menos con todo lo que había ocurrido, pero debía crecer. Tal vez si seguía creciendo me haría más fuerte y podría alejarme de todo lo que me hacía daño. Me estiré por debajo de las sábanas y me levanté para darme una ducha que, por cierto, fue la ducha más larga de mi vida.

Cuando abrí la puerta para salir de la habitación, me encontré con el pasillo lleno de globos de todos los colores pegados en las paredes y el techo decorado con guirnaldas. La sala también estaba completamente decorada, y sonreí como una idiota. No recibía una sorpresa con tanta dedicación desde que era una niña.

Caminé hacia la cocina y vi a Damián sosteniendo un pastel enorme lleno de flores de azúcar. Encendió las velas en forma de número diecinueve y con todas sus fuerzas gritó: «¡Feliz cumpleaños!».

Mi corazón latía con fuerza y mis ojos se cristalizaron. Él lo notó y solo me sonrió.

—Gracias, Damián. —Me acerqué a él.

—Vamos, pide un deseo y sopla.

Cerré los ojos y solo pensé: «Destino, dame la vida suficiente para disfrutar a quien tengo enfrente».

Y soplé.

—Damián, no era necesario que hicieras todo esto, en serio —dije sin poder sacarme la sonrisa de la cara.

—No es nada.

—¿Cuándo lo hiciste?

—Dormí alrededor de dos horas y luego me levanté cautelosamente a hacer todo. El conserje me ha ayudado con el pastel, pero... ningún problema. —Me mostró ambos pulgares.

—Eres increíble.

—Y adivina quién te preparó desayuno. —Movió las cejas de arriba abajo.

—¿Qué? ¿Esto no era todo?

—Claro que no. Es tu cumpleaños, Bianca. ¿Por qué siento que no lo disfrutas como deberías?

Lo vi acercarse al otro extremo de la cocina y comenzar a poner sobre la mesa jugo y platos con frutas. Había hecho, además, panqueques con chocolate y sándwiches para ambos.

—No es eso. —Me invitó a sentarme a la mesa—. Solo que desde hace mucho tiempo no celebraba un cumpleaños de esta forma.

—¿Cuánto tiempo?

—El último cumpleaños que recuerdo haber celebrado, y sentirme realmente feliz, fue el de mis siete. Los demás, pura mierda —solté, y él sonrió—. Gracias.

Durante la mañana me llamaron Julie, Paige y Lauren. Damián les había comentado a Owen y Daven, con quienes no tenía mucha relación, pero de todas formas me saludaron.

Papá envió un mensaje de texto:

> **Papá:** Feliz cumpleaños número diecinueve, pequeña princesa, espero que lo estés pasando bien allá. Te he enviado un regalo que debería llegarte pronto. No encuentro el momento en que podamos volver a vernos. Te quiero.

Mi madre llamó, y no atendí las dos primeras veces. A la tercera Damián me pidió que lo hiciera, y accedí.

—¿Hola?

—Bianca. —Suspiró—. Gracias a Dios estás viva. ¿Cómo te encuentras? ¿¡Dónde estás!?

—Estoy bien, gracias —contesté.

—¿Por qué no habías atendido las llamadas? Vincent sigue diciéndome que no has llegado a casa. ¿En dónde te has metido?

—Cuando regreses conversaremos de eso, pero estoy bien. Muy bien, mamá.

—Feliz cumpleaños —dijo al fin—. Cuando llegue a casa, iremos por un helado o a comprar ropa. Quiero que volvamos a ser las amigas que éramos. ¿Recuerdas?

Claro que lo recordaba, pero no quería.

—Está bien. —Sonreí de mala gana mientras Damián hacía muecas extrañas para que fuera un poco más amable con ella.

—Por favor, cuídate. ¿De acuerdo? Le diré a Vincent que estás bien, para que no se preocupe.

—Está bien, mamá. Nos vemos.

—Adiós, hija.

Colgué y me quedé mirando el móvil por unos segundos algo incómoda. Sabía, de antemano, que mi madre no estaba realmente preocupada por mí. Estaba más preocupada de que no me metiera en problemas, de que no arruinara la reputación de Vincent, y aunque lo tenía claro hacía ya mucho tiempo, esta vez me dolió aceptarlo.

Damián se quedó viéndome, y por su actitud entendí que iba a cambiar el tema de conversación.

—Vamos a olvidar un poco tus raíces, ¿está bien?

—O las cortas o no se olvidan.

—Te están haciendo trizas, y si debo cortarlas y plantar una nueva Bianca, créeme que lo haré.

—Gracias.

—Cambiando el tema... —Lo vi buscando algo en los bolsillos de su pantalón—. Te tengo un regalo.

—¿Otro? Con todo esto es más que suficiente.

—Es solo un detalle. —Sacó una pequeña caja negra y la puso sobre la mesa. Luego la deslizó hasta donde yo estaba—. Antes de que la abras, quiero decirte algo.

—Adelante —susurré.

—No me costó demasiado saber lo que quería regalarte, pero recorrí la mitad de la ciudad por ir a buscarlo. —Sonrió—. Más que un simple regalo de cumpleaños, quiero que esto te mantenga junto a mí —dijo mirándome a los ojos. Y es que me encantaba que fuese así, tan directo y seguro de sus palabras—. Quiero que me recuerdes, y que cada vez que lo mires viajes hasta acá.

—Ay, Damián...

—Ábrela.

Tomé la caja entre mis manos, le quité la cinta y la abrí. Podría haber imaginado cualquier cosa, pero jamás el detalle que estaba obsequiándome. Era una pulsera plateada con colgantes: Saturno, una estrella, una luna, un rayo y un cigarrillo. No miré en ninguna otra dirección más que la pulsera, y rápidamente viajé a nuestro planeta, a Serendipia, a nuestro oscuro y angosto callejón en el que nos habíamos conocido. Ese mismo lugar que nos recibía a mitad de la madrugada cuando algo malo ocurría. Serendipia, el lugar que guardaba llantos, secretos, risas y los mejores besos que había dado en mi vida. Sentí mis ojos humedecerse luego de pensar en toda la mierda de la que nos habíamos estado escapando por estar juntos. Alcé la vista y me levanté para ir a abrazarlo. Él me recibió feliz. Me senté en sus piernas y, mientras seguía abrazándolo del cuello, lo miré a los ojos.

—Serendipia —susurré.

—Así es —habló en el mismo tono de voz que yo—. Descubrimiento o hallazgo afortunado e inesperado que se produce de manera accidental, cuando se está buscando una cosa distinta. —Acarició mi rostro—. A ese accidente le llamaremos destino. Tú eres mi «cosa distinta».

29
SOBREDOSIS

BIANCA

En el transcurso de la tarde, Damián planeó que invitáramos a los chicos a su departamento: Paige, Daven, Owen y Lauren. Lo único que me preocupaba era el estado en el que me encontraba. Mi rostro y mi cuerpo seguían teniendo marcas por esa noche de mierda. Aun así, Damián me convenció de que sería una buena idea, de que sabía maquillarme y podría lucir bien, así que acepté. Además, quería calmar a Paige, pues había estado llamándome como una loca por no ir a clases.

Los primeros en llegar fueron Daven y Paige. Me abrazaron, me desearon lo mejor, y Paige me cogió de una muñeca y me llevó hasta el baño. Entró junto a mí y cerró la puerta.

—¿Por qué has estado faltando tanto a la universidad? Y además, ¿por qué vas así de maquillada? —soltó rápidamente sin pelos en la lengua.

—Paige...

—No, detente —dijo—. No voy a aceptar un «no pasa nada» por respuesta. Se supone que somos amigas, y estoy preocupada por ti.

—Te aseguro que no hay nada de qué preocuparse.

—¿Alguien te golpeó? ¿Están amenazándote? ¿Acaso fueron esas hijas de puta?

—¿Qué? ¿Quiénes?

—Ya sabes de quiénes hablo. De esas chicas ricas que te hacen la vida imposible.

—No, no son ellas —bajé la voz.

—Entonces, sí pasa algo. ¿Por qué estás quedándote con Damián? ¿Te han echado de casa? Sabes que puedes decirme y te quedas conmigo, Bianca.

—A ver, detente y cállate —dije de pronto, y ella respiró profundo—. No pasa nada, ¿está bien? Y si pasara algo, lo hablaremos con calma, no ahora.

—Bianca...

—No, Paige. Hay cosas que de verdad no puedo contarte, y no tienen que ver contigo ni con nadie de la universidad, pero ahora, por favor, no sigas haciéndome preguntas.

—Está bien, pero no puedes dejar de ir a la universidad y ya. Somos amigas.

—Lo sé, lo somos, pero no estoy acostumbrada a tener amigas tan preocupadas de cómo estoy. Deja que me adapte un poco más, ¿está bien?

—Está bien, Bianca —bufó—. Solo recuerda que, si necesitas algo, puedes contar conmigo.

—Gracias.

—Y claramente no morirás sin decirme qué demonios te ocurre. —Abrió la puerta y salió del baño. Habían llegado Lauren y Owen, por separado. Al parecer, mi ilusión de que tuvieran algo se había esfumado.

La noche transcurría de forma grata mientras bebíamos cervezas, comíamos pizza y conversábamos acerca de una historia que había contado Lauren. Pude conocerla un poco más en su faceta amigable y de buena hermana, y también a los amigos de Damián, que se la pasaban bromeando con él.

Por un momento me sentí abrumada por todo lo que había ocurrido. Mi cerebro no lograba procesar todavía lo que había vivido en casa, y ahora estábamos en una minifiesta por mi cumpleaños. Intenté ignorar mis pensamientos, y comencé a beber cerveza tras cerveza. No quería pensar más, quería detenerme. Nadie se fijó en mí porque estábamos pasándolo bien, conversando y riendo.

—Ven a bailar conmigo —me invitó Damián. Owen había subido el volumen de la música y todos se animaron.

—Claro, pero iré al baño primero —respondí, y él sonrió.

Caminé algo desorientada con una lata de cerveza recién abierta en mi mano y entré a la habitación de Damián, no al baño. Los recuerdos comenzaron a jugar con mi cabeza mientras todas las paredes parecían dar vueltas en círculo. Me senté en la alfombra y di uno, dos, tres tragos largos. Luego me puse de pie y, sin poder controlar lo que estaba haciendo, empecé a buscar entre los cajones lo que se metía Damián en el cuerpo. Quería olvidar. Olvidar todo. Hasta que por fin encontré los cigarrillos de mierda enrolados y un encendedor. Me senté a un lado de la cama y fumé, fumé y fumé hasta el cansancio, recordando que mi vida era un desastre y que en el fondo odiaba el hecho de que nadie me quisiera de verdad, al menos en casa. Quería olvidar, sí. Olvidarme de quién era, de mis raíces, de mi familia disfuncional y de todo lo que tenía que soportar.

Comencé a sentirme mal luego de un rato. Aparecieron delante de mí unos puntos amarillos, y lo siguiente fue una imagen completamente negra.

DAMIÁN

—¿Y Bianca? —me preguntó Owen cuando ya estaba decidido a ir a buscarla porque estaba tardando mucho.

—Está en el baño, iré a verla.

—Yo vengo del baño. No está ahí.

No sé qué expresión tuve, pero Owen me siguió. Entré a mi habitación y encendí la luz. El olor a marihuana prensada era sofocante. Algo se activó dentro de mi cuerpo y me moví a través de la habitación hasta que la vi al costado de la cama, en el suelo, con los ojos cerrados y totalmente pálida. De solo un movimiento la levanté, pero ella no reaccionaba, no se movía y su respiración parecía débil.

—Bianca. —La moví de los hombros y le toqué la cara, estaba fría—. Vamos, Bianca. ¿Qué demonios hiciste? —seguí moviéndola con más fuerza.

Daven, Paige y Lauren no tardaron en llegar a mi habitación. El miedo que estaba sintiendo solo lo había sentido una vez antes.

—Debemos llevarla al hospital —dijo Lauren.

—No, no —interrumpió Daven—. Puede pasarle algo, está drogada. Podría ir a la cárcel.

La tomé en mis brazos, la llevé hasta el baño e intenté que vomitara, pero no reaccionaba. Solo respiraba con pesadez o de manera rápida. Era una escena de lo más escalofriante, sentía que estábamos perdiéndola.

—Vamos, llevémosla al hospital —dije de pronto. La tomé en mis brazos y salí del departamento.

—Pero, Damián... —Escuché la voz de Owen que venía corriendo detrás de mí.

—No hay peros.

No sé quién se encargó de cerrar el departamento, pero Daven corrió junto a mí hasta que estuvimos en el auto. Ni siquiera esperé a que se subiera alguien más, solo cerré la puerta y Daven aceleró a fondo.

Cuando llegamos al hospital, lo primero que hice fue pedir ayuda para que nos atendieran rápido. No sé qué expresión tenía, pero de inmediato los paramédicos salieron con una camilla, subieron a Bianca y se la llevaron.

—¿Qué demonios hice? —murmuré mientras me movía de un lado a otro.

—¿De qué hablas, Damián? —Daven se quedó mirándome—. Nada de esto es tu culpa, no sabías que entraría ahí a drogarse.

—Pero yo le enseñé la droga una vez, Daven. Jamás debí hacerlo.

—Cálmate. No has sido tú, ella ha tomado la decisión. Y estará bien.

—¡¿Ya entró?! —Escuché el grito de Paige que venía corriendo junto a Owen y Lauren.

—Sí —contestó Daven.

—¿Qué demonios fue eso? ¿Por qué Bianca haría algo así? —comenzó a preguntarse Paige.

Intenté no escuchar lo que decían, ya que todos mis pensamientos me llevaban al hijo de puta de Vincent Hayden, a quien quería matar a puñetazos.

Me senté en la sala de espera junto con los demás. Mi pierna iba de arriba hacia abajo, y ya comenzaba a sentirme fatal. Mi pecho estaba apretado y me dolía.

De pronto una doctora se acercó a nosotros, nos miró unos segundos y luego comenzó a hablar.

—¿Ustedes vienen con la chica que entró hace unas pocas horas?

—Sí —contesté rápidamente—. ¿Cómo está?

—Pudimos estabilizarla —contestó—. Necesito que alguien me acompañe para poder tomar los datos de ella. Entenderán que no puede comunicarse.

—Yo voy —dije.

Entramos a una sala de colores pálidos y aroma a limpio, y mi mirada se fue al cuerpo de Bianca. Le estaban pasando medicamentos a través de un suero, y respiré hondo cuando noté que su pecho subía y bajaba.

—Puedes sentarte —indicó la mujer. Eso fue lo que hice—. ¿Cuál es tu nombre?

—Damián Wyde.

—¿Edad?

—Veinte.

—Damián, cuéntame, ¿cuál es el nombre de la paciente?

—Bianca Morelli.

—¿Edad?

—Diecinueve. Hoy los cumplió.

—Bien... Entiendo. ¿Vive contigo?

—Temporalmente.

—Necesito ser directa contigo, Damián. Bianca está descompensada por beber alcohol en exceso, y además en sus análisis de sangre aparecieron altos niveles de THC, el principal componente de la marihuana.

—Consumió alcohol, sí, pero no me di cuenta de que había fumado hasta que la encontré.

—Es muy peligroso que ella llegue a esos extremos. ¿Entiendes?

—Lo sé.

—Tendré que llamar a la policía para reportar este caso.

—¿Qué? ¿Por qué? —Fruncí el ceño—. ¿Siempre hacen este proceso?

—No, pero cuando estábamos revisándola nos percatamos de que está llena de moretones, y quizá bajo la capa de maquillaje que lleva haya más.

—Se lo pido por favor, no lo haga. Le arruinará la vida —le pedí.

—¿Más?

—Sí, mucho más. Al menos espere que despierte y pueda hablar con usted.

—Mi teoría es que la golpearon y luego se drogó. Podríamos hacerle más pruebas, pero no registramos más allá si no está permitido.

—¿Más pruebas? ¿Qué pruebas? Por favor, espere a que despierte y pueda hablar con usted. Hay una explicación, pero yo no puedo dársela —bajé la voz, y ella asintió.

ᚾ ᚾ ᚾ

La doctora me autorizó a quedarme con ella toda la noche. Vi cómo la hidrataban con suero. Su rostro ya comenzaba a tomar algo de color con el pasar de las horas, y eso me hacía sentir más tranquilo.

Me acerqué a la camilla y acaricié su delicado rostro.

—No sabes el puto susto que me has hecho pasar —susurré.

Besé sus labios y luego su frente. En eso alguien tosió detrás de mí, y volteé a ver. Era la doctora.

—¿Está todo bien?

—Sí. Solo estaba regañándola un poco.

—Hazlo, seguramente te escucha. —Me sonrió.

Regresé a mi asiento. La doctora comenzó a revisar unos papeles, hasta que finalmente se sentó frente a mí.

—Me he percatado de algo —comentó. Levanté la vista—. ¿Es esta chica la hijastra de Vincent Hayden? —preguntó.

—Sí, pero...

—Creo que deberíamos decirle, así la lleva a una clínica privada en donde todo es más rápido.

—No —contesté frío, y ella me observó con detención.

—¿Usted lo conoce? ¿O a su madre?

—No, pero... le aseguro que no tienen idea de nada, y tampoco les interesará saber.

—¿Le han hecho daño en su casa? —bajó la voz.

—No sé si averiguar sobre sus pacientes sea parte del protocolo del hospital, pero al menos yo no puedo darle la información que quiere. Solo cumplo con pedirle que, por favor no llame a la policía y deje a Bianca resolver sus asuntos. Además, evite que alguien del personal filtre esto a la prensa.

—Lo que pasa dentro del hospital es confidencial.

La miré en silencio y solo asentí. Ella entendió que no respondería más preguntas de nuestra vida personal.

Las horas siguientes fueron lentísimas. Bianca dormía plácidamente, como si estuviese relajada en mi cama. Ya habían logrado hidratarla y solo estábamos esperando que despertara por su cuenta para que pudiese hablar con la doctora y luego irse.

Estaba mirándola cuando noté que comenzó a mover las manos y poco a poco abrió los ojos. Me quedé esperando a que despertara por completo. Cuando notó en el lugar en que estaba cerró los ojos con fuerza.

—¿Qué demonios hice? —susurró para sí misma sin darse cuenta de que yo estaba ahí.

—Lo que Damián haría en una situación como la tuya —respondí.

30
LA VERDAD

DAMIÁN

Sus ojos hicieron contacto con los míos de inmediato.

—Lo siento muchísimo —soltó.

—Hicimos una promesa —dije caminando hasta quedar al lado de la camilla. Ella se lamentó con la mirada.

—Lo sé, lo lamento —susurró—. No sé qué ocurrió.

—No hablaremos de esto ahora, ¿está bien?

—Está bien.

Toqué el timbre de la camilla para que la doctora se acercara a la sala, y llegó en menos de dos minutos. La mujer le sonrió a Bianca y comenzó a tomarle los signos vitales.

—Estoy bien, me siento bien —comentó mientras la doctora continuaba revisándola.

—De acuerdo. Ahora necesitamos hablar un poco. Te darán el alta en algunas horas. —Bianca subió el respaldo de la camilla para quedar sentada.

—Estoy dispuesta a hablar —contestó.

—Bianca Morelli, diecinueve años, ¿verdad?

—Sí.

—Has llegado aquí por mezclar mucho alcohol con marihuana. —Bianca se mantuvo en silencio mirándola a los ojos—. ¿Eres consumidora frecuente?

—No. Era la segunda vez que lo hacía.

—¿Sentiste las ganas de hacerlo o...?

—Pensé que si lo hacía me olvidaría un poco de mi vida, pero sé que he hecho mal.

—Seré honesta contigo, Bianca. Lo menos que hemos encontrado es THC, lo demás son otros componentes tóxicos y adictivos.

—¿Qué cosas? —preguntó en voz baja.

Ni yo sabía lo que esos cigarrillos contenían. La verdad es que los tenía hacía mucho tiempo guardados. La vieja Esther me los había regalado porque no valían ni un peso.

—Neopreno, pasta base, amoniaco, entre otras cosas.

Bianca frunció el ceño y me observó de reojo. La doctora comenzó a enumerar las consecuencias para el organismo, cómo prevenir el consumo y también le dio números de ayuda. Le pidió que se cuidara, dijo que no advertiría a la policía ni a su familia, y menos a la prensa. También la interrogó por los golpes en su cuerpo, pero ella no le contó nada.

Se me hacía imposible juzgar a Bianca por lo que había hecho, o regañarla por ello. Incluso darle consejos respecto al consumo me parecía hipócrita de mi parte.

BIANCA

Luego de la lluvia de preguntas de Paige acerca de mi estado de salud y de «por qué había hecho eso», me quedé a solas junto a Damián en su departamento. Miré mi teléfono. Mi madre había mandado un mensaje de texto luego de haberme llamado unas treinta veces antes.

> **Mamá:** Estoy viajando, espero verte en casa cuando regrese.

Mi estómago se apretó más de lo que ya estaba.

Damián no me pidió explicaciones de por qué había robado sus cigarrillos y me los había fumado en tiempo récord. No recordaba tanto lo que había pasado, pero ahora estaba sintiéndome como la mierda. Damián sabía todo lo que se había desatado en mi cabeza y en mi corazón para haber llegado a ese extremo, y suponía que él creía no tener ningún derecho para regañarme. Hubiese aceptado un sermón, gritos, unas palabras tipo «Estoy preocupado por ti» o «¿Por qué quieres joderte la vida?», pero su rostro transmitía que estaba más afectado que yo por lo que había pasado, y estaba tragándose todo para mostrarme una sonrisa reconfortante.

Salí a la sala y me encontré con Damián en la cocina. Estaba preparando el desayuno. Me sonrió de medio lado. Me senté frente a él y bajé los hombros.

—Me haces sentir mal —solté, y él frunció el ceño.

—¿Por qué?

—Porque estás tratando de armarte, y yo soy un huracán que destroza todo a su paso.

Lo vi acercarse a mí, se sentó en la silla de enfrente y, deslizando un tazón hasta mi lugar, me sonrió con cariño.

—Recogería una y mil veces ese desastre, Bianca —expresó y luego le dio un trago a su café.

—¿Me quieres o solo estás teniéndome lástima?

—Un poco de ambas, más la segunda —bromeó.

—Eso dolió.

—Es la idea.

—¿Por qué? —Reí.

—Así lo puedo arreglar creyéndome un galán. —Movió las cejas de arriba hacia abajo.

—Muy inteligente. Salud por eso. —Alcé la taza de café, él hizo lo mismo, y las chocamos.

La conversación que venía a continuación no quería oírla, pero era evidente que saldría a la luz en algún momento. Damián no se quedaría de brazos cruzados después de verme en mil pedazos.

—¿Irás hoy a hablar con tu madre? —preguntó finalmente.

—No me siento preparada.

—¿A qué le temes, Bianca?

—A lo que te he dicho cientos de veces. Vincent es muy poderoso, tiene mucho dinero, y sé que no se quedará tranquilo si digo la verdad.

—¿Te ha dicho algo sobre tu madre?

—Sí. Dice que puede dejarla en la calle o hasta en la cárcel.

—¿Por qué? ¿Acaso tu madre ha cometido algún delito?

—No.

—Entonces no puede hacer eso, Bianca.

—Yo sé que sí.

—No quiero sonar frío, pero no es tiempo de tener miedo. —Mi corazón de pronto se sintió pequeñito—. ¿Con qué lo golpeaste o qué hiciste la última vez que lo viste?

—Lo golpeé con una lámpara de cerámica.

—Y lo hiciste sola. No te quedaste ahí congelada como miles de veces lo has hecho. Y ahora no estás sola. No voy a dejar que ese hijo de la gran puta te haga daño de nuevo.

—¿Y si te hace daño a ti? —Mi voz se quebró.

Él sonrió y puso su mano encima de la mía.

—Yo soy duro, Bianca. Ya te he dicho que no me conoces lo suficiente.

—Damián...

—Sé que no tengo a nadie detrás para defenderme, pero he sabido armarme cuando he estado en la puta mierda; en esa mierda que todos dicen conocer, pero que en realidad no conocen. —Sus ojos cafés parecían tan seguros—. Me gusta pasar inadvertido y ser un don nadie para todos los que están ahí afuera, porque solo yo sé de lo que soy capaz.

—No quiero que él se meta contigo.

—Yo solo espero que se meta conmigo. —Sonrió con una confianza total.

⚡ ⚡ ⚡

Mamá: Estoy en casa, Bianca. Por favor, regresa.

Escribió mamá.

⚡ ⚡ ⚡

Decidí ir a casa el día siguiente. Necesitaba recuperar fuerzas, armarme de valor y decir lo que por tantos años había callado por terror al poder de una persona. Damián me abrazó toda la noche, y cuando desperté seguía acariciándome la cabeza con la punta de sus dedos. Estaba tan enamorada de él y no me había dado cuenta hasta ahora.

Nos demoramos en llegar a Serendipia, tal vez porque yo quería alargar el viaje. Damián insistió en ir conmigo, pero yo me negué. Esa era una lucha que debía enfrentar sola y con valentía. Nadie debía luchar por mí.

Me dio un beso antes de que me fuera y luego revolvió mi cabello.

—Recuerda que eres un rayo, Bianca —dijo, y yo fruncí el ceño.

—¿Qué?

—En un segundo puedes destrozar todo y hacer mierda a quien se cruce en tu camino.

—Exactamente por eso no quiero destrozarte a ti.

—No te preocupes por eso, para mí solo eres un pequeño rayo de luz. —Sonrió y besó mis labios de nuevo.

Arranqué el auto con el corazón en la mano, y cuando las grandes mansiones a mi alrededor comenzaron a notarse, supe que ya no había vuelta atrás. No podía arrepentirme de lo que estaba a punto de hacer. Dejé el auto en la puerta por si debía arrancar. Luego me bajé, pero mis pies no reaccionaron.

Mirar esa mansión desde afuera, tan majestuosa y enorme, solo me hacía tener recuerdos de lo que había ocurrido esa noche, y cada vez sentía mi corazón latir con más fuerza. Despegué mis pies del suelo y me dispuse a caminar hasta que estuve frente a la gran puerta de madera. Metí las llaves y abrí. Todo parecía vacío, y el terror comenzó a apoderarse de mi cuerpo, hasta que vi a una persona salir de la cocina, vestida como Julie lo hacía, pero claramente no era Julie.

—Usted debe ser la señorita Morelli. Soy Vicky —se presentó. Era demasiado diferente a Julie.

—Hola —dije. No quería ser descortés, pero los nervios estaban matándome y solo necesitaba ver a mamá para gritarle la verdad en la cara y luego correr—. ¿Dónde está mi madre?

—Está en su habitación junto al señor Hayden. Puedo avisarle que está acá.

Por una milésima de segundo pensé que Vincent no estaría en casa.

—No, gracias —contesté—. De hecho, me harías un gran favor si no les dijeras que estuve aquí. ¿Está bien?

—Está bien —dijo insegura.

Di media vuelta para irme, pero unos pasos en la escalera me detuvieron.

—¡Bianca! —Era la voz de mamá.

Sentí el nudo en mi garganta. Mi mente viajó a cuando tenía siete años y la primera persona en contenerme era ella, quien me escuchaba, me creía y me abrazaba cuando estaba llorando. Volteé a mirarla y a sus espaldas vi a Vincent con su semblante tranquilo y un parche en la frente.

—Mamá... —pude hablar.

Caminó hasta estar frente a mí con sus ojos cristalizados, tomó mi cara con ambas manos y comenzó a inspeccionarme.

—Estás más delgada. Dios, hija, ¡tu rostro!

—Estoy bien.

—Claro que no estás bien. Iremos de inmediato a la clínica —expresó y comenzó a levantarme las mangas de la camiseta con brusquedad para inspeccionarme aún más. No entendía nada.

—¿Qué? ¿Por qué?

—Vincent me ha contado todo: debemos ir ahora a la clínica. Voy por mis cosas. No te muevas de aquí —habló rápidamente.

—Espera, mamá, no estoy entendiendo nada. —La miré fijo.

—Bianca, no es necesario que finjamos —dijo Vincent, y tuve ganas de ahorcarlo.

—¿Fingir qué? Mamá, habla, por favor —le pedí.

—Vincent me ha contado que tuviste una crisis de pánico y que comenzaste a golpearte contra las cosas, que tuvo que retenerte, que no dejabas de gritar y dañarte entera —dijo, y yo empecé a sentir que me hacía pequeña—. Y que luego te marchaste a no sé dónde. Julie renunció porque no podía verte en ese estado, hija.

—Mamá...

—Lo sé. Entiendo que hemos pasado por muchísimas cosas, pero quiero ayudarte, de verdad.

El odio se apoderó de mi cuerpo, ya no sentía ninguna pizca de terror. En dos segundos corrí, tomé el florero de vidrio que estaba encima de la mesa de entrada y se lo lancé a Vincent. Lo golpeé fuertemente en el cuerpo.

—¡Eres un hijo de puta! —le grité.

Mi madre me retuvo mientras yo lo único que quería era matarlo.

—¡Bianca! —gritó mamá.

—¡Eres un maldito! ¿¡Qué demonios pasa contigo?! ¿¡Por qué le estás mintiendo a mi madre?! —Los gritos me estaban desgarrando la garganta.

—Te dije que iba a reaccionar así, Claire, ¿no? Es mejor que vayamos a la clínica —dijo Vincent con la voz un poco ahogada por el golpe que había recibido.

—¡Mamá, no! ¡Suéltame! —Me zafé de ella de un tirón y la miré a los ojos—. ¡Todos estos putos años este hijo de puta te ha mentido en la cara! —le grité, y a ella se le llenaron los ojos de lágrimas. No sé si porque creía que me estaba volviendo loca o porque estaba creyéndome. Prefería pensar en la segunda opción.

—Claire, por favor, no la escuches... —susurró Vincent.

—¡Desde que llegamos a vivir aquí, este maldito ha estado abusando de mí, mamá! —Ese fue el momento en que estallé en llanto—. ¡Me toca, se ríe de mí, me golpea!

—Bianca. —Esta vez fue la voz de Vincent quien me llamó.

—¡Cállate! —le grité en tono descontrolado, y él abrió un poco más los ojos—. Mamá, por favor, debes creerme —bajé la voz y la miré. Ella me observaba en estado de shock—. Me he ido de aquí, y tiene ese parche en la frente porque le estrellé mi lámpara de cerámica para defenderme.

—Bianca, por favor, cállate. Estás poniendo a tu madre más nerviosa de lo que ya estaba —decía Vincent.

—¡Cierra la puta boca! —le grité de nuevo. Me acerqué a ella y tomé sus manos mirándola directamente a los ojos—. Mamá, es cierto. Te lo juro, me he quedado callada todo este tiempo porque está amenazándome, pero no puedo vivir así, mamá. No puedo.

Ella pestañeó algunas veces, luego respiró profundo y no dejó que las lágrimas cayeran por sus mejillas. Me observó y soltó mis manos.

—Vayamos a la clínica, ¿está bien?

El balde de agua fría se sintió fatal. Ella no me creía y me sentí más destrozada que todas las otras veces.

—No me crees, ¿verdad?

—Bianca, estás muy alterada. Es mejor que vayamos...

—Mamá, por favor, soy tu hija.

Ella tomó con fuerza mis muñecas y me arrastró por el jardín hasta que estuvimos afuera de la camioneta de Vincent. Abrió la puerta y me metió adentro de un empujón. Intenté abrir, pero no pude.

Vincent no tardó en llegar para conducir, y mi madre se subió de copiloto. Lo único que hice todo el camino fue llorar en silencio, sintiéndome débil, insignificante e impotente.

Qué horrible se sentía luchar y perder en el intento.

31
DISNEA

BIANCA

Cuando llegamos a una de las clínicas más caras del país, poco me costó darme cuenta de que todos los médicos que trabajaban ahí eran socios o amigos de Vincent Hayden. Mi madre, agarrando mi muñeca con una fuerza descomunal, me arrastró hasta dentro de uno de los ascensores. Cuando las puertas se abrieron, intenté idear un plan de escape, pero me encontré de golpe con la traición: estábamos en el piso quince, en una habitación que contaba apenas con una pequeña ventana.

Frente a nosotros había un médico que me sonrió en cuanto me vio, pero yo no podía sonreír.

—Mamá, ¿a dónde me has traído? —le pregunté bajando la voz.

—Es mejor que te controles y digas de una vez la verdad —aconsejó con voz fría y firme.

—Los estaba esperando —dijo el médico. Le dio un apretón de manos a Vincent y luego a mamá. Iba a saludarme a mí, pero me quedé petrificada—. Tranquila, Bianca. Aquí nadie te hará daño.

Parecía una escena de secuestro; no había escapatoria y ya comenzaba a sentirme ahogada. En esa sala estábamos cuatro personas: un abusador, un amigo del abusador, la esposa del abusador y la abusada. Y, por supuesto, nadie creía a la víctima.

—Quiero irme —pedí.

—Te vas a quedar aquí. Cálmate —me enfrentó Vincent.

Quería vomitar.

—Mamá, ¿qué demonios es esto?

—Es un lugar donde van a ayudarte.

Estaba comenzando a marearme y a sentirme mal.

—Bianca está teniendo ansiedad, crisis de pánico, se golpea a ella misma y ha desarrollado un odio en contra de mí —mintió Vincent—. Me ha estado culpando de que soy un abusador, y nos parece muy desgastante lidiar con algo así.

Mi pecho comenzó a doler con fuerza y, mientras más intentaba poner los pies sobre la tierra, peor me sentía. Las voces empezaron a escucharse lejanas y sentí un zumbido en mis oídos.

—¿Por qué creen que ha desarrollado ese odio? —les preguntó el médico.

No podía hablar. No podía defenderme. Era como si estuviese en una pesadilla.

—Debe ser porque nunca superó que nos hayamos divorciado con su padre.

—Sí, es muy probable.

Negro. Todo se volvió negro de un momento a otro.

И И И

Lo primero que vi al abrir mis ojos fue el techo blanco. Sentí un fuerte dolor de cabeza, y me percaté de que estaba en un espacio que no conocía. Me acomodé. Las paredes estaban pintadas de colores pálidos, y solo había una silla con un escritorio y la cama. La puerta se encontraba cerrada y el aire olía a medicamentos.

—¡Ayuda! —grité.

Al no recibir respuesta, el terror se metió en mis venas. De pronto la puerta se abrió y me quedé congelada. Una mujer vestida de enfermera entró sosteniendo una libreta y sonriendo.

—Bianca Morelli. ¿Cómo estás?

¿Qué película de terror era esta?

—Bianca, dime, ¿cómo te sientes?

—Estoy bien, ¿sí?

—¿Te duele la cabeza?

—No —mentí—. No me duele nada, estoy bien.

—Bueno, entonces me presento. —Sonrió otra vez como si le pagaran por hacer eso—. Soy Nora, la enfermera de turno los lunes, miércoles y viernes. A veces también los domingos.

—No estoy entendiendo nada —confesé, y ella me observó.

—¿Qué no entiendes?

—¡¿Dónde estoy?! —le grité con fuerza, y ella se exaltó.

—¿No te lo dijeron antes de venir?

—¡Claro que no! ¡¿O acaso cree que estaría así de alterada si lo supiera?!

—Estás en un lugar llamado Sanidad. Es un sitio acogedor, en donde conocerás a muchísimas personas que podrán ayudarte. Realizamos actividades, puedes recibir visitas... Todo es perfecto. Y también puedes terminar de estudiar desde aquí, por supuesto.

—¿Estoy en un hospital psiquiátrico?

—No. Se definiría mejor como un tipo de internado.

—Dios... —Mis ojos comenzaron a llenarse de lágrimas.

—¿Qué sucede, cariño? Todo está bien. —Se acercó a mí.

—Es que yo no debería estar aquí. Me han traído por equivocación. Soy mayor de edad, puedo decidir si quiero o no quedarme.

—No exactamente. La mayoría de las personas que están aquí son mayores de edad, pero no pueden decidir sobre su vida, ya que no están capacitadas para eso.

—¿Puedo hacer una llamada? Por favor —le pedí.

—Sí, tal vez en una hora luego del horario de visitas.

ΛΛΛ

—¿Por qué me has hecho esto? —pregunté bajando la voz.

Por fin estaba ahí junto a mi madre, sin Vincent presente. Estábamos sentadas en uno de los sofás de ese lugar, que parecía una gran y tétrica mansión con áreas verdes y estilo medieval. Yo llevaba solo pantuflas y bata.

—Solo quiero lo mejor para ti —contestó.

—¿De verdad no me crees?

—¿Cómo podría creerte algo así? —Me miró a los ojos—. He estado casada con Vincent durante años, y tú de un momento a otro afirmas que es un abusador. No puedo creerte algo como eso. Tú lo odias.

Cada palabra destrozaba más mi interior.

—No puedo creerlo. —Las lágrimas bajaron por mis mejillas—. Pensé que todo se acabaría si decía la verdad, pero solo he creado un gran monstruo.

—Bianca, esa es tu verdad, tu *supuesta* verdad, y no puedo creerte. Debes reconocer que estás enferma, que el odio te cegó y que tienes que curar tu cabeza. La salud mental es muy importante, cariño.

—¿Por qué crees que Julie renunció?

—¿De qué hablas?

—Fui a verla al día siguiente de la agresión. Me vio destrozada, llena de marcas en el cuerpo y golpeada, como lo estoy ahora, pero aún más. Y ¿sabes? —Alcé las cejas—. Ella sí me creyó. Sabía que yo no estaba mintiendo, porque ella realmente me quiere. Tú solo te quieres a ti misma y al hijo de puta de Vincent.

Me puse de pie bajo su mirada.

—Yo también te quiero, hija.

—No quiero que regreses aquí, ¿me oíste? Vete con tu marido abusador. Sé feliz, ¿está bien? Déjame aquí. Sabré salir adelante sola, como siempre lo he hecho.

—Bianca, hija...

—No, señora. Desde este momento no nos conocemos. No regreses más aquí o yo misma haré que no quieras regresar. Ahora, vete. No tengo palabras para describir todo el puto asco que estoy sintiendo al verte la cara —solté.

Me dio una bofetada, pero yo no reaccioné. Me quedé mirándola fijo y luego sonreí.

—Ya me acostumbré a tu mecanismo de defensa. Ahora puedes irte.

—Espero de corazón que aquí te sanes de todo ese odio que tienes.

—¡Vete! —le grité—. ¡Espero que te sanes tú, que estás idiotizada por un imbécil con dinero! ¡El imbécil que te droga por las noches, y ni puta cuenta te das!

—Bianca... —bajó la voz.

—Espero que nunca tengas hijos con él, porque no quiero que sufran lo que he sufrido yo —bajé la voz mirándola a los ojos—. Ahora, lárgate, porque si sigo mirándote voy a matarte en su nombre. —La miré directamente a los ojos, sin siquiera pestañear.

Ella me observó unos segundos más y se marchó. Cuánto esperé que volteara para decirme que estaba arrepentida y que me creía, pero no, no lo hizo. Apenas desapareció de mi campo de visión, comencé a llorar abrazándome las piernas.

¿Qué demonios iba a hacer ahora? Estaba encerrada en un lugar que era manejado por personas que conocían a Vincent Hayden, y jamás saldría de ahí. No tenía mi teléfono ni mi ropa, no tenía absolutamente nada. De nuevo Vincent estaba quitándome todo.

Luego de llorar hasta cansarme, me dieron algo para dormirme. Decidí ser fuerte. Decidí no llorar más, decidí no mostrarme débil ni tampoco amargada en ese lugar de mierda.

Debía salir de ese sitio, y la única manera de hacerlo era conseguir que alguien me ayudara. Nora era la solución. Sule, la otra enfermera a la que me presentaron, era fatal. No dejaba ni siquiera que hablara un poco más fuerte.

Necesitaba salir de ahí rápido.

—Tengo derecho a una llamada, ¿verdad? —le pregunté a Nora, quien ese día estaba de turno. Ella me observó de reojo.

—Sí, pero debo informarle a tu familia con quién has hablado.

—Ay, Norita, por favor, no —le pedí—. Es una llamada secreta, nadie puede saberlo.

—¿Es tu novio?

—No, no tengo novio.

—¿Entonces?

—Es una amiga.

—¿Tu novia? —Sonrió.

—No, tampoco. Es solo una amiga —contesté—. Por favor, déjame hacer la llamada sin que se enteren.

—Solo lo permitiré porque te has estado convirtiendo en mi favorita, ¿está bien?

—Gracias, gracias, gracias. —Sonreí.

Me acerqué al teléfono que estaba en el pasillo y rápidamente marqué su número. Era el único que recordaba, y estaba tan nerviosa que solo quería que me contestara rápido.

—¿Hola? —Escuché su voz y sentí cómo el alma me volvía al cuerpo.

—Julie, soy yo, Bianca.

—Bianca, ¿dónde estás? ¿Por qué me llamas de este número?

—Julie, tengo pocos minutos para hablar. Necesito que hagas algo por mí.

—Primero dime dónde estás.

—Vincent me ha metido en un internado. Sanidad es su nombre.

—¡¿Qué?!

—Julie, necesito que te comuniques con Damián y que le digas donde estoy. Él sabrá qué hacer. Por favor —susurré.

—Pero, Bianca, ¿dónde está tu madre?

—No me creyó, Julie.

—No puedo creerlo.

—Hazme ese favor, te lo ruego. Te estaré llamando. Cualquier cosa, tú no has hablado conmigo.

—Por favor, cuídate.

—Lo haré.

—Te quiero.

—Y yo a ti.

Colgué con el corazón en la mano. Solo me quedaba esperar.

—¿Pudiste hacer tu llamada? —me preguntó Nora, a quien me topé antes de entrar a la pequeña habitación.

—Sí —contesté.

—¿Todo bien?

—Todo bien.

—Es hora de tus medicamentos, nena. —Sonrió.

DAMIÁN

La primera noche supuse que no llegaría a Serendipia. La segunda la esperé con un cigarrillo encendido y la tercera ningún cigarrillo llegó a mi boca. Comenzaba a sentirme preocupado y con un mal presentimiento. Hasta llegué a pasearme en la moto por afuera de su mansión. Su auto estaba ahí, pero adentro parecía no haber señales de vida. Mi departamento estaba lleno de cosas de ella, y no podía hacerme el ciego en un momento como ese. Sabía que Vincent tenía poder y realmente no dejaría que le hiciera daño.

Llegué a pensar en la idea de que la habían descubierto junto a mí y que querían alejarla a toda costa de mi lado, pero cuando no la vi en los pasillos de la universidad ni en la cafetería, algo comenzó a parecerme extrañísimo.

—Hola, Damián —escuché la voz de Paige frente a mí en la cafetería.

—Paige. —La miré.

—Necesito saber cómo está Bianca. No ha contestado mis llamadas ni tampoco mis mensajes. ¿Seguro que está todo bien?

Me quedé viéndola por algunos segundos, hasta que no pude seguir fingiendo.

—No veo a Bianca desde hace tres días, Paige —contesté, y ella frunció el ceño—. Fue a casa después de aquella noche, pero no regresó y no sé nada de ella.

—La iré a ver a su casa.

—¿Qué?

—He ido un par de veces. Ahora la visitaré como amiga.

—Si no está ahí, no te quedes ni siquiera a beber un vaso con agua, ¿está bien?

—¿Por qué?

—Haz lo que te digo y punto. —La observé.

—Está bien.

Mientras las horas pasaban, más nervioso me sentía. No podía concentrarme en lo que estaba haciendo, hasta que mi teléfono comenzó a sonar y lo saqué de mi bolsillo. Era un número desconocido. Contesté de inmediato pensando que podría ser ella, pero no.

—¿Hola?

—Hola, Damián, hablas con Julie. ¿Me recuerdas?

32
FUGAZ

DAMIÁN

—¿Julie? —Mi cabeza hizo un clic y rápidamente mis recuerdos se fueron a la casa de Bianca. Era su ama de llaves—. Julie, sí, ¡claro! ¿Qué sucede?

—Es sobre Bianca —contestó.

—¿Qué ocurrió?

—Se ha comunicado conmigo hace unas horas —dijo, y al fin pude respirar mejor—. Se oía bien, pero me ha contado que Vincent la encerró... en un internado.

—¿Qué? ¿Cuál internado? ¿Dónde?

—Su nombre es Sanidad. No he podido buscar más información, solo quería que te avisara.

—¿Por qué? ¿Qué demonios ocurrió? —Me alejé del lugar de trabajo y entré al camarín.

—Me ha dicho que Claire no le creyó... Solo alcanzó a decirme eso, pero estoy segura de que todo esto es un plan de Vincent.

—¡Qué hijo de puta! —Golpeé una silla.

—Dijo que tú sabrías qué hacer.

—Sí, Julie. No hay de qué preocuparse, hoy mismo voy a sacarla de ahí.

—Ten cuidado. Vincent es... peligroso.

—Fantástico.

Se había metido con Bianca. Con mi pequeño rayo de luz y la única persona que estaba manteniéndome cuerdo. Que fuera un tipo peligroso solo por poseer dinero no me causaba nada.

La búsqueda en internet no fue demasiado exitosa, ya que había muchos sitios llamados así, hasta que di con uno que llamó mi atención. Estaba a las afueras de la ciudad, en el interior de un bosque al que no podías entrar si no trabajabas en el lugar o confirmabas que eras visita. Parecía un internado antiguo, pero la descripción te invitaba a ser parte de él a brazos abiertos. Había un correo electrónico y también un número de teléfono. Debía saber si Bianca se encontraba ahí de alguna manera, así que sin titubear marqué el número en mi teléfono. Tardaron algunos segundos en contestar.

—Buenos días, se ha comunicado con el internado Sanidad. Mi nombre es Tessa. ¿Con quién tengo el gusto de hablar?

—Buenos días. Hablas con Vincent..., Vincent Hayden —contesté poniendo el tono más formal que pude—. Me gustaría saber cómo está un familiar.

—¿Vincent Hayden?

—Sí. ¿Hay algún problema? ¿No me tienen registrado?

—Sí, claro que sí. Enseguida busco a su paciente. ¿Cuál es el nombre?

—¿No sabe el nombre de la chica que llevé hasta ahí? Qué incompetencia.

—No, señor Hayden, lo lamentamos. Tenemos el sistema caído y solo he llegado hoy.

Perfecto.

—Su nombre es Bianca Morelli —contesté frío.

—¡Sí, claro! Su hijastra. Ella ha estado bien, algo confundida, pero bien. No recibe visitas.

—No. Tenemos mucho trabajo. En fin, señorita Tessa, quiero saber los horarios de visita de Bianca, porque probablemente vaya un primo a verla. Un primo lejano, por cierto.

—¿No se los dieron al traerla?

—Pues claro que no. ¿O cree que perdería mi tiempo llamándola si lo supiera?

—No, señor Hayden, lo lamento muchísimo —respondió la chica confundida y afligida—. Hoy después de las cuatro, viernes y domingo desde las once de la mañana.

—Bien. Gracias.

Corté y sonreí mirando el teléfono sintiéndome Leonardo DiCaprio en *Atrápame si puedes*. Caminé hasta la cocina y con un martillo destruí mi móvil. Luego, desde un teléfono público llamé a la única persona que me podía prestar un automóvil, un teléfono nuevo y una identificación para cometer una locura.

—¡Hasta que das señales de vida! —me gritó.

—Hay problemas, Brain.

—Sé claro y específico.

—Necesito que me prestes un auto y un teléfono... y tal vez una identificación falsa.

—¿Estás haciendo negocios sin mí?

—No. Es otra cosa.

—Ven a verme y seguimos discutiéndolo.

—Hecho.

Brain no puso problemas en prestarme lo que le pedí, y aunque me negué a decirle lo que le estaba ocurriendo a Bianca, hizo que le prometiera que le contaría cuando todo se solucionara. Él no se quedaría de brazos cruzados con mi respuesta vaga de «no pasa nada, no es asunto tuyo». Además, las promesas para Brain eran eso: promesas. Y las promesas en el lado oscuro de la vida se debían cumplir por sobre todas las cosas, o al menos aquí.

En la identificación aparecía una fotografía mía con algunos años menos, asociada a datos que no me pertenecían.

Me subí al auto sin ningún plan, pero con la certeza de que la sacaría de ahí costara lo que costara. Conduje guiándome por el mapa que había en el teléfono. Eran más de las cuatro de la tarde, por lo que podría entrar sin ningún problema. El bosque era enorme y tupido, el camino estaba lleno de piedras que dificultaban el paso y, a medida que avanzaba, parecía estar viajando a otra dimensión.

Cuando la majestuosa mansión medieval comenzó a dejarse ver entre los árboles, sentí un nudo en el estómago. Estaba ansioso. Lo último que me permitiría era sentir miedo. Si debía ir a la cárcel justo esa noche, así sería.

Dejé el auto aparcado entre los árboles y comencé a caminar hasta que llegué a la entrada principal. Todo estaba lleno de áreas verdes, y en el centro pude ver la funesta mansión. No había guardias afuera, solo mujeres vestidas de enfermeras. Ninguna se fijó en mí, porque era horario de visitas y entraban muchas personas a ver a sus familiares.

Llegué a la recepción y detrás del mesón vi a dos mujeres mayores pidiendo las identificaciones y dándoles indicaciones a los familiares. Era imposible encontrarme con Bianca sin que me vieran, por lo que me detuve sin mirar a ninguna a los ojos y con la bufanda cubriéndome parte del rostro.

—Nombre del paciente y su identificación, por favor —dijo una de ellas mirando fijamente la pantalla de un computador.

—Bianca Morelli —solté y deslicé la identificación falsa por el mesón.

Observó la identificación y luego me miró. Le sonreí sin decir nada y ella también sonrió.

—Debe estar en su habitación —soltó—. La 405.

—Gracias. —Tomé la identificación y caminé a paso firme esperando que ninguna me preguntara nada.

Me adentré por el largo pasillo percatándome de que por dentro todo era mucho más grande de lo que parecía. Antes de buscar la habitación de Bianca, inspeccioné los baños, las ventanas, los pisos y escaleras de escape por donde podría salir sin ser vista.

De pronto di con la habitación 405. La puerta estaba cerrada y por una milésima de segundo pensé que podría estar su madre o alguien adentro. Golpeé un par de veces y nadie contestó, así que solo empujé la puerta.

Frente a mí apareció Bianca. Estaba sentada en la cama con las piernas apegadas a su pecho, mirando por una minúscula ventana hacia el exterior. Vestía una bata blanca y su cabello estaba atado en una perfecta cola de caballo. Respiré mejor cuando me aseguré de que estaba bien. Fue en ese momento, cuando cerré la puerta a mi espalda, que su mirada chocó con la mía.

—Sorpresa. —Sonreí. Ella se puso de pie de un salto, y de inmediato me alejé—. Sin abrazos —solté, y ella frunció el ceño—. Aquí hay cámaras, y probablemente en algunos minutos llamen a tu casa para decir que vine a verte.

—¿Has dicho tu nombre? —murmuró.

—No, es una identificación falsa. —Ella sonrió negando con la cabeza. Volvió a sentarse en la cama con lentitud, y yo me senté en la silla que estaba en frente dándole la espalda a la cámara—. No puedo sacarte de aquí solo, necesitaré tu ayuda.

—¿Qué hago?

—En el baño del primer piso hay una ventana que da al patio trasero —expliqué—. Saldrás por ahí y caminarás apegada a la pared para que no se enciendan las luces ni las cámaras te capten. ¿Está bien?

—Sí.

—Estaré ahí esperándote en un auto azul de vidrios polarizados.

—¿Qué hago si alguien me ve?

—Hay un lugar en donde no hay cámaras ni tampoco luces automáticas. Lo vas a reconocer enseguida porque está lleno de bolsas de basura.

—Entiendo.

—Ahora me voy, porque probablemente llegue tu madre o Vincent a verte. Tú no has visto a nadie hoy, ¿okey?

—Pero verán las cámaras...

—Que se jodan, te haces la que no sabes: «No lo sé, no lo recuerdo». Confío en ti —dije y sonreí.

—Y yo en ti. —Me sonrió también.

—Entonces, cuando todas las visitas estén yéndose, tú sales. Es el momento perfecto para que nadie se percate.

—Gracias —susurró con los ojos llenos de lágrimas.

—Adiós, Bianca. —Le guiñé un ojo y salí del lugar.

BIANCA

En cuanto Damián se fue de la habitación, me sentí más aliviada. Respiré profundo. Solo quería que las horas pasaran rápido para poder escapar de ese horrible lugar.

Luego de unos minutos decidí ir al baño para poder refrescarme un poco la cara, pero alguien entró en mi habitación haciendo que la puerta se estrellara contra la pared. Di un salto hacia atrás. Era mamá junto a Vincent. El miedo se apoderó de mí, pero intenté actuar mi mejor papel de convaleciente y volví a sentarme en la cama. Nora venía detrás de ellos y me observó fijamente cuando entró.

—¡¿Dónde demonios está?! —gritó mi madre, y yo la ignoré—. Sé que ha venido un chico a verte. ¿Dónde está?

—Nora, quiero ir al baño. —La miré.

—No vas a ir al baño hasta que hables —articuló Vincent. Las ganas de golpearlo se intensificaron. ¿Quién demonios se creía?

—Norita, ¿me puedes llevar al baño, por favor? —murmuré y le sonreí. Me devolvió la sonrisa, pero negó con la cabeza.

—Váyase de aquí, enfermera. Debo hablar con mi hija —ordenó mi madre con frialdad. Nora obedeció—. Bianca, es hora de que hables.

—¿Qué les sucede? —Los miré intercaladamente y luego me quedé mirando a mamá—. ¿Te ha pesado la conciencia y vienes a reconocerme como tu hija?

—¡Bianca! ¡Sabemos que vino un chico a verte! ¿¡Dónde está!? —continuó alterada.

—¿De qué estás hablando? —Fruncí el ceño—. No me ha venido a ver nadie desde que te fuiste la última vez... Desde que me abandonaste.

—¡Estás mintiendo! —Vincent alzó la voz y yo me sobresalté.

—¡Ojalá alguien viniese a verme! ¡Así al menos creería que alguien me quiere! —le grité. Él me observó con odio en los ojos, pero ya no sentía terror ante su figura, solo asco.

—Hija. —Mi madre reguló la voz y se acercó a mí.

—Yo ya no soy tu hija —solté mirándola fijo—. Vete de aquí.

Ella respiró profundo intentando contener su molestia.

—La secretaria nos ha llamado para informarnos que un joven vino a verte. No recuerda cómo se veía, pero tiene sus datos. O nos dices quién es o averiguaremos sobre él.

—No sé de qué estás hablándome. Nadie ha venido aquí. Tal vez usó mi nombre para joder a Vincent.

—Estás mintiendo —aseguró él.

—¿Crees que seguiría mintiendo aun estando encerrada en este lugar? —Él se mantuvo en silencio, y mi madre pestañeó un par de veces.

—Sí. Quizá solo utilizaron el nombre de Bianca para molestarnos —dudó mamá.

—Mañana nos enseñarán las cámaras —dijo Vincent, y mi corazón se aceleró, pero no demostré nada de lo que estaba sintiendo—. Ya vámonos —le dijo a mamá, y ella se quedó viéndome.

—Sí, vete. Vete con tu marido el...

—¡Bianca! —me interrumpió con enfado, pero no hizo nada más.

En cuanto se fueron, mi plan se puso en marcha. Nora entró a mi habitación, me preguntó si todavía quería ir al baño y le dije que no, que sabía sentarme sola en un retrete y que solamente quería evitar verles la cara a las personas que habían entrado en mi habitación.

Cuando me dejó sola, salí al pasillo y me senté en un sofá. Me di cuenta de que había muchísima gente visitando familiares, y el ambiente era caótico. Todos reían y hablaban en voz alta.

A cada segundo miraba el reloj de la pared, hasta que por fin escuché la voz de una enfermera informando por los altavoces que era hora de retirarse: «El horario de visita ha acabado». Ya estaba oscureciendo. Las personas comenzaron a despedirse y, cuando un grupo grande pasó enfrente de la enfermera a cargo de la vigilancia del piso, me metí por una de las puertas que daba a las escaleras. Bajé corriendo hasta el primer piso y me metí al baño. Había solo una persona, así que me encerré en uno de los cubículos.

Vete, por favor, vete.

Podía oír las voces de las personas afuera del lugar y también algunos motores de auto encendiéndose. Mi corazón latía con fuerza. Estaba a punto de cometer una locura, pero si no lo hacía me quedaría por siempre encerrada en ese lugar. Oí a la persona salir del baño, abandoné mi cubículo y tranqué la puerta de entrada para asegurarme de que no llegara nadie más. Miré la ventana que había mencionado Damián. Era algo pequeña. Tenía solo unos minutos para fugarme antes de que alguien se percatara de que no estaba en mi cuarto. Con toda la adrenalina que tenía, apoyé las manos en el marco de la ventana y me impulsé con fuerza hasta que logré sentarme. Miré hacia todos lados. La oscuridad ya se había apoderado del bosque. No lo pensé un segundo más y me lancé hasta el otro lado cayendo de rodillas en el césped. Me puse de pie con agilidad y apegué mi espalda a la pared, tal como me había indicado Damián.

No podía ubicarme. No conocía el lugar. Yo solo había despertado adentro de una habitación, y ahora estaba a la deriva en plena oscuridad mientras las personas seguían saliendo en sus autos. Caminé rodeando la casona, sin despegarme de la pared y, efectivamente, ninguna luz se encendió. Hasta que finalmente divisé los baldes y bolsas de basura. No había nadie ahí. Caminé a toda prisa hasta que estuve frente al lugar. Esperé a Damián por unos minutos, histérica. Despegué mi

306

espalda del muro y corrí. Corrí de la misma manera en que había corrido esa noche de mierda cuando escapé de casa. Me adentré entre los árboles sin saber a dónde ir y, cuando ya no podía ver las luces de mi antigua prisión, me detuve en seco pensando lo peor. Había perdido a Damián, y me atraparían huyendo.

—Por favor, Damián —susurré para mí.

De pronto, en medio del bosque y la oscuridad divisé un auto, aunque no podía distinguir el color. Encendió sus luces dándome justo en los ojos, bloqueando por completo mi visión. Luego oí el sonido del motor. Si no era Damián, no me importaba: cualquier persona me sacaría de ahí, costara lo que costara. Caminé deprisa hasta llegar al auto, tomé la manilla y me di cuenta de que la puerta estaba abierta. Me subí y, apenas cerré la puerta, el auto arrancó a toda prisa. Giré la cabeza y solté todo el aire de mis pulmones cuando vi a Damián conduciendo a toda velocidad por el bosque.

33
DILUVIO

BIANCA

Me abroché el cinturón de seguridad y solo esperé que Damián me llevara lejos de ese lugar. La carretera no tardó en aparecer frente a nosotros y él aceleró a fondo para que nadie pudiese vernos.

Luego de unos minutos de viaje en que no dijimos una sola palabra, se detuvo a mitad de la carretera y aparcó a un costado. Se quedó mirándome por unos segundos.

—Debí haber estado contigo ese día —susurró.

—Estamos donde debemos estar y punto. —Estiré mi mano y apreté la suya. No quería que se culpara.

—Qué susto me diste, Bianca. —Soltó todo el aire de sus pulmones.

No dije nada. Solo me acerqué a él y lo abracé con fuerza. Él también se acercó a mí y luego besó mis labios por unos largos segundos.

—¿Cuál es el plan ahora? —me preguntó con su rostro pegado al mío.

—No lo sé.

—Está bien, por ahora te traje mi ropa. Ve atrás y cámbiate. —Sonrió.

—Damián —lo llamé y él se quedó mirándome fijamente a

los ojos—. Deben estar buscándome en este preciso momento como si se fuese a acabar el mundo.

—No pensemos en eso, ¿está bien? Vamos a ir a mi departamento y vamos a solucionar esto como sea.

—Si no hubiese hablado, nada de esto estaría pasando.

—Mis ojos se cristalizaron.

—No te culpes por esta mierda, Bianca. Es él el hijo de puta enfermo, y te aseguro que va a pagar por todo —me dijo con molestia.

Volví a sentarme en el asiento del copiloto, me puse la capucha y me abroché el cinturón de seguridad. En el camino de vuelta a casa se me ocurrió una idea.

—Detente —dije en medio de la nada. Damián frunció el ceño, pero aun así puso las luces de emergencia y aparcó a un costado.

—¿Qué ocurre?

—Voy a romper la bata —expresé—. Vamos a romper la bata y le pondremos sangre.

—¿¡Qué!?

—Lo que has oído.

—¿De dónde vas a sacar sangre?

—De mi cuerpo, no puede ser sangre de otra persona. Necesito que sea mía. Quizá así me dan por muerta o perdida, qué sé yo.

—Bianca, estás loca.

—Lo sé.

—Es en serio. ¿Cómo piensas sacarte sangre? —preguntó con el semblante serio.

—De algo que sirvan estas costras...

Justamente tenía costras en los brazos y en las piernas, así que, haciendo de tripas corazón, me quité una de un tirón. Comenzó a salirme muchísima sangre y me apreté con más fuerza para que emanara todavía más. Manché la bata y luego la rompí. Me bajé del auto y la dejé en medio de la nada. Esperaba que alguien la encontrara y pensara que ya me había ido al infierno o al paraíso, a lo que sea que quisieran creer.

Entrar a la ciudad hacía que se me pusieran los pelos de punta. Olvidaba a cada segundo que los vidrios estaban polarizados y pensaba que todos estaban mirando el auto en el que íbamos. Llegamos sumamente tarde. Damián aparcó el auto muy lejos de su edificio por si alguien lo reconocía. Caminamos sin llamar la atención. Al entrar no miré al conserje, y Damián lo saludó apenas con una inclinación de cabeza.

—Ya estamos en casa. Ahora puedes estar tranquila —dijo cuando estuvimos en su departamento.

Lo miré en silencio y me acurruqué entre sus brazos. Lo quería tanto. Tanto que me dolía todo lo que estaba haciendo por mí.

—Si quieres ve a darte una ducha, tenemos duras decisiones que tomar —comentó mirándome a los ojos.

DAMIÁN

Tenía un plan, pero era un plan demasiado arriesgado incluso para mí, y sabía que Bianca, debido a su impulsividad, probablemente lo aceptaría. Si algo salía mal, no tenía un plan B. Mi cabeza estaba hecha un lío y solo daba vueltas en círculo. Ni siquiera quise encender la televisión por temor a que en las noticias apareciera algo como: «Bianca Morelli, la hijastra del exitoso empresario Vincent Hayden, se encuentra desaparecida». Ante los ojos de todos yo la había secuestrado, y sin duda alguna me llevarían a la cárcel. No me importaba mucho estar tras las rejas, pero, si lo pensaba desde una perspectiva racional, tenía que recordar que había estado en un centro de menores durante diez años de mi infancia y ahora estaba arriesgándome de nuevo a estar encerrado.

Pero qué más daba.

Valía la pena una y mil veces.

Antes de que Bianca saliera del baño, el teléfono del departamento comenzó a sonar y mi estómago se contrajo. Dudé si contestar o no, hasta que lo hice.

—¿Hola? Damián, ¿estás ahí? Soy Paige. —Escuchar su voz hizo que mis músculos se relajaran.

—Paige, dime.

—¿Has visto las noticias?

—¿Qué sucede?

—Han reportado la desaparición de Bianca, está en todos los canales. Fui a su casa y había una empleada nueva. ¿La conoces?

—No.

—Sí, y también estaban su madre y Vincent, su padrastro.

—¿Y qué te dijeron?

—Me contaron que Bianca ha estado sufriendo crisis nerviosas, ataques de pánico. Y que... tuvieron que internarla.

—Paige, no les creas ni una mierda. A Bianca no la internaron por eso. No les creas ni una mierda, ¿sí? —Hablé rápido.

—No estoy entendiendo nada, ¡por favor, explícame!

—Me gustaría contarte todo, Paige, pero no será posible. Si te cuento, estarás dentro también, y no quiero que Daven me asesine.

—Pero, Damián, si puedo ayudar en algo, tú sabes que...

—Lo sé, lo sé. Adiós, Paige —dije y corté la llamada.

Cuando volví a la sala, Bianca ya estaba ahí, interrogándome con sus ojos.

—¿Era Paige?

—Sí. Estás en todas las noticias. Dicen que estás desaparecida.

—Dios.

—Bianca, tenemos una opción. —Me acerqué a ella y vi que sus ojos azules me observaban con confianza.

—Salgamos del país —dijo antes de que yo pudiese decirlo—. Vámonos. Ahora.

—Necesitamos pensarlo un poco más, Bianca. —Tomé sus manos—. Ven aquí. —Nos sentamos en el sofá mirándonos a los ojos—. Hablemos con Brain.

—¿Con Brain?

—Necesitamos identificaciones falsas, pasaportes y largarnos al fin del mundo.

—¿Dónde no nos encontrarán?

—Nos pueden encontrar en cualquier lugar, pero solo larguémonos —continué.

—Está bien. —Ella asintió.

Lo siguiente que hice fue llamar a Brain, quien contestó con su voz tan irónica y característica.

—¿Por qué llamas a esta hora, Damián?

—Un favor, nuevamente.

—Si no me dices qué demonios está pasando, no voy a ayudarte ni en una mierda.

—No puedo decírtelo.

—¿Por qué? ¿Acaso quieres protegerme? —Soltó una carcajada—. Ya conozco todas las putas cárceles del país. Ahora, habla. Dime qué demonios sucede y dónde está Bianca, que ha estado saliendo en todos los putos noticieros.

La miré y la encontré completamente seria. No sabía si tenía su autorización para contarle a Brain lo que estaba ocurriendo, así que me tomé un momento y le pregunté. Ella asintió mirándome con sus ojos azules.

—Te voy a contar... solo una pincelada.

—Te escucho.

—Bianca está conmigo.

—¿La has secuestrado?

—No, imbécil —resoplé—. Su padrastro la ha estado acosando y... pues nadie le creyó cuando lo contó, y su madre decidió que estaba bien internarla. Ahora queremos salir del país.

—¡Sabía que el puto de Vincent Hayden era un pervertido! —alzó la voz—. ¡Qué ganas de matarlo, Damián!

—Lo mismo pienso, pero no estoy preocupado por eso ahora.

—¿Por qué estás preocupado entonces? Pensé que me llamabas para que fuésemos juntos a matar a ese hijo de puta.

—Solo necesitamos salir del país, Brain.

—Es muy arriesgado, Damián.

—Lo sé, pero es nuestra única opción.

—Claro que no. Podemos matarlo. La madre de Bianca se quedará con todo y fin. Problema solucionado.

—Brain...

—Está bien. Hagámoslo de la forma aburrida.

—Y segura.

—Y segura, pero sobre todo aburrida. —Su voz sonó cansada. Brain odiaba a los abusadores. Había pasado algunos años tras las rejas por defender a su sobrino de un tipo así—. Muy bien, mañana estarán listos sus pasaportes y las identificaciones falsas.

—¿A qué hora?

—A primera hora. Me llamas —dijo y colgó.

Miré el teléfono por unos segundos.

—¿Crees que es una buena idea? —dije.

Bianca me observó unos segundos y luego asintió temerosa.

—¿Hay otra opción?

—Dímelo tú. —Me senté en el sofá y la observé.

—Hay una más —dijo, pero la forma en que me miró no me gustó para nada.

—¿Cuál?

—Fingir que nada ocurrió. Quedarme callada y no arriesgar la reputación de mi familia.

—Olvídalo, Bianca.

—¿Por qué no? He podido aguantar todos estos años. Ahora solo debería tomar una maleta y comprarme un departamento.

—¿Y dejar a ese hijo de puta así como así? Olvídalo, Bianca —recalqué—. Lamentablemente me conociste. Yo no dejaré que ese imbécil te haga daño de nuevo.

Se quedó en silencio, mirándome, y luego caminó hasta sentarse a mi lado. Apoyó la cabeza en mi hombro y la escuché respirar con fuerza. Besé su frente y solo pude quedarme ahí como una estatua.

El techo parecía mi mejor aliado esa noche. No podía dormir. No sabía si Bianca estaba durmiendo ya o solo se mantenía apegada a mí intentando creer que lo que íbamos a hacer no era una locura. Y aunque lo era, no quería arrepentirme. Haría de *todo* por ella.

—¿Estás arrepintiéndote? —escuché. Intenté mirarla a los ojos, pero solo veía su reflejo a través de la luz que entraba por el pequeño hueco que dejaba la persiana.

—Es lo último que haría —contesté mientras la pegaba mucho más a mi cuerpo.

Intuía que sus ojos azules estaban clavados en mí, aunque no podía verla con claridad. Tenía unas ganas incontrolables de besarla y de abrazarla hasta hacerla sentir segura. Tenía ganas de que se metiera en mi piel para que no se separara nunca más de mí.

Su boca no tardó en llegar a la mía, y lo que empezó siendo un pequeño y lento beso se convirtió en un profundo y apasionado enredo de labios. Nos estábamos necesitando y nuestro cuerpo lo gritaba a cada segundo. Mi temperatura comenzó a subir, pero intenté mantener la compostura. No podía evitar recordar que Bianca había tenido un cambio de ánimo y se había puesto mal la última vez que nos encontramos de esa manera. Lo último que quería era incomodarla. Procuré cortar los dulces y eléctricos besos que me estaba dando, pero ella continuó con más ganas, así que solo me quedó una opción: relajarme.

Se puso encima de mí a horcajadas mientras seguía besándome con sus manos en mi cuello. Acaricié su espalda por debajo de su camiseta y luego la acerqué a mí tomándola desde el trasero. Pensé que había sido una idea fatal, pero ella no dijo nada. Solo continuó besándome y acariciándome entero.

La ropa comenzó a ser un estorbo más que un abrigo, y pronto quedamos en ropa interior. Cambiamos de posición y me puse sobre ella. Mis labios se detuvieron en su oreja, luego bajé por su cuello hasta llegar a sus pechos. Quería que fuese un momento especial y que Bianca así lo sintiera. Jamás me había tomado el tiempo de calcular mis movimientos, de preocuparme dónde besar o cuánta fuerza utilizar, pero con ella era completamente distinto.

A pesar de que yo ya había descubierto cada parte de su cuerpo con mis labios, ella no inspeccionaba el mío, hasta que por fin la sentí acercar su mano a mi abdomen mientras me besaba. Ese contacto me hizo sentir con aún más éxtasis, pero mis movimientos continuaron controlados. Su mano comenzó a bajar hasta que la sentí encima de mi bóxer. Fue solo un momento. Pronto volvió a ponerla en mi cadera.

—¿Estás bien? —Me separé un poco, algo agitado.

—Estoy bien —contestó.

—Si quieres podemos detenernos, Bianca. No te sientas obligada a hacer esto.

—Quiero hacerlo, Damián —dijo con firmeza—. Necesito poder hacerlo.

—¿Por qué? —Apoyé mi frente en la suya.

—Porque estoy enamorada de ti.

Solo pude sonreír.

—Si crees que soy el indicado para ayudarte, pues adelante —expresé.

—Prométeme que no me harás daño.

—Te lo prometo. —Besé su frente.

Le bastó con esa pequeña promesa, que quizá para ella no era tan pequeña. Por mi parte, lo único que quería era no hacerle daño, así que se lo dije con total seguridad.

Los besos continuaron hasta que estuvimos completamente desnudos. No podía dejar de recorrer cada centímetro de su cuerpo con mis manos, me parecía tan perfecta y hermosa que me dolía. Bianca, al parecer, se había dejado llevar por el momento y había olvidado toda la mierda que le estuvo ocurriendo durante años, y solo se entregó a mí. Sabía que ella nunca había hecho eso, y que su cabeza y corazón guardaban recuerdos oscuros.

Me preocupé de que estuviese completamente excitada para adentrarme en ella y que no le doliera. La levanté de sus caderas y mirándola a los ojos me acomodé entre sus piernas. Ella me observaba con timidez, pero estaba entregada. Asintió cuando pregunté en un susurro si estaba bien. Saqué un preservativo que se encontraba en la cajonera a un lado de mi cama, me lo puse y luego me adentré en ella con precaución. Lento, intentando no ser avasallador. Ella clavó sus uñas en mi espalda, cerró los ojos con fuerza y luego los abrió con lentitud. Comencé con movimientos muy suaves y controlados. Sus ojos buscaron los míos y me sonrió. Sonreí yo también, porque supe que estaba haciéndolo bien, porque sabía que no había roto nada dentro de su corazón. No la estaba dejando en pedazos como todo el mundo había hecho con ella.

No inventaré una historia de sexo a lo Christian Grey, pero sé que ambos logramos acabar bien esta vez. Y era tan satisfactorio saber que no había quebrado a una persona que tenía recuerdos de cristal...

Su cuerpo descansaba junto al mío con confianza. Estaba abrazándome sin importarle que los dos estuviésemos desnudos. Sus ojos estaban cerrados, pero sabía que seguía despierta.

—Dices que soy un rayo, ¿no? —dijo, y yo asentí sonriendo—. Tú eres como un diluvio. Un diluvio que viene a apagar un gran incendio.

—¿Puedo causar inundaciones? —Reí.

—¡Así es! —exclamó y se sentó, ignorando mi broma en doble sentido—. Inundas todo, Damián. Crees que pasas inadvertido, pero no. Eso es imposible.

—Bianca...

—Sí, eres un diluvio apagando el incendio que acaba de dejar un rayo. —Sonrió.

34
EFÍMERO

DAMIÁN

Un diluvio apagando el incendio que acaba de dejar un rayo.
Ella era un rayo y creía ser desastrosa causando conflictos, causando «incendios». Para mí no era un desastre, y el único incendio que quería apagar este diluvio era el que tenía en su corazón, el que armaban sus demonios y el hijo de puta de Vincent Hayden.

Desperté con una llamada, y sin ver la hora contesté.

—¿Hola?

—Damián. Tengo lo que me has pedido. —Escuché su voz.

—¿Es en serio? —desperté totalmente y Bianca se removió a mi lado en la cama.

—Sí, pero necesito que seas discreto. Te las he enviado en un paquete al departamento, sin remitente. Llegará dentro de una hora, así que levanten el culo y comiencen a moverse.

—Está bien. Gracias, Brain —colgué.

Tomé una gran bocanada de aire y miré a Bianca. Estaba despierta y expectante.

—¿Noticias?

—En una hora llega lo que le pedimos a Brain —solté, y ella de inmediato se sentó en la cama, como si durante la noche hubiese olvidado el plan.

—¿Qué hora es? —me preguntó.

Miré el teléfono que me había facilitado Brain. Las 4.53 a. m.

—Son casi las cinco. —Ella pestañeó con rapidez.

—Me daré una ducha y comenzaré a ordenar todo, ¿está bien?

—¿Qué pretendes ordenar, Bianca?

—No lo sé, poner algo de ropa en un bolso, qué sé yo.

—Está bien. Primero ve a darte una ducha, comenzaré ordenando el departamento.

Bianca se levantó de la cama completamente desnuda y pasó por delante de mí para meterse en el baño. No me apeteció fingir que no estaba mirándola. Y que me encantaba.

Sacudiendo la cabeza intenté evitar a toda costa pensar en lo que había pasado la noche anterior, y también en lo que quería hacer con Bianca justo en este momento. Me concentré en sacar la ropa que me pondría y estiré la cama.

BIANCA

Hice todo de forma mecánica, como si no supiera lo que estaba a punto de ocurrir, aunque obviamente lo tenía claro y rogaba para que todo saliera bien.

En cuanto salí de la ducha me metí a la habitación de Damián y mis pensamientos regresaron a una sola cosa: la noche anterior. Mi corazón se aceleró y quise evitar pensar en lo que habíamos hecho, pero fue imposible. Es que me había sentido tan bien, tan única, amada y por sobre todas las cosas protegida, pero ¿por qué estaba sintiendo tanta culpa? ¿Por qué sentía que lo que había hecho estaba mal, como si tener sexo fuese de lo peor? Mis pensamientos se redujeron al hijo de puta de Vincent Hayden, quien había roto todo lo que yo siempre imaginé que sería especial. Sin embargo, no me permití darle espacio. Damián había logrado rearmarme queriéndome como solo él podía hacerlo, y reafirmando una parte de mí que ni yo recordaba que tenía.

—Entraré a la ducha —comentó Damián entreabriendo la puerta de su habitación.

—Está bien.

—Te quedas atenta al citófono, ¿bueno? —Asentí.

Estaba intentando armar mi maleta con lo poco que tenía ahí cuando escuché el sonido del timbre. No pude evitar que mi corazón se acelerara. Me quedé petrificada e intenté caminar a paso firme hacia la entrada, pero todo mi cuerpo temblaba. Cuando estuve frente a la puerta, rogando que no me reconocieran, Damián salió del baño con el cabello mojado y una toalla amarrada a la cintura. Me hizo un gesto para que regresara a la habitación, y me sentí aliviada. Lo oí intercambiar unas pocas palabras con una persona, le agradeció y cerró la puerta. Regresó al cuarto cargando un paquete envuelto en papel café, sin nombres, notas, sellos ni nada.

Mientras él se vestía, lo abrí. Había dos pasaportes falsos, comprobantes de pago de dos pasajes en vuelo directo a París, un teléfono viejo, seguramente intervenido, y dos cédulas de identidad. Miré a Damián, quien también tenía los ojos fijos en los míos. Éramos cómplices.

N N N

—Debes mantener la calma, te aseguro que todo saldrá bien —dijo Damián cuando estábamos en el auto casi llegando al aeropuerto.

Todo mi cuerpo estaba temblando, y mi cabeza me gritaba: «¡Estás tomando una mala decisión! ¡Por favor, devuélvete!», pero no podía arrepentirme. Jamás lo había hecho, y si de decisiones se trataba era la primera en comprometerme a fuego.

Por fortuna era otro de esos días fríos, así que me puse la capucha de mi abrigo, que me cubría hasta las rodillas. Damián caminaba a mi lado como si el mundo le perteneciera, sin rastro de nervios, como si lo que estábamos a punto de hacer no fuese un maldito error.

Habíamos llegado casi justos en la hora, idea de Damián. Solo queríamos pasar policía internacional y meternos a ese avión para marcharnos de una vez por todas de nuestras catastróficas vidas.

Mostrar nuestros comprobantes de los pasajes no fue un problema. Y aunque por dentro estaba hecha un atado de nervios, sabía mentir y disimularlo bien.

—Damián.

—Dime. —Sus ojos hicieron contacto con los míos.

—Mira disimuladamente la televisión que está ahí.

Él asintió y con precaución volteó para mirar lo que estaban pasando por la pantalla. Habían encontrado la bata del internado manchada con mi sangre, y se especulaba que estaba muerta o que estarían torturándome, aunque afirmaban que seguían con la búsqueda. Afortunadamente no pasaron ninguna fotografía mía por ese noticiero, y cuánto lo agradecí.

Solo había dos personas antes que nosotros esperando a pasar por policía. Damián inspeccionó los rostros de los oficiales, y cuando llegó nuestro turno él se dirigió hacia la ventanilla que nos correspondía, atendida por un funcionario que parecía haber cumplido recién la mayoría de edad. Lo seguí a paso firme y en silencio.

—Buenos días, jóvenes. Sus identificaciones, por favor.
—Parecía que llevaba poco tiempo en ese trabajo. Era amable, no tenía el tedio ni la hostilidad característicos.

Damián le acercó nuestros pasaportes, y él miró por unos segundos nuestras fotografías y puso nuestros datos en la computadora.

—¿Cuál es el motivo de su viaje?
—Vacaciones.
—¿Su boleto de regreso?
—No lo hemos comprado aún —contestó Damián seguro de sí mismo—. Todavía no estamos seguros de cuánto tiempo pasaremos en Europa; tenemos amistades allá.
—Qué suerte —sonrió—. Solo espero que no les pongan problemas en la entrada a Francia.
—Le aseguro que no.
—Bueno —dijo timbrando con agilidad ambos pasaportes—. ¡Que disfruten de su viaje!
—Muchas gracias —contestó Damián guardando nuestros documentos.

Pasamos nuestro equipaje de mano por las máquinas de rayos, nos quitamos los cinturones y objetos metálicos y dejamos que unas policías nos palparan el cuerpo. Cuando por fin estuvimos en la sala de embarque, pudimos respirar tranquilos. Eso, hasta que vi que la noticia de la desaparición de Bianca Morelli seguía girando en todas las pantallas.

—Damián —bajé la voz y lo miré—. Estoy en todos lados.

—Lo sé, pero estamos dentro y solo quedan quince minutos para que abordemos el avión. —Su cálida mirada me hizo sentir un poco más segura.

Esta vez sí estaban pasando fotografías mías, y, por la expresión en los rostros de la gente, intuí que sabían de quién estaban hablando, aunque todos se veían relajados. De pronto me percaté de que los guardias se estaban comunicando por radio, se daban miradas y se movían de forma más alterada de lo normal, como si algo sucediera.

—Debemos salir de aquí, ahora —le dije a Damián sin ponerme de pie todavía.

—¿De qué hablas?

—Tengo un mal presentimiento y no quiero que pase nada malo.

—Solo estás asustada, Bianca. Créeme que todo saldrá bien.

—No quiero que nada malo suceda con nosotros, Damián. Por favor.

—Y no pasará nada malo, ¿está bien? —Tomó mi rostro con ambas manos—. No lo permitiré.

Asentí en silencio y luego escuché: «Pasajeros con destino a París, Francia, por favor, diríjanse a la puerta 32 A para iniciar el embarque».

Nos pusimos de pie y nos ubicamos en la fila. Nuestros asientos eran parte del primer grupo de embarque. El procedimiento fue ágil. No tardamos en llegar al mostrador de registro.

—Documentos de identidad y tarjetas de embarque, por favor —dijo una señorita, totalmente seria. Teníamos todo a mano y se lo extendimos—. Asientos 16A y 16B. —Sonrió.

—Gracias —respondimos al unísono.

Damián me tomó la mano con firmeza y comenzamos a caminar por el pasillo que nos llevaba al avión. Una azafata nos enseñó nuestros asientos con amabilidad y nos deseó un buen viaje. Me acomodé en el asiento de la ventanilla y Damián en el asiento de en medio.

—Te dije que estaría todo bien. —Sonrió y luego besó mi frente.

A pesar de eso, yo no lograba recuperar la calma. Lo único que quería era que el avión despegara.

Durante los siguientes veinticinco minutos, las personas seguían acomodando sus maletas y buscando sus asientos, hasta que las puertas se cerraron y el piloto comenzó a hablar. Respiré mejor, hasta que una de las auxiliares de vuelo se quedó de pie junto a nosotros.

—Señorita, ¿me podría acompañar un momento, por favor? —Me sonrió con amabilidad.

—¿Sucede algo? —pregunté, intentando a toda costa no mirarla a los ojos.

—No, solo necesito que me acompañe.

—Raquel le teme mucho a los aviones —comentó Damián mirando directamente a la azafata—. Me ha costado un mundo convencerla de que hagamos este viaje. ¿Y usted quiere que se ponga de pie ahora que estamos a punto de despegar? Le pido un poco de consideración, por favor.

No sé qué expresión tenía en mi rostro, pero por cómo me sentía, podría jurar que me encontraba pálida y con el terror esparciéndose por cada conducto sanguíneo de mi cuerpo.

—Necesitamos que los dos bajen del avión, señor. —Esta vez habló con dureza.

—¿Qué ocurre? —le pregunté sacando, finalmente, la voz—. Hemos pagado una fortuna por estos boletos. ¿Qué le pasa?

—No queremos tener problemas con la aerolínea ni con la policía. Necesito que se pongan de pie como si nada estuviese ocurriendo y abandonen el avión. Así todo será más fácil. ¿Entendido?

—Por ningún motivo, qué ridiculez —solté.

Y en eso, mientras yo intentaba parecer ofendida y Damián insistía en que la azafata estaba siendo maleducada, las personas comenzaron a murmurar. Luego escuché gritos y malas palabras. Mi corazón se descontroló. Solo quería levantarme del asiento y correr, pero no pude hacerlo.

Vi a Vincent Hayden junto a mi madre, Claire Hayden, acercarse a toda velocidad al lugar en que estábamos nosotros, empujando a quienes se le cruzaran en el camino. Detrás de ellos venían al menos cinco policías. Quise esconderme debajo del asiento, pero ya era tarde.

La azafata dejó de hablar con Damián en cuanto se percató de que Vincent y Claire estaban ahí.

—Si hacemos esto rápido, no retrasaremos el vuelo y todo será mucho menos angustiante para ustedes, ¿está bien? —dijo Vincent, pero la policía no esperó una orden. Dos de ellos tomaron a Damián con fuerza desmedida y él, forcejeando, se quedó observándome.

—Está bien, me bajaré, pero, por favor, déjenlo en paz. —Miré directamente a los policías.

—Claro que no —escupió Vincent, y tuve unas horribles ganas de darle un puñetazo—. ¡Ya deja de hacer problemas y bájate del avión!

Me puse de pie esperando que la policía se calmara, pero no fue así en absoluto. Me tomaron de las muñecas, me esposaron y me arrastraron fuera del avión.

—A este llévenlo a la comisaría y que se pudra en la cárcel, ¿entendido? —ordenó Vincent refiriéndose a Damián.

—¡No! —le grité—. ¡¿Qué demonios te crees?! ¡Eres un puto violador, y todo el mundo lo va a saber!

Para ese entonces el avión completo nos estaba mirando. Mi madre no hablaba, solo me observaba como si no me reconociera.

Damián luchó con todas sus fuerzas para sacarse a los policías de encima, pero había demasiados refuerzos. Fue inútil intentar permanecer juntos.

—¡No te rindas, Bianca! —me gritó—. ¡Por ningún motivo voy a dejarte sola!

Mis ojos instantáneamente se llenaron de lágrimas, y forcejeé una vez más, desesperada.

—¡Damián! —solté un último grito desgarrado, pero ya estaban llevándoselo quién sabe a dónde por la puerta trasera del avión, mientras que a mí me arrastraban hacia la puerta de adelante—. ¡Por favor, suéltenme! —rogué—. ¡Yo no soy la culpable aquí!

—¡Cállate! —gritó mamá.

—¡Eres una maldita! ¡Ojalá te mueras! —Mi voz sonó como un alarido.

No podía dejar de llorar y tampoco podía controlarme. Mis gritos debían oírse en todo el aeropuerto. Luché incansablemente, pero no podía frente a la fuerza de tres hombres que me sostenían como si fuese una loca fuera de sí. Tal vez lo estaba siendo, pero me importaba una mierda. Me estaban quitando todo.

Me subieron a un carro de policía y solo ahí pude calmarme.

Por supuesto, no me dejaron declarar. Dijeron que era innecesario. No me preguntaron dónde había estado, por qué intentaba huir y menos por qué aseguraba que Vincent Hayden era un abusador. Me sentía tan impotente...

No me llevaron a casa, y tampoco esperé que lo hicieran. Mi madre seguía obstinada con la idea de que yo tenía serios problemas psiquiátricos e insistía en que debía ir a un internado, medicarme y hacer terapia.

Me encerraron en una habitación pequeña que, a diferencia de la mansión del bosque, parecía una cárcel. Mis ojos estaban hinchados, rojos y hundidos de tanto llorar. No sabía qué había pasado con Damián ni a dónde lo habían llevado, y no conseguía pensar en otra cosa que no fuera él.

—¿Por qué me haces esto? —me preguntó mi madre sentándose frente a mí. Yo estaba sobre una cama dura y asquerosa, atada de una muñeca. Qué ironía. ¿Ella me preguntaba «por qué me haces esto»? ¿Esto qué? ¿Acaso no se daba cuenta de que era ella la que me había arruinado la vida?

—Estoy en una habitación asfixiante, intentando creer que no es real. Sentada en una fría y dura cama, amarrada de una muñeca y sin poder dejar de llorar. ¿Y en serio todavía crees que estoy haciéndote algo *yo a ti*? —La miré fijo, con los ojos vacíos, y ella solo pestañeó.

—Bianca...

—¿A dónde se llevaron a Damián?

—Ese chico..., ¿lo conoces o solo te lo encontraste por ahí y lo obligaste a que te ayudara a salir del país?

—Él es inocente.

—Contéstame.

—Él solo me ha ayudado.

—¿Es el mismo chico de hace un año? ¿Con el que terminaste pasando la noche en una comisaría? —Me quedé en silencio—. Es probable que él vaya a prisión. Estaba incitando a una chica con problemas psicológicos a escapar del país con identificaciones falsas —dijo como si Damián fuera lo más parecido a un asesino en serie.

—Entonces ¿me dejarás aquí? —pregunté ignorando todo lo que me había dicho.

—Sí, al menos hasta que mejores. Sé que saldrás adelante, Bianca. —Se acercó para acariciarme el hombro, pero la esquivé.

—¿Puedo pedirte algo? —La miré con cansancio en los ojos—. Sé que no me crees y que piensas que estoy completamente loca, pero es solo un último favor.

—¿Qué quieres?

—Ver a Damián.

—Bianca.

—Por favor, solo me despediré de él.

Se quedó en silencio un momento y luego habló:

—Si accedo a eso, ¿me prometes que pondrás de tu parte para salir de aquí y que no lo volverás a ver?

—Lo prometo —contesté. La parte verdadera era que pondría todo de mi parte para salir de ahí, aunque claramente por ningún motivo dejaría de ver a Damián. O, al menos, de quererlo.

35
EVAN

DAMIÁN

Intenté quitármelos de encima, pero no pude. Los ojos de Bianca me suplicaban que hiciera algo, y yo lo único que quería era poder matar a golpes a Vincent Hayden. Lo odiaba con mi vida.

Me esposaron, me sacaron por la puerta trasera del avión y a empujones me dejaron dentro de un carro de policía. Uno de ellos estaba mirándome, seguramente imaginando que me sentía intimidado, pero eso estaba lejos de ser real. Lo único que me preocupaba de ir a la cárcel era que ya no podría seguir ayudando a Bianca.

En cuanto llegamos a la comisaría, recordé que hacía un año había estado en ese mismo lugar gracias a unos grandes y sugerentes ojos azules. Dos policías me tomaron de los brazos y me hicieron caminar hasta que estuve sentado solo en una sala de interrogatorio. Moví la pierna de arriba abajo intentando poner mis pensamientos en orden, pero mi cabeza estaba hecha un desastre, y sabía que en cuanto me hicieran hablar, solo podría soltar insultos y groserías.

Luego de unos minutos la puerta se abrió y apareció ante mi vista un oficial que me pareció demasiado familiar. Me miró a los ojos y frunció el ceño. Revisó los papeles que sostenía y se sentó frente a mí.

—¿Nos hemos visto antes? —me preguntó de lo más relajado, pero yo no podía relajarme. No dejaba de imaginar el infierno por el que seguro estaba pasando Bianca en ese momento.

—No lo sé —solté.

—Claro que sí, nos hemos visto. Hace algún tiempo estuviste aquí con la misma chica con la que te encontraron en el aeropuerto. Pasaron la noche en uno de los calabozos. ¿Damián Wyde?

—Sí. Creo que sí.

—¿Qué demonios sucede contigo? ¿No te cansas?

—¿Cansarme de qué? —Lo miré fijamente.

—No importa. Hagamos esto rápido y de manera eficiente, ¿te parece? Para eso deberás contestar a todas mis preguntas con la verdad.

—Lo haré.

—Empecemos por esto: ¿nunca dejaste de ver a Bianca Morelli desde aquella vez?

—Estuvimos aquí esa noche, y no la vi más hasta hace algunos meses.

—¿Por qué debería creerte?

—No tendría ninguna razón para mentirle. Créame que me hubiese gustado verla al día siguiente, pero no fue así. Pasó un año.

—¿La ayudaste a escapar del internado Sanidad?

—Sí. De hecho, fue mi idea —contesté con sinceridad.

—¿Te hiciste pasar por Vincent Hayden en la llamada?

—Sí.

—¿Por qué querían escapar del país? —Sus ojos cafés se quedaron en los míos, y la sensación de que lo había visto antes se intensificó. No hacía un año en la comisaría, sino mucho antes.

—Queríamos escapar de Vincent Hayden —contesté.

—¿Ambos?

—Ella. Y en consecuencia, yo.

—¿Por qué?

—Porque ese hijo de puta ha estado abusando de Bianca desde hace más de diez años, y cuando por fin se decidió a contarle la verdad a su madre, no la creyó. Impresionante, ¿no?

El hombre pestañeó y apretó los labios, sorprendido.

—¿Estamos hablando del mismo Vincent Hayden? ¿El multimillonario que apoya miles de causas benéficas y aparece en publicidades abrazando niños? ¿Hablas de ese hombre que parece ser un modelo a seguir para todo el empresariado?

—Sí, conozco toda la farsa de su currículo. Lo único que tiene es dinero, y le aseguro que es un asqueroso manipulador, abusador y, digámoslo por su nombre, violador.

—¿Cómo podrías comprobarlo? Estás haciendo una acusación sumamente grave.

—Lo sé, pero no tengo ningún miedo, porque es verdad.

—¿Por qué Bianca no lo denunció nunca a la policía?

—¿Es en serio? —Lo miré fijo—. ¿Sabe cómo opera un abusador y cómo se siente la víctima? Vincent la tenía completamente amenazada, y cuando Bianca por fin logró reaccionar ante su última agresión, él no encontró nada mejor que asegurar que ella estaba loca y que se lo había inventado todo. La metieron en un internado. La anularon, la privaron de libertad. ¿Y cómo te defiendes ante un tipo que tiene a la mitad del país comprado?

—La policía siempre está dispuesta a ayudar...

—¿Esta policía? —lo interrumpí—. ¿La misma policía que nos sacó de ese avión con fuerza desmedida consiguiendo que todos pensaran que nosotros éramos culpables? No, oficial, créame que el único culpable de que la vida de una chica esté rota en mil pedazos es Vincent Hayden, el puto empresario maquiavélico, narciso y cerdo. —No sé qué expresión tenía en el rostro, pero el policía estaba mirándome sin interrumpir.

—Vincent Hayden denunció episodios de violencia en su domicilio. Declaró que su hijastra se ha estado haciendo daño voluntariamente, y nos enseñó fotografías de ella cuando estaba golpeada. ¿Cómo no creerle?

—¿Es una broma? Los golpes se los dio ese maldito a Bianca. Y lo que hizo fue adelantarse y ponerse el parche antes de la herida. Está muerto de miedo, porque tarde o temprano el mundo se enterará y él quedará en la miseria. Además de podrido en una celda, espero.

—Según los mismos relatos de Claire Hayden, la madre de Bianca —comenzó, y yo rodé los ojos—, su hija siempre ha sido una chica problemática, con conflictos internos, y que jamás logró superar el divorcio de sus padres. Según su versión, eso desató sus problemas psicológicos y el odio contra su padrastro.

—Puede que Bianca no haya superado el divorcio de sus padres, o que le haya afectado mucho, y eso solo agrava las cosas. Vincent Hayden se aprovechó de eso e hizo trizas la psiquis de Bianca de la forma más deplorable. —Lo único que podía hacer era mirarlo a los ojos para intentar que me creyera—. Ha abusado de ella en cientos de ocasiones, y ella, por miedo y vergüenza, no vino aquí a contar su verdad. ¿Cómo no iba a ayudarla a escapar de las redes de ese psicópata? ¿Cómo no iba a ayudarla cuando sé todo el poder que tiene ese imbécil?

El policía se quedó viéndome y supe que creyó en mis palabras, pero entendía que no podía decirme nada ni exponerse sin antes seguir el curso regular de la investigación.

—Está bien, Damián. Me ocuparé de este caso a fondo, pero necesito que seas discreto.

—Cuente con eso.

—Aun así, me has complicado el panorama. ¿Identificaciones y pasaportes falsos? ¿Dónde los conseguiste?

—No es demasiado difícil, oficial.

—¿Ha sido Brain?

—¿*Brain*? —Fruncí el ceño.

—Sé que sabes de quién estoy hablando. Brain Walker, el hombre más buscado de la ciudad.

—Sé de quién está hablando, pero no ha sido él —mentí—. Me he comunicado de forma anónima con una persona cuya identidad yo tampoco conozco. Hicimos un intercambio limpio. Dejó un paquete fuera de mi departamento, se marchó, yo lo tomé. Fin.

—¿Sabe dónde vives?

—Era uno de los requisitos al momento de la compra.

—Está bien —asintió no tan convencido—. Bueno, Damián. No te dejaré en prisión todavía, veremos cómo se resuelve este caso con toda la información que me has brindado, y te citaremos si debes declarar de nuevo, ¿está bien? No creo necesario dejarte tras las rejas. Probablemente tengas que pagar una multa. Te llegará una notificación en un par de días. —Asentí—. ¿Puedo comunicarme con alguien de tu familia? —preguntó.

—Vivo solo —contesté.

—Sí, pero algún familiar tienes, ¿no?

—Mi madre, aunque no creo que ella pueda venir.

—¿Por qué? Eres su hijo, debe estar preocupada por ti si es que te ha visto en las noticias.

—No creo que se haya enterado de nada. No pasa un minuto sobria —solté, y lo que vino a continuación fue muy extraño. Su mirada se fijó en mí, me recorrió por completo y pestañeó como si hubiese recordado algo. Tragó saliva con dureza.

—¿Cuánto dijiste que estuviste en el centro de menores?

—¿Yo dije eso? Bueno, durante diez años.

—¿Por qué?

—¿A qué van todas estas preguntas? —Me sentí incómodo.

—Debo hacerlas, Damián.

—Mi madre es alcohólica, a mi padre no lo conozco y al parecer no tengo más familia. Cuando era pequeño dijeron que ella no podía hacerse cargo de mí, y como no había nadie más..., fui a parar a ese lugar.

—¿Cuál es el nombre de tu madre? —preguntó el policía atropelladamente.

—Berenice Wyde —contesté, y él se quedó con la mirada fija en su libreta. Luego apuntó algo con la mano temblorosa y levantó la vista.

—¿Hay algún problema? —pregunté.

—No, Damián. Solo intentaré comunicarme con ella para hacerle saber lo que ocurrió. —Se puso de pie y salió de la sala.

No sé qué demonios había pasado. Me seguía pareciendo extraña la actitud del policía, pero intenté no preocuparme. Toda mi energía estaba concentrada en que Bianca se encontrara bien, por lo menos que estuviera con vida. Nuestro plan se había ido a la mierda en un abrir y cerrar de ojos. Y eso que era un gran plan.

Estuve sentado por al menos una hora solo en ese lugar contando las grietas de los muros, identificando la variación de color en la pintura del techo, hasta que el mismo policía entró a la sala.

—Me acaban de informar que tu madre está aquí. Vamos —dijo. Me sacó las esposas y caminé junto a él.

¿Mi madre? ¿Ahí?

Cuando salí de casa, pensé que ella no sobreviviría sin mí y que se hundiría aún más en su alcoholismo. No me creía que hubiese ido por mí a la comisaría, como si yo fuese un crío de diez años que acababa de robar un dulce, pero al parecer ahí estaba.

Entramos a otra oficina, un poco más grande, y vi a una mujer sentada en una de las sillas dándonos la espalda. En cuanto cerramos la puerta se volteó, pero sus ojos no se detuvieron en mí, sino en el oficial. Mi madre se veía mal, como siempre. Ojeras y rostro demacrado. De antemano supe que había comenzado su día bebiendo alguna mierda barata, y que su día de alcohol había sido interrumpido por la llamada de un policía. Parecía molesta e incómoda, con el ceño fruncido.

—¿Qué haces? —pregunté, pero ella me ignoró.

—Evan —susurró dirigiéndose al policía. Sus ojos se llenaron de lágrimas y yo no supe qué mierda decir.

—Berenice —dijo él de forma fría y con evidente molestia. ¿Acaso se conocían?

—¿Qué demonios está pasando? —Sentí una presión en el pecho y creí que iba a explotarme la cabeza. ¿Acaso eran amigos? ¿Familiares? ¿Él le había hecho algo?

—Vámonos de aquí, Damián —soltó mi madre con pesadez. Cogió mi muñeca y me arrastró hasta la puerta como si siempre hubiese sido una madre protectora, pero nadie le creía ese papel.

Antes de que pudiésemos salir, la voz del policía nos interrumpió:

—¿Por qué nunca me lo dijiste? —preguntó, y mi madre pareció desvanecerse—. Pude haberlo hecho bien, ¿sabes? Pero no. Te quedaste callada y solo huiste de mí.

—¡No te merecías saber ni una mierda! —le gritó ella con tono desgarrado.

—¿Qué está pasando? —Me sentía en un mundo paralelo—. Estoy aquí oyendo una conversación que no logro entender. ¿Qué es todo esto? —Los miré a ambos.

—Damián. —Mamá me observó.

—Cuéntaselo, Berenice. Dile a Damián la verdad de una vez.

Pero yo ya sabía la verdad sin que ella me lo dijera. Y lo peor de todo es que no podía huir de ese lugar.

—No es necesario que me hagas esto, Evan.

—¿Se lo dices tú o se lo digo yo? —soltó con frialdad.

—Este hombre que ves aquí, Damián... —comenzó a decir mi madre—, es tu padre —confesó por fin y luego derramó un par de lágrimas que secó con rapidez.

Me quedé mirándola fijamente. No entendía una mierda. ¿Mi padre? ¿Un policía? Bajé la mirada, creo que intentando buscar una respuesta en el suelo. Mi cabeza estaba hecha un desastre y no sabía por dónde comenzar a preguntar. Qué raro se sentía tener un padre tan cerca y a la vez tan ajeno a toda mi historia. No supe qué decir ni qué hacer. Tenía un millón de preguntas. Recordé que, cuando era pequeño y estaba encerrado en el centro de menores, tenía una carta que se titulaba «Preguntas para hacerle a mi padre cuando lo conozca». Y me las sabía de memoria, pero ahora mi cabeza estaba completamente en blanco. No sentí enojo ni molestia. Ni siquiera me incomodé o sentí nostalgia. Solo estaba confundido.

—Damián... —dijo, pero no reaccioné. ¿Por qué debía escucharlo? Había estado lejos de mí durante casi veintiún años.

—No quiero escuchar a ninguno de los dos —solté.

Salí de la sala sin un rumbo fijo y supe que quizá estaba tomando una mala decisión. Tal vez debía darme el tiempo de escucharlos, de que me dieran explicaciones para luego armar el rompecabezas que estaba en mi cabeza, pero no. Lo único que quería en ese momento era escapar, ir a fumarme un cigarrillo a mi planeta.

Y justamente llegué ahí. Y no podía dimensionar cuánta falta me hacía Bianca en ese momento. La imaginaba hablándome de cualquier cosa que me hiciera olvidar el sabor amargo, escuchándome o solo entregándome tranquilidad con sus grandes ojos azules. No podía creer que todo se nos había ido por entre los dedos tan rápido, me arruinaba pensar en lo mal que nos estábamos sintiendo.

Mi primer cigarrillo se transformó en dos hasta que pronto fueron diez.

La oscuridad se apoderó de Serendipia, y aunque me ilusioné pensando en que ella llegaría diciéndome que todo estaba bien, eso no pasó. Ella no llegó, y sí que la esperé, hasta que supe que era el momento de partir a casa.

Abrí la puerta del departamento con un nudo en la garganta. Quería destrozar todo a mi paso, pero me contuve. Cuando bajé la mirada noté que había un papel. Lo tomé y de inmediato lo abrí.

Si quieres hablar de lo que ocurrió hoy, ven a esta dirección.

Evan

Su dirección estaba apuntada en la nota, pero mi principal preocupación no era reencontrarme con un padre que recién aparecía.

Dejé el papel encima de la mesa y tomé una decisión rápida. Vincent Hayden iba a conocerme. Más bien, iba a arrepentirse de haberme conocido. Iba a asesinarlo después de machacarlo a patadas. Era lo que se merecía ese hijo de puta. Eso y, claro, un sinfín de cosas más.

36
NO TE TEMO

DAMIÁN

Había entrado una vez sin ser visto y ya sabía que en la mansión había cámaras, por lo que procuré avanzar entre los arbustos hasta llegar a la ventana de la habitación de Bianca. Me quedé mirando alrededor un momento. Sus cosas seguían ahí, incluso persistía el aroma de su perfume. A mi cabeza llegaron recuerdos perversos que con cada paso que daba se iban convirtiendo en más odio hacia el hijo de puta de Vincent Hayden.

Caminé sigilosamente por los pasillos, que se encontraban en oscuridad absoluta, y, asegurándome de que ninguna cámara podía captarme, entré por una puerta que me llevó hasta la oficina de Vincent. Había un escritorio con un ordenador encendido, además de muchos papeles perfectamente organizados. Todo parecía muy limpio. Miré la hora: las 3.59 de la madrugada.

Debía hacer que el hijo de puta fuera hasta ahí de alguna manera, así que comencé a idearme el plan. Apagué la luz, me metí en su ordenador, apagué todas las cámaras de seguridad y esperé sentado en su escritorio. Si Vincent Hayden era tan precavido, seguro tendría activadas notificaciones de la desactivación de las cámaras, por lo que tarde o temprano llegaría a su oficina a revisar el ordenador.

Y así fue.

Escuché pasos en el pasillo y solo me quedé sentado esperando a que abriera la puerta. Cuando lo hizo, rápidamente fijó su mirada en mí frunciendo el ceño y retrocedió atemorizado.

—Si entras y cierras la puerta con pestillo, créeme que nadie saldrá herido. —Lo miré y él, sin pensárselo demasiado, entró y cerró la puerta detrás de sí.

—¿Qué haces aquí? —soltó—. La policía debía dejarte tras las rejas.

Sonreí.

Me hacía gracia verlo temblar. No podía dejar de mirar sus ojos y cejas definidas, además de esas arrugas incipientes. Tenía la apariencia de una persona inofensiva, pero no lo era. Él era un puto monstruo y nadie se lo había dicho a la cara.

—Algunas personas, como tú y como yo, tenemos el beneficio de no entrar a la cárcel —contesté. Me puse de pie y caminé por alrededor del escritorio. Él se apegó a la pared.

—¿Qué quieres?

—¿Qué pensabas? ¿Qué ibas a destruir todo y te quedarías en tu gran mansión sin sufrir las consecuencias? —Reí.

—¿Quién demonios te crees? —Se armó de valor—. ¿Acaso no sabes quién soy?

—Por supuesto que lo sé, y mucho mejor que cualquiera. Sé que eres un psicópata, un enfermo, un abusador —dije con molestia.

—Claro que no. Bianca te ha lavado el cerebro. Sal de mi casa *ahora ya*, o llamaré a la policía.

—Llama a quien se te dé la gana, Vincent. Yo no te tengo miedo. —Me acerqué despacio a él—. Puedes tener poder, todo el dinero del mundo y gente a tu servicio, pero a mí ni cerca estás de intimidarme. Te mataría justo ahora, aunque... tengo otro plan para ti.

—Fuera de mi casa —soltó con la voz temblando.

—Mírame bien —le dije—. Si quieres puedes decirles a todos los policías del mundo que estoy aquí, me importa una mierda. Tú no llegarás demasiado lejos con tu vida, Vincent. Recuerda mi rostro, porque probablemente me veas en cada lugar al que vayas.

—¿Qué es lo que quieres?

—¿Acaso podemos negociar? —Alcé las cejas.

—Si eso es lo que quieres, sí. Con la condición de que dejes a mi familia en paz de una vez.

—¿Bianca, «tu familia»? —Sentí asco.

—Claro que sí.

—Quiero que la saques de donde sea que la hayas metido y que la dejes en paz de una puta vez.

—Ella está enferma, tiene que mejorarse ahí dentro, y tú debes dejarla tranquila.

—Entonces no hay negociación. —Me acerqué a él—. Seguirás viéndome en todos los lugares a los que vayas, y lo lamento mucho por ti, Vincent. Debes saber que yo jamás me rindo.

—¿De qué hablas?

—Te perseguiré hasta que termines durmiendo debajo de un techo en mal estado. —Me encogí de hombros.

Su mirada estaba puesta en mí, pero no movía sus pies del suelo. Estaba paralizado de terror.

—¿Cómo has entrado aquí?

Levanté la vista.

—Recuerda que yo sé todo de ti, Vincent. —Me acerqué aún más a él, hasta que estuvimos frente a frente—. No podrás escapar tan fácil de la verdad.

—¿Cuál verdad, imbécil? —Subió el tono de su voz y me dio un empujón, envalentonándose de pronto.

Retrocedí unos pocos centímetros y luego reí. Le di unas palmadas en la mejilla.

—El miedo está saliéndote por los poros. Recuerda que ya te he golpeado antes, y no creo que quieras que te deje inconsciente como casi lo hice la vez anterior, ¿o sí?

—¿Qué?

—Ahora me voy, y procura cerrar todo muy bien. —Mostré de nuevo mis dientes en una sonrisa—. No es muy difícil dejar el gas encendido y hacer explotar este lugar contigo y tu esposa adentro.

—Claire no ha hecho nada. Y yo tampoco.

—Tú has destrozado a una chica de diecinueve años, y esa mujer le ha dado la espalda a su única hija. Es suficiente para mí, ¿oíste? Eso basta para querer verlos calcinados, ahogados, asfixiados... O tal vez me invente una forma de morir más novedosa. Así que no me jodas más, Vincent. Todo lo que puedas encontrar si buscas mi nombre son pequeñeces. Soy mucho peor que eso.

᷃ ᷃ ᷃

Esa mañana encontré sobre mi motocicleta una nota que decía:

Mi hija me ha pedido un último favor. Necesito que vengas a casa para que hablemos. Claire Hayden.

No dudé en hacerlo. Estacioné afuera de la mansión y, como si no hubiese ido la noche anterior a aterrar a Vincent, entré con paso firme. Claramente estaban grabándome y no iba a dar ningún paso en falso. Golpeé la puerta un par de veces y la misma madre de Bianca me abrió. Aunque odiaba el hecho de que ella estuviera dándole la espalda a su propia hija, tuve que controlarme.

Sus ojos me recorrieron de pies a cabeza, mirándome como un bicho raro, pero intenté no darle demasiada importancia a eso. Jamás me había avergonzado de lo que era, menos frente a personas tan vacías como Claire.

—Hola, Damián. —Me sonrió—. Por favor, pasa. —Actuó como si yo fuera a creer que ese sería un encuentro amistoso.

—Vayamos al grano —solté. Ella se detuvo a mitad de camino y volteó para mirarme. No quería sentarme en uno de sus sofás a conversar sobre la salud de su hija—. ¿Qué es lo que le pidió Bianca?

—Esperaba que pudiésemos conversar.

—¿Conversar sobre qué? —Alcé las cejas. Ella parecía choqueada.

—Sobre todo lo que ha estado pasando.

—Si va a decirme que Bianca está teniendo graves problemas mentales, por favor, ahórreselo. Sé todo.

—¿Qué sabes?

—¿Pregunta de chismosa o realmente le importa su hija?

—Mira, Damián, esta situación es muy difícil para mí. —Su rostro «angelical» y sus grandes ojos azules me recordaron a los de Bianca, pero Claire Hayden no era como mi rayo de luz. Esta mujer estaba cegada por el dinero..., aunque prefería pensar que estaba cegada por amor.

—¿Cuál es la parte que le cuesta? —Fruncí el ceño.

—¿Crees que es fácil tener a mi hija encerrada en un hospital psiquiátrico? —me enfrentó—. ¡Claro que no lo sabes! Estás siendo un impertinente.

—Fue su decisión —comenté con tranquilidad—. Usted y su esposo han decidido meter a su hija en un hospital psiquiátrico de forma totalmente infundada e injusta. No lo merece. Así que, por favor, ¿podemos ir al grano?

—¿Cómo sabes que no lo merece? Ella está inventando una historia horrible. Dice que mi marido, el mismo hombre con el que he estado casada por casi doce años, es un abusador. ¿Cómo podría creerle algo así? Está comple...

—Yo lo vi —la interrumpí, y ella se detuvo en seco mirándome a los ojos.

—¿Qué?

—Un día vine aquí por la noche. Quería hablar con Bianca y me colé por su ventana. Fue ahí cuando vi a Vincent... abusando de ella. Ella estaba como una estatua, no podía reaccionar.

—¿Qué demonios estás hablan...?

—Sí. ¿Y sabe? Entré, me importó una mierda si alguien me veía. He sido la única persona que la ha defendido de la vida de mierda que está teniendo. Lo golpeé y luego de seguro se inventó la historia estúpida de que un ladrón lo había agredido.

¿En serio todos le creen?

Los ojos de Claire cada vez se abrían más, le estaba costando respirar y se le notaba, pero no me importó. Tenía tanto dentro de mi pecho que lo único que deseaba era que se hiciera escuchar la voz de Bianca, la misma que habían apagado por tanto tiempo.

—Vincent no sería capaz de eso... —Derramó un par de lágrimas y se las secó con rapidez.

—Entonces, cuénteme qué quiere Bianca —cambié el tema de conversación. Si la seguía escuchando, solo iba a acumular más odio del que ya tenía.

—Sí, está bien. Ella me ha pedido verte, aunque sea por última vez. Prometió que pondría de su parte si cumplía mi promesa de llevarte con ella.

Me volvió el alma al cuerpo, aunque tenía muy claro que esa visita no sería para rescatarla. De seguro estaría rodeada de doctores y personal de seguridad.

—Pues entonces vayamos —concluí.

—Bien, iré a buscar mis cosas. Nos vamos en mi auto.

—Usted va en su auto, yo la sigo.

Me subí a la moto y conduje detrás del auto de Claire por algunos minutos. Este sitio quedaba mucho más cerca que el anterior, seguramente porque la querían tener aún más controlada. El edificio era más moderno y los muros estaban cubiertos de cerco eléctrico. Estacioné a un lado del auto de la madre, y ella se bajó. Con un gesto me indicó que la siguiera y así lo hice. Mi corazón estaba latiendo con fuerza, pero no mostraría nerviosismo ante nada.

Pasamos por la recepción, dejamos nuestras identificaciones y avanzamos por un frío pasillo de baldosas.

—Aquí es. —Escuché la voz de Claire delante de mí. Se detuvo frente a una puerta blanca, giró el picaporte y se metió en la sala. Entré detrás de ella y cerré.

Lo primero que mis ojos buscaron fue a Bianca. Estaba tendida en la cama, dándole la espalda a la puerta, probablemente dormida.

Claire se acercó para despertarla, pero la tomé del codo, lo que hizo que se detuviera en seco y me mirara.

—Yo la despierto —susurré—. No quiero que su rostro sea el primero que vea al despertar —solté, y ella se quedó helada. Me observó y luego dijo que nos daría un tiempo, que se encontraría afuera.

En cuanto estuve a solas junto a Bianca me sentí como la mierda.

Me acerqué despacio a su camilla y me senté. Ella se sobresaltó, se incorporó abriendo los ojos y se alejó de mí como en un acto reflejo. Cuando nuestras miradas se encontraron, pestañeó un par de veces y me abrazó con fuerza, aferrándose a mi cuerpo con desesperación. Recibí su abrazo y mi garganta se apretó. Esos dos días habían parecido una eternidad.

—Pensé que no te traerían aquí jamás. —Sus ojos se llenaron de lágrimas.

—¿Estás bien? —pregunté en un susurro acariciando su rostro.

—Tengo miedo, Damián.

—No es tiempo de tener miedo, Bianca. —Besé sus manos—. Somos valientes. Lo sabes, ¿no?

—Creo que ya no lo soy. Mírame, Damián, estoy hecha un desastre. Ya no puedo seguir luchando.

—Claro que puedes. ¿Estás rindiéndote?

—Es que no puedo más.

Sentí mis ojos cristalizarse, y ella lo notó.

—Te voy a sacar de aquí, te lo prometo.

—¿Y luego qué? No podemos ir a ningún lugar.

—Bianca, eres todo lo que tengo en mi vida, y por ningún motivo voy a dejar que nuestro futuro se arruine.

—No, Damián —dijo con firmeza—. Le he pedido este favor a mi madre porque quiero despedirme de ti.

Sentí una presión en el pecho que jamás había experimentado. Empecé a respirar con dificultad.

—¿De qué hablas, Bianca? —La miré a los ojos.

—Durante todo este tiempo te he visto armarte, luchar por tener una vida nueva, y yo solo te causo problemas y arraso con todo a mi paso. Quiero que seas feliz, y conmigo al lado jamás lo serás, créeme.

—No me vengas con frases sacadas de libros cursis, Bianca. —Fruncí el ceño—. Me importa una mierda la historia que tengas, lo que te haya pasado y lo que he tenido que hacer para estar contigo. Haría todo esto de nuevo si fuese necesario. Mil veces.

—Lo sé, pero yo ya no quiero que lo hagas. No tienes ningún futuro junto a mí —bajó la voz—. Si algún día salgo de aquí, probablemente tampoco me dejen acercarme a ti.

—No puedes vivir toda tu vida en una cárcel, Bianca.

—Y es que yo tampoco lo quiero así, pero mira dónde estoy. Estoy aterrada, Damián, y no quiero que te suceda nada malo.

—No intentes protegerme. Yo sé hacerlo solo —dije de forma tajante—. Por favor, déjame intentar quererte un poco más, déjame intentar sacarte de esta mierda y llevarte conmigo al fin del mundo.

—¿Cómo quieres hacer eso, Damián? —Apoyó sus pequeñas manos en las mías—. Estoy tan enamorada de ti, y siento que te tengo a kilómetros de distancia.

—No dejes que ellos se metan en tu cabeza, por favor —le pedí con la voz entrecortada—. Sé que es difícil. Sé que probablemente no tengamos un futuro juntos, pero somos ahora. Estamos a centímetros de distancia justo ahora, y no dejaré que te arrebaten de mi lado.

Bianca se quedó en silencio y me abrazó con fuerza. Se acurrucó en mi pecho como si fuese el único lugar donde quisiera estar. Entendía que quería alejarse de mí para dejarme ser feliz, pero yo era feliz junto a ella, y le aseguré que por ningún motivo me rendiría.

—Entonces ¿cuál es tu plan ahora? —me preguntó. Por primera vez no parecía estar confiada en nuestras locas soluciones, y yo me quedé en blanco, porque lo cierto era que no tenía ningún plan. Lo único que se venía a mi cabeza era extorsionar a Vincent para que dijera la verdad.

—Voy a extorsionar a Vincent —respondí, y ella frunció el ceño.

—¿De qué estás hablando?

—Así es. No sé cómo conseguiré hacerlo, Bianca, pero lo haré, créeme.

—Vincent es muy peligroso. Hará que te encierren y que te pudras en la cárcel.

—Ya sé cómo resolver eso, no te preocupes —aseguré acariciando su cabello.

—Por mi parte, voy a intentar seguir todas las reglas de este lugar para salir lo más rápido de aquí. —Le sonreí y ella me devolvió una sonrisa quebrada.

Haría lo imposible para que Vincent cayera, para que confesara la verdad y el mundo se enterase de quién era realmente. Había destruido todo lo que teníamos por delante. Rendirme nunca había sido una opción, y menos ahora.

Mi madre ya había intentado destruirme y yo había encontrado la forma de recoger mis piezas y rearmarme. Por ningún motivo permitiría que alguien como Vincent Hayden, que ni siquiera tenía mi sangre, aniquilara lo que tenía por delante.

37
SECRETOS

DAMIÁN

—Me encantaría estar en Serendipia justo ahora —comentó Bianca con la vista fija en la pulsera que le había regalado para su cumpleaños—. Fumando un cigarrillo, creando historias sobre cómo conquistar el mundo o inventando secretos que la NASA no puede oír. —Desvió su mirada hacia la mía, y solo pude quedarme en silencio.

Nos separaban apenas unos centímetros, pero yo la sentía tan lejos. Odiaba que estuvieran haciendo pasar por eso a una chica como ella.

—El día que me llevaron con la policía terminé en Serendipia. Estuve ahí hasta que la noche se apoderó del lugar —le conté, y ella me escuchó con ojos brillantes—. No sabes la falta que me hiciste.

—¿Por qué?

—No te contaré mis problemas, Bianca. Ya suficiente tenemos. —Sonreí, pero ella se mantuvo seria, con una expresión que parecía decir: «Necesito que me cuentes todo».

—Ya dime, Damián.

—Bueno..., ¿recuerdas al policía que nos encerró en una celda la noche que nos conocimos?

—No muy bien —contestó—. Es que pasó hace tanto tiempo...

—He descubierto que es más que un policía —dije, y ella entrecerró los ojos—. Es mi padre, Bianca.

—¡¿Qué?! —Sus ojos se abrieron como dos enormes platillos—. ¿Cómo es posible...? ¿Quién te lo ha dicho?

—Mamá.

—¿La has visto?

—Sí. Fue por mí a la comisaría, se encontró con él y me contó toda la verdad. El policía..., mi padre, se llama Evan.

Su rostro no daba más de la impresión.

—¿Hablarás con él?

—Dejó una dirección en mi departamento...

—¿Entonces?

—Supongo que sí, en algún momento.

De pronto la puerta se abrió frente a nosotros y todo lo que había intentado transmitirle se esfumó de un momento a otro. Fue como si una gran ráfaga de viento la hubiese sacado de la habitación. Hizo contacto visual con la mujer que se hacía llamar su madre, y esta, con descaro, le sonrió.

—Creo que ya es hora de irnos —dijo mirándome, y Bianca apretó mi mano con la suya—. Para que se despidan. Pronto vendrán los médicos a darte tus medicamentos, Bianca.

—¿Cuáles medicamentos? —me atreví a preguntar.

—Dicen que son para la depresión —contestó Bianca desviando su mirada hacia la mía.

—Despídanse —repitió su madre con dureza y cerró la puerta con fuerza.

Quería quedarme a toda costa junto a ella, pero si hacía algún escándalo de los que acostumbrábamos, terminaría tras las rejas nuevamente y Bianca ya no podría salir de ese lugar escalofriante.

Le di un último abrazo.

—Prométeme que no te darás por vencida —susurré en su oído mientras ella intentaba meterse en mi cuerpo.

—Te lo prometo —susurró.

—Prométeme que estarás bien.

—Te lo prometo.

—Y que no dejarás de quererme.

—Eso no dejaré de hacerlo nunca.

Besé su frente y luego deslicé mis manos por alrededor de su cuello para acercarla a mí. Mis labios no tardaron en pegarse a los suyos. Las ganas de llevarla conmigo estaban apretándome el pecho, pero me mantuve entero. Necesitaba que supiera que la estaría esperando afuera con toda mi energía.

En cuanto me puse de pie, la puerta se abrió a mi espalda. Su madre entró con paso firme y se quedó mirando a Bianca, quien la observó con odio y asco.

—Hija...

—Señora —soltó Bianca—. No es necesario que intentes hablar conmigo. Con que hayas traído a Damián hasta aquí está todo bien. Ahora puedes irte para no volver.

—Bianca, no seas malagradecida. Estás aquí porque queremos ayudarte.

Mi mirada viajó al rostro de la mujer.

—¿Ayudarla en qué? —intervine.

—Ya sabes, con su depresión, su paranoia y sus crisis de pánico. —Solté una falsa carcajada y solo respiré profundo. Sería una larga lucha hacer entender a esa mujer que su hija había estado siendo abusada por su marido en sus narices desde que era una niña—. En fin. Quiero que sepas que coordiné todo para que te den clases particulares aquí, y así puedas, espero, terminar tu carrera. —Soltó un suspiro y me miró—. Bueno, Damián, ya es hora de irnos.

Miré a mi pequeño rayo de luz y ella me regaló una sonrisa quebrada. Supe que, al menos, lo estaba intentando.

—Serendipia y yo estaremos esperándote —dije y le guiñé un ojo.

—Regresaré pronto —contestó Bianca.

Su madre nos miró y luego intentó despedirse de manera amable de su hija, pero Bianca la ignoró completamente.

Salí rápido y me adelanté para tener lejos a esa mujer. No quería que osara decirme más mentiras.

Cada paso que daba afuera de ese sitio me hacía sentir un sabor amargo. Quería golpear algo, gritar con fuerza o fumarme toda la caja de cigarrillos solo. No sabía en qué momento Bianca se había metido en mis venas, en mis huesos, y había roto el inmenso muro que estaba frente a mí para simplemente coger ese poco de amor que yo suponía no existía. La quería, y muchísimo. Estaba enamorado de ella, tanto, que me volvía loco no poder hacer algo rápido para ayudarla.

N N N

—Creo que es una buena idea —comentó Brain, sonriendo.

—Lo es.

—Dispondrás de toda la información que necesites, pero tengo una condición para eso. —Se quedó mirándome fijo, con esa expresión que ya conocía.

—¿Cuál? —Rodé los ojos.

—Si llega el momento en que quieres actuar, ya sea asesinándolo o torturándolo un poco, me llamarás.

—¿Por qué haría algo como eso? —Fruncí el ceño y luego sonreí.

—Porque odio a los abusadores, Damián —contestó tan serio que casi logró ponerme la piel de gallina—. Los detesto, y si es necesario asesinar a cada uno de ellos, créeme que lo haré.

—Está bien, Brain. Puedes estar seguro de que te lo diré.

Brain se encargaría de darme toda la información que necesitara de Vincent Hayden. Las reuniones a las que asistiría, sus horarios de trabajo, los momentos en que debía estar en casa, sus compromisos íntimos... La idea era que me viera en todos los lugares a los que se dirigiera, que recordara mi rostro cada noche y que estuviera tan cagado en sus pantalones que por las noches no pudiese dormir.

N N N

CARTA 1
(26 de agosto)

Solo ha pasado un día y ya quiero mandar todo a la mierda. Tengo unas horribles ganas de ir por ti, de golpear a cada persona que se cruce en mi camino y traerte de vuelta. De abrazarte fuerte y repetirte a cada segundo que te cuidaré, que te protegeré, y que nunca, pero nunca, te dejaré. Me gustaría haberte conocido en otra vida. En una de esas tantas vidas que dicen que tuvimos antes de esta o, tal vez, en alguna vida futura. Pero en una donde tuviese el poder de derrumbar todo lo que te hace daño, y así quedarnos juntos. Fumando un cigarrillo, hablando acerca de por qué las estrellas brillan más que otras, de por qué existen palabras tan extrañas o simplemente durmiendo uno al lado del otro.

N N N

Todo estaba tal cual lo había dejado. Tal vez faltaban un par de cosas, como la radio, por ejemplo. La sensación desastrosa y mis ganas de vomitar al entrar ahí todavía seguían intactas.

Necesitaba hablar con ella. Estuviera sobria o ebria quería sacarle la información que nunca se atrevió a contarme.

La busqué por cada habitación, y en el baño fue donde la encontré. Estaba sentada en el piso de cerámica, llorando. En cuanto abrí la puerta, ella levantó la mirada y se puso de pie. Estaba sobria, tal vez con un poco de alcohol en el cuerpo, pero podía valerse por sí misma.

El nudo de mi garganta regresó, pero debía hacerle frente.

—Damián —susurró.

—Mamá. —La observé.

—Pensé que jamás regresarías. —Intentó sonreír, pero solo logró que sus ojos se llenaran de lágrimas. Se acercó para abrazarme y yo retrocedí unos pasos para que no lo hiciera.

—No he regresado. Solo vine a hablar contigo.

—¿De qué? —preguntó con frialdad. Caminó haciéndome a un lado, y luego la vi dirigirse a la sala—. Voy de salida, así que habla rápido.

—¿Ya has estado mucho tiempo sin emborracharte?

—¿A eso has venido? ¿A echarme en cara lo que soy? ¿A decirme el puto desastre que soy? —alzó la voz—. ¡Sé que he sido una madre de mierda! ¡Sé que te he hecho pedazos la vida, Damián! ¡¿Acaso crees que no me he dado cuenta?! —dijo llorando con más fuerza.

Me mantuve rígido. No quería verme débil frente a ella.

—No, no he venido a echarte nada en cara —solté, y ella se secó las lágrimas con rapidez—. Voy camino a casa de Evan y solo quiero saber qué tienes para decirme. Quiero saber mi historia de tu boca antes que de la de él.

—No merece la pena, Damián. —Caminó con lentitud hasta el sofá y se sentó.

—¿No me dirás? ¿No me explicarás por qué jamás me dijiste que mi padre no sabía que yo existía? ¿No me vas a explicar por qué me dejaste esperándolo por años?

—Lo lamento muchísimo —susurró—. Lamento haber sido una mierda. Él probablemente te merecía más que yo, pero fui una egoísta, no dejé que se quedara con una pizca de tu amor. Nada.

—¿Qué te hizo?

—Me engañó —confesó, y más lágrimas cayeron de sus ojos.

—No creo que solo haya sido por eso. No pudiste privarme de conocer a mi padre solo por un engaño. ¿Qué más te hizo?

—Quiero que él te lo cuente, Damián. —Su voz sonó más firme y sus ojos se quedaron mirándome con honestidad. Por un momento estaba viendo a la mujer que alguna vez estuvo totalmente sobria—. Quiero que se ponga los pantalones de una vez y te confiese todo, porque jamás tuvo la valentía de decírmelo en mi cara. Pregúntale quién se fue, quién abandonó a quién, y por qué lo hizo.

—Mamá. —Me incliné frente a ella y tomé su rostro entre mis manos—. ¿Por qué no me lo dices tú? He pasado todos estos años junto a ti, tratando de entender, tratando de ayudarte, de levantarte cada día. Confío en ti. Creo en ti a pesar de todo; creo en ti como cuando tenía seis años. ¿Por qué no me lo dices tú, y dejamos que todo pase?

Ella inhaló, secó las lágrimas de sus mejillas, me miró y agarró mi rostro con fuerza.

—Quiero que él te lo diga, para que alguna vez sea sincero con alguien que ama. Te mereces tener un padre, Damián. Evan no es malo, deben tener la oportunidad de quererse. No dejes que te cuente con odio lo que hizo. Escucha su versión de los hechos. Luego ven aquí y dime qué piensas. Te prometo que intentaré estar bien para escucharte.

—¿Aunque sea una opinión mala?

—Puedes venir aquí y decirme que lo odias, que no quieres verlo más, o bien decirme que quieres conocerlo más e intentar ser parte de su vida. Sea lo que sea, Damián, yo estaré aquí para escucharte. —Sonrió con tristeza.

—Mamá...

—*Sea* lo que *sea*, Damián. Y perdóname por ser un desastre. Y porque tal vez lo seguiré siendo.

Me quedé en silencio y me puse de pie.

—Espero que esta vez cumplas con tu promesa —comenté, y ella asintió.

Salí de casa con los ojos tan llenos de lágrimas que apenas podía ver el cemento bajo mis pies. Había esperado tantos años a que mi madre me dijera, aunque fuese a los gritos, el porqué de sus problemas. Lo que la había llevado a su alcoholismo. Y ahora estaba frente a mis ojos la razón por la cual mi madre había caído en un vacío tan profundo del que ni siquiera yo, su hijo, había podido sacarla.

La dirección que me había escrito Evan no quedaba demasiado lejos de donde vivía, y aunque dudé mucho tiempo si dirigirme o no, tomé la moto y me puse en marcha. Las calles estaban limpias y rodeadas de árboles. Había niños jugando al fútbol, andando en bicicleta o en *skate*, y me dolió pensar que yo jamás tuve una infancia así. No quería lamentarme, pero ¿por qué no me había dado a mí la oportunidad de crecer en ese entorno?

Me detuve frente a la dirección que llevaba escrita en el papel. Era una casa de dos pisos, y solo pude ver que en la parte delantera había un pastor alemán enorme que no dejaba de ladrar. Toqué el timbre y de inmediato escuché la puerta abrirse, aunque no pude ver a nadie, ya que una reja de madera cubría la entrada. Era una de esas construcciones antiguas, grandes y bonitas.

—¿Quién es? —Escuché la voz de una mujer.

—Estoy aquí por Evan. ¿Él está?

—Sí. ¿De parte de quién?

—Damián —contesté—. Damián Wyde.

La puerta se abrió y vi a una mujer de aproximadamente la edad de mi madre frente a mí. Me sorprendí, aunque era lógico que tuviera esposa. ¿Cómo podía esperar que luego de veinte años no tuviera familia?

—Hola, soy Talisa —se presentó. Sus ojos oscuros y su cabello rubio me recordaban a alguien—. Evan está adentro. Pasa. —Sonrió con exagerada amabilidad.

Caminé a paso lento por el pasillo. Era una casa pulcra. Llena de fotografías en las paredes, con plantas y ambiente familiar.

La mujer me dejó esperando en la sala mientras mis ojos recorrían cada detalle del entorno. En las fotografías estaba la mujer junto a Evan, Evan junto a un chico, Evan y Talisa abrazados, Talisa y más personas. Me sentía muy incómodo. Si no se daba prisa, me iría antes de solucionar nada.

—Damián. —Finalmente escuché su voz. Levanté la vista hasta chocar con la de él—. No pensé que vendrías.

—Quiero que esto sea rápido y preciso —solté, y él pestañeó, desconcertado por mi actitud.

—No creo que sea una historia rápida de contar —murmuró.

—Está bien.

—Si quieres pasamos a la sala.

Lo seguí, y cada paso que él daba me dejaba más sorprendido que el anterior. Tenía mis gestos y mis movimientos, o más bien, yo tenía los de él. Y es que yo siempre había estado analizándome de pies a cabeza con la finalidad de darme aprobación y también para explicarme a mí mismo por qué no había nadie a mi lado. Esa era una de las razones por las cuales me conocía tan bien. Y viéndolo a él sentí escalofríos. Su sangre corría por mis venas. Y se notaba.

38
EL DOLOR DE BERENICE

DAMIÁN

Me senté en el sofá de la sala y no recibí nada de lo que me ofreció Talisa. Luego se marchó dejándonos a solas.

—Quiero empezar dándote las gracias por haberme dado la oportunidad de explicarte todo esto —comenzó.

¿Por qué era tan educado y yo tan al hueso para decir todo? ¿Por qué no había heredado eso de él?

—Hablé con mamá antes de venir aquí. No me quiso decir nada, quería que tú me lo contaras todo. *Todo* —enfaticé.

—¿Por qué? —Frunció el ceño, confundido, y se acomodó en el sillón.

—Quiere que seas honesto, al menos conmigo.

Él respiró profundo.

—Lo seré.

Me quedé en silencio esperando a que continuara. No quería, que comenzara a hacerme preguntas acerca de mi vida o que pretendiera que nos hiciéramos amigos justo ahora.

—Tu madre y yo tuvimos un romance. Uno de esos romances donde lo dejas todo. Éramos jóvenes, estúpidos, y probablemente más estúpidos que jóvenes —dijo—. Teníamos diecisiete años y pensábamos que éramos invencibles. —Me miró a los ojos—. Nos queríamos mucho, pero supongo que ella me quería mucho más —confesó, y yo me sentí algo incómodo—. Sus padres no me aceptaban demasiado. Decían que no le esperaba un buen futuro junto a mí, pero ella de todas maneras me seguía a donde fuese. Y ahora que lo pienso, tal vez hubiese sido mejor que los escuchara a ellos. Recuerdo que nos escapamos de casa y nos fuimos a vivir a una pequeña habitación, una de esas donde está lleno de personas. Queríamos estar juntos, querernos, salir adelante. Todo iba bien. Claro que discutíamos por dinero, pero al llegar la noche no había nada mejor que dormir abrazados. —Mientras hablaba, sus manos se movían con nerviosismo e intentaba mirarme a los ojos—. Un día, su hermana comenzó a ir a visitarnos. Quería que Berenice regresara a casa. Le rogaba que volviera, que no dependiera de mí, pero Berenice jamás la escuchó y siempre le exigió que se marchara y que la dejara en paz. Hasta que su hermana comenzó a hablar conmigo para que la dejara.

—Y la dejaste —dije. Él levantó la vista y negó con la cabeza.

—No. Su hermana insistía y yo me resistí. No sé cómo ocurrió todo. Fue tan rápido que tuve que detenerme a pensar qué estaba pasándome. —Pestañeó con rapidez—. Me enamoré perdidamente de su hermana. —Sentí una punzada en el pecho—. Ella también se enamoró de mí, y yo no supe cómo lidiar con eso. Las quería a las dos, y se sentía fatal. Quería a toda costa estar con Berenice, pero no podía dejar de pensar en su hermana. Comenzamos a vernos a escondidas luego del trabajo, cuando Berenice estaba en la habitación pequeña y fría esperándome.

—No puedo creerlo —susurré.

—Lo sé, Damián... —se lamentó—. Una noche me quedé con la hermana de Berenice en un motel barato, y cuando desperté a las cuatro de la madrugada no podía creer qué demonios estaba haciendo. Cogí mi ropa y corrí a casa. La puerta de la habitación estaba abierta, y cuando entré vi a Berenice sentada en el suelo. Tenía la ropa rota, estaba llorando con todas las luces apagadas. Me acerqué y lo primero que hizo al verme fue abrazarme. Me abrazó con tanta fuerza que descubrí que yo era lo único que ella tenía. —Sus ojos se cristalizaron, pero me quedé en silencio frente a su quebrada voz—. Habían entrado dos hombres de unas habitaciones contiguas y le hicieron daño..., mucho daño. —Mi mandíbula se tensó—. Y yo no había estado ahí para ayudarla, para quererla tanto como ella me quería a mí. Había estado con su hermana. Luego de unos días, cuando se recompuso un poco, me preguntó dónde había estado esa noche. Le confesé que la había engañado, pero jamás le dije que fue con su hermana. También inventé que estaba muy borracho. Ella me creyó y, es más, me perdonó. Me dio otra oportunidad cuando no lo merecía. —Evan hizo una pausa para tomar una gran bocanada de aire. Percibí que en su cabeza se estaban repitiendo las escenas que había vivido junto a mi madre—. Unos días después decidí que nos marcharíamos de allí. Compré con esfuerzo dos pasajes de tren para irnos muy lejos, lejos de todo; de su hermana, de mis traiciones. Quise cubrir el sol con un dedo, y por supuesto no lo logré. Había dejado de ver a su hermana, aunque ella me llamaba, me mandaba mensajes, me iba a buscar al trabajo y lloraba por mí. Sufrí diciéndole que me iría con Berenice. El mismo día que nos marchábamos, la hermana de Berenice me confesó que estaba embarazada. No pude abordar el tren.

—¿Qué?

—Berenice me llamó esa mañana para decirme que me esperaría en la terminal, que tenía algo que decirme. Se notaba tan feliz. Pero yo no llegué, por la noticia que había recibido.

—¿Y si esa mañana ella te confesaba que estaba esperándome? —pregunté, y él asintió lentamente.

—Eso es lo que siempre quiso decirme, y no lo supe hasta que te vi, Damián.

—¿Cómo se enteró mi madre de que estabas con su hermana?

—Unos años más tarde ella regresó. Estaba muy cambiada, despreocupada y sin dinero. Sus padres le compraron la casa donde vive ahora. Probablemente donde viviste muchos años de tu vida.

—En realidad no tantos...

—Berenice decidió pedir ayuda. Después de mi abandono había comenzado a beber en exceso, pero estaba a tiempo de hacer algo. Fue ahí cuando se dirigió a donde su hermana. No le costó vernos juntos; estábamos en el patio delantero junto a nuestro hijo, riéndonos. Ella había ido sola, sin ti, a visitarla. Nos observó, nos pidió explicaciones y luego se marchó. Intenté acercarme, pero ella cortó todo contacto conmigo, con su hermana y su familia.

—Ahora entiendo por qué no conozco a nadie. Ni a sus padres, ni a mis tíos —pensé en voz alta y luego miré a Evan, quien parecía bastante afectado por la historia que me había contado.

Recién ahora entendía todo. ¿Por qué mi madre jamás me lo había dicho? Su corazón era noble, puro, y Evan lo había destrozado. Esa era la razón por la que jamás le contó de mi existencia, por todas las miserias que tuvimos que pasar y por las que seguíamos pasando.

—¿Qué hay de sus hermanos? —pregunté.

—Tu tío se fue a otro país y poco se sabe de él.

—¿Y la hermana de mamá?

Él respiró con fuerza y luego apoyó los codos en los muslos para mirarme más de cerca y directamente a los ojos.

—Es Talisa, mi mujer, quien te abrió la puerta.

Sentí mi corazón detenerse. Mi mandíbula se tensó y lo único que pude hacer fue contener la respiración y contar hasta diez para no ponerme de pie y golpearlo en el rostro.

—Sé que es difícil de entender, Damián. Pero, de verdad, lo que tenía con Talisa era honesto y profundo.

—No te culpo por no haberme criado —solté, y él se quedó prestándome atención. Esta vez era yo el que hablaría—. Pero no puedo creer que le hicieras algo así a mi madre... ¿con su propia hermana? ¿Por qué demonios no fuiste capaz de decírselo antes? ¿Por qué no se lo dijiste cuando la tenías viviendo en ese lugar precario donde abusaron de ella? Eres un puto egoísta.

—Fui muy estúpido. Lo sé, Damián.

—Eres mucho más que estúpido. Ni siquiera fuiste capaz de preguntar qué era eso tan importante que tenía para decirte. Al fin y al cabo, ella fue la mujer que dio todo por ti; no Talisa, ni nadie.

—Damián...

—Talisa solo se buscó al novio de su hermana. Te iba a ver cuando estabas en la miseria y te sacaba de ahí para tener sexo en un puto motel barato, y tú fuiste y te «enamoraste» de ella. ¿De qué me estás hablando, Evan? —Reí—. Estás diciéndome que te enamoraste perdidamente de una mujer que solo estuvo en tus buenos momentos. En cambio dejaste a mi madre abandonada cuando lo dio todo por ti, cuando decidió ir a vivir contigo a una pocilga y cuando decidió perdonarte un engaño después de que dos hombres le hicieron daño. Pensaba que yo era una mierda, pero me has superado.

—No quería que entendieras así todo esto, Damián.

—¿Sabes cuántas veces mi madre intentó salir del alcohol? ¿Sabes cuántas veces le limpié la mierda y el vómito? No tienes ni puta idea. No tienes idea de cuántas veces me robó, de cuántas veces me gritaba en la cara que le recordaba al «puto de mi padre», pero ahora lo entiendo todo, ¿sabes? Ahora entiendo por qué ella ha estado así por todos estos años.

—Damián, nada justifica que ella no me haya dicho que tú existías. Nada justifica que me haya quitado la oportunidad de conocerte, de darte una mejor vida. No soy una mala persona, solo cometí errores por ser joven, inmaduro y cobarde.

—¿Y cómo me aseguro yo de que no cometerás esos errores otra vez?

—Soy un adulto ahora, Damián.

—Está bien, pero... —Me puse de pie. Estaba al borde de la desesperación—. Déjame procesar toda esta mierda. Me he pasado años intentando entender por qué mi padre no se ha hecho cargo de mí, y ahí estabas, con una familia funcional, un perro y comiendo comida genial en cenas familiares.

—Te aseguro que te hubiese dado todo eso y más, Damián. —Cogió mis hombros con fuerza para mirarme a los ojos—. Déjame recuperar estos años perdidos.

—¿Cómo mierda se hace eso, Evan?

—Permíteme conocerte. Déjame ayudarte en lo que necesites, deja que te devuelva todo ese tiempo perdido y que regrese a ti todo el cariño que no tuviste.

Me quedé mirándolo por unos minutos.

—Sí, ayúdame —bajé la voz.

—En lo que sea, Damián.

—Ayúdame a meter a Vincent Hayden a la cárcel.

—¿Qué?

—No quiero ser una mierda, Evan. Estoy enamorado. Soy joven y estoy enamorado. Probablemente soy muy estúpido, pero jamás pondría en duda lo que siento por ella. ¿Sabes dónde está? —Sentí mis ojos cristalizarse—. En un maldito hospital psiquiátrico por el hecho de que nadie le cree que ese psicópata abusa de ella.

—Te voy a ayudar.

—Ella me ha devuelto todo el cariño que ni mi madre ni tú me dieron. Ella es todo lo que tengo, y es probable que esta sea la única vez que pida tu ayuda, porque si estás dispuesto a conocerme, créeme que soy capaz de asesinar a ese hijo de puta por ella y pasar el resto de mi vida tras las rejas.

—No creo que eso sea una solución, Damián.

—Para mí lo es. Y si termino muerto por ese hijo de puta, así será, Evan. Porque yo soy así, porque así me crie y así fui «educado» en el centro de menores.

—Te voy a ayudar, Damián. Pero dame tiempo. Acepta mi ayuda, ¿está bien?

—La aceptaré, pero yo no soy mi madre. Y si debo dejarte, dejar de hablarte o de verte, créeme que al que más le dolerá todo esto será a ti, porque a mí ya me dolió lo suficiente no haberte tenido.

—Confía en mí —concluyó.

—Solo te pediré una cosa. —Levanté la vista—. No me hagas venir aquí nunca más. Podemos vernos en otro lugar si quieres, pero no quiero tener ningún tipo de relación con Talisa a menos que a mi madre la parezca bien.

—De acuerdo.

—Lamento ser así, pero necesito aclarar mi cabeza.

Lo miré por última vez y salí de la sala. Talisa estaba en el pasillo y me sonrió, pero ni siquiera le dirigí una mirada de más de dos segundos. Salí de la casa con mi cabeza hecha un nudo; un nudo que tal vez nadie más que Bianca Morelli podría desatar.

Ya no quería culpar a mi madre del abandono. Tal vez lo único que quiso hacer fue protegerme de personas que le habían destrozado su vida. El alcohol pudo con ella, y yo solo me había dedicado a recriminarla, a decirle que qué demonios pasaba por su cabeza al robarme, a decirle que no me quería, que no era una buena madre, cuando en realidad fue la única que intentó hacerse cargo de mí. Todo tenía un trasfondo, pero yo era pequeño, y un niño no entiende razones. Probablemente ahora tampoco las entienda tanto, pero con toda esta trágica historia de amor, el panorama se abría, y lo único que podía sentir por mi madre era lástima y más lástima.

Esa noche le di una fuerte calada al cigarrillo de marihuana, sentado en la solera. Tenía tantas cosas en mi cabeza que Serendipia parecía ser el mejor lugar para estar. En mi subconsciente ese era un planeta en donde podía hacer lo que se me diera la gana, y ahora solo se me apetecía pensar en los profundos ojos azules de Bianca.

N N N

CARTA 2
(27 de agosto)

Sí, pequeña Bianca, la vida es una mierda. Puedo confirmártelo. A pesar de todo, cuando me voy a la cama, pensar en ti me hace sentir en calma. Aún siento el aroma de tu champú en las almohadas, aún no lavo la funda. Probablemente no la lave hasta que vuelvas a dormir aquí con un aroma nuevo.

39
CEGADO

DAMIÁN

Mis días comenzaron a pasar rápido. Me levantaba temprano para ir al trabajo en la cafetería de la universidad, y por las noches me dedicaba a acosar a Vincent. Me preocupé de estar en todos los lugares que frecuentaba. Parques de diversiones, supermercados, tiendas. Hasta me atreví a recortar papeles y escribir «Vincent Hayden es un violador» en la entrada de su empresa. También rayé el muro de su gran mansión y, por supuesto, su lujoso auto no podía quedar atrás. Con lápiz permanente escribí en cada ventana: «Vincent Hayden = Rico abusador». Creo que esa fue la gota que rebalsó el vaso, porque dejó una nota en mi moto para que fuera a su casa a hablar con él. Por supuesto que no fui cuando me lo pidió, sino otro día y de sorpresa. Me encontró adentro de su oficina con todas las luces apagadas.

—¿Ya te has cagado en los pantalones? —le pregunté en cuanto entró.

Él cerró la puerta a su espalda.

—¿Qué demonios quieres, Damián? —Se acercó a mí.

—Ya sabes lo que quiero. No me hagas repetírtelo una vez más.

—¿Cómo quieres que saque a Bianca de ese lugar, si se está inventando historias acerca de mí y tú se las crees?

—¿Hasta cuándo vas a mentir? Te vi, Vincent. Te vi abusando de ella, y aun así lo estás negando. ¿Qué tipo de ser humano eres?

—Quiero que me dejes en paz —exigió.

—Claro que no lo haré. —Solté una risa.

—Lo harás, porque si no tu pequeña Bianca sufrirá las consecuencias. —Me quedé en silencio—. Luego de soportar todo este mes tus extorsiones baratas, siguiéndome a todos los lugares a los que voy y amenazándome, he decidido hacer algo. Bianca pagará por todo el daño que tú estás haciéndole a mi imagen, ¿entendiste?

—No. ¿De qué hablas?

Lo vi sacar su móvil, apretó un botón y en el proyector de la oficina apareció una imagen de la habitación en que se encontraba Bianca. Mi estómago se retorció. Cuando llegaron las enfermeras, ella se negó a tomar los medicamentos. La retuvieron entre cuatro personas y le inyectaron algo que la hizo dormir.

Tragué saliva e intenté controlarme.

—Vas a dejarme en paz o Bianca continuará ahí.

—Hijo de puta —solté y lo miré fijamente.

Me acerqué a él y, con mi mano empuñada, lo golpeé en la nariz. Se desequilibró, y con el segundo golpe logré tirarlo al suelo. Lo golpeé hasta que me cansé, pero él no se defendía; solo se reía como un enfermo bajo mi cuerpo. Estaba ensangrentado.

—Mátame, Damián. Hazlo —decía apenas—. Bianca nunca saldrá de ahí. Irás a la cárcel y no podrás ayudarla.

Mis nudillos ardían, tenía tanta rabia que me temblaba todo el cuerpo. Lo golpeé una vez más y me puse de pie intentando razonar. Intentando pensar claro y de manera objetiva, aunque eso me costara sobremanera. Mi mandíbula estaba tan apretada que podía sentir cómo mis dientes crujían. Volteé su mueble, rompí su *notebook* y destrocé todo lo que había a mi paso. Sabía que a él no le interesaba lo material, pero debía desquitarme con algo antes de matarlo a golpes.

—Voy a matarte. —Lo señalé con el dedo—. No ahora, pero lo haré. Y sufrirás tanto que te arrepentirás de todo lo que has hecho.

Él no dijo nada y yo solo me marché.

Aparqué la moto donde siempre, me bajé y lancé el casco al cemento como si tuviese el suficiente dinero para comprar diez más. Caminé de un lado a otro, apreté los puños, grité con fuerza y aun así la rabia no salía de mi tórax.

Tomé el teléfono que estaba en mi bolsillo y lo llamé.

—Lo voy a matar, te prometo que lo voy a matar —solté con rabia.

—¿Qué? Cálmate, Damián. ¿Dónde estás?

—Lo detesto, me da asco el solo hecho de pensar que existe.

—¿Dónde estás?

—¡¿Qué mierda importa eso, Brain?!

—Te dije que me llamaras cuando fueras a actuar, ¿no?

—Te estoy llamando.

—Entonces ¿nos juntamos afuera de la casa de Vincent Hayden?

Cuando lo escuché decir eso, regresé de golpe al planeta Tierra. No. Estaba mal. No podía ser tan estúpido.

—Olvídalo.

—¿De qué hablas?

—Tenemos que ser más inteligentes, Brain.

—Si quieres que lo asesinemos sin dejar rastros, déjamelo a mí.

—¿Cómo puedes hacer eso?

—Veneno.

Colgué.

⚡⚡⚡

Trabajar en la cafetería me hacía sentir un poco más paranoico de lo normal. Miraba las mesas donde los compañeros de Bianca conversaban y hacían su vida con normalidad y no lograba entender cómo todo seguía su curso cuando ella estaba encerrada en un hospital psiquiátrico. Paige se había acercado en cientos de ocasiones para hablar conmigo, pero la evité a toda costa. No quería ponerla en medio y que luego Daven me colgara de las pelotas por eso; y menos su padre.

—Si sigues haciendo como que no existo, será peor. Te conviene decirme la verdad, Damián. —Escuché su voz aguda. Luego la observé.

—Te dije que no quiero que te entrometas.

—Me estás obligando a ir a casa de Bianca para preguntar qué demonios ocurrió.

—Paige...

—¡Damián, Damián, Damián! —La voz de Dayanne interrumpió mi explicación.

Paige y yo la miramos en silencio.

—Ya acabó todo con Bianca, ¿no?

—¿Quieres comprar algo, Dayanne? —Alcé las cejas—. Estoy trabajando.

—¿Te costó darte cuenta de que Bianca Morelli estaba completamente loca? Mi padre me ha contado que Vincent tuvo que encerrarla en un hospital psiquiátrico. —Rio—. Y tú dándolo todo por ella en ese aeropuerto...

—Más vale que te calles —escupió Paige.

—¿Por qué te metes tú, gnomo pelirrojo?

—¿Qué demonios quieres? —continuó Paige.

—Definitivamente, hablar contigo no —contestó Dayanne y luego me miró—. ¿Cómo es eso de que Bianca se ha inventado que Vincent es un abusador?

—La verdad, no son temas que te incumban.

—Por supuesto que no, pero Bianca era mi amiga y me gustaría saber acerca de su grado de locura. —Soltó una carcajada.

Paige me fulminó con la mirada.

—Si no vas a comprar nada, en serio, te pido que te vayas —dije mirando a Dayanne.

—¿Ahora sí podemos tener una cita? —me preguntó apoyándose en el mesón—. Digo, ahora que se supo que a Bianca se le zafó un tornillo.

No alcancé a darme cuenta cuando Paige de un puñetazo botó a Dayanne al suelo. La pelirroja la miró hacia abajo, acomodó su cola de caballo y se largó de la cafetería. Por protocolo de la universidad, tuve que ayudar a Dayanne a ponerse de pie y darle un vaso con agua.

—No sé por qué estas chicas resuelven todo a puñetazos —decía mientras se peinaba el cabello con la punta de los dedos.

—Siempre estás hablando de más, Dayanne.

—Solo digo las verdades a la cara, y estas cavernícolas resuelven todo a golpes.

La miré por unos segundos más. Tenía demasiadas cosas en mi cabeza como para estar escuchándola. Aunque a veces me causaba lástima, siempre salía amoratada y ensangrentada de las peleas en la universidad.

Por la noche Paige volvió a llamar y no tuve más remedio que contarle todo lo que le estaba ocurriendo a Bianca. Ella me escuchó pacientemente durante los treinta minutos que hablamos. Mantuvo la calma, aunque mantener la calma en las personas con su apellido siempre significaba asesinar a alguien. Suponía, de antemano, que Vincent Hayden se había ganado un enemigo más. Y eso no era bueno para él.

N N N

Carta 3
(16 de septiembre)

Estoy muy molesto. Creo que nunca había sentido tanta molestia en mi vida. ¿La has sentido alguna vez? ¿Se ha calado por tus venas? ¿Esa sensación de que todo tu cuerpo tiembla, tus dientes crujen y de pronto todo se vuelve negro? No razonas. Gritas. Golpeas con fuerza. Rompes todo a tu paso. Dios. Lo estoy sintiendo tanto, Bianca. El odio está haciéndome sentir que soy invencible, y cuando me calmo sé que soy solo huesos que pueden romperse con facilidad. ¿Me perdonarías si cometo una locura? ¿Me perdonarías si te saco de ahí, pero ya no estoy más a tu lado? ¿Serías capaz de perdonarme por querer verte libre, pero sin mí?

ᛉ ᛉ ᛉ

El plan ya estaba hecho, y la única persona que podría arruinarlo era yo. Brain había arreglado para que yo fuera mesero de Vincent Hayden en una cena de negocios con sus socios. Le serviría una copa exclusivamente a él, la tragaría y quemaría todo su esófago, y sentiría tanto dolor que apenas iba a recordar su nombre. Le iba a faltar tanto el aire que se acordaría de que Dios existe y de que no lo ayudaría.

No podía mirarlo sin querer verlo muerto. Estaba sintiendo tanto odio que no podía disimular. Brain me explicó que debía ser un buen mentiroso y mirarlo casi con amabilidad. Él sabía que Bianca podía ser una buena mentirosa, y estaba seguro de que yo prefería matarlo a golpes antes de ocultar el odio que sentía en contra de él.

Brain se encontraba afuera del restaurante, y yo intentaba con todas mis fuerzas parecer feliz de atender a empresarios del nivel de Vincent Hayden.

En cuanto llegaron los empresarios para tener su fabulosa cena, puse mi plan en marcha. Vincent Hayden observaba todos mis movimientos; podía sentirlo e intenté que no notara mi notable desagradado.

—¿Más vino? —pregunté. Todos los señores de traje y corbata aceptaron, y yo regresé a la cocina.

Serví copas de vino, una a una, y derramé el líquido en la que sería de Vincent. No dudé por ningún segundo de lo que estaba haciendo. Las imágenes se repetían en mi cabeza: Bianca, sus ojos azules, el callejón oscuro, su rostro ensangrentado y sus llantos por las noches. Cada imagen me hacía sentir cada vez más convencido de lo que estaba haciendo.

Llegué al lugar y serví copa a copa, persona a persona, hasta que por fin le tendí la suya a Vincent. Me quedé de pie por unos segundos, solo porque quería que me observara cuando se le estuviesen quemando el esófago y la garganta. Un hombre dijo unas palabras, alzaron las copas, hubo risas y luego brindaron, pero antes de beber, los ojos de Vincent se quedaron en los míos. Acercó la copa a sus labios, y cuando pensé que iba a beber, el vidrio se deslizó por su mano y luego se estrelló contra el suelo rompiéndose en mil pedazos.

Sentí mi corazón helado y que todo se volvía oscuro. Se había dado cuenta. Por un momento solo podía verlo a él, sonriendo victorioso, mientras sus colegas llamaban al personal de limpieza. Vincent se disculpó amablemente con las personas que recogieron el desastre, y al ver que su vestimenta de millones de dólares estaba sucia, intentó despedirse.

Tomé mi teléfono y comencé a teclear:

> **Damián:** Lo mataré, lo mataré.

No esperé que Brain me respondiera. El teléfono comenzó a vibrar en mi bolsillo, pero solo lo silencié. Entré al camarín, me saqué el mandil y salí del restaurante hacia los estacionamientos. Me quedé esperándolo en silencio, pensando en los mil y un golpes que debía darle para que muriera de una vez.

No podía pensar, ni tampoco respirar como lo haría una persona con sus cinco sentidos bien puestos.

Divisé a Vincent caminando hacia su camioneta. Estaba hablando por teléfono, y en cuanto colgó me dirigí hacia él. Ni siquiera tuvo tiempo de decir algo porque rápidamente mi puño se estampó en su rostro. Me cegué por completo. No podía ver nada más que al hijo de puta que estaba destrozando más de una vida. Golpeé y golpeé sin cansancio.

Un hombre, hacía años, había muerto de un pelotazo en la cabeza. Y según los expertos, el cuero cabelludo está hecho para rebotar como una esponja ante un impacto, pero hay ciertos golpes que pueden provocar la muerte. Preocúpate cuando comiences a dormirte, preocúpate cuando pierdas el conocimiento y no sepas qué está ocurriendo, cuando tu vista pese mucho más que tu mismísimo cuerpo.

Vincent no respondía con golpes, y probablemente tenía los ojos cerrados, no lo sabía, pero ya en el suelo, golpeé hasta lo más profundo de sus testículos y cabeza. Y cuando pude darme cuenta de lo que había hecho, por fin pude sentir los brazos que me tomaban y me corrían hacia atrás.

—¡Damián! —Escuché una voz a kilómetros de distancia, y cuando pude regresar a mí vi a Brain—. Damián —continuó—. ¿Qué demonios has hecho?

40

CENIZAS

DAMIÁN

—No lo bebió, Brain. No lo bebió —repetía a cada segundo mientras él seguía sosteniéndome con fuerza, no sé si por la adrenalina o porque no quería que lo siguiera golpeando—. ¡No bebió del puto vino!

—Vete de aquí —dijo de pronto.

—No.

—¡Vete! —me gritó mirándome a los ojos.

—No me iré de aquí —contesté—. Si muere, quiero que lo haga en frente de mí.

—Irás a la cárcel, Damián. ¡Vete de una vez!

Tomé una gran bocanada de aire y miré el cuerpo de Vincent en el suelo. La sangre seguía corriendo por el cemento. Me dispuse a caminar en dirección contraria para ir por mi moto, pero el estacionamiento solo tenía una salida, y por donde yo pretendía irme ya se encontraba lleno de policías.

Ya era demasiado tarde.

Miré hacia atrás, hacia Brain. Se puso de pie, irguió la espalda y caminó hacia a mí. Se quedó a mi lado y solo lo oí decir:

—Iremos a la cárcel.

—Brain...

—Pero si vamos a la cárcel será por un puto abusador.

—No iremos a la cárcel. No permitiré que eso suceda.

—Espero que lo hayas asesinado. Si no, no valdrá la pena.

—Rio, pero no sé si porque le causaba gracia la situación o solo por nervios.

La policía no tardó en allanar el lugar, y los primeros en caer al suelo fuimos nosotros. No podía negar lo que había hecho porque mi ropa se encontraba llena de sangre, así que solo me aferré a mi derecho de guardar silencio. En cambio, Brain, en su personaje de «persona que siempre va detenida», conversó con la policía y hasta hizo bromas irónicas acerca de la situación.

No pude ver lo que hicieron con Vincent, ya que rápidamente me subieron al carro esposado junto a Brain. Un policía iba con nosotros, por lo que no dijimos ninguna palabra. Cuando llegamos a la comisaría, nos llevaron a salas separadas. Aún esposado, me sentaron en una silla frente a una mesa. Sabía lo que ocurriría a continuación.

La puerta se abrió más rápido de lo que esperaba, y por ahí entró Evan junto a dos policías más. Se quedó mirándome por unos segundos, luego miró a los policías y estos entendieron que debían retirarse. Cerró la puerta con llave y se sentó frente a mí.

—¿Qué demonios has hecho? —reguló su voz mientras sus ojos idénticos a los míos se mantenían mirándome fijo.

—Debía hacerlo.

—¿Crees que esto solucionará alguna cosa?

—Al menos Bianca saldrá de ese horrible lugar.

—¿Qué te hace pensar que así será?

—Su madre quedará sola. Sentirá culpa y rescatará a su hija. Con eso me basta y me sobra.

—Eres un idiota —expulsó con rabia.

—Es de familia.

—¿Cómo pretendes que te ayude? La primera vez fui claro al preguntarte si trabajabas para Brain.

—No trabajo para Brain.

—¡Damián! —exclamó poniéndose de pie.

—Trabajo *con* él —enfaticé la diferencia—. Pero él no hizo nada. No golpeó a Vincent. No lo torturó. No hizo nada.

—Entonces ¿por qué estaba ahí?

—Le conté que mataría a Vincent, y él intentó detenerme, pero cuando llegó ya era demasiado tarde, no pudo quitarme de las manos a ese hijo de puta —solté—. Brain es inocente.

—¿Y prefieres que la culpa recaiga sobre tus hombros?

—Soy culpable.

—Damián.

—¡Lo soy! —alcé la voz—. Quise envenenarlo, pero me descubrió. Arrojó la copa al suelo, y como tengo intolerancia ante los hijos de puta, fui hasta el estacionamiento y lo golpeé fuerte, tan fuerte que espero haberle roto su puto cráneo enfermo.

—Te dije que te ayudaría a meter a Vincent Hayden a la cárcel, pero no puedo ayudarte si estás interviniendo de esta manera. Soy un policía, Damián. No un sicario.

—Me mostró un video donde estaban tratando mal a Bianca. Y dijo que si no dejaba de fastidiarlo, ella seguiría pasando por eso y por cosas peores.

—¿Tienes ese video?

—No.

—Necesitamos pruebas, Damián. Todo esto solo te deja como un criminal, como un asesino. Vincent Hayden, si quiere, podría contratar a alguien que te mate en un par de segundos.

—Entonces ¿por qué no lo ha hecho? —Fruncí el ceño.

—Porque las personas con dinero prefieren tener poder, sentirse superiores y humillarte.

—Por supuesto que no me conoce.

—Dios, Damián...

—Me importa una mierda el poder. Probablemente sí; sí esté a millones de escalones por sobre mi cabeza, pero no logrará humillarme.

—Pasarás la noche aquí —dijo sin más, suponiendo que no iba a hacerme entrar en razón, y luego se fue de la sala.

Desperté con el sonido de la puerta abriéndose. Otra vez era Evan. Su rostro pálido y las bolsas negras debajo de sus ojos indicaban que no había pasado una buena noche. Probablemente la había pasado en vela. No esperó que le dijera algo, solo caminó hasta sentarse en la misma silla del día anterior.

—Son las siete de la mañana —dijo.

Erguí la espalda consiguiendo que un par de huesos sonaran. Dormir con la cabeza en una pequeña mesa de metal definitivamente no era agradable.

—¿No has traído desayuno? —Sonreí frotándome los ojos.

—Han liberado a Brain Walker esta mañana.

—Gracias por las buenas noticias.

—Vincent Hayden está vivo.

Mi mandíbula se tensó y mis dientes se apretaron. Sentí que el rostro se me caía a pedazos y por un momento se me olvidó cómo respirar.

—Estás bromeando. —Apreté los puños.

—No. Está vivo, y eso tendrá consecuencias para ti.

—Pero si lo golpeé tanto —me lamenté—. Debí haber pasado la rueda de mi motocicleta por encima de su cabeza de mierda.

—¡Damián!

—¡Lo quiero ver muerto! —alcé la voz.

—Necesito que te calmes.

—¿Está despierto?

—No, pero los médicos aseguran que despertará en cualquier momento. Debes estar preparado para lo que dirá.

—¿Estaré aquí dentro hasta que se le ocurra despertar y dar declaraciones en contra de mí?

—No. —Me miró—. Eres mi hijo, Damián. Y te creo.

—Evan...

—Te creo que es un abusador y un violador; en serio lo hago —confesó—. Y no dejaré que te lleven tras las rejas cuando solo quieres hacer justicia.

—Me va a encontrar.

—Sí, y es probable que invente muchas cosas más de las que hiciste, pero no harás nada. Vas a esperar, serás paciente.

—No puedo...

—Debes —insistió de forma tajante—. Porque después de lo que hiciste, estoy seguro de que es capaz de asesinar a Bianca frente a una cámara para que tú la veas sufrir, con solo el objetivo de humillarte y de recordarte que eres solo un peón más en este puto tablero de ajedrez.

—¿En serio quieres ayudarme? —Subí la mirada.

—Lo estoy haciendo. Conseguiré pruebas, iré a su casa, y pronto visitaremos a Bianca también. Pero, por favor, Damián, necesito que seas paciente para que esto funcione.

—Lo seré.

—Promételo.

Su mirada se posó en la mía. ¿Para él las promesas también eran importantes?

—Lo prometo.

Evan sacó unas llaves de su bolsillo y me quitó las esposas de mis muñecas.

—Vete de aquí y no te metas en más problemas.

—Gracias.

—Y ve a ver a tu madre.

Asentí en silencio.

«Te prometo que intentaré estar bien para escucharte», fue lo último que salió de la boca de mi madre la última vez que nos vimos. Otra promesa. Estaba acostumbrado a que ella rompiera todas las promesas que me hacía, por eso yo no les daba importancia, al menos hasta que conocí a Bianca.

Cuando llegué a casa la puerta estaba cerrada. No se oía

música ni tampoco estaba el olor insoportable a cigarrillos y alcohol en la entrada. Golpeé un par de veces porque no había llevado las llaves, y sin mucha esperanza me quedé esperando. Me sorprendí cuando la puerta se abrió dejándome ver a mamá. Tenía el cabello recogido, olía a detergente y manzanilla. Pestañeé incrédulo. Ella me sonrió sin enseñar los dientes, aflojó la mirada y me hizo espacio para dejarme entrar.

La casa estaba impecable, y entré lentamente porque me parecía ajena.

—¿Qué ocurrió? —Volteé a mirarla. Ella cerró la puerta a su espalda.

—Lo estoy intentando, Damián —dijo de pronto, con la voz quebrada.

—¿Por qué? —bajé la voz.

—Porque un hombre no puede influir tanto en mi vida. Me he dado cuenta de que nadie debe ser dueño de mi felicidad..., de mi tranquilidad —dijo con seguridad—. Sé que me costará, pero quiero intentarlo.

Todas las veces que mi madre intentó dejar su adicción había sido por obligación, porque tenía un hijo al que cuidar o porque la policía la tenía entre ceja y ceja, pero ahora parecía estar haciéndolo por su propia voluntad.

—Tienes razón. —La miré sonriendo y ella respiró profundo.

—¿Dónde has estado? —preguntó.

—Ni te imaginas.

—Espero que exista la oportunidad para conocerte de nuevo.

—Seguro la habrá.

M M M

CARTA 4
(22 de septiembre)

He decidido ser paciente. Me va a costar mucho, y probablemente ni siquiera lo logre, pero quiero hallar otra forma de sacarte de ahí... Porque si supieras, Bianca. Me ha costado tanto. Tal vez quieras saber qué está ocurriendo aquí afuera, y no creo que sea bueno que lo sepas, pero al menos puedo escribirte acerca de Serendipia. El callejón está igual, aunque lo siento algo triste; llora por las noches y, a veces, grita tu nombre. Enciendo un cigarrillo más por ti y lo dejo consumirse para consolar a nuestro planeta. La NASA está más avanzada. Deberías regresar pronto, así quizá podemos alcanzarlos.

И И И

Había pasado días sin noticias, y la única que removió un poco mi existencia fue la de que Vincent Hayden había despertado del coma listo para dar declaraciones. Sin embargo, no quise encender la televisión para enterarme de lo más obvio: iba a hablar mierdas de mí. Al menos era afortunado de no ser mediáticamente conocido.

Esa noche mi teléfono sonó. Lo miré y me percaté de que me había llegado un mensaje multimedia con un video adjunto. De inmediato le di *play*. Ante mis ojos de nuevo apareció Bianca. Esta vez estaba amarrada en la habitación; era de noche. Una enfermera entró mientras ella dormía y le dio una bofetada sin razón alguna, luego entró otra e hizo lo mismo. El video no tenía sonido, pero aun así podía ver en el rostro de Bianca la desesperación. Gritaba y al parecer nadie la oía, nadie iba a ayudarla. La rabia me subió al cerebro, pero intenté mantener la calma y llamé a Evan para contarle del video que había recibido. Él dijo que no tardaría en llegar, pero apenas colgué, el móvil comenzó a manejarse por cuenta propia. Se habían metido en el sistema. Se eliminó el video, mis fotografías y archivos desaparecieron. Luego se apagó y comenzó a calentarse tanto que tuve que lanzarlo al suelo. Emitió un par de sonidos y luego comenzó a salir humo de él.

—No, no, no —repetí intentando volver a encenderlo—. ¡Enciende, vamos!

No funcionó. Se había quemado.

Evan se lo llevó para ver si lograban sacar la base de datos, pero no lo consiguieron.

No pude dormir más de dos horas esa noche y, cuando estaba preparándome para ir al trabajo, tocaron el timbre del departamento. Me acerqué lentamente para ver quién llamaba tan temprano. Por el ojo de buey vi a Paige y de inmediato abrí la puerta. Entró apurada a la sala y me observó.

—Siento haber venido a esta hora, pero era necesario —soltó.

—¿Qué ocurrió?

—Hay una forma de sacar a Bianca de ese lugar, pero no creo que te guste.

—Haré lo que sea, Paige —confesé.

BIANCA

Ese día era el cumpleaños de Damián.

Lo sabía porque le había estado preguntado cada día de la semana a los profesores que habían estado viniendo a estudiar conmigo. Se comportaban de forma amable, pero no me ayudaban a salir de ese horrible lugar pese a verme con el rostro golpeado.

Sabía que algo estaba ocurriendo afuera, sobre todo porque habían venido enfermeras a golpearme y a sedarme sin razón alguna. Había estado aguantando los golpes bien, pero la última vez lograron que perdiera el conocimiento, y cuando desperté ya era de día.

Una enfermera se había encariñado conmigo, y le pedí que me comprara un colgante nuevo para la pulsera que me había regalado Damián. Quería que fuera una nube. Porque, a pesar de que la pulsera se trataba más de mí, quería sentirlo a él un poco más cerca, y la nube reflejaba que él era un diluvio. Un gran y fuerte diluvio.

Aunque me esforzaba por fingir buen humor dentro de esas cuatro paredes, no lo conseguía. No podía mantenerme siempre tan fuerte.

Me hubiese gustado darle una gran sorpresa a Damián por su cumpleaños, tal como él lo había hecho conmigo, o simplemente estar a su lado, porque sabía que era lo que más quería. «No me importa dónde estemos, solo quiero estar contigo». Nos imaginé juntos tomando café en Francia, arriba de esos botes novelescos, o en Serendipia fumando. Incluso contándole nuestra trágica historia de amor a la vieja Esther mientras tejía un chaleco con un cigarrillo en sus labios.

—Me gustaría ayudarte, cariño. —Oí la voz de la enfermera.

—Estoy bien —asentí. Me sequé las lágrimas como pude.

—Sé que no lo estás. Tengo una hija de tu edad.

—¿Y ella está bien?

—Sí, eso creo. Me he esforzado por darle lo mejor.

—¿Le creerías si te dice que tu marido abusa de ella?

La enfermera pestañeó un par de veces, me miró confundida y suavizó aún más su expresión.

—Por supuesto que sí.

—Entonces eres una buena madre. —Le sonreí.

—¿Qué ocultas, Bianca? —preguntó acercándose a mí.

—Nada. —Me encogí de hombros—. Cuéntame algo. ¿Qué ha estado pasando ahí afuera?

—Pues lo típico, un chico golpeó a...

La puerta se abrió de golpe con tanta fuerza que chocó con la pared, y la enfermera y yo nos sobresaltamos. Era Claire, mi madre.

—¿Qué haces aquí? —Fruncí el ceño.

—¿Qué estás tramando? —Sus ojos estaban llenos de lágrimas. La enfermera se quedó en la sala junto a mí, supongo que para defenderme si esa mujer se abalanzaba contra mí para golpearme. Parecía desquiciada.

—¿De qué hablas? —bajé la voz—. Me parece una broma que vengas a preguntar qué tramo cuando estoy amarrada a una cama todos los días.

—¡¿Qué demonios tramas con ese chico?!

—Señora, la joven debe descansar y no puede altera...

—¡Cállate! —le gritó mi madre—. Déjame a solas con mi hija.

La enfermera obedeció.

—Estás completamente loca si piensas que algo te da el derecho de hablarle así a las mujeres que se encargan de mí todos los días.

—Ese joven delincuente, criminal, ha golpeado a Vincent y lo ha dejado inconsciente, y cuando despertó y pensó que todo estaba bien, ¡NO!

—¿Qué?

—¡No ha dejado de acosarnos!

Algo se encendió en mi interior, pero no lo demostré.

—No sé de qué estás hablando. Estás poniéndome nerviosa. ¿Podrías irte? Ya oíste a la enfermera: no debo alterarme.

—¡Nuestra casa se quemó! —gritó y luego comenzó a llorar—. Nadie vio nada, por supuesto, ¡pero sé que fue él!

—No —dije y la miré—. No puedes culparlo si no lo sabes. Quizá la empleada que contrataste en reemplazo de Julie dejó el gas encendido. ¿No te has puesto a pensar en eso?

—No, ella no estaba en casa. Fue él. Quemó todo y por un momento pensé que no iba a poder salir de ahí, Bianca...

No le di consuelo, porque no me causaba lástima lo que había ocurrido. De hecho, en lo único que podía pensar era en la alegría que me daba que no quedara nada de esa miserable mansión que me escuchó llorar, gritar y suplicar por ayuda.

—El lunes saldrás de aquí —agregó, y yo alcé la vista—. Ten. —Me pasó unas llaves y una carta—. El regalo de cumpleaños de tu padre.

Mi madre se marchó y la enfermera regresó a mi habitación con un vaso con agua. Parecía incluso más nerviosa que yo. Me ayudó a abrir la carta y comencé a leerla.

Creo que ya es hora de que tomes tus propias decisiones, tengas tus propias responsabilidades y no dependas de nadie. Lamento no estar ahí, pequeña princesa. Espero que algún día podamos volver a vernos.

Más abajo había una dirección apuntada.

Miré las llaves.

¿Era lo que creía?

41
REGALO DE CUMPLEAÑOS

BIANCA

Habían pasado casi tres meses desde que me encerraron en ese sitio. No entendía qué estaba ocurriendo afuera, qué había sucedido con los restos calcinados de la mansión, ni menos tenía claro si había sido Damián o un accidente.

—Hoy es el día. —Escuché la voz de una de las enfermeras que en más de una ocasión había golpeado mi rostro.

—Claire me dijo que saldría hace dos semanas.

—Sí, a veces creemos en cosas que no ocurren. —Sonrió con ironía y me quedé observándola en silencio. No las soportaba más, solo quería irme—. Ten. —Me lanzó una bolsa con la misma ropa que traía el primer día—. Está limpia. Cámbiate y luego ve a recepción.

Se acercó a mí, desencadenó mi muñeca y luego se marchó de la habitación.

Mi corazón estaba latiendo con fuerza desmedida. Después de haber estado por tantas semanas encerrada no podía confiar en alguien. No sabía si todo se trataba de una trampa o si era verdad que iba a salir de ese horrible lugar.

Mis pies descalzos hicieron contacto con la fría cerámica y se sintió muy reconfortante. En casi tres meses solo había tocado el suelo para ir al baño. Vincent tenía la orden de no dejarme salir de la habitación porque tenía «instintos suicidas», y porque aseguró que me escapaba con facilidad de todos los lugares.

Entré al baño y, en cuanto me miré en el espejo, me percaté de que la persona que estaba en el reflejo no se parecía a mí. Mi piel estaba pálida y tenía bolsas negras bajo los ojos. Estaba tan delgada que el hueco de debajo de mis ojos se había hecho profundo. Intenté no observarme más, porque sabía que mi cuerpo tenía heridas, moretones y otras huellas de golpes que jamás merecí, pero que me dieron con ganas.

Me vestí con rapidez. La ropa me quedaba grande. Seguía sin sentirme cómoda dentro de esos pantalones. Cogí el regalo, salí de la habitación y fui directa hasta la recepción. Enseguida me atendieron.

—Felicidades, señorita Morelli —me dijo la mujer detrás del mesón. Ni siquiera pude sonreírle—. Volverá a casa.

—¿Alguien vendrá por mí? —pregunté. Ella revisó en su ordenador y luego fijó su mirada en la mía.

—Sí, su madre está en el piso de abajo. —Respiré profundo—. Firme aquí, por favor. —Me tendió un papel, que leí un par de veces. Básicamente decía que saldría gracias a Vincent Hayden y todo el equipo de trabajo del hospital, quienes me habían visto mucho mejor desde que entré. También por buen comportamiento y muchísimas otras mentiras. Al final se consignaba que, si seguía dando problemas, volvería a parar ahí de inmediato.

Levanté la vista. La recepcionista seguía mirando el lápiz para que firmara. Pese a que todo era mentira y no volvería a ese lugar nunca, firmé. Firmé porque quería irme rápido.

Bajé en el ascensor y lo primero que vi al poner un pie en el primer piso fue a mi madre junto a su marido. No podía gritarles, ni menos comportarme como una loca. No quería que me encerraran antes de haber salido.

Se acercaron a mí, pero no me besaron ni abrazaron, lo que agradecí profundamente.

—¿Qué hacen aquí? —pregunté en voz baja.

—Hemos venido por ti —contestó Claire.

—¿Por qué?

—Queremos que conozcas tu nueva casa. Luego de ese terrible incendio estamos empezando de cero —comentó ella mientras avanzábamos hacia la salida.

Respiré profundo cuando el aire chocó con mi rostro. El nudo de mi garganta regresó, pero debía mantenerme fuerte.

—No. —La miré fijo, ignorando por completo que Vincent se encontraba ahí—. Quiero que me regreses mis tarjetas y mi dinero o no iré a casa contigo.

—Bianca...

—¿Olvidaste que ya no eres mi madre? —Alcé las cejas, aunque mi tono era calmo.

—Le pedimos a Damián que viniera por ti, pero estaba demasiado ocupado para hacerlo —comentó Vincent.

Mi mirada chocó con la de él. Claramente era una mentira. Todo lo que salía de su boca me daba asco.

—No me interesa —le contesté—. Necesito tiempo a solas, no quiero irme con ustedes.

—Te vas a subir a la camioneta —ordenó Claire—. Te llevaremos a casa y luego si quieres te marchas.

El trayecto a la nueva casa se me hizo eterno. El volumen de la música iba bajo y nadie decía nada. En lo único en que pude pensar durante esos largos minutos fue en Damián. Quería verlo, lanzarme sobre él y abrazarlo, porque sabía que él había estado haciendo de todo ahí afuera por sacarme.

Cuando las calles comenzaron a agrandarse y las enormes áreas verdes aparecieron, me percaté de que estábamos en el mismo sector de la antigua mansión. Pasamos por fuera del terreno y comprobé que no había absolutamente nada. Todo parecía haberse hecho cenizas, y algunos constructores se paseaban por el lugar para hacer quizá qué cosa.

De pronto, Vincent se detuvo frente a un portón enorme. Habló con el portero y nos abrieron el paso.

Una enorme casa rústica apareció frente a mis ojos. Había árboles alrededor y estacionamiento privado. Me quedé impactada con la infraestructura. Vincent aparcó el auto afuera y se bajaron. Los seguí. La enorme mansión no cabía en mi campo de visión, por lo que debía levantar un poco más la cabeza para mirar las terminaciones.

Una mucama nos recibió en la puerta. No la conocía, pero no tardó en mostrarse en extremo amable conmigo. La sala de estar estaba llena de cuadros nuevos, sofás nuevos y... todo nuevo. No quise quedarme demasiado tiempo ahí, por lo que rápidamente me acerqué a Claire.

—¿Ahora sí puedes devolverme mis tarjetas? —le pregunté aprovechando que Vincent había ido a buscar algo a su oficina.

—Me gustaría que vieras tu habitación.

—¿Mi habitación? —Sonreí—. Yo no viviré con ustedes.

—¿Y a dónde irás?

—No lo sé, pero te aseguro que no conocerás la dirección de mi nuevo lugar.

—Bianca, pensé que todo estaría bien ahora. ¿Qué ocurrió? Debemos saber arreglar nuestros problemas.

—Lo único que has conseguido encerrándome en esa cárcel por casi tres meses es hacerme más fuerte de lo que era.

—Hija...

—¿Me devolverás mis cosas o debo ir con un abogado para quitártelas? —alcé un poco la voz.

Ella me observó con los ojos empañados, miró sus manos y asintió despacio. Fue a una de las habitaciones y regresó con un pequeño bolso. Lo abrió frente a mí y me mostró que estaban todas mis tarjetas y el dinero que papá había enviado durante esas semanas.

—En el incendio se perdieron todas tus cosas, Bianca. Te compré ropa nueva y algunos accesorios. Están en el cuarto de arriba, por si necesitas llevarte algo —habló, pero la ignoré.

—¿Y mi auto? ¿Lograron sacarlo?

—Sí, está aparcado en el patio trasero. —Se acercó a un colgante clavado a la puerta y me tendió las llaves.

—Bien, adiós. —La observé.

—¿En serio vas a ser así de fría después de todo lo que ha pasado en nuestra familia? —me enfrentó.

—No me culpes por esto, no fui yo quien rompió todo.

La miré por última vez y me dirigí a la parte trasera de la casa en donde estaba aparcado mi coche, brillante como si lo hubiesen lavado recién por dentro y por fuera. Me subí en el asiento del piloto y respiré con fuerza. Me sequé un par de lágrimas que había derramado y me dispuse a irme de ahí para jamás regresar.

Pero, cuando iba conduciendo, me saltó una duda. ¿Por qué Vincent estaba dejándome ir tan fácilmente? ¿Por qué luego de que casi me encerró de por vida en aquel lugar ahora me dejaba escapar? ¿Mi madre había tenido que ver con eso? No podía pensar con claridad, y lo único que apareció en mi cabeza fue Damián.

Me dirigí al edificio donde él vivía lo más rápido que pude. Me bajé casi corriendo y ni siquiera saludé al conserje, solo subí en el ascensor. Cuando estaba afuera de su puerta toqué el timbre, pero nadie salió. Toqué una vez más, y nada. Debía estar trabajando.

No quise ir a la universidad. No estaba preparada para que todos me juzgaran por el estado en el que me encontraba, así que opté por checar la dirección que estaba apuntada en la carta de mi padre e ir hasta allá. Si era lo que yo estaba pensando, sería sin dudas el regalo más oportuno que me podía dar.

Era un edificio reluciente y enorme. Aparqué el auto y me bajé confundida. Cada paso que daba iba acompañado de una mirada rápida al papel. Parecía no estar segura de a dónde había llegado. En cuanto entré al edificio me percaté de que todo estaba demasiado limpio y con aroma a nuevo. Me acerqué a la recepción, en donde me atendió una mujer de coleta alta que me sonrió con efusividad.

—Buenas tardes, ¿en qué puedo ayudarla? —Su sonrisa continuaba en su rostro.

—Voy a esta dirección —le enseñé el papel. Ella lo miró por unos segundos y luego buscó en su ordenador. Leyó un par de cosas que no pude ver y luego alzó la vista.

—¿Es usted Bianca Morelli?

—Sí.

—Su identificación, por favor. —Se la alcancé y, tras revisarla por unos segundos, me entregó otras llaves aparte de las que tenía en mis manos—. Su padre, Stefano Morelli, ha comprado este departamento para usted y nos pidió con claridad que lo tuviéramos en buenas condiciones para cuando llegara. —Sonrió—. Qué bueno tenerla aquí. Es un regalo de cumpleaños, ¿no?

—Sí, pero...

—Tranquila, déjeme buscar a alguien para que la acompañe.

Mi corazón no dejaba de latir con fuerza. ¿Por qué mi padre se había esmerado en comprarme un departamento justo ahí, tan lejos de todo? Ni siquiera podía procesar todo lo que estaba ocurriendo. Solo reparé en mi gran sorpresa cuando estuve frente a la puerta 713 fingiendo que no estaba sorprendida junto al tipo que se presentó como el encargado de ayudarme.

—¿Estás bien? —me preguntó.

Era un joven de unos veintiséis años, vestía formal y su cabello estaba perfectamente peinado.

—Estoy bien —contesté.

—Entonces puedes abrir. —Sonrió.

Mis manos temblaban. Miré las llaves que habían llegado en el sobre y las que me había facilitado la mujer de recepción.

—No sé cuáles son. —Lo miré.

—Las que llegaron en el sobre son las de la puerta principal y las que te ha pasado mi compañera son las llaves de todas las puertas del departamento.

—Bien.

A pesar de que mis manos seguían temblando, introduje la llave en el picaporte y lo giré. La gran puerta de madera negra se abrió frente a nosotros. El tipo me dio un pequeño empujón desde los hombros para que me atreviese a entrar, pero aun así sentía que todo era demasiado extraño.

Lo primero que vi fue la sala de estar situada en medio del departamento. Las paredes eran blancas con turquesa, y la decoración iba acorde a esos colores. Los sofás eran también turquesas y había una alfombra blanca enorme debajo de una mesa de centro de cristal con un par de velas encima. Colgando desde una pared había un televisor, y a la izquierda un gran ventanal por el que se podía salir al balcón.

—No puedo creerlo —murmuré.

El tipo que estaba a mi lado solo sonrió.

—Ven por aquí, voy a enseñarte las habitaciones.

Antes de llegar al pasillo, la cocina se apoderó de mi vista. Era una gran cocina americana, totalmente equipada y con una vajilla como la que debía usar la reina Isabel. Caminé por el pasillo detrás del asistente, abrió la primera puerta y me enseñó un baño que supuse era el de invitados, pese a que era grande. Tenía una ducha con puertas de vidrio, el espejo cubría toda la pared de la derecha y solo pensé en que tal vez también vendría a cagar la reina Isabel ahí. La segunda puerta daba a una habitación vacía. Parte de la pared era de cristal, y no pude evitar pensar en lo maravilloso que sería pintar mirando las estrellas en esa habitación.

La tercera puerta tenía un pequeño cuadro afuera que decía «Bienvenida». De inmediato supuse que se trataba de mi habitación y que también estaría vacía, ya que debía dejarme decorar algo, ¿no? Pero quedé casi con el corazón en la boca cuando el asistente abrió y vi que todo estaba lleno de globos morados y blancos. Había una cama en el centro, muebles, una alfombra y cuadros en las paredes, aunque en blanco. Seguramente era yo la que debía poner mis propios recuerdos ahí. Encima de la cama había un ramo de violetas y tulipanes. No lo tomé, y no porque no quisiera, sino porque no quería tocar nada. Todo parecía muy extraño y hecho de porcelana.

—Y aquí está el baño exclusivo de esta habitación. —Lo escuché. Desperté de mis pensamientos y me quedé mirándolo a él—. ¿Estás bien?

—No. —Mis ojos se llenaron de lágrimas y él frunció el ceño.

—¿No te gustó la sorpresa?

—Claro que me ha gustado, pero ¿por qué tanto? —me acerqué a la puerta donde se encontraba él.

—El señor Stefano ha sido muy específico con los detalles, la posición de las cosas, e incluso le pagó a una persona para que decorara todo a la perfección.

Me quedé en silencio. Divisé que en el baño se encontraba la ducha, y a un costado había una bañera donde probablemente cabían dos personas. El mesón estaba lleno de cremas, champú, acondicionador, líquidos para poner en la bañera, flores de Bach y muchas otras cosas que ni siquiera podía describir.

—¿Esto es todo? —Alcé la mirada, nerviosa.

—Puedes ocupar dos estacionamientos que son solo tuyos. Hay piscina en la terraza, pero si necesitas arrendarla para una ocasión especial, solo debes hablar con la recepcionista. Si tienes ropa sucia, puedes dejarla en un canasto y por la mañana vendrá la mucama a recogerla, incluso puedes pedirla planchada y...

—Gracias —lo interrumpí.

—¿Puedo ayudar en algo más? —preguntó, y yo negué con la cabeza—. Bien, cualquier cosa llamas a la recepción y enseguida te atenderemos. —Sonrió con amabilidad.

Lo vi caminar por el pasillo y, antes de que pudiera salir, lo detuve.

—Espera.

—¿Sí?

—¿Quién más ha venido aquí? —pregunté. Él pensó unos segundos y luego continuó.

—Su madre con su padrastro, nadie más.

—Dios —resoplé.

—¿Puedo hacer algo por ti?

—Sí. ¿Cuál es tu nombre? —Me acerqué a él.

—Paul.

—Paul, quiero que envíes a alguien a que cambie el picaporte de la puerta principal y me den llaves nuevas, lo más rápido posible, por favor —indiqué, y él asintió con rapidez—. Y quiero que avises en la recepción que Claire y Vincent Hayden *no pueden subir a verme,* por ningún motivo. Y si quieren subir a la fuerza deben llamar a la policía.

—Pero...

—Es todo, Paul. Gracias. —Sonreí.

Por la tarde cambiaron el picaporte de la puerta principal y no tardaron más de una hora en darme las llaves nuevas. Agradecí la eficiencia, y por fin me sentí segura.

42
BÚSQUEDA

BIANCA

Eché a correr el agua de la bañera y puse algunos líquidos que supuestamente me ayudarían a relajarme. Dejé que se llenara mientras me quitaba la ropa. Aún no podía mirarme en el espejo sin sentirme mal conmigo misma, pero el tiempo pasaría y todo iría arreglándose, o eso esperaba.

Cuando la bañera estuvo lista, me metí con cuidado y me recosté con la cabeza apoyada en el borde. Me fumé dos cigarrillos, me miré los pies e intenté relajarme.

Mientras pasaban los minutos dentro del agua tibia, los recuerdos comenzaron a atacarme. No podía evitar pensar en que las manos que me tocaron, que me golpearon y me dañaron hasta el último trozo de alma seguían ahí fuera, libres, sin rasguño y sin esposas. No había podido hacer justicia, pero al menos ahora no lo veía jamás. Aun así, no lograba sentirme bien. ¿Cómo era posible que todo quedara en nada? Mi vida, mis recuerdos y mis miedos no valían un peso para nadie, pero seguían valiendo todo para mí, porque yo era la única que cargaba con ellos y me iba a la cama a tener pesadillas. Era la única que padecía de ansiedad. La única que lloraba en las noches, que despertaba gritando por una pesadilla.

Él no tenía pesadillas, él no sufría ni lloraba por las noches.

Él no tenía vergüenza de mostrarle su cuerpo a alguien más, él no se miraba en el espejo y se decía a sí mismo que estaba sucio y que no valía ni un peso. Él no gritaba de angustia, él no quedaba sin respiración por las noches o en medio de la gente. Él no tenía demonios como los que me había creado a mí, y aun así tenía que soportar verlo libre, verlo con mi madre, verlo cada noche ir a la cama con la mujer que me dio la vida.

Sumergí la cabeza debajo del agua con los ojos cerrados. Todo estaba oscuro y el aire se acumulaba en mis pulmones y los estiraba con fuerza. ¿Cuánto tiempo podría soportar así? ¿Alguien vendría por mí?

Mi cuerpo parecía pesar toneladas, como si bolsas de arena estuviesen en mi estómago. Seguía abajo. Inmóvil. Mi cerebro comenzó a gritar por oxígeno, pero yo no lo quería oír. Finalmente comencé a sentir que mi cuerpo temblaba y mi pecho iba a explotar. Me empujé con mis débiles manos para sentarme y respiré con dificultad. Tosí, tosí con agresividad e intenté ponerme de pie. Cuando lo conseguí choqué con mi reflejo en el espejo. Seguía pálida, seguía delgada y con heridas, pero... no quería morir.

⚡⚡⚡

En cuanto entré a la universidad me sentí ajena a ella. Miré mi horario en el panel de la entrada y me dirigí a clases. Me senté en una de las últimas filas sin mirar a nadie, aunque podía sentir cómo las miradas iban directas hacia mí, e intenté a toda costa que eso no me afectara. Cuando la clase por fin acabó me fui directa a la cafetería.

Mis piernas temblaban, y si debía correr a abrazar a Damián, lo haría. Ya no me interesaba que todo el mundo se enterase de que estábamos juntos. Caminé entre las personas hasta que llegué a donde, suponía, estaría Damián. Lo busqué con la mirada entre los trabajadores, pero no estaba ahí.

—¿Qué vas a querer? —me preguntó un nuevo chico que estaba frente a la caja.

Pestañeé un par de veces.

—¿Damián no vino hoy? —Él frunció el ceño.

—¿Damián? Renunció hace dos semanas.

Caminé con rapidez entre las personas que se encontraban en la cafetería, pero alguien me tomó bruscamente del brazo y me detuvo. Volteé a mirar y vi a Dayanne.

—¿Bianca? —Me observó de pies a cabeza y me sonrió.

—La misma —contesté.

—¿Dónde te habías metido? ¿De verdad fuiste a parar a un hospital psiquiátrico? —me preguntó hablando bajo.

—¿Qué demonios te importa? ¿Acaso estás buscando una nueva excusa para joderme todos los días?

—¿Estás en busca de Damián?

—Sí.

—Se fue de aquí hace días, lo vi por última vez hace dos semanas. Parecía distinto.

—¿Por qué me estás diciendo todo esto? —gruñí.

—Tranquila, no vengo para fastidiarte, Bianca. Es solo que lo vi raro. Tomó todas sus cosas y lo vi marcharse —me contó—. Le pregunté si estaba yéndose o renunciando. Comentó que se iba y esperaba no volver más.

—¿Qué?

—No lo sé, yo...

—Gracias —la interrumpí y seguí mi camino.

Cuando entré a la biblioteca todo estaba en silencio, como siempre. Caminé hacia el mesón de consultas hasta que di con el cabello rojizo de Paige. En cuanto la vi me alivié. Se sentía tan bien ver a alguien que quería y con quien tenía confianza.

Me dirigí hacia donde estaba, hasta que ella alzó la vista y se quedó mirándome como si fuese un sueño o una broma. Dejó de hacer lo que estaba haciendo, caminó hacia mí y cuando estuvimos a unos pocos metros me sonrió. Bajé los hombros y ella se abalanzó para abrazarme como jamás lo había hecho una amiga.

—Dios, estás viva —soltó mientras me abrazaba con fuerza—. Estás pálida. —Tomó mi rostro con ambas manos—. ¿Por qué demonios estás vestida así?

—Es una larga historia. —Sonreí con los ojos cristalizados.

—Ay, Bianca, no sabes lo mucho que te extrañé —dijo—. Vayamos por un café, o algo. Vamos. —Cogió mi muñeca y me sacó de la biblioteca.

Caminamos hasta salir de la universidad y nos sentamos en la primera cafetería que encontramos. Ella pidió café y yo un té para relajarme un poco. No queríamos estar dentro de la universidad porque las miradas estaban puestas en mí como si de un bicho raro se tratase.

—Pensé que jamás saldrías de ahí. —Me observó.

—Fue algo muy extraño. Mi padre me ha regalado un departamento —le conté—. Y de pronto mi madre llegó para decirme que me iban a dar el alta. ¿Por qué? Todavía no entiendo mucho nada.

—No lo sé —bajó la voz.

—¿Sabes dónde está Damián?

—¿No has ido a buscarlo?

—Sí, en cuanto salí de allá, pero no estaba en su departamento. Esperé a verlo hoy, pero me dicen que ha renunciado hace dos semanas. ¿Qué sucedió, Paige?

Mi pecho me indicaba que estaba al borde de las lágrimas o de un ataque de angustia, pero la voz de mi amiga me tranquilizó, pese a que podía estar diciéndome falsas noticias.

—La verdad, yo tampoco lo he visto. Renunció y no lo vi más —contestó.

—¿Y Daven?

—Daven tampoco. Siempre me cuenta que se preguntan dónde está Damián, pero no lo han visto hace semanas —continuó—. Damián siempre ha sido un chico impredecible: llega cuando quiere, se escapa si lo desea. Se va cuando hay caos y regresa cuando hay paz, o al revés, regresa cuando hay caos y se va cuando llega la paz. Daven y Owen no están demasiado preocupados, están conscientes de que él sabe cuidarse el culo.

—Pero no puede simplemente desaparecer, Paige —rebatí—. Damián no haría algo como eso si sabía que estaba encerrada, ¿o sí?

—Claro que no, Bianca. Él haría de todo por sacarte de ahí.

—Entonces ¿por qué no está ahora que he salido? ¿Qué demonios está ocurriendo? Hay algo malo en todo esto, Paige. Algo muy malo, estoy segura.

—¿Qué estás pensando?

—Necesito dejar de pensar. —La miré—. Iré a ver a su madre, ella puede saber dónde está.

—No te ilusiones, Bianca. Esa mujer no ha estado presente en la vida de Damián por años. Me arriesgaría a decir que ni siquiera lo conoce.

—Necesito una respuesta o me volveré loca pensando en lo peor.

La mitad del día estuve con Paige, y aunque no falté a ninguna de mis clases, no podía dejar de pensar en cada detalle, en cada lugar y cada palabra que me había dicho Damián para ver si lograba descifrar dónde se encontraba.

Cuando salí de la universidad, me subí a mi auto y me dirigí a la casa de su madre suplicando que no estuviese hecha un desastre.

Aparqué el auto frente a la casa. La puerta estaba cerrada y no se oía música, lo que me pareció una buena señal. Como no había timbre, golpeé la puerta un par de veces hasta que escuché pasos. Mi corazón latía con fuerza, y esperanzada pensé en que tal vez podría ser él, pero no. Frente a mí apareció la madre. Se veía compuesta, sobria, nada parecida a la última vez que la vi. Desafortunadamente, no tenía noticias de Damián.

Mi siguiente parada fue la vieja Esther, quien tampoco lo había visto hace un tiempo. Solo me quedaba una opción: Brain.

Me recibió en su oficina como su amiga. Me ofreció algo de beber, acepté un vaso con agua y me dispuse a ser lo más directa y explícita posible.

—¿Damián ha venido por aquí? —pregunté.

—No veo a Damián desde hace meses, Bianca.

—¿Cómo es eso, Brain? ¿No ha estado trabajando contigo?

—Lo estuvo, pero luego se fue, y no lo pude obligar a volver, ya sabes cómo es.

—No está por ningún sitio, Brain. Lo he buscado hasta por debajo de las piedras.

—¿Estás segura de que lo has buscado en todos los lugares?

—No sé a dónde más ir.

—Está Evan, el callejón, su departamento...

—Serendipia —susurré.

—Esa cosa...

—Pero, dime, ¿cuándo fue la última vez que lo viste?

—Ay, mi chica de diamante, no sé si decirte esto.

—Dímelo —supliqué.

—Damián se encontraba un poco fuera de sí la última vez que lo vi. Estaba enfadado, quería golpear cosas y yo no lograba sacarle ni media sonrisa. Quiso asesinar a Vincent —soltó, y sentí cómo mi corazón se detuvo—. Y, pues, lo acompañé. Íbamos a envenenarlo sin que nadie se diera cuenta, pero el cerdo ese se percató y botó la copa al suelo. Damián se salió de sus casillas y lo golpeó hasta casi romperle el cráneo. Pero ese hijo de puta no muere con nada. Llegamos a la cárcel —continuó—. A mí me soltaron porque no pudieron comprobar que estuviese involucrado en nada, y Damián salió unas horas después porque su padre lo cubrió.

—¿Y qué ha hecho Vincent?

—Solo se encargó de decir en las noticias que encontraría al tipo que lo había agredido, nada más.

—Dios.

—No, Bianca. Dios no nos ha ayudado mucho en esto. —Sonrió sin ganas—. Lo único que sé es que ese chico haría todo por ti. Jamás, desde que lo conozco, lo había visto con tanto odio.

—Pero eso no es algo bueno, Brain. —Me molesté.

—Lo sé, pero no pude hacer nada más por él.

—¿Incendiaron la mansión? —pregunté de pronto.

—No...

—Dime la verdad, Brain. Damián podría estar muerto justo ahora, ¿sabes?

—Solo te digo que desde ese día en donde todo se descontroló, no lo he vuelto a ver.

—¿Tienes alguna maldita forma de contactarlo?

—No, cariño —murmuró.

ᚢᚢᚢ

Me senté en la solera que se encontraba vacía, en el mismo lugar que siempre ocupábamos. La noche ya se había apoderado del callejón y las estrellas brillaban más que nunca, dispuestas a ser admiradas, pero yo no podía pensar en otra cosa que no fuera Damián.

En el cemento había marcas de cigarrillos. Sentí la angustia apoderarse de mi cuerpo cuando imaginé todas las noches que él habría pasado solo en Serendipia, esperándome.

Esa noche apagué siete cigarrillos mientras daba vueltas en círculo. El sentimiento de vacío era palpable, podía ver lo solitario y triste que estaba ese planeta. Serendipia nos necesitaba a ambos. Juntos.

ᚢᚢᚢ

Al día siguiente me dirigí a la comisaría para hablar con Evan, quien me recibió con amabilidad. Al parecer, ya sabía sobre mí. Estuvimos conversando unos minutos acerca de cómo me encontraba luego de haber salido del hospital psiquiátrico. Luego me comentó que estaban siguiendo el caso, que Damián había hecho la declaración formal de que Vincent era un abusador, pero cuando le pregunté si había visto a Damián durante los últimos días, dijo que no. «Debe andar por ahí», comentó. Era evidente que Evan no lo conocía, recién estaba integrándose en su vida y no podía tener información relevante sobre su hijo. Me aseguró que si sabía algo de él me lo diría, y me aconsejó que estuviese tranquila, que Damián sabía cómo cuidarse, pero yo no estaba segura de si alguien, cualquier persona en el mundo, incluso un héroe, sabía cuidarse de Vincent Hayden.

Nuevamente Serendipia me recibió, y esperé ilusionada por él, pero mi ilusión se destruyó otra vez cuando él no llegó. Lo más probable era que se destruyera todos los días y las noches que me quedara esperándolo con un cigarrillo en nuestro planeta.

No sabía a dónde más ir, con quién hablar ni cómo comunicarme con él. Así que decidí intentarlo de nuevo.

Un jueves por la mañana, antes de mi primera clase, decidí ir al departamento de Damián. Saludé al conserje, quien me observó perplejo, aunque no me detuvo, pues ya me conocía. Subí en el ascensor y me planté frente a su puerta. Toqué el timbre y esta vez sí oí voces dentro. Luego escuché pasos, hasta que la puerta se abrió dejándome ver a una mujer mayor que me observó con una sonrisa.

—¿Te puedo ayudar en algo?

Pestañeé confundida.

—Sí —contesté—. Soy Bianca. Estoy buscando a Damián. ¿Él está?

—Me temo que no... Hemos comprado este departamento ayer a una corredora de propiedades, y no hemos tratado con ningún Damián —comentó con pesar—. Louis, ¿hablamos con algún Damián antes de venir a vivir aquí? —preguntó alzando la voz, y un hombre, también mayor, se acercó a la puerta.

—No, cariño. Solo con la corredora de propiedades.

—Oh, está bien, lo lamento —dije intentando sonreír y respirar con calma.

—Espera. —Escuché la voz del hombre—. Hemos encontrado una caja que no nos pertenece. ¿Tal vez es de ustedes? ¿De Damián?

—Sí, puede ser —contesté de inmediato.

Me mantuve en la puerta y el hombre regresó luego de unos minutos con una caja de cartón en sus manos, que en la parte superior llevaba escrito «Bianca». Mi corazón se aceleró mientras el hombre me tendía la caja sonriendo.

—Espero que sirva de algo —comentó la mujer.

—Seguro que sí, muchas gracias. —Los miré y luego me despedí.

43
CARTAS

BIANCA

Comenzaba a darme un terror horrible abrir la caja y encontrarme con algo que no quería. Conduje mirándola con cierta inseguridad y todavía dudando de si realmente estaba dirigida a mí. Pensé incluso que podía tratarse de una broma, pero ¿quién sería capaz de hacer una broma así?

No pude aguantar a que terminaran mis clases en la universidad para resolver el misterio, así que lo primero que hice fue dirigirme al departamento, cerrar la puerta a mi espalda y sentarme en el sofá para abrirla. Quité la cinta adhesiva y luego levanté la tapa. Vi hojas blancas dobladas a la mitad y tragué duro. Cogí un papel al azar y lo estiré. Eran cartas, o fragmentos de ellas. Tomé una que decía «Carta 7». No la leí. Comencé a levantarlas una por una, percatándome de que estaban enumeradas, así que me puse a ordenarlas, hasta que me di cuenta de que en total eran catorce y tenían fechas distantes entre sí.

Comencé a leerlas una a una, repitiendo en voz alta los párrafos, releyendo una y otra vez detalles que no lograba entender o que me parecían extraños. No pude evitar que mis ojos se llenaran de lágrimas. Había cartas de solo dos líneas que bastaban para saber cómo Damián se sentía. Comenzó con cartas que expresaban que quería cambiar el mundo por mí, que me extrañaba, que estaba haciendo todo lo posible por sacarme de ahí, pero que no estaba consiguiéndolo.

Carta 5
(29 de septiembre)

Me estoy sintiendo abrumado. Llego a casa y actúo como un robot, como si estuviese viviendo la vida de alguien más y sin ningún motivo, pero estoy siendo paciente, muy paciente, Bianca.

Carta 6
(12 de octubre)

Si pudiera contarte todo lo que estoy pensando, esta sería la carta más larga que nadie haya hecho jamás. Cuando veía películas, me parecía tan fácil y divertido cuando los personajes malos eran asesinados por héroes, por sus familiares o por lo que fuera. Se sentía bien verlo en televisión, pero ¿sabes? Jamás imaginé que querer arrancarle el corazón a una persona se sintiera tan a flor de piel, y no me da satisfacción siquiera pensarlo; me hace sentir mal. Muy mal. Porque apenas puedo dormir por las noches haciendo planes y planes que probablemente nunca tengan éxito. Pero lo estoy intentando, lo prometo.

Carta 7
(27 de octubre)

Una vez te dije que lo que más me gustaría era pasar mi cumpleaños contigo y, pues, no me equivocaba. Ha sido un día extraño. Daven y Owen me organizaron una fiesta, pero en medio de la celebración he salido en la moto con un poco de droga en el cuerpo para dirigirme solo a un lugar: Serendipia. ¿Puedes creer que me dormí en el mismo sitio en que nos conocimos? Conté 432 estrellas; luego recordé que una persona del centro me decía que daba mala suerte hacerlo, así que me detuve. Perdí la cuenta de cuántos cigarrillos me fumé, pero no olvidé encender uno por ti. No ha sido un mal cumpleaños, pero si hubieses estado aquí, créeme que habría preferido que comiéramos tacos y nos durmiéramos temprano luego de un café y de una conversación acerca de palabras extrañas y confusas.

CARTA 8
(29 de octubre)

Hoy he ido por ti, y no resultó nada bien.

CARTA 9
(30 de octubre)

Ayer fui por ti, pero como te decía, no resultó bien. No le dije a nadie que iría, solo esperaba poder verte. Fui en la moto dispuesto a traerte conmigo. No me importaba nada, créeme. Me han atrapado afuera, no sé quiénes eran, pero me han golpeado y desperté en el hospital.

CARTA 10
(31 de octubre)

Me he recuperado bien. Estoy agradecido de que me fracturaran la muñeca derecha, ya que como soy zurdo puedo escribirte de todas formas. Evan me ayudará a sacarte de ahí, sé que se está esforzando.

CARTA 11
(1 de noviembre)

Estoy enamorado. Estoy enamorado de ti y, pese a que jamás pensé que sería tan difícil tenerte conmigo, no creas que estoy arrepentido de amarte, pequeño rayo, olvídalo. Estaba escrito que esos enormes ojos azules eran míos. Solo quería que supieras que eres la mujer más fuerte, admirable, alocada, intrépida y audaz que jamás ha pisado este mundo. No te merecemos, Bianca. Nadie te merece de verdad.

CARTA 12
(2 de noviembre)

Hay tormenta, ¿la oyes? Apagué todas las luces del departamento y me senté en el balcón para disfrutar de las gotas. Seguramente si estuvieras aquí correrías para decirme que conduzcamos en la moto porque, claro, se te zafa un tornillo a veces, ¿no? Ha caído un rayo que iluminó toda la ciudad, incluso formó un pequeño incendio en un pastizal. Salió en las noticias, pero no se alarmaron demasiado, ya que el gran diluvio que trajo la tormenta no tardó en apagarlo. Me estoy volviendo loco, ¿te das cuenta? No puedo dejar de pensar en ti.

CARTA 13
(3 de noviembre)

Perdóname, Bianca.

CARTA 14
(4 de noviembre)

Lamento mucho que esto esté ocurriendo, pero ya sabes cómo soy. La verdad no sé qué ocurrirá cuando atraviese esa puerta, pero sé que tú estarás bien. Solo puedo confiar en esto, no tengo otra alternativa. Créeme que estaré bien, yo quiero creerlo y tú DEBES creerlo. Si pudiera arrancarme el corazón para que salieras de ahí, claro que lo haría. Si pudiera dejar de respirar, o simplemente recibir una bala en las bolas, Bianca, no dudes que lo haría. Porque desde que te conocí te has convertido en lo único que me mantiene de pie. No me extrañes demasiado, pequeño rayo de luz.

—Ay, Damián, ¿qué demonios hiciste? —murmuré.

Las lágrimas bajaban por mis mejillas, y por más que intentaba quitármelas no podía detener mi llanto. Lancé la caja a la pared, golpeé con fuerza el sofá y grité, grité hasta desgarrarme la garganta. Me sentía tan defraudada... Claramente él había hecho algo para sacarme de ahí, pero ¿por qué estaba sintiendo que le había pasado algo malo? Intenté contar hasta diez, luego hasta veinte. Nada resultaba. Y por primera vez entendí el enfado que sentía Damián.

Solo podía pensar en un culpable: Vincent Hayden. Él debía ser el que estaba detrás de todo eso, nadie más que él. ¿Por qué estaba tan tranquilo dejándome escapar? Solo significaba una cosa: había quitado a Damián del camino y se conformaba con que yo viviera angustiada por él.

Tomé las llaves del auto y salí del departamento sin detenerme a pensar en lo que estaba haciendo. Apreté con fuerza el número del ascensor, llegué al estacionamiento y me subí al auto. No pensé en el estado en que estaba conduciendo; solo quería avanzar, avanzar y asesinarlo. No podía quitarme todo. Claro que no podía. Sabía que estaba trabajando, por lo que me dirigí a su empresa. En cuanto llegué, aparqué el auto y me bajé de él sin mirarme en el espejo. Algunas personas me observaban, y claro que lo hacían, pues sabían que era la hija de la mujer de Vincent y que detestaba al millonario.

Apenas estuve frente a la puerta de la oficina del gerente general de la empresa, no golpeé. Solo abrí con fuerza haciendo que el picaporte se estrellara con la pared. No estaba solo.

Una mujer de vestido negro ajustado y pelirroja se bajó del regazo de Vincent y se acomodó el vestido, se peinó y me observó con detención. Pestañeé un par de veces y caí en cuenta de la realidad. ¿Por qué debía enfrentarlo? ¿Por infiel, por abusador o por Damián?

Vincent se quedó mirándome y, sin ningún remordimiento, se quitó el labial rojo de la boca. Me sonrió acomodándose la corbata y de inmediato recordé lo morboso que era, y el asco y miedo que le tenía.

—Bianca, querida —soltó.

La mujer salió de la oficina sin mirarme.

—No vine a entablar una conversación —dije con molestia, intentando a toda costa mantenerme fuerte—. ¿Dónde está Damián?

—¿Damián? —Sonrió—. Si no lo sabes tú, ¿por qué iría a saber yo?

—¡¿Dónde está?! —le grité.

—A ver, por favor, cálmate. Estás en mi oficina.

—Me importa una mierda, dime dónde está Damián.

—¡No lo sé! —alzó la voz y retrocedí unos centímetros, pero intenté disimular lo pequeña que me hacía sentir.

—¿Qué ocurre contigo? —Mis ojos se llenaron de lágrimas—. ¿Creíste que sacándome de ahí y mandando lejos a Damián todo se acabaría? ¿Qué tipo de obsesión tienes conmigo?

—Damián me tenía cansado y estoy agradecido de que ya no esté —expresó—. Es un alivio, ¿no crees?

—¿De qué estás hablando?

—De que ya no está, Bianca. Supéralo de una vez, por favor —soltó y luego se sirvió whisky en uno de sus vasos de cristal.

—Te prometo que si me dices dónde está Damián no te molestaremos más —dije en un intento desesperado—. Lo juro; ni siquiera le diré a mamá que estás engañándola.

Él alzó la vista y comenzó a caminar lentamente hacia mí.

—Qué agallas tienes, ¿no, Bianca? —Sonrió con morbo y bebió de su vaso—. Luego de todo lo que hemos pasado juntos, no tienes ni un poco de miedo de estar en mi oficina con la puerta cerrada y sin cámaras.

Mi garganta se apretó.

—Por favor —le pedí—. Convenceré a Damián de que te deje en paz, pero dime dónde está.

—Ya es demasiado tarde para eso, ¿no crees? —Alzó las cejas—. Intentó asesinarme más de una vez; rayó autos, las puertas de mi empresa... Cada cosa que veía día a día eran mensajes acerca de mí. A cada lugar que iba, él estaba ahí como un puto psicópata. Y luego incendió mi casa. —Clavó sus ojos en los míos—. Quemó cada cosa. Dejó todo en ruinas, ¿y piensas que podría darle una oportunidad? Ja.

—Él solo estaba enfadado. —El nudo en mi garganta se agrandó—. Si me dejaras hablar con él, todo sería muy dif...

—¡Por supuesto que no sería diferente! Es un criminal, un delincuente y tiene la mente podrida.

No podía expresar cuánto estaba conteniéndome, sabía que él tenía que ver con la desaparición de Damián. Él sabía dónde estaba y no quería decírmelo. Y por ningún motivo dejaría que le hiciera daño. Debía contenerme antes de lanzarle algún objeto pesado a la cabeza.

—Solo dime si está bien.

—¿Realmente estabas tan enamorada de ese pobretón? —Soltó una carcajada, terminó su whisky de un trago y luego dejó el vaso sobre el escritorio—. Supongo que sí, que sí está bien ahora. Al menos tiene paz.

«Al menos tiene paz».

Mi corazón se detuvo por unos segundos y un escalofrío recorrió mi espalda. Vincent Hayden ya no era Vincent Hayden frente a mis ojos, solo era un bulto negro que venía hacia mí a atacarme, y yo debía defenderme. Lo primero que tomé fue un cenicero de vidrio que estaba a mi lado. Él se encontraba mirándome estupefacto. Era un monstruo que debía ser golpeado hasta que se escapara de mi campo de visión.

—Lamento haber sido yo quien te dio esta noticia —continuó—. La última noche que vi a Damián, él fue claro, como siempre. «Ustedes jamás la querrán como yo la quiero. Daría mi vida por ella, pero por favor, déjala en paz». Eso fue lo que me dijo. Lo dudé un minuto, pero él estaba algo desesperado y, pues, yo... —Se encogió de hombros—. Yo estaba furioso.

—Vincent...

—Fue un sacrificio por amor, tómalo así. —Sonrió.

Apreté el cenicero de vidrio en la mano hasta que me hice daño. Las lágrimas cayeron por mis pómulos. Él iba a sonreír una vez más, pero le lancé el cenicero, que se estrelló directamente en su nariz. Vi a Vincent caerse a la alfombra, y luego el cenicero caer al suelo.

—¡Eres un puto mentiroso! —continué. Me acerqué a él, me agaché y agarré su chaqueta con ambas manos—. ¡Eres un mentiroso! ¡¿Dónde está?! —le grité en el rostro ensangrentado—. ¡Te voy a matar aquí y ahora, Vincent Hayden!

—Él ya no está, Bianca —articuló con dificultad y sonrió con sarcasmo—. Damián Wyde es hombre muerto.

Empuñé mi mano y lo golpeé, pero antes de que pudiera tomar el cenicero y estrellarlo en su cabeza una vez más, algunas personas, que por cierto no reconocí, entraron en la oficina y me sacaron de encima de él. Me solté con fuerza del agarre y solo corrí escaleras abajo.

Me subí al coche y me quedé inmóvil ahí dentro. Me miré en el espejo retrovisor y me quité las lágrimas de la cara. No iba a creerle, por supuesto que no. Arranqué el auto y me dirigí al lugar donde trabajaba Claire. Aparqué con inseguridad. No sabía si quería escucharla, pero mi corazón me decía que quería saber la verdad de una vez.

En cuanto abrí la puerta de su oficina, ella colgó el teléfono y me observó.

—Bianca. —Se puso de pie y caminó lentamente hasta estar frente a mí.

—Dime que es mentira —le pedí, y de nuevo sentí mis ojos empañados.

—Ay, cariño... —Ladeó levemente la cabeza e intentó acercarse, pero me alejé.

—¿Por qué Vincent dice que Damián está muerto? —Me sequé las mejillas con fuerza.

—Porque lo está —bajó la voz.

—¿Qué? —Fruncí el ceño.

—Él enfrentó a Vincent y...

—¿Cómo pudiste hacerme algo así?

—Yo no pude detener esto...

—Te dije la verdad. —La miré a los ojos—. Te conté lo que me estaba haciendo Vincent y no me creíste. Lo asumí. Pensé que solo se quedaría en eso, pero me han encerrado en un hospital psiquiátrico y lo acepté. Y ahora me quitas lo que más he querido y quien más me ha querido a mí... ¿Cómo puedes vivir con eso? ¿Cómo puedes vivir sabiendo que le arruinaste la vida a tu propia hija?

Ella se quedó mirándome. Una vez más iba a abrir su boca para hablarme, pero di media vuelta y salí de su oficina.

Atravesé la universidad bajo la mirada de algunas personas que se encontraban en los pasillos, y aunque intentaba no hacerlo, las lágrimas caían por mis mejillas como si hubiese una gran nube negra encima de mi cabeza. Llegué al estacionamiento y en cuanto estuve frente a mi auto apoyé la palma de mi mano en la puerta cerrada para no caerme de cara al cemento. Me faltaba el oxígeno, y todo parecía confuso. El dolor en mi tórax se agudizó, y aunque sabía controlar por mi cuenta las crisis de pánico, esta vez no fui capaz de hacerlo. Mis oídos zumbaban tanto que pensé que iban a reventarse, y cuando intenté subirme al auto me desmayé.

44
BIENVENIDO A MI VIDA

BIANCA

Había sido una crisis de pánico, y fue Paige quien me encontró para llevarme al hospital. Por fin pude contarle a alguien lo que estaba sucediendo y, por primera vez, luego de todo el dolor irracional que había sentido, alguien me abrazó para contenerme.

Cuando estuve en casa, apegué mi espalda al respaldo del sofá como si este pudiera sostenerme. Me habían despedazado la vida. No podía hablar; ni siquiera podía oír lo que Paige me decía desde la cocina. Todo me parecía que iba a cámara lenta dentro de mi cuerpo, hasta podía oír mi respiración, pero afuera todo iba demasiado rápido... ¿Así se sentía tocar fondo?

—Bianca, estás temblando. —Miré a Paige y luego me observé las manos, apenas podía tomar el tazón que me había traído mi amiga—. Sé que esto es demasiado duro, pero debes relajarte o terminarás otra vez en el hospital.

¿Cómo podía pedirme que me relajara en un momento así?

—Paige, creo que necesito estar sola. —Levanté la vista hacia la de ella, y me observó con nostalgia.

—No puedo dejarte sola justo ahora, Bianca.

—Entonces, si vas a estar aquí, debes saber que no quiero hablar.

Ella asintió.

Me bebí el tazón completo y luego me levanté para ir al baño. Encendí el agua de la ducha y me metí bajo la cascada de agua caliente. Mis músculos dolían, pero me refregué la esponja con fuerza por todo el cuerpo como si quisiera arrancar todas las palabras y malas noticias que había recibido durante ese día de mierda.

Llené la bañera y me senté en ella. Mi mirada estaba clavada en un punto, pero tenía la mente ida. Mi cuerpo tiritaba y mi consciencia lloraba a gritos, mientras que yo solo podía sollozar en silencio por todo el dolor que estaba quemándome las venas. Me acosté, cerré los ojos y me hundí en el agua. Esta vez no quería oír mis pulmones, no quería oír mi tórax casi reventándose. Solo podía pensar en cuánto habría padecido Damián estando ahí afuera enfrentándose a Vincent Hayden sin que yo pudiera salvarlo. Pensaba en las estrellas que vimos desaparecer y en otras que nacían noche tras noche.

Mis pulmones comenzaron a doler.

No, no saldría. ¿Para qué iba a intentarlo una vez más? Comencé a escuchar ruido, mucho ruido. Golpes, puñetazos y luego patadas. No saqué la cabeza.

Por mi mente se cruzó la idea de que no podía morir en una bañera. Abrí las manos como pude e intenté levantarme, pero sentí que estaba hundida en una bañera de cinco metros de profundidad. Sin embargo, unas manos me jalaron con fuerza.

Una vez más, mi amiga me había salvado.

—Dios, Bianca —suspiró—. ¡¿En qué demonios pensabas?! —repetía mientras sacaba una toalla y me ayudaba a incorporarme. Noté que estaba pálida de terror.

Me senté en la cerámica y ella me envolvió. Me ayudó con la sangre de mi nariz y luego se quedó mirándome con actitud agotada. Una vez más me abrazó, conteniéndome.

Paige estaba igual de afectada que yo; tanto que no podía consolarme con palabras. Además, ella sabía que no iba a decir nada que cambiara mis sentimientos, así que solo esperaba que me desahogara, que gritara y rompiera lo que se me diera la gana.

Me ayudó con mi cabello, lo peinó, lo secó y luego buscó mi pijama. Se quedó a mi lado como si fuese mi hermana, aunque no pudiese dormir.

⚡⚡⚡

Una semana después

PRIMERA SESIÓN

Se acomodó los lentes con la punta de los dedos y luego miró su libreta. No hablé. Ella pegó su cuerpo al respaldo de la silla y me sonrió con comprensión.

—Bianca, quiero ayudarte —expresó.

Silencio.

—¿Vas a la universidad?

—Sí.

—¿Qué estudias?

—Arquitectura.

—¿Has asistido a clases esta semana?

—No.

—¿Quieres que hablemos de eso? —Me encogí de hombros—. ¿Por qué no has asistido a la universidad?

—No quiero seguir estudiando. —Alcé la vista.

—¿Es porque quieres escoger otra carrera?

—Porque no quiero y ya.

⚡⚡⚡

SEGUNDA SESIÓN

—Veamos, Bianca, ¿has sentido la necesidad de acabar con tu vida durante el último mes?

—No.

412

Si decía que no, había un setenta por ciento de probabilidades de que dejáramos de hablar de eso.

—Haremos una temática hoy, ¿te parece? —Sonrió y yo me encogí de hombros, indiferente. No quería estar ahí. Solo deseaba ir a casa y meterme debajo de las sábanas—. Te diré nombres conocidos y tú los definirás en una palabra.

Asentí.

—Claire Hayden.

Me quedé pensativa por unos segundos y luego comencé:

—Traición.

—Claire Morelli.

Mi corazón hizo un clic.

—Infancia.

—Paige Vicentino.

—Amistad.

—Vincent Hayden.

Involuntariamente empuñé las manos y clavé mis uñas en las palmas. ¿De qué manera podía referirme a Vincent Hayden? Cuando oía su nombre la rabia se metía por mis oídos y ya no lograba pensar en otra cosa que no fuera en todo lo que me había hecho y lo que continuaba haciendo conmigo. Recordaba su tacto asqueroso, su risa morbosa, su rostro. No podía dejar de pensar en cuánto lo detestaba, en todas las noches en que me levanté corriendo de la cama para esconderme o vomitar por una pesadilla. Solo quería asesinarlo o que se fuera muy, muy lejos. A pesar de que muchos sentimientos me invadían, solo pude articular una sencilla palabra.

—Asco.

Ella alzó la mirada, se quedó viéndome por unos segundos y luego regresó a su libreta.

—Dayanne Campbell.

—Indiferencia.

—Stefano Morelli.

Papá.

—Nadie.

—Debes definirlo en una palabra —me pidió la psicóloga.

—Regalos.

Ella frunció el ceño, pero continuó.

—Damián Wyde.

Mi corazón latió con fuerza y alcé la vista. Tragué saliva, y mis ojos una vez más se empañaron. No podía oír nada sobre Damián sin sentir culpa, molestia y dolor. Mucho dolor.

—Damián Wyde —repitió.

—Serendipia.

Ella anotó un par de cosas y continuó.

—Julie Williams.

Tragué duro. Hacía mucho tiempo que no hablaba con Julie. De pronto todo a mi alrededor había desaparecido, y no tenía idea de cómo regresar a la normalidad. Julie había sido parte de mi vida por muchísimo tiempo, y yo no había dimensionado cuánto la extrañaba.

—Mamá.

La psicóloga sonrió sin darse cuenta y puso fin a su interrogatorio. Me habló acerca de las cosas que veía en mí como mis atributos, pero yo no quería oírla. La verdad, no estaba para nada cómoda contándole mis problemas a una extraña, pero Paige insistía en que debía ir.

—¿Has hablado con Claire? —me preguntó como si fuese algo sin importancia. No sabía cómo los psicólogos hacían su trabajo, ni menos cuáles eran las preguntas clave para sacarme información, pero no me salía natural ser detallista o minuciosa en mis respuestas.

—No.

—¿Te ha llamado?

—Cientos de veces, pero no quiero hablar con ella.

N N N

—¿Te has hecho daño durante la última semana? —preguntó.

—No —contesté.

Pero he ideado mil formas de hacerlo. Paige está vigilándome diariamente para que no haga nada estúpido. Va a mi departamento en cuanto despierto y se va cuando ya los medicamentos me han hecho efecto. He calculado la distancia de mi balcón al cemento y he pensado en si moriría enseguida, en el aire, la velocidad de mi cuerpo, mi peso cayendo. ¿Si me lanzo de cabeza será más rápido o solo quedaré en estado vegetal? He dejado un poco el auto y he empezado a usar el transporte público. Calculo a qué velocidad se mueve el tren subterráneo y también me he parado al final de los andenes para calcular el punto exacto en que se detiene el primer carro. Como Paige está todos los días conmigo, he calculado cuánto tiempo le tomaría llevarme al hospital luego de cortarme de forma vertical los brazos o luego de enterrarme en el cuello un cuchillo. Pero no, no me he hecho daño.

—¿Has asistido a la universidad?

—No. Recibí una carta. Dicen que si no me presento pronto darán mi año por perdido y tendré que repetir, o tal vez me expulsen de forma definitiva.

—¿Estás bien con eso? —Alzó la vista.

—Creo que sí.

—¿Estás haciendo alguna actividad extra? —Me sonrió.

—Dibujaba, pero ya no me dan ganas de hacerlo.

—Quiero hablar de algo en específico contigo, Bianca. —Esta vez ella se acomodó en el sofá y subió sus anteojos con la punta de su índice. Me observó fijamente a los ojos—. Quiero ayudarte. De verdad quiero hacerlo y necesito que seas honesta conmigo.

Sentí que al fin estábamos hablando el mismo idioma y también sentí que quería decirle todo lo que estaba ocurriéndome. Caí en cuenta de que quería pedirle a gritos que me ayudara a encontrarme conmigo misma porque no sabía a dónde dirigirme. Luego imaginé lo tortuoso que era expresar todo y lo mal que me sentiría después.

—Cuando era joven —comenzó— me parecía bastante a ti y sentía que mis problemas eran tan grandes que apenas podía respirar, pero encontré la manera de focalizar todo lo que sentía en cosas que me hacían bien...

—¿Cómo hizo eso?

—Busqué en qué era buena e identifiqué lo que me hacía sentir bien conmigo misma.

—¿Y si todo ha salido mal?

—Te aseguro que llegará un momento en donde ese dolor valdrá la pena.

—Dios... —Respiré profundo.

—Quiero que hablemos de Vincent Hayden.

Sentí mis músculos tensarse.

—Pensé que esto era para ayudarme. —Mi voz salió en un tono tan bajo que ella se acercó más a mí.

—Estoy sintiendo que no estamos avanzando y estoy poniendo todo de mi parte para salvar tu vida —expresó.

—No quiero que me salve la vida, estoy bien así.

—Vincent Hayden es un empresario multimillonario, con una mansión soñada, autos de lujo, empleadas, una familia aparentemente feliz —dijo—. De seguro su trabajo consiste en sentarse detrás de un escritorio y firmar papeles o ir a restaurantes a cerrar negocios. El típico hombre rico de la ciudad, ¿no? —Asentí—. Pues para mí es solo una persona más.

—¿A qué quiere llegar con todo esto?

—En cada sesión, desde ahora, hablaremos de una persona de tu vida. Lo que representan para ti y su parentesco.

—¿No podíamos comenzar con otra persona?

—No, Bianca. —Dejó la libreta en sus piernas y me observó con empatía—. Estás en un lugar seguro, sin cámaras, sin grabadoras. Nadie te está escuchando más que yo. Y créeme que yo siempre intentaré ayudarte. Así que, vamos, algo fácil. ¿Cuándo fue la primera vez que viste al esposo de tu madre?

Así fue como comencé a contarle a mi psicóloga quién era Vincent Hayden y cómo lo había conocido. No hablamos acerca de lo que me hacía ni de por qué sentía tanto asco o miedo de él, y ella no me presionó. Le conté que la primera vez que lo vi no hablamos demasiado, pero que fue relativamente amable conmigo. Mi relato se extendió por varios minutos, y cuando llegué a la parte en donde nos íbamos a vivir junto a él a su gran mansión, me detuve.

Salí de la sala con un peso menos en mis hombros, aunque sintiendo que iba a caerme de frente al cemento.

Me subí al auto y me dirigí al lugar al que debí haber ido desde que comencé a sentir ganas de acabar con mi vida: la casa de Julie.

En cuanto me vio me abrazó con fuerza y yo intenté no quebrarme apoyada en sus hombros.

—Bianca, estás delgadísima—dijo en cuanto me soltó. Me observó de pies a cabeza y tomó mi rostro con ambas manos—. ¿Cuándo saliste de aquel lugar?

—Hace algunas semanas.

Almorzamos juntas, aunque yo no tenía hambre hacía días, y me quedé con ella casi toda la tarde. Me contó acerca de su nuevo trabajo, y también quiso indagar en lo que se había convertido mi vida luego de salir del «psiquiátrico». Le expliqué muy poco y no me atreví a contarle la mala noticia que tenía de Damián porque, aunque habían pasado algunas semanas, seguía sin poder aceptarlo. Tenía la estúpida impresión de que, si lo decía en voz alta, se volvería real esa pesadilla.

Por la tarde llamé a Paige, y fuimos por un café. Me contó acerca de la universidad y de algunos problemas que había tenido con

Daven. Todavía no entendía cómo Daven y Owen no habían preguntado por su amigo o, al menos, dar con su paradero.

No llamé a mamá. No llamé a papá.

Por la noche fui a Serendipia a fumar un par de cigarrillos. Mi mente estaba en blanco. Solo podía pensar en lo que estaba completamente decidida a hacer. Durante el día me despedí de forma sutil de las personas que consideraba importantes en mi vida, incluso de Damián, en ese callejón vacío que habíamos nombrado el planeta de nuestra serendipia.

Todo había pasado demasiado rápido y no fui capaz de detener el tiempo. No fui capaz de encontrarme conmigo misma y decirme: «Hey, Bianca, tú vales, vales mucho más de lo que crees». No fui capaz de buscar cosas positivas en mi existencia ni menos atributos que me convencieran de vivir una vida feliz, o al menos de vivirla. Me negué a recibir algún tipo de ayuda, hasta que llegó Damián a voltear todo lo que estaba sintiendo y pensando, a luchar conmigo y por mí. Y lo dejé caer. Y volví a cegarme, pero durante los últimos días prometo que lo intenté. Intenté mirarme en el espejo y repetir lo afortunada que era de tener un techo en donde refugiarme, de tener una buena amiga, además de Julie, que se asemejaba a una madre. Intenté escuchar a la psicóloga y no pensar constantemente en cómo acabar todo. Había tomado mis medicamentos con regularidad, y a pesar de todo no me creía capaz de seguir.

Encendí la radio y puse el volumen al máximo. Comenzó a sonar una canción que erizó mi piel por completo, «Welcome to My Life» de Simple Plan. Deslicé el vidrio y me acerqué despacio al balcón. El aire frío chocó con mi rostro y sentí la nariz congelarse, pero continué de pie mirando la nada.

Mi teléfono marcaba las 2.46 de la madrugada. Detrás de mí solo podía oír la letra de la canción desgarrando cada parte de mi cuerpo.

¿Alguna vez te sentiste como si te estuvieras derrumbando?
¿Alguna vez te sentiste fuera de lugar?
Como si de algún modo no encajaras y nadie te entiende.
¿Alguna vez quisiste escapar?
¿Te has encerrado en tu habitación?
Con la radio encendida tan alto para que nadie te escuche gritar.
No, no sabes lo que es cuando nada se siente bien.
No sabes lo que se siente ser como yo.

Apoyé un pie sobre la baranda y mi corazón comenzó a latir con fuerza; tanta fuerza que lo sentía en mi cabeza.

Ser herido.
Sentirte perdido.
Ser abandonado en la oscuridad.
Ser pateado cuando estás deprimido.
Sentir que has sido empujado.
Estar al borde de romperte.
Y que nadie esté ahí para salvarte.
No, no sabes lo que es.
Bienvenido a mi vida.

Apreté los ojos y justo en ese momento alguien empezó golpear la puerta principal de mi departamento con fuerza desmedida. Respiré profundo intentando ignorar el sonido de la música y de los golpes. De seguro venían para decirme que bajara el volumen.

Acomodé los pies y miré las estrellas una vez más, brillando en el cielo. Antes de que decidiera balancearme hacia adelante, escuché un estruendo en la sala. Me afirmé con fuerza de la baranda y aterrada caí en la realidad de lo que estaba por hacer.

—¡Bianca! —Escuché su voz por encima de la música.

45
ES TU DECISIÓN

BIANCA

Volteé con tanta rapidez que tuve que sostenerme con más fuerza de la baranda para no caerme. Sus ojos hicieron contacto con los míos y sentí que iba a estallar alguna vena en mi cerebro. Su cabello estaba un poco más largo y tenía algo de barba sin afeitar. Sus ojos cafés parecían vidriosos. Rápidamente se acercó a la radio y la apagó. El conserje que venía detrás de él se asomó y me miró fijo.

—Por favor, Bianca, no lo hagas —habló.

Caminó con cautela hacia el balcón, y yo no logré pensar en nada. ¿Era real o estaba volviéndome loca? Cuando estuvo frente a mí, sostuvo mis brazos desde el balcón, y sentí una electricidad recorriendo mi cuerpo.

—Damián —solté, al fin.

Parecía que mi voz se había ido y que no la volvería a recuperar, pero él estaba ahí, era real. No dijo nada; solo me tomó con sumo cuidado de la cintura y me volvió a poner dentro del departamento. Cuando estuve completamente segura, él respiró con fuerza.

—Ay, mi pequeño rayo —susurró.

—¿Por qué me han mentido así? —pregunté en medio de sollozos que no podía controlar.

Él se separó unos centímetros de mí y tomó mi rostro con ambas manos.

—Todo tiene una explicación —respondió. Me secó las mejillas y luego besó mi frente.

Por fin, después de tantos días, me sentí en paz. Luego de estar unos segundos abrazándonos con fuerza, él buscó mis labios y me besó. La electricidad seguía recorriéndome el cuerpo. Lo quería tanto. Sonrió levemente encima de mi boca.

—Te quiero tanto —dijo.

—Y yo a ti, Damián.

Cuando pude recuperarme de todo lo que había ocurrido, me percaté de que la puerta principal estaba hecha pedazos y de que el guardia del edificio se encontraba afuera del departamento. Damián se acercó para hablar con él, pero dijo que se había activado el protocolo de seguridad y que la policía venía en camino. También habló conmigo. Me pidió disculpas por no haber dejado subir a Damián antes, que no sabía lo que estaba ocurriendo y que lo lamentaba.

Algunos vecinos habían salido para asegurarse de que todo estuviese bien, y también para preguntarnos si necesitábamos algo. La verdad es que fueron muy comprensivos con todo el escándalo que se había armado.

Cuando llegó la policía, me sorprendí al ver a Evan. Habló por unos minutos con el guardia y luego entró al departamento. Ya había personas barriendo el desastre que había quedado con la rotura de la puerta, y me informaron que iban unos técnicos en camino para poner una nueva.

—Damián —susurró Evan.

—Evan. —Él lo miró.

—Solo he venido a ver cómo está todo por aquí; me iré en cuanto pongan la puerta —informó.

—Está bien. ¿Comenzamos? —Damián alzó las cejas y él asintió.

—¿Comenzar qué? —quise saber.

—Ya verás. —Sonrió sin ganas.

Damián se puso de pie y comenzó a caminar decidido hasta mi habitación como si conociera el departamento de memoria. ¿Acaso ya había estado ahí antes? Lo seguí. Evan se quedó mirando las paredes, y Damián se acercó a mi escritorio, miró la lámpara y la rompió en mil pedazos. Abrí los ojos con sorpresa. Sacó un par de cables y extrajo un objeto cuadrado y minúsculo.

—Damián, ¿qué es eso? —Me acerqué a él.

—Cámaras —contestó.

—¿Qué?

—Como has oído.

—¿Quién las puso ahí? ¿Ustedes?

—Claro que no. Ya sabes quién —contestó con algo de molestia.

Vincent Hayden.

Evan y Damián desarmaron por completo mi habitación. Había cámaras en el televisor, en algunos peluches que me había regalado mi padre y también en el techo. El baño tenía una cámara en el espejo y en la ducha. Comencé a horrorizarme. Vincent tenía videos que pertenecían a mi vida privada. Tuve que salir de la habitación y sentarme en el sofá para tranquilizarme. Respiré contando hasta diez una y otra vez, hasta que finalmente vi a Damián aparecer en la sala.

—Es todo. —Puso sobre la mesa de la sala unas quince cámaras.

Sentí miedo, asco y vergüenza. Evan lo sabía todo, y yo no sabía si estaba preparada para que todo el mundo supiera lo que estaba pasando con mi vida.

Cerca de las cinco de la mañana terminaron de instalar una puerta nueva, me facilitaron unas llaves y Evan se marchó dejándome a solas con Damián. Sentía la necesidad de que me contara con detalles todo lo que había ocurrido, pero también me sentía abrumada por tanta información y apariciones que jamás esperé.

—¿Estás bien? —Lo escuché preguntarme, sentándose conmigo en el sofá.

—Creo que sí.

—¿Crees que puedas recuperarte esta vez?

—Si estás aquí, claro que sí.

Él pasó su brazo por encima de mis hombros y me llevó hacia su cuerpo.

—Ahora sí que no me iré a ningún lugar, mi pequeño rayo de luz. —Besó mis labios y luego acarició mi cabeza.

No podía dejar de mirar a Damián y pensar que estaba soñando, aunque todo era demasiado real. Él seguía con la mirada perdida mientras me abrazaba. Estaba demasiado pensativo y eso me preocupaba, pero intenté focalizar toda mi energía en que él en realidad estaba ahí y no muerto como me habían hecho creer.

—Tengo que llamar a Paige y a Daven para contarles que estás aquí. —Me puse de pie despacio, y él alzó la vista para observarme.

—Ellos lo saben, Bianca —dijo, y mi pecho se apretó.

—¿Cómo que lo saben?

—¿Crees que Daven y Owen no me hubiesen buscado? —Frunció el ceño.

—Pues no lo sé, no los conozco tanto, Damián. —Pestañeé—. ¿Qué hay de Paige?

—Paige no podía decirte nada. No la culpes por esto.

No lo podía creer. Estaba sumamente enfadada con todo el mundo, pero intenté calmarme. Lo más importante era que Damián estuviera con vida.

—Quiero que me lo expliques todo, por favor —le pedí.

Necesitaba esa explicación antes de mandar a todos al demonio.

Me fui a la cama luego de unos minutos. Damián había sido claro al decirme que no me contaría nada de lo que había ocurrido hasta que estuviese calmada. Todavía era demasiado pronto para llenarme de información. Esta vez no fui la maniaca testaruda que quiere saber todo al instante y obedecí. Mi cabeza estaba hecha un lío, y solo me apetecía ir a la cama, aunque no pudiese dormir. Me conformaba con sentir a Damián a mi lado.

A la mañana siguiente desperté con la sensación de que había dormido durante veinticuatro horas. Sentía los ojos hinchados y me costó volver de mis sueños. Cuando logré incorporarme noté que Damián no estaba conmigo. Tuve miedo de que, realmente, todo hubiese sido un sueño, y comencé a buscarlo con la mirada alrededor de la habitación. No podía haber sido un sueño, claro que no; todo había sido muy real.

Cuando salí de la habitación, el aroma a café se metió por mi nariz. Por fin pude soltar todo el aire de mis pulmones y sentirme aliviada. Caminé casi contando mis pasos hasta la cocina y lo vi ahí sentado junto a un tazón. Apenas lo observé, él me sonrió.

—Creí que querrías dormir un poco más —comentó.

—Ya dormí lo suficiente.

—¿Quieres café?

Se iba a poner de pie para darme una taza, y lo detuve.

—Claro, pero yo puedo servirme. —Le sonreí.

Él se encogió de hombros y continuó bebiendo de su tazón.

—Estoy confundida, Damián —comenté mientras preparaba la cafetera—. ¿Crees que ahora sea un buen momento para contarme lo que ocurrió?

Damián dejó el tazón en la mesa y me observó. Asintió levemente, y apenas tuve mi capuchino en las manos y me senté frente a él, comenzó a hablar:

—Cuando estabas en el hospital psiquiátrico pensé que ya no tenía ninguna posibilidad de sacarte de allí —comenzó—.

Solo veía que los días pasaban y Vincent te molestaba cada vez más. Cada día sentía más ganas de asesinarlo, y Brain intentó detenerme varias veces. Evan también, pero yo estaba cegado de odio.

»Un día llegó Paige con una "solución". Dijo que su padre intervendría, pero que luego de esa intervención debía alejarme lo que más pudiese de la ciudad. Vincent me quiere muerto, Bianca. No soporta que esté constantemente exponiéndolo. El padre de Paige habló con Vincent... Nunca supe a lo que se refería con "hablar", pero me dijo que debía dejar de joder a Vincent y darme por muerto para que tú no te esforzaras en buscarme.

—¿Por qué demonios Vincent hace esto? —solté con ira. No entendía su grado de obsesión por hacerme la vida imposible.

Damián se encogió de hombros mirando su café.

—No lo sé, pero cuando supe que te sacarían de ahí acepté sin pensarlo. No sabía si realmente iban a matarme o si solo debía confiar en el padre de Paige e irme. Vendí todo lo que tenía e intenté no dejar rastros, excepto por las cartas que sabía llegarían a ti en algún momento... Por desgracia, creo que para lo único que sirvieron fue para que creyeras que estaba muerto de verdad. Paige me ayudó en este tiempo a no volverme loco, y también te ayudó a ti.

—¿Y dónde estabas?

Se mantuvo unos segundos en silencio, meditando si debía contarme o no.

—Le conté a Evan lo que estaba ocurriendo, y cuando me fui se encargó de vigilar a Vincent, todos sus movimientos, lo que hacía durante el día y la noche. Y yo me fui. Me fui a la casa de tu padre —soltó, y sentí que me quedé sin respiración.

—¿Qué?

—Stefano Morelli me recibió en su casa a miles de kilómetros de aquí.

—¿Qué estás diciendo, Damián?

—Evan fue quien se comunicó con él. Se desataron asuntos que tú y yo ignorábamos. Tiene una orden judicial de alejamiento hace años. No puede acercarse a ti ni a tu madre. Lo contacté y le conté a grandes rasgos lo que estaba ocurriendo. Claramente él no tenía idea de nada. El departamento sí te lo obsequió él —aclaró—, pero actuó con Claire. Le dijo dónde vivirías y también la autorizó para acceder al interior de tu futuro hogar. Todo esto para saber lo que iban a hacer.

—Dios...

—Y, pues, vimos a Vincent junto a Claire venir al departamento antes de que tú llegaras y poner las cámaras. Vincent le decía a Claire que era para asegurarse de que tú estuvieras bien luego de salir del psiquiátrico. Ella solo vio que las puso en la sala, pero luego vino él solo a instalar las de tu habitación y el baño. Claire no sabe nada acerca de eso. Por supuesto no estuve de acuerdo. Quería venir y arrancar toda esa mierda, pero Evan me pidió que entrara en razón, que pensara en que Vincent luego tendría videos míos y podría inculparme y...

—¿Y por qué mi madre también me confirmó que estabas muerto? —interrumpí con confusión.

—Porque es lo que le hizo creer Vincent —confesó—. Ella está enamorada de él y le cree todo lo que habla, Bianca. Es impactante. Nos hemos dado cuenta a lo largo de estas semanas cómo le lava el cerebro de una forma asquerosa.

—Es decir, ¿que has regresado porque ya hay pruebas suficientes?

—Sí. La policía intervino el sistema del computador de Vincent, y Evan descubrió tus videos... Videos donde apareces bañándote, cambiándote de ropa. Bueno, ya sabrás. —Se detuvo, un poco incómodo—. No confiaba en la policía, pero Evan lo ha hecho bien. Tenemos grabaciones de Vincent hablando de ti con algunas personas que trabajan para él, también testigos que dicen haber obedecido órdenes para golpearte y medicarte en el psiquiátrico sin tener un informe psicológico. Y Julie también se ofreció para testificar o ayudar en lo que necesitáramos.

Me quedé helada mirando a Damián. De pronto las piezas comenzaron a unirse en mi cabeza. Me sentía muy mal por haber ignorado por tanto tiempo lo que ocurría. Mi pecho comenzó a doler, sentí que de pronto el oxígeno era escaso para todo el aire que necesitaba tomar, y Damián se percató de que estaba desesperándome. Cogió mi mano y sus ojos hicieron contacto con los míos.

—Todo está bien, Bianca. Estoy aquí y estás a salvo conmigo. Vamos a superar esto, ¿me oyes? Seguirás yendo a la psicóloga, curarás cada una de tus heridas y todo continuará estando bien. No hay nada que temer.

—Ay, Damián...

—Solo tú puedes decidir si quieres seguir adelante con esto. —Se puso de pie y movió su silla hasta que estuvo a mi lado, se sentó y tomó mi rostro con ambas manos—. Nadie te está obligando a confesar todo lo que te ha ocurrido. Si quieres hacerlo y decir «vamos a denunciarlo», créeme que todos estaremos apoyándote, pero si decides esperar, también te apoyaremos. Esta es tu lucha, Bianca. Es tu verdad, es tu voz y son tus heridas. Nadie es capaz de dimensionar lo que sientes; nadie tiene el derecho de hablar por ti.

—Gracias —susurré.

—Soy capaz de esperarte toda una vida, Bianca.

DAMIÁN

—¿Estás seguro de que ya no hay cámaras? —Alzó la vista y me observó hacia atrás.

—Seguro.

—¿Crees que debería llamar a papá? —me preguntó de pronto.

—No lo sé. Estaba muy afectado cuando supo todo esto —contesté—. Quería venir a la ciudad y enfrentar a Claire y Vincent, pero Evan lo detuvo. La orden de alejamiento es clara. Si se acerca, se va a la cárcel de inmediato.

—No hablo hace muchísimo tiempo con él.

—¿Crees que es un buen momento?

—No lo sé. No sé si quiero hablar con él ahora que sabe todo esto de mí. Me siento vulnerable, como si quisiera hablar conmigo por lástima.

—Lástima es lo último que siente, te lo aseguro.

Ella me observó por unos segundos más y sin decir una palabra se puso de pie y fue hasta el baño. Antes de entrar se dio la vuelta y me miró.

—¿Te puedo hacer una última pregunta?

—Sí.

—¿Quién quemó la mansión?

Tuve un *flashback* de lo que había pasado, pero meneé la cabeza para salir de mis pensamientos. Ella continuó con sus ojos puestos en los míos.

—Es una larga historia.

—No quiero saberla. Solo quiero saber quién fue.

—Brain.

—¿Brain?

—Sí.

—¿Seguro? ¿Tú no?

—No exactamente.

Ella pestañeó con rapidez y luego esbozó una pequeña sonrisa.

—Lo sabía. No lo dudé por ningún segundo.

—Bianca. —Reí.

—Está bien, una última pregunta —dijo.

—Ya vete a la ducha. —Sonreí.

—Solo la última.

—¿Cuál?

—¿Quieres ducharte conmigo?

Alcé las cejas y levanté las brazos. Olí mis axilas y ella frunció el ceño con exageración.

—¡Damián! Estas arruinándolo.

—Estoy limpio —solté, y ella refunfuñó—. No quiero solo una ducha.

—¿Qué más?

—Quiero meterme en esa bañera kilométrica que tienes ahí.

—Entonces, ven.

Me puse de pie y la seguí. La vi caminar hasta la bañera, la llenó con agua caliente y luego comenzó a quitarse la ropa. La observé en silencio, pero ella no fijó la vista en mí. Intenté que me mirara, que supiera que estaba contemplándola, pero no lo hizo, y yo tampoco quise hacer ningún comentario al respecto. Sabía que Bianca todavía no tenía la confianza en sí misma que merecía tener, pero la tendría. La ayudaría a que se quisiera tanto que olvidara que existían más personas en el mundo a quienes querer.

Cuando estuvo completamente desnuda se soltó el cabello y se metió a la bañera. Se estremeció por el agua caliente, pero se sentó rápido para no quedar del todo expuesta.

—¿No vienes? —Alzó la vista y esta vez me observó a los ojos.

—Claro que voy. —Sonreí y empecé a quitarme la ropa.

Me miraba de reojo, pero yo no le quitaba los ojos. Quería que se diera cuenta de que solo éramos esto. Así habíamos venido al mundo, y no había nada de malo en nuestro cuerpo. Nada que corregir. Éramos piel, galaxias escondidas entre nuestros lunares, historias sin contar detrás de nuestros jóvenes pliegues y tormentas solitarias detrás de los rayos de nuestros ojos.

Éramos diferentes, pero habíamos sido creados para quereros, para encontrar las piezas del otro y unirlas en un rompecabezas. Estábamos uno frente al otro reconstruyéndonos, llenando cada espacio vacío que nos habían dejado, olvidando que teníamos una vida antes de besarnos, antes de abrazarnos y antes de despertar juntos.

En el momento en que quedé desnudo, ella bajó la mirada hasta sus pies.

—Estoy listo —articulé, y ella levantó su mirada, pero solo me observó fijamente los ojos—. ¿Por qué no me miras?

—Damián... —Sonrió.

—Mírame, Bianca —le dije, y ella frunció el ceño—. Mírame, porque esto es lo que soy, y no hay nada malo en mi cuerpo ni en el tuyo.

—Claro que no. —Me observó, ahora sí, de pies a cabeza algo sonrojada—. No puedo creer que no te avergüences de estar así frente a mí. —Rio.

—¿Qué? —Me acerqué a la bañera, me metí por el otro extremo y me senté—. Yo soy el que no puede creer que te avergüences de tu cuerpo.

—Sabes que es un poco más difícil para mí.

—Lo sé, y por lo mismo haré que te sientas tan hermosa que jamás nadie podrá pasarte por encima. —Guiñé un ojo.

—Necesito con urgencia que me hagas cariño en la cabeza —soltó como si fuera la máxima necesidad de su vida. Solté una carcajada, y ella me dio la espalda. Se sentó entre mis piernas y me pasó el champú.

Mojé su cabello, me puse champú en las manos y comencé a lavarle el cabello con paciencia. Acaricié su espalda y sus brazos. La percibí relajada, sintiéndome.

—¿Crees que este sea un nuevo lugar? —me preguntó con los ojos cerrados.

—¿Un nuevo planeta, dices? —bajé la voz.

—Olvidaba que debíamos susurrar estos temas de conversación —murmuró.

—Por supuesto. Ya te dije que la NASA puede oír todo.

—Sí, me refiero a un nuevo planeta —continuó.

—Yo creo que sí —susurré—. Durante estas semanas aprendí muchas palabras más, pero creo que ya sé cómo lo podemos llamar.

—¿Cómo? —Volteó a mirarme.

—Ataraxia. —Ella sonrió y luego siguió mirándome para que le explicara—. Es un estado de ánimo que se caracteriza por la tranquilidad y la total ausencia de deseos o temores.

—No creo que sirva demasiado. —Se acercó despacio a mis labios.

—¿Por qué? —pregunté en una voz tan baja que apenas ella pudo oírme. Estábamos cerca; tanto que nuestros labios podían rozarse.

—Porque te deseo, y te deseo muchísimo, Damián.

—Y yo temo profundamente perderte, Bianca Morelli.

—Encontraremos otro nombre.

—Claro que sí.

Tomé su rostro y la acerqué a mí para besarla.

Los besos parecían cada vez mejores. Su boca encajaba tan bien con la mía que sentía una electricidad recorriendo toda mi piel, y dolía, dolía quererla tanto. Las ganas de que estuviese cerca de mí siempre eran insufribles. Me despertaba, me revivía, me hacía sentir que estábamos en otro lugar, uno donde no existía nadie más que nosotros. Nosotros besándonos. Nosotros queriéndonos.

Sus manos me recorrían con fuerza, con desesperación. Con amor y con un deseo que apenas creía que existiese. Tomé su cintura por debajo del agua y la atraje hacia mí. Ella se sentó a horcajadas encima de mí mientras continuaba besándome. Yo solo quería besar hasta el último trozo de su piel. Mis labios bajaron por su cuello hasta sus pechos. Ella me sentía, me disfrutaba, y eso quería que hiciera en todo momento. La deseaba tanto. Despertaba cada parte de mi cuerpo, y no podía evitar sentir que la quería solo para mí.

Mientras continuábamos inspeccionándonos como si no conociéramos cada parte de nuestro cuerpo, el agua de la bañera se movía de un lado a otro, y ni siquiera nos interesaba el desastre que podíamos causar. Sus piernas estaban aferradas a mis muslos, y cada movimiento que hacía con sus caderas me hacía sentir más excitado. Poco después la tomé de sus caderas y la levanté con delicadeza. Se acomodó y se sentó sobre mí. En cuanto estuve dentro de ella me sentí cerca de las nubes. Sonreí entre sus labios, y ella también lo hizo. Éramos cómplices. Entendíamos nuestros gestos, nuestras miradas y también nuestros gemidos.

Sus movimientos eran rápidos y luego se detenían. El agua comenzaba a parecerme un estorbo más que una ayuda. Nos miramos a los ojos y me entendió. Nos pusimos de pie, me salí de la ducha y luego la tomé en mis brazos. No me importó que el lugar estuviese lleno de agua ni que nosotros estuviésemos completamente mojados.

La dejé encima de la cama y me posicioné encima de ella. Su mirada estaba fija en la mía, y solo nos dejamos llevar por lo que estábamos sintiendo. La oí gemir bajo mi cuerpo, con desgarro, lo que hizo que me estremeciera una vez más. Cuando acabé, mis músculos se tensaron por completo, y solo cerré los ojos. Ella me apretó con fuerza. Mi respiración seguía agitada y la de ella también. Acerqué su boca a la mía.

—Creo que...

—Sí. —Sonrió—. Tendremos que comprar una píldora de emergencia.

Solté una carcajada y me dejé caer a su lado.

—Y también tendremos que cambiar las sábanas.

—Y limpiar el baño.

—Pero primero —se sentó en la cama— debemos darnos una ducha de verdad.

Se puso de pie y comenzó a caminar hacia el baño.

46
CRUASÁN, BAGUETE Y TEORÍAS RIDÍCULAS

DAMIÁN

Pese a todo lo que hicimos por ella, Bianca todavía no estaba preparada para contarle a la policía ni a nadie por lo que había estado pasando durante tantos años. Me confesó que se sentía llena de angustia y aterrada con la idea de perder todo de nuevo. Decía que no tenía la fortaleza para enfrentarse una vez más a Vincent Hayden, y menos ante la justicia y con los ojos del país puestos en ella. Bianca no quería ser la voz de nadie; solo quería escapar del lugar en el que se encontraba. Por lo menos fui insistente con que debía seguir con sus terapias, y así lo hizo.

Día tras día su ánimo parecía mejorar, y se refugiaba asegurando que todo estaba bien, que ya no quería volver atrás ni hablar del tipo que le había estado robando años de juventud.

Vincent se mantenía oculto en su nueva mansión. En cuanto sacamos las cámaras, supo que estábamos enterados de todo. No siguió molestando a Bianca, pero yo sospechaba que no se quedaría de brazos cruzados y que haría planes para seguir arruinando la existencia de Bianca y la mía.

Quería mostrarme como un pilar fuerte ante ella y estar centrado, pero Vincent había calado tan a fondo con todas sus porquerías que no había día en que no deseara que Bianca se despertara y me dijera: «Hoy sí, Damián; hoy estoy lista para ir con

434

la policía», aunque había prometido no hablarle del tema si ella no quería y no pasarla a llevar en sus decisiones. Jamás sería capaz de exponerla frente al mundo cuando ella no quería ser expuesta.

Los últimos días habían sido tranquilos, llenos de una armonía que nos parecía ajena. No me costó demasiado encontrar trabajo en una cafetería, y Bianca dejó completamente la carrera que tanto odiaba. Encontró un trabajo esporádico mientras decidía qué hacer. La veía mejor desde aquel día funesto en que intentó saltar del balcón. Incluso estaba dibujando otra vez. Seguíamos adelante. Todo parecía ir viento en popa, aunque no podíamos fingir para siempre que nada había ocurrido, y ella lo sabía muy bien.

ᛟ ᛟ ᛟ

Preparé la cena antes de que Bianca llegara a casa. Por lo general los viernes regresaba muy cansada. No estaba acostumbrada a trabajar, y ahora que lo hacía parecía que le pasaba un camión por encima a cada momento. Me reía al verla entrar con los hombros cansados y maldiciendo la vida, ya que su trabajo solo consistía en colgar cuadros en una pared. Trabajaba en un museo, y lo adoraba.

—¡Llegué! —Escuché su voz y el sonido de la puerta.

Caminó hasta llegar a la cocina, me sonrió y luego me besó.

—¿Por qué preparas la cena antes de que yo llegue? ¡Me encanta cocinar!

—¿A quién quieres engañar? —Rodé los ojos.

—Pues a ti.

—Ya no caigo en tus juegos. Estoy seguro de que prefieres comprar una pizza antes que tomar una cuchara y revolver lo que sea —solté, y ella rio.

—Damián 1, Bianca 0 —dijo y luego comenzó a poner las cosas sobre la mesa para que comiéramos.

—Vienes de muy buen ánimo.

—Sí, es que te tengo una sorpresa.

—¿Cuál?

—Cierra los ojos. —Se puso frente a mí. Cerré los ojos y solo pude oír que deslizó el cierre de su bolso—. Ábrelos.

Los abrí lentamente y vi sus brazos extendidos frente a mí con un sobre blanco. Fruncí el ceño mirándola. Ella sonreía como una niña emocionada.

—¿Me estás regalando una carta? Uf, gracias, Bianca. —Sonreí tomando el sobre entre mis manos.

Mientras lo abría, ella se movía de un lado a otro como si sus pies tuviesen hormigas. Lo abrí y saqué el papel que había adentro.

—¿Recuerdas el viaje que habíamos planeado y nunca resultó? —dijo mientras yo revisaba el papel.

—¿Bianca?

—¡Sí, Damián! ¡Nos vamos a Francia!

Levanté la mirada y solo pude sonreírle, sorprendido.

Se veía tan feliz por lo que estaba ocurriendo, como si salieran destellos de luz de su cuerpo. Se lanzó a abrazarme con fuerza y comenzó a besar mis labios.

—¿Cuándo se te ocurrió esto?

—Hace un par de días.

—¿Por qué no me lo dijiste?

—Quería que fuese una sorpresa. ¿Te ha gustado? Estoy segura de que lo pasaremos genial.

—¿Esta vez hay pasaje de regreso?

—Sí. —Sonrió—. Esta vez no estamos escapando.

—Así que nos vamos... —Miré los boletos—. El sábado 22 de diciembre.

—Si todo sale bien, pasaremos Navidad allá.

Era verdad. Nunca le había dado tanta importancia a la Navidad, pero ahora sonaba a un panorama increíble.

Esa noche hasta pareció que el espagueti estuvo más rico que en cualquier otra cena.

—Creo que esto es innecesario —opinó Bianca mirando nuestra lista de cosas que hacer mientras esperábamos abordar el avión.

—¿Qué? —Observé por encima de sus brazos la agenda.

—¿«Hacer del dos en el aeropuerto de Francia»? —leyó y luego me observó—. Lo has escrito tú, ¿no?

—Uno nunca sabe si el agua irá hacia la derecha o a la izquierda, Bianca.

—Saquémoslo.

—Estará en mi lista mental.

—Pero no aquí. —Frunció el ceño y con un lápiz lo tachó.

El viaje en avión para mí era algo completamente nuevo, y para Bianca era como andar en bicicleta. Se puso auriculares, me ofreció uno y me negué. Le pedí ir en el asiento de la ventana y ella aceptó. La vi seleccionar una canción en su móvil y luego cerrar los ojos para dormir. En cambio, yo no podía dejar de mirar las nubes que se encontraban a mi costado. Estaba mareado a ratos y debía comer dulces, pero por ningún motivo me perdería el espectáculo de atravesar el cielo.

BIANCA

En cuanto llegamos al aeropuerto de París fuimos por nuestras maletas. El lugar era gigantesco, e intentamos no marearnos demasiado con las tiendas de caramelos y de ropa. Caminamos por los largos pasillos saturados de personas de todos los países.

—Iré al baño antes de que tomemos el taxi —informó Damián. Asentí y me quedé con ambas maletas sentada para esperarlo.

Comencé a sentir que se estaba tardando demasiado, y automáticamente recordé lo que había escrito en nuestra lista. Reí en silencio y a los minutos lo vi salir del baño con una sonrisa en el rostro. Se dirigió hacia mí y alzó las cejas.

—¿Nos vamos?

—No me creo que lo hayas hecho, Damián —le dije, y él de inmediato soltó una carcajada.

—Yo cumplo mis propósitos.

Abordamos el taxi justo afuera del aeropuerto. Le dimos la dirección de nuestro hotel al chofer y cuando llegamos nos miramos el uno al otro, casi dudando de si debíamos entrar o no.

—¿Habías estado antes aquí? —me preguntó Damián.

—¿En París? Un par de veces, cuando era pequeña, pero nunca en este hotel.

En la calle había un gran tránsito de personas y eso significaba que a un costado del hotel había una cafetería. Además, estaba a solo quinientos metros de la torre Eiffel y con buena conexión para tomar el transporte público.

Damián se me adelantó, tomó su maleta y caminó hasta el *hall* central. Una chica de coleta y bien arreglada nos sonrió con entusiasmo. La entrada era demasiado pintoresca, con sofás negros y combinaciones rojas. Parecía un sitio moderno, pero a la vez acogedor y familiar. No podía dejar de mirar los muebles y cada detalle.

Después de registrarnos, nos invitaron a desayunar al bufet. Yo tenía demasiado sueño, pero Damián insistía en que debíamos ir, pues no podíamos perdernos nuestro primer desayuno en París.

La habitación en la que estábamos tenía una cama doble, toallas limpias, un vino blanco de regalo y dos copas. Había también un televisor y almohadas a las cuales debíamos ponerles la funda. Damián daba vueltas viendo cada detalle. Hasta revisó la ducha y se aseguró de que todo estuviese bien con el agua caliente.

—De verdad creo que es buena idea dormir y luego ir a almorzar por ahí —dije, y él rodó los ojos.

—Bianca, estamos en París. ¿Realmente quieres dormir?

—Mmm, sip. —Sonreí.

—No lo acepto. —Se cruzó de brazos.

—Está bien, pero luego de desayunar vendremos aquí y dormiremos.

—Hecho —dijo estirándome una mano.

Ni siquiera deshicimos nuestras maletas, solo alcancé a quitarme la chaqueta y a sujetar mi cabello en una coleta. Damián sacó sus cigarrillos y un encendedor, para luego abandonar la habitación. Caminé detrás de él con la actitud de una niña de seis años que no quiere hacer algo, y bajamos a la primera planta.

Los huéspedes se paseaban por los mesones sacando panecillos, frutas y otras cosas ricas. El desayuno se extendía desde las seis hasta las once y treinta. Damián tomó mi mano y caminó con seguridad hasta el mesón con comida, miró en silencio las cosas y luego me observó por el rabillo del ojo.

—Ayúdame —dijo, y le sonreí enseguida.

—Solo elige.

—No quiero comer algo que luego deba ir a botarlo —susurró.

—Está bien.

Cogí dos tazas mientras Damián me seguía el paso, les puse café y el mío lo combiné con leche. Él se acercó a los comestibles, sacó dos platos, puso un cruasán para él y otro para mí, además de un pan baguete. Acercó a la mesa una mantequilla y una mermelada. Y yo detrás llevé un frasco con Nutella.

—¿Por qué tu café tiene leche y el mío no? —me preguntó cuándo estábamos sentados ya desayunando. El tono de voz que usó me causó gracia. Parecía un chico que quería probar todo lo que le pusieran enfrente.

—Pensé que no te gustaba el café con leche.

—Por supuesto que no, pero el de aquí puede ser diferente. —Se encogió de hombros.

—El café cortado es igual aquí y en cualquier parte del mundo.

—Estoy seguro de que el café no es igual aquí que en Turquía.

Rodé los ojos.

—Ponle Nutella —sugerí cuando cogió el cruasán.

—Nadie está comiendo cruasán con Nutella —dijo en voz baja.

—Todos tienen costumbres diferentes.

—Quieres que quede como el ridículo, ¿no?

—Dios... —Reí.

—Está bien, está bien.

Desde las otras mesas nos miraban porque reíamos a carcajadas de lo que hablábamos o hacíamos. Damián tenía unas ocurrencias extrañas acerca de todo lo que veía, y se hacía preguntas, como por ejemplo: «¿Por qué sirven el café en una taza tan pequeña?». Su teoría era que no podían darles tanta cafeína a las personas, o su negocio se iría a la ruina. Si los huéspedes permanecían despiertos ya nadie dormiría en su hotel. Teoría barata, teoría de mierda, teoría ridícula dicha por Damián Wyde.

—¿Descubriste si el agua se va hacia la derecha o a la izquierda en el retrete? —pregunté.

Habíamos vuelto a la habitación. Damián estaba cepillándose los dientes en el baño con la puerta abierta mientras yo me ponía frenéticamente el pijama para dormir unas cuantas horas antes de comenzar.

—Derecha.

—¿Seguro?

Silencio.

—Tendré que rechequearlo.

N N N

Ese día no hicimos más que estar en el hotel. Dormimos temprano, y al día siguiente desperté un poco antes de las nueve. Damián seguía durmiendo a mi lado. Me senté en la cama mirando mi reflejo que se proyectaba en la pantalla del televisor apagado.

En ese preciso momento me sentía bien, pero no quería investigar en profundidad mis sentimientos. Todavía tenía culpa por no haber querido denunciar a Vincent. No dejaba de sentirme una cobarde por no enfrentar mis problemas. Había intentado, desde que Damián regresó, cubrirme lo que más pudiese para que nada me atravesara ni nada me hiciera daño. El tema era delicado para mí porque significaba enfrentarme a un miedo que me había estado acompañando durante años. Vivía con pánico de abrir la boca y perderlo todo de la noche a la mañana, tal como me había pasado una vez antes. No sé cómo perdí a mi padre, porque todavía no había sido capaz de llamarlo. Había perdido a mi madre y también había sentido a flor de piel lo que significaba perder a Damián, la única persona que me mantenía de pie.

El resto de mis personas queridas, como Paige y Julie, eran buenas, inquebrantables e importantes para mí, pero descubrí, en mi peor momento, que no era capaz de quererlas al punto de mantenerme viva por ellas. No sabía si estaba bien o mal apoyarme en Damián de tal forma que solo él pudiera ayudarme a reconstruirme. Me hacía sentir protegida e intensamente amada, en mi lugar seguro, pero no lograba identificar el límite de mi dependencia.

—¿Qué hora es? —Escuché su voz a mi lado. Todavía tenía los ojos cerrados, y acaricié su cabello con la punta de mis dedos.

—Temprano. Me daré una ducha para que luego comencemos nuestra aventura —dije, y él sonrió. Abrió los ojos y me observó.

Cerca de las once salimos del hotel para dirigirnos a nuestra primera parada: la torre Eiffel. En la calle seguía habiendo muchísimo tráfico, pero como no estábamos apresurados como la mayoría de los transeúntes, desayunamos en un café cercano. La verdad, más bien fue un *brunch*.

Un chico nos tendió la carta y escogimos cosas completamente diferentes; idea de Damián, no mía. Él quería probar de todo, por lo que si yo pedía un jugo de naranja, él pedía una Coca-Cola, aunque la Coca-Cola tuviese el mismo sabor en todo el mundo.

—Debemos guardar todos estos momentos —dije. Saqué mi teléfono y nos tomé una *selfie* en el local.

Él sonreía, hacía muecas y también conejitos con sus dedos.

—No puedo creer que hayas pedido eso —comenté, y él rio. El mesero también sonrió al vernos.

—Estaba todo en la promoción —se defendió Damián.

Era un jugo de naranja, un capuchino, una baguete rellena con tomate, queso y jamón, además de tres cruasanes rellenos con Nutella. Cabe destacar que la baguete medía veinticinco centímetros. La promoción que yo escogí traía un jugo de naranja, un chocolate caliente, frutas, un *muffin* de frambuesa y una baguete rellena con un queso extraño y un jamón que jamás había probado. Esta baguete solo medía quince centímetros.

—No te quedas atrás con todo eso —dijo Damián y rodó los ojos.

—Te dejo probar mi *muffin* si me das un cruasán —negocié, y él lo pensó unos segundos antes de aceptar.

Nuestras fotografías: Bianca comiendo, Damián con la boca abierta y la baguete; Bianca quemándose con el chocolate caliente; Damián arrugando la nariz porque había detestado el queso de mi baguete; Bianca robando un cruasán más.

Luego nos fuimos rodando hasta la torre Eiffel.

—Cuando lleguemos allí —dijo Damián mientras caminábamos—, te reto a algo.

—¿A qué?

—Te reto a decirle a un francés que necesitas usar el baño porque estás enferma del estómago.

—¡Damián!

—Eres una cobarde, entonces.

—Tú también deberías hacer algo.

—Está bien. ¿Qué?

—Si yo hago esto, tú debes pedirle un tampón a una chica y decirle que es para tu novia.

—¡¿Qué?! —Soltó una carcajada—. Eres mala de corazón, Bianca Morelli.

—Y yo debo elegir a la chica.

—Estás loca.

—Claro que no. Debe ser la chica francesa más hermosa.

—Trato hecho. —Sonrió.

—Debes actuar bien.

—¡Tú también!

47
UN GATO GRIS

BIANCA

Claro que pagué mi apuesta con Damián y, entre risas, recorrimos el sitio, nos tomamos fotografías y subimos a la torre Eiffel.

—Creo que hicimos una mala inversión —dijo apoyándose en una de las barandas. Miramos al horizonte en donde comenzaban a encenderse las luces de edificios y casas—. Es como la vista que tienes en el departamento, incluso me atrevería a decir que la del departamento es mejor.

—Hay una diferencia. —Moví las cejas de arriba hacia abajo. Él se acercó a mí y me abrazó—. Estamos en París. —Sonreí y luego él besó mis labios—. ¿Cuándo más podrás contar que besaste a una novia en la torre Eiffel?

—Se lo contaré a mis seguidores de Instagram —opinó convencido de que era una buena idea.

—Ni siquiera usas esa mierda. —Reí.

—Prefiero lo antiguo. Una carta, mensajes de texto o mensajes en el buzón de voz. O tal vez más antiguo: un fax, una carta en máquina de escribir —continuó—. ¿Qué es esa mierda de redes sociales? Solo te hace enfadarte porque no te responden rápido. Yo prefiero esperar, y esperar. Si llega algo de vuelta, sabes que a esa persona le importas; si no llega, probablemente el mensaje se quedó atascado por ahí.

—O no llega porque no envió nada.

—Prefiero la ilusión de la antigüedad.

—Pero sí cambiarías tu moto por una más moderna —comenté, y él sonrió.

—Bianca 1, Damián 1.

—¿Por qué 1 tú también?

—Acabo de hacer que le digas a un francés que te harás del dos.

Golpeé su estómago con suavidad, y él exageró su dolor.

DAMIÁN

Si Bianca había pagado su apuesta, era justo que yo también pagara la mía, pero no había resultado como esperábamos. La chica me había regalado un tampón para mi novia, y dentro traía un papel con un número telefónico que Bianca por supuesto lanzó al inodoro entre bufidos y risas que le saqué.

Fuimos a la cama y, antes de entregarnos a la noche de Francia y dormir plácidamente, Bianca me abrazó de costado y me observó tanto que tuve que preguntar por qué estaba viéndome así. Ella sonrió y luego desvió su mirada.

—Por nada —soltó.

—Dime.

—Es solo que tengo una pregunta.

—¿Cuál?

—¿Me cambiarías por una chica francesa?

—Pues claro —respondí, y ella golpeó levemente mi estómago.

—No sé para qué te lo pregunto si sé lo que vas a responderme —bufó y luego se volteó para darme la espalda. De inmediato la abracé y besé su cuello.

—No existe nadie más en mi vida que tú, Bianca —le dije, y sí que era cierto.

Creo que de todas las libertades que tenía Bianca para escoger, yo mismo no le permitía que pensara en que yo pudiese estar con otra chica. No, por supuesto que no. Bianca se había convertido en lo más importante que tenía, y por ningún motivo le permitiría que pensara que podría haber alguien más importante que ella.

Por mucho tiempo ella había pensado que no era importante para nadie; incluso que no era importante para su madre. Y tal vez todavía lo pensaba. Yo no quería que ella se convenciera de que no era importante en la vida de nadie ni tampoco indispensable, porque en mi vida era una persona que debía estar, que por ningún motivo podía faltar y que elegiría una y mil veces en cualquiera de mis vidas.

Al día siguiente, el plan estaba hecho y Bianca lo había organizado todo. Tendríamos un pícnic, y cuando llegamos al parque extendimos el mantel y pusimos la comida sobre él.

—Esta noche debemos ir a una fiesta —opinó—. Es Nochebuena.

—¿Dónde encontraremos una fiesta? No tenemos amigos aquí.

—Está bien, vayamos a un bar. —Se encogió de hombros—. Podemos beber algo y bailar.

—Definitivamente no, bailas muy mal —bromeé, y ella me lanzó una galleta en la cara.

—Tú eres el que hace pasos que no deberían estar permitidos en el mundo —exageró la palabra «mundo».

—Pensé que te gustaban.

—Que seamos novios no quiere decir que creamos que todo es bueno.

—Tienes razón. —Reí, y ella se puso seria.

—¿Qué crees que tengo malo? —Alzó las cejas y me observó amenazante.

—Hablas dormida.

—¡Claro que no! —Sonrió.

—Sí lo haces. Lo juro. —Mostré las palmas de mis manos—. La primera vez me cagué del miedo.

—¿Qué digo?

—No lo sé, incoherencias. La otra noche hablabas de un gato, me decías: «Damián, tráeme el gato», y yo: «¿Qué gato? No tenemos un puto gato». «El gato gris», continuabas.

—Seguramente es porque quiero un gato gris —comentó.

—¿En serio?

447

—Sí. Con muchísimo pelo y gordo.

—Podemos tenerlo.

—No sé si los permiten en el departamento.

—Pues me vale. —Reí y ella sonrió.

—Creo que a mí también me importa una mierda —opinó con una radiante sonrisa en el rostro.

BIANCA

El pícnic no duró tanto porque rápidamente nos aburrimos de estar sentados en el césped y de que nos doliera el trasero, así que guardamos nuestras cosas y nos dispusimos a averiguar si existían botes para paseos románticos como habíamos visto por internet, hasta que cerca de la torre Eiffel encontramos. Estuvimos un rato mirando precios y calculando los demás gastos que teníamos que hacer hasta que, por fin, nos subimos a uno.

Había para todos los gustos, pero escogimos uno en el que iban tres parejas y un guía turístico. La verdad, no pudimos hablar tanto dentro del bote, pues el guía nos contaba historias y luego comenzaron a tocar música en vivo. Un violín para ser exacta.

A medida que el bote avanzaba por el silencioso lago, no podía dejar de mirar a Damián, quien se encontraba maravillado. Miraba las edificaciones, hacía preguntas, sonreía solo.

Me apoyé en su hombro, y él acarició mi mano.

Solo recordaba que una vez habíamos hablado acerca de venir a Francia para comer cruasán y subirnos en uno de estos botes novelescos. Ahora me parecía tan lejano ese lugar... ese callejón, esos problemas... Me parecía incluso que mis recuerdos no eran reales, y que jamás había pasado por todo lo que pasé. Solo estábamos Damián y yo en un atardecer, navegando en un botecito romántico con un violín sonando frente a nosotros. Damián había cambiado por completo mi vida en menos de un año.

Siempre me imaginé que, con la vida que llevaba, terminaría lanzándome a un acantilado, o tal vez, me moriría en una ocasión siendo abusada por Vincent Hayden. En el peor de los casos terminaría la universidad, me casaría con un imbécil con dinero y viviríamos juntos por siempre. Lo imaginaba así porque era casi mi única opción de escapar de las redes de

Vincent Hayden. Pero luego pensaba en todas las veces que iba a tener que fingir yendo a su casa, sonreírle a mamá, llevarle a mis hijos... De solo pensar en todo ese teatro quería morirme.

Pero llegó Damián, y el mundo conspiró a nuestro favor para que personas tan diferentes se unieran bajo la tenue luz de las estrellas.

La vida junto a él era muchísimo más fácil.

Y linda.

48
INEFABLE

BIANCA

No teníamos un plan de Navidad, porque no nos parecía necesario tener una cena, luego ir a dormir y abrir regalos por la mañana, por lo que ignoramos esa idea de familia feliz y le pedimos recomendaciones de algún bar a la recepcionista, que parecía de nuestra edad. Ella nos dio algunos nombres de los sitios que quedaban cerca y donde se reunían personas jóvenes.

Con un mapa dibujado por ella misma en una hoja vieja salimos del hotel directamente al primer bar recomendado.

Al entrar, nos percatamos de que nadie estaba en la pista de baile y de que había personas de edades muy diferentes. No nos gustó, por lo que nos fuimos al siguiente, y así estuvimos hasta que nos quedamos con el cuarto, que era un bar donde la música estaba bastante alta en la pista, había un sinfín de parejas y amigos bailando, y en las mesas había chicos conversando a gritos mientras bebían todo tipo de alcohol.

—¿Beberás junto a mí? —le pregunté, y él alzó la vista esbozando una sonrisa.

—Estamos en un lugar que no conocemos. No debería beber si tú vas a hacerlo, ¿no?

—¡No te preocupes por eso! —alcé la voz y él soltó una carcajada—. ¿Con qué tipo de Damián estoy hablando?

—Está bien, lo dejaré pasar por esta noche.

No nos costó acostumbrarnos al lugar y a la música fuerte. Conversamos acerca de cómo se veían el lugar y la gente, reímos un poco del nombre de algunos tragos extraños, y cuando íbamos por el tercer vaso de cerveza nos pusimos de pie para bailar. Según Damián, debíamos estar con algo de alcohol en el cuerpo para poder bailar mejor, aunque de todas formas lo hacíamos fatal.

Las cervezas que me había bebido comenzaron a hacerme efecto mientras nos movíamos al ritmo de la música. Creo que las luces también ayudaron a que mi cuerpo entrara en un estado ebrio-bailable-caliente-cariñosa. Eran luces blancas, que se prendían y luego se apagaban simulando que nos movíamos como robots. Damián estaba saltando con la música electrónica, y luego se acercaba a mí para apegarme a su cuerpo, mientras yo hacía lo mismo.

A eso de las dos de la madrugada regalaron chupitos de tequila y también un vaso de cerveza. Lo estábamos pasando genial, olvidando dónde nos encontrábamos y solo riéndonos de pasos que no sabíamos si estaban permitidos ahí. La pista de baile estaba infestada de gente; tanto que apenas podías moverte, y lo mejor era que todos tenían diferentes maneras de bailar.

Al cabo de un rato nos fuimos. Damián tomó mi mano con seguridad y nos dirigimos al hotel a paso lento. En el camino encendimos un cigarrillo. No dejábamos de reírnos de lo jóvenes y estúpidos que podíamos llegar a ser.

El camino se nos hizo mucho más largo de lo que pensaba, pues se nos antojó ir a parar a un parque. Estaba completamente vacío y silencioso. Nos sentamos en una banca, porque el césped estaba un poco húmedo por las bajas temperaturas, y nos dedicamos a mirar el cielo estrellado.

—Este lugar es mágico —comenté, y él me dio la razón, pero luego se quedó pensativo unos minutos antes de hacerme una pregunta.

—¿Más que Serendipia?

—No lo sé —contesté—. En Serendipia te conocí y jamás cambiaría lo mágico que fue ese momento..., pero aquí... —Lo miré a los ojos—. Aquí me he olvidado de lo asqueroso que es vivir con un imbécil. Me he olvidado de mis raíces, y no sabes lo mágico que se siente renacer, Damián.

Él esbozó una sonrisa, aunque no estaba del todo feliz, más bien era una sonrisa triste. No entendía el motivo de su tristeza, hasta que comenzó a hablar.

—No sé si es tan bueno olvidarse de las cosas —dijo—. Ya sé que se siente genial, pero, al final, ¿sobre qué estamos parados? ¿Aire?

—¿De qué hablas?

—Cuando enfrentamos lo que está ocurriendo y luchamos en contra de eso, nos ponemos de pie en una roca tan sólida que nadie es capaz de derrumbarla, porque ya sabes lo que te está ocurriendo, lo que te ocurrió y lo que te podría ocurrir, pero cuando bloqueas las cosas malas... Puede llegar alguien a hablarte de eso, y de pronto de nuevo sientes que estás cayendo al vacío. ¿Entiendes?

—Entiendo, pero ¿y si afrontas todo y nuevamente sale mal? —Se quedó en silencio—. No es tan fácil cuando estás luchando contra alguien con tanto poder. —Desvié la mirada hacia el cielo. Las estrellas brillaban con fuerza.

—No creo que nadie ni nada tenga más poder que la verdad.

—La vida es linda, Damián, pero aquí, a tu lado. —Apoyé la cabeza en su hombro.

Él me observó con detención, acarició mi rostro y luego besó mi frente.

—La vida es linda, Bianca. Y no exactamente aquí a mi lado. —Sonrió—. La vida es linda cuando eres libre.

Sentí una punzada en el pecho.

Tenía razón, pero no quería admitirlo. Quería bloquear

todo y no enfrentarme a nada porque estaba aterrada, pero siempre iba a ser esclava de los recuerdos, de un imbécil que lograba atormentarme entre las sombras y la oscuridad. Me sentía libre con Damián porque él me quería y estábamos lejos, pero cuando regresara a la realidad ya no iba a ser más libre. Siempre tendría que enfrentarme a los fantasmas, a las voces diciendo que era una mentirosa y a mi propia sangre.

—Mejor cuéntame una historia —pedí. Él sonrió y me apegó a su cuerpo.

—¿Temática? —preguntó.

Hace un tiempo veníamos haciendo ese juego. Él o yo decíamos: «Cuéntame una historia», preguntábamos por la temática y alguno respondía: «frijoles», «montaña», «negro» o cualquier otra cosa, y debíamos contar una historia respecto a eso. Yo era malísima para inventar cuentos; todos terminaban en finales felices, y Damián lo odiaba. Además, siempre eran historias largas, aburridas e incoherentes, y lograba que él se quedara dormido. Damián era muchísimo mejor que yo, contaba historias graciosas y también muy rebuscadas entre su cerebro. Siempre le decía que debía ser escritor, pero odiaba tomar un lápiz o el computador y escribir. Así que a veces nos grabábamos mientras narrábamos.

—Una estrella —contesté pensando en que estábamos en medio del parque acostados en el césped mirando un cielo completamente oscuro y lleno de puntitos brillantes.

—Existía una estrella a la que llamaban «Inefable», porque era tan increíble que no podía ser descrita con palabras. Era poderosa, potente y avasalladora, con una luz tan extraordinaria que decían que, si la mirabas por cinco segundos, tendrías suerte toda la vida. Un día, Inefable dejó de brillar. Se inventaron millones de teorías acerca de su estado. Todos hablaban a sus espaldas acerca de lo débil y deplorable que estaba ahora, pero nadie se acercó para saber la verdad.

—¡¿Nadie?! —alcé la voz. Damián se quedó mirándome

por unos segundos. Siempre lo interrumpía a mitad de la historia a causa de mi ansiedad incontrolable.

—Hubo alguien, gigantesco y poderoso, quien se encontraba cerca de Inefable. El Sol. La observó tanto que se olvidó de todo el universo a su alrededor. Días y noches la miraba, incluso dicen que la Tierra estuvo sin luz por meses, ya que él solo se dedicaba a admirar a una frágil Inefable. Vio en ella trizas, recuerdos y, aunque no preguntó, descubrió que Inefable escondía un secreto que no la dejaba construirse otra vez. El Sol jamás descubrió ese secreto, pero se dedicó a querer tanto a la pequeña estrella, a recoger sus pedazos y a abrazarla con fuerza durante los largos y oscuros inviernos, que ella recordó cómo se sentía brillar. Se posicionó como una roca encima de sus horribles recuerdos y de inmediato descubrió que el brillo se encontraba en ella. No en el Sol, no en sus recuerdos, no en sus trizas derramadas por el espacio. Inefable era dueña de ella misma, dueña de universos y galaxias. Y no porque el Sol se hubiese enamorado perdidamente de ella, sino porque descubrió que reconstruirse uno mismo, y quererse con ataduras y todo, era lo más importante.

49
RECUERDA QUE ERES UN RAYO

BIANCA

Volvimos al hotel cerca de las cinco de la madrugada. La recepcionista de turno solo nos observó con diversión en los ojos y nos dejó pasar. Miramos la cama, tiramos toda nuestra ropa al suelo y nos metimos debajo de las sábanas de inmediato.

Despertamos a eso de la una de la tarde con dolor de cabeza y con mucha sed. Creo haber visto a Damián beber tres vasos de agua como si nada en menos de dos minutos. Lo habíamos pasado genial.

Ese día era Navidad, y las calles estaban teñidas de blanco, rojo y verde. Nos dedicamos a comer y ver películas francesas en la televisión. A ratos conversábamos, pero la mayor parte del tiempo estábamos en silencio porque nos dolía todo.

Cerca de las ocho, cuando estábamos cenando, me llegó un mensaje de texto. Tenía la sensación de no haber cogido el móvil hacía mucho. No quería pensar en volver a mi ciudad, ni en mamá, ni en Vincent, en nada. Así que me había mantenido totalmente desconectada. Tenía un par de llamadas de mamá que nunca contesté, y ahora me había entrado un mensaje.

Apreté el botón y lo abrí.

> **Mamá:** Me gustaría verte, Bianca. También me gustaría que todo volviera a ser como antes. Solo te escribo para desearte una feliz Navidad y contarte que estoy embarazada.
> Según el médico, puede ser una niña. Realmente estamos muy felices por la noticia, y me gustaría poder compartir esta felicidad contigo.

Casi me atraganto con la comida. Tosí y bebí agua bloqueando el teléfono. La pantalla regresó a estar negra, y Damián me observó por el rabillo del ojo.

—¿Te encuentras bien? —preguntó acercándome una servilleta.

—No lo sé —contesté.

—¿Qué ocurrió? ¿Quién te ha enviado un mensaje? —Continuó comiendo de su plato.

—Claire.

—¿Qué ha dicho?

—Que está embarazada.

Siempre había querido tener una hermana. Mi madre lo sabía. Quería ponerle mi ropa, peinarla y también hacer dibujos en sus paredes, pero cuando se separó de mi padre y conocí a Vincent Hayden, la idea empezó a aterrarme. No quería que nadie sufriera como yo lo estaba haciendo. No quería que esa niña tuviera el ADN de ese hombre que me producía tanto asco.

Cada noche, cuando creía que Dios iba a escucharme desde la cerámica del frío baño, le pedía con desgarro que mi madre no quedara embarazada, le pedía que no trajera al mundo a un hermano o una hermana. Se lo repetía llorando y a veces me quedaba dormida pensándolo. Él me había hecho el favor de hacerme hija única, pero ahora creo que no le seguí pidiendo lo suficiente por eso en particular, y dejó de escucharme.

Me puse de pie algo descompuesta. Damián me siguió con la mirada.

—Voy a tomar un poco de aire —solté. Él se puso de pie de inmediato y caminó junto a mí hasta que estuvimos afuera del hotel.

—¿Qué ocurre, Bianca? —Me tomó de los hombros para que me volteara a observarlo.

—Es que no puedo creer que esto esté pasando. —Alcé la vista para encontrarme con la de él. Sus ojos intentaron comprenderme, pero sabía que no podía hacerlo del todo.

—¿Y qué es lo que quieres hacer? —preguntó en un tono de voz que casi no se oyó. Supongo que le costaba tanto como a mí hablar sobre el tema. Además, tomar o no decisiones era algo que nos perseguía.

—Solo necesito pensar. —Respiré con fuerza, y él esbozó una sonrisa que en realidad no expresaba ni una gota de felicidad. Era nada más una sonrisa nerviosa, de esas que pones cuando no sabes qué decir y solo quieres darle a entender a la otra persona que todo estará bien.

DAMIÁN

Desperté a eso de las dos de la madrugada escuchando un sollozo muy bajo. Me costó incorporarme a esa hora. Bianca estaba dándome la espalda, despierta. Me acerqué a ella y la abracé. La apegué a mi cuerpo, y ella se dejó.

—Si quieres salir a mirar estrellas e inventar mundos ficticios por los callejones de París, podemos hacerlo ahora mismo —susurré.

Ella se volteó, se quedó mirándome en medio de la oscuridad y acarició mi rostro.

—Es lo que más quisiera. —Su voz sonó quebrada.

—Entonces hagámoslo.

—No puedo pensar en eso ahora, Damián.

—Lo sé.

—Debemos regresar —soltó.

—¿Estás segura?

—Lo estoy.

—¿Y qué quieres hacer cuando estés ahí? —pregunté con un sabor amargo en mi boca.

—Enfrentar a Vincent —respondió.

Había esperado mucho tiempo a que Bianca se decidiera. Quería con todas mis fuerzas que escogiera enfrentar a la persona que por tanto tiempo le había hecho daño, pero ahora que iba a ser real, algo dentro de mí me decía que diera un paso atrás, que no avanzara hasta esa jaula en donde se lucharía por justicia o dinero.

Tomé una gran bocanada de aire consiguiendo que mis pulmones se llenaran por completo, y luego exhalé. No. No podía dejar sola a Bianca ni menos decirle que no lo hiciera. Era su decisión, y yo estaba comprometido a estar con ella en todo momento. No por obligación, sino porque lo merecía. Merecía ser feliz y vivir tranquila.

—Solo prométeme una cosa —dije, y ella se acomodó más cerca de mí—. Esto lo harás también por ti. No solo por la hija o el hijo que tendrá tu madre. Primero por ti, Bianca.

—¿Crees que valgo tanto para hacer un sacrificio como este?

—Para mí vales más que cualquier persona en el mundo. Deberías saberlo ya, y no dudar de eso ni por un segundo.

—Está bien, Damián. Te lo prometo.

BIANCA

Cuando estuvimos arriba del avión, cogí la mano de Damián con fuerza. Comenzaba a sentirme mal, tenía dolor de estómago y una punzada fuerte en el pecho. Sabía que era parte de la angustia, pero muy pocas veces había podido controlarla. Lo vi abrir los ojos, me observó y se quitó los auriculares. Me dijo que escucharía la misma canción una y otra vez para relajarse.

—¿Estás bien? —Puso su mano encima de la mía.

—Estoy asustada.

—Tranquila, es normal que lo estés.

—¿Tanto? —Mis ojos se llenaron de lágrimas, y él acarició mi rostro—. Siento que no puedo respirar —susurré.

—Mírame. —Tomó mis mejillas y yo lo observé fijamente. No estoy segura si dejé caer lágrimas: solo me concentré en sus ojos cafés—. Nada malo ocurrirá. Estaré contigo en todo momento. Cuando quieras llorar, gritar o golpear a alguien, yo estaré ahí para ti.

—Está bien —asentí con rapidez.

—Ahora beberemos un exquisito té y no pensaremos en más mierda hasta que pisemos el departamento, ¿sí?

—De acuerdo.

No tenía miedo de enfrentar una vez más las palabras frías de mi madre, ni tampoco de que no me creyera, pues suponía que eso sucedería. Tampoco tenía miedo de enfrentarme a Vincent Hayden una vez más, ni de mirarlo a los ojos y gritarle. No. Tenía una horrible sensación de que todo podía repetirse una vez más con Damián, y no había peor miedo que perderlo. La vida había sido una perra conmigo, y ni en un millón de años me daría una segunda oportunidad con él si algo salía mal.

Mi cuerpo estaba tenso; tanto que sentía que, si alguien me tocaba, conseguiría que se me llenara de grietas. Mis manos sudaban y mi corazón latía con fuerza. Damián estaba conduciendo concentrado y en silencio. La música sonaba a un volumen tan bajo que a ratos la percibía incómoda de estar junto a nosotros. Bajé la ventana del auto para tomar un poco de aire fresco y casi pierdo la respiración cuando comencé a ver que nos acercábamos a las enormes edificaciones en donde vivía Claire.

—Debes indicarme —expresó Damián, ya que él no conocía la casa nueva.

—Es aquí.

Damián giró a la derecha, y nos encontramos con el guardia de la gran mansión. Él nos observó unos segundos y se acercó al auto.

—¿Buscan a alguien?

—Sí —contesté antes de que Damián lo hiciera—. ¿Puede decirle a Claire Hayden que Bianca Morelli está aquí?

—Enseguida.

El hombre se alejó, habló por teléfono, supongo que con mi madre, y luego abrió el gran portón que nos separaba de la edificación. Le dimos las gracias y entramos.

—Ya sabes... —comenzó Damián, pero mis oídos zumbaban con fuerza.

—Solo asegúrate de venir conmigo.

Él aparcó el auto y nos bajamos en silencio. Antes de llegar a la puerta, Damián tomó mi codo y me volteó para que lo mirara.

—Recuerda que eres un rayo, Bianca —dijo, y rápidamente viajé a la primera vez que me lo había dicho, esa vez que estuve a punto de decir la verdad. Aflojé mi mirada, pude sentirlo—.

En un segundo puedes destrozar todo y hacer mierda a quien se cruce en tu camino.

Besó mi frente y tomó mi mano con seguridad. Iba a tocar el timbre, pero antes de hacerlo la puerta se abrió dejándome ver a Claire. Estaba pálida, más delgada que de costumbre y con bolsas debajo de los ojos. Vi cómo la melancolía llegó a su rostro al verme. Por supuesto no dije nada.

Ella se había encargado de destrozar tanto mi corazón que apenas podía sentir lástima por cómo se veía. Lo único que me hacía sentir mal era que nos hayamos perdido por un hijo de puta.

—Bianca. —Su voz se quebró.

50
VALENTÍA

BIANCA

Su abrazo llegó rápidamente a mi cuerpo consiguiendo que me soltara de la mano de Damián. Me mantuve rígida, pero podía sentir las ganas que ella tenía de meterse en mi piel. Se alejó de mí casi a cámara lenta, me miró a los ojos y esbozó una sonrisa tan pequeña que apenas la noté.

—Damián. —Lo miró alzando las cejas.

—Hola —contestó de forma seca.

—Pasen, por favor.

Al parecer Vincent no se encontraba, lo que provocó que me relajara un poco.

—Vamos a la sala —comentó Claire mientras se abría paso entre sus grandes comodidades para, al fin, llegar a los sofás del living.

Me senté a un lado de Damián, y ella frente a nosotros.

—¿Recibiste mi mensaje? —preguntó rompiendo el hielo.

—Sí, es por lo que estoy aquí.

—Quería decírtelo en persona, pero hace tanto que no nos veíamos. —Sonrió con tristeza—. ¿Recuerdas cuando eras pequeña y me decías que querías una hermana? —Asentí con un nudo en la garganta—. Hasta llegabas a enfadarte porque te decía que no era el momento.

—Sí, lo recuerdo.

—Y ahora estoy casi segura de que será una niña. ¡No puedo esperar para saberlo! —La vi acomodarse el cabello y observarme con ilusión en los ojos—. Tal vez esta niña venga a unirnos nuevamente, a unir a nuestra familia.

Algo hizo clic dentro de mi cerebro, como si se me hubiese roto una vena justo en medio de la cabeza. Damián me observó de reojo y luego movió la cabeza en dirección a mi madre.

—¿Familia, dices? —La miré. Ella asintió—. No tengo una familia contigo y Vincent; no sé cuándo podrás entenderlo.

—Bianca...

—Estoy aquí porque no pude soportar saber que tendrás un bebé con ese hombre —expresé—. No quiero que sufra lo que he sufrido yo, ni que le suceda todo lo que me sucedió una vez a mí.

—¿Seguirás con eso?

—Recuerdo que sí, sí te pedía tener un hermano o hermana. Incluso pasaba noches enteras pensando en qué peinados le haría, qué deportes le enseñaría o qué dibujos iba a hacerle en su habitación. Te juro que lo hacía. —Mi voz se quebró y tuve que tragar saliva para poder seguir—. Pero cuando conocí a Vincent Hayden, todo eso se fue a la mierda.

—Ay, hija... —se lamentó, pero no la dejé continuar.

—¿Sabes acaso todo lo que me hizo? ¿Sabes lo que es acostarse aterrada porque un hombre se puede meter en tu habitación? En ocasiones me pasaba noches enteras encerrada en el baño para evitarlo. Siempre le has creído a él.

Mi voz se cortó. Ella estaba mirándome fijo con los ojos llenos de lágrimas. Respiré profundo intentando llenar los pulmones de valentía.

—No sabes el infierno que me ha hecho pasar. Te prometo que no lo sabes y espero que nunca lo sepas. —Sentí mis ojos empañarse—. Me tocaba como si mi cuerpo fuese un puto juguete. Me rompía. Y luego debía estar por horas encerrada en el baño mentalizándome de que nadie debía enterarse. Bañándome una y otra vez para limpiar basura inexistente. Me cortaba las uñas, me las limpiaba una y otra vez hasta sacarme sangre, me raspaba con la esponja, incluso con los cepillos de dientes, y odiaba tanto ser mujer...

La mano de Damián se apoyó en la mía. Mi madre se secó las lágrimas.

—Estoy aquí porque al fin me decidí. Voy a denunciarlo, mostraremos todas las pruebas y espero poder pudrirlo en la cárcel, porque no quiero que nadie más pase por esto.

—Si fue así todo este tiempo, ¿por qué no me lo dijiste antes, cuando comenzó?

—¿Cuando no entendía ni mierda de lo que estaba pasándome? ¿O cuando me amenazaba con dejarnos en la calle o a ti en la cárcel o en un psiquiátrico?

—Vincent sería incapaz de hacer algo así.

Damián se acomodó en el sofá, algo sacado de quicio.

—En realidad, no he venido aquí para que me creas. No me esforzaré una vez más en eso, solo estoy aquí para decirte que pelearé. Lucharé hasta el último minuto por ver a ese idiota tras las rejas, y si tienes un poco de consideración, vete de aquí.

—¿De qué hablas, Bianca? ¿Para dónde quieres que me vaya? Él es todo lo que tengo.

—Eres una mujer con trabajo y ahora estás embarazada. Ese niño o niña merece una madre que le crea, una madre que lo proteja, que lo quiera siempre. Una madre que no solo se fije en un hombre con dinero ni en comodidades.

—Bianca. —Se puso de pie y se acercó a mí, pero yo reaccioné poniéndome de pie también y retrocediendo—. He intentado ser una buena madre y darte todo lo que quieres. Darte una vida linda, pagar una universidad cara para que estudies, traernos aquí para vivir mejor...

—Hubiese preferido que viviéramos solas comiendo cosas añejas. Hubiese preferido trabajar todos los días para pagar mis cosas. No sé qué pensaste que criaste —bajé la voz—. Vete de aquí, haz tu vida, no lo sé. Pero si debo culparte a ti también por todo lo que me han hecho, créeme que no me detendré a tenerte lástima.

Ella se quedó en silencio mirándome, pero luego su vista se perdió en la nada. Me abrí paso por su costado y caminé hacia la salida. Damián se quedó más atrás, pero yo solo quería huir, así que decidí que lo esperaría en el auto.

Cuando estuve afuera solté el aire de mis pulmones y me dispuse a caminar hasta el estacionamiento, pero antes de llegar noté que Vincent estaba aparcando su gran camioneta de lujo. Avancé lo más ágilmente que pude, pero él se bajó antes de terminar de aparcar y se acercó a mí.

—Querida Bianca. —Sonrió—. ¿Cómo has estado?

Lo ignoré por completo y apreté el botón de las llaves. Mi coche encendió las luces indicando que estaba abierto, y Vincent me siguió.

—Qué maleducada. —Rodó los ojos.

—Déjame en paz —solté.

—¿Qué tramas ahora?

—No te importa.

—No te conviene pelear en contra de mí, Bianca. Lo sabes, ¿cierto? —No despegaba su mirada de la mía. Quería meterse dentro de mis venas, aterrarme como siempre lo había hecho, pero ahora solo me causaba un asco estruendoso y ganas de golpearlo con fuerza hasta asesinarlo.

—Ya no te temo, Vincent. No eres más que un imbécil intentando ocultar el miedo que siente al saber que puede pudrirse en la cárcel justo ahora.

Él soltó una carcajada como si le resbalaran mis palabras.

—Eso no pasará —aseguró.

Abrí la puerta de mi auto y él la detuvo con su mano.

—Suéltala. —Forcejeé con él.

—¿Sabes por qué no pasará? —continuó hablándome en

un tono cada vez más bajo y más cerca de mí—. Pues porque soy capaz de asesinar a tu novio justo ahora. No des pasos en falso, Bianca... Con un chasquido de dedos puedo quitarte todo nuevamente, pero esta vez de verdad.

—Pues sigue soñando. —Escuché la voz de Damián detrás de él. Vincent se alejó del auto y lo miró con una actitud socarrona. Damián sonrió y con una mano empujó a Vincent lejos de la puerta del auto. Esperó a que me metiera y la cerró.

—No te cansas —dijo Vincent mirándolo.

—No. Tengo juventud y locura en el cuerpo, así que créeme que no te dejaré en paz.

—Pero no tienes lo más importante, querido. Poder y dinero.

—Qué pena depender de eso. Más pena me da que no sepas que esta lucha no es conmigo, sino con ella, y tú no tienes a nadie dispuesto a dar la vida por ti.

—Estás loco.

—Lo estoy. Y yo daría mi vida por Bianca, te lo aseguro. Incluso soy capaz de irme a la cárcel por haberte asesinado. Créeme que no sabes una mierda de lo que soy capaz. Y por ti, ¿quién? ¿Quién se sacrificaría?

—Tú no eres nadie, Damián. Solo un joven y estúpido enamorado de una chica que no vale la pena.

—Tienes razón, no soy nadie. Por lo mismo he estado tres veces a punto de asesinarte, lo recuerdas, ¿no? Y sigo aquí, sin irme a ningún lado.

—No has podido.

—Corrección —lo interrumpió Damián con una pequeña sonrisa en los labios—. No me han dejado.

—¿Quién?

Él se encogió de hombros y caminó hasta la puerta del conductor bajo la mirada atemorizada de Vincent Hayden. Abrió la puerta del auto y antes de sentarse dentro miró a Vincent.

—¡Solo cuídate el culo, Vincent! —alzó la voz—. Porque no solo yo quiero verte muerto.

Se sentó en el asiento del conductor y cerró la puerta con seguridad. Encendió el auto bajo la mirada de Vincent y nos largamos.

—¿Estás bien? —me preguntó cuando nos alejábamos.

—Sí, Damián. Gracias por lo que hiciste —susurré.

La siguiente parada fue la casa de Evan. Damián me había contado su historia con él y todo lo que ocurrió, pero fue una narración incómoda y resumida, así que prefería imaginarme la mayor parte de lo que había pasado.

Estuvimos gran parte del día en casa de Evan. Al parecer su familia no se encontraba ahí, porque en ningún momento los vimos. Estuvimos revisando las pruebas que teníamos. Evan contactó a un amigo abogado y por la tarde llegó para ayudarnos. Según él teníamos muchos puntos a nuestro favor para iniciar un juicio en contra de Vincent Hayden, aunque repetía que sería difícil, pues a los jueces les gustaba que llegases casi exhibiendo las marcas de abuso al juicio para tener pruebas fehacientes. Pese a eso, aseguró que podíamos confiar en él.

Salí de la casa de Evan con un sentimiento positivo. Pensaba que al fin estaban saliendo las cosas bien y estaba dando pasos hacia adelante y no hacia atrás, como siempre lo hacía.

—¿Confías en el abogado? —le pregunté a Damián.

—Supongo que sí. No sé cómo es confiar o no en los abogados, ellos conocen su trabajo —respondió y luego le dio una mordida a su sándwich.

—¿No estás nervioso?

—No. ¿Por qué lo estaría? Sé que todo saldrá bien, Bianca.

—Sí, tienes razón.

—Ahora solo debemos esperar a que Evan llame y nos diga cuándo debemos ir a la comisaría para que declares —dijo sonriendo.

—No has ido a ver a tu madre. —Cambié el tema de conversación y él frunció el ceño.

—Me mantengo en contacto. La llamé hace un par de días. Está bien. Dijo que está en rehabilitación y que espera que pronto podamos ir a verla.

—¿Y qué dices? —Sonreí.

—No lo sé, Bianca. Me pasé tanto tiempo pendiente de su vida, que casi había olvidado cómo se sentía vivir la mía.

Me quedé en silencio. Tal vez tenía razón, se había pasado demasiado tiempo cuidándole el culo a su madre en todas sus borracheras y se despreocupó de ser Damián, pero no podía dejar de sentir culpa conmigo misma por haberme cruzado en su vida. Tal vez si hubiese conocido a una chica resuelta y armada podría simplemente estar ligero y feliz.

—Claro, entiendo —me limité a decir.

—Anoche llamó Brain —me contó con una sonrisa en los labios. Alcé las cejas—. Quería saber cómo estábamos, si necesitábamos trabajo o dinero. Le comenté en lo que estábamos ahora y creo que está conforme.

—¿Conforme?

—Sí, solo eso. Para Brain lo justo sería matar a Vincent a patadas en las pelotas —soltó y luego rio. Yo también lo hice—. No sé por qué se esmera en querer hacerlo, si cuando lo intenté fue él quien me detuvo.

—Brain sabe lo que es estar tras las rejas, Damián.

—Sí, pero no creo que sea tan diferente de estar en un centro de menores.

—No lo sé...

—¿Has hablado con Paige?

—Sí. Me he estado mensajeando con ella, siempre estamos en contacto.

—Me alegro. Creo que te haría bien verla, que salgan juntas.

—Creo que sí.

Esa noche, cerca de la una de la madrugada, se nos ocurrió ir a Serendipia en la motocicleta de Damián. Conduje yo con un Damián histérico en mi espalda diciéndome que bajara la velocidad, que mirara al frente, que no me distrajera. Llegamos al lugar en que nos habíamos conocido y nos sentamos en la acera. Encendimos un cigarrillo y lo siguiente fue tendernos en el frío cemento para mirar las estrellas. No se veía ninguna, de hecho, el cielo estaba tornándose de color rojizo, lo que parecía augurar una gran tormenta.

—¿Recuerdas cuando dormimos en la misma celda? —le pregunté. Él giró la cabeza para mirarme. Luego asintió con una sonrisa en los labios—. Ese día esperabas que no nos volviéramos a ver.

—Lo recuerdo muy bien. No quería decirte mi nombre.

—Dijiste que solías llevar a la mierda los corazones que conocías.

—Y tú, como una buena piedra en el culo o «Bianca consigue lo que quiere», dijiste que yo todavía no había conocido ningún corazón. —Soltamos una carcajada y luego el silencio se quedó entre nosotros.

—Solo quería decirte que eres un mentiroso —comenté—. Porque lo único que has hecho con mi corazón es arreglarlo.

—Tú también has arreglado el mío, Bianca. —Besó mi hombro y luego se sentó.

Encendió otro cigarrillo, comenzó a fumarlo lentamente y me incorporé para estar junto a él. Me encantaba que estuviéramos uno junto al otro fumándonos un cigarrillo y contando las grietas que tenía el callejón, cuántas veces parpadeaba la luz de aquel viejo farol o solo en silencio. Tal vez no pensábamos lo mismo, pero no era necesario hacerlo para querer estar juntos.

—¿Qué es lo que más te gustaría saber en la vida? —me preguntó luego de unos minutos.

—Nunca lo he pensado. —Fruncí el ceño—. ¿Y a ti?

—Me gustaría saber la razón de por qué aparecemos en la vida de otras personas, o ellas en la nuestra, así, de pronto, sin aviso, interrumpiendo cosas o tal vez rompiéndolas todas de sopetón.

—¿Por qué debería haber una razón?

—Porque no creo que estemos parados en este mundo de mierda para nada. —Su mirada se quedó en la mía y luego me sonrió.

—Pues yo creo que tú apareciste en mi vida para entregarme esa valentía que tenía escondida. La valentía de ser yo misma, de enfrentarme a mis problemas y también de luchar por los cambios buenos.

—¿Cómo es que hice tanto bien en tu vida si soy una mierda?

—No sé quién te hizo creer que eres una mierda, Damián. —Me molesté y él lo notó, pero no se retractó.

De pronto, una luz iluminó todo el cielo, y luego escuchamos el ruido de un relámpago sobre nuestras cabezas. Las pequeñas gotas se hicieron presentes rápidamente sobre los tejados y empezaron a caer en nuestro cabello. De pronto las gotitas se convirtieron en goterones. Nos pusimos de pie y corrimos hasta la moto. Nos subimos riendo a carcajadas para regresar al departamento.

Llegamos empapados. Nos quedamos mirando y, como si nos leyéramos la mente, corrimos al baño quitándonos la ropa en el camino.

51
TESTIMONIO

DAMIÁN

Cuando estábamos en la cama, ya listos para dormir, mi teléfono comenzó a sonar. Era Evan. Hablamos por unos minutos, y luego me comentó que al día siguiente Bianca debía ir a la comisaría a prestar declaración. Grabarían su voz y pedirían que fuese lo más específica posible.

El cansancio estaba pudiendo conmigo y comencé a quedarme dormido con Bianca entre mis brazos.

—Damián —susurró, y yo solo pude emitir un sonido parecido a un «¿hmm?»—. ¿Por qué crees que aparecí en tu vida?

—Mañana te lo diré, ahora tengo muchísimo sueño —respondí, o eso creo haber dicho.

—Está bien, buenas noches. —Besó mis labios y se acomodó para dormir.

⚡⚡⚡

Llegamos a la comisaría temprano. Durante el camino Bianca se mantuvo en silencio, como si estuviese memorizando todo lo que iba a contarle a Evan. Él se había ofrecido a tomar su caso. Quería que se sintiera en confianza para contar todo lo que Vincent había estado haciéndole a lo largo de los años.

—Ya estamos aquí —dije. Aparqué el auto y me quité el cinturón, pero ella no se movió—. ¿Estás bien?

—¿Y si no me creen? —preguntó de pronto. La angustia se reflejó de inmediato en su mirada.

—Todos te creemos, Bianca. Todo saldrá bien.

—Tienes razón. —Sonrió con nervios.

Nos bajamos del auto y ella me tomó de la mano. Hablamos con una oficial que nos autorizó a pasar a la oficina de Evan, quien ya estaba esperándonos.

—¿Algo de beber? —preguntó él.

—Agua —pidió Bianca casi tropezándose con sus palabras.

Evan sonrió con empatía y fue por agua.

Al menos la oficina en la que estábamos era acogedora. Había cuadros de paisajes, estantes con libros, un computador y sillones cómodos. Encima de la mesa se encontraba una grabadora que no sabía si estaba funcionando.

—¿Crees que voy a tener que repetir esta historia más veces? —me preguntó Bianca fijando su mirada en la mía.

—No lo sé —susurré—. Pero no estés nerviosa. —Entrelacé su mano con la mía y noté que estaba sudada—. Créeme que todo esto será rápido, y también te quitarás un gran peso de los hombros. No hay nadie en esta sala que no crea en tu palabra.

—Mi madre no me creyó. Luego de eso, no espero nada de nadie —contestó con amargura.

La puerta se abrió dejándonos ver a Evan. Traía un vaso con agua que Bianca se bebió casi de un solo trago.

—Está bien, Bianca —comenzó—. La idea es que te sientas cómoda, que seas sincera y des los detalles que tú creas necesarios. No queremos presionarte en lo absoluto.

—¿A quién le mostrarán esta grabación? —preguntó.

—A tu abogado, probablemente al fiscal y también a la psicóloga que te ha estado viendo durante los últimos meses.

Ella asintió, algo más tranquila, y comenzó a hablar.

El relato de Bianca se extendió por más de una hora. Dio bastantes detalles que, supuse, le servirían al abogado y también harían recapacitar al fiscal a cargo del caso. Su relato terminó con la narración del último episodio que vivió junto a él.

Bianca contó lo que significó decirle la verdad a su madre luego de tantos años, su paso por el hospital psiquiátrico y las amenazas constantes de Vincent Hayden. También comentó todo lo que estuvo sufriendo durante los últimos meses y lo que estuvo a punto de hacer en el departamento antes de que yo llegara. Yo solo podía evocar la escena en que la vi de rodillas en el callejón llena de moretones, con sangre y con su ropa deshecha, llorando desconsolada y pidiéndome por favor que la llevara a mi departamento.

Cuando su relato terminó, Bianca se encontraba afectada. Tuvo que beber más agua para calmarse. Lo único que pude hacer fue tomar su mano y acariciarla hasta que lentamente se tranquilizó.

Bianca se puso de pie para ir al baño y nos dejó solos a Evan y a mí. Él se quedó mirándome por unos segundos y respiró profundo.

—¿Crees que todo saldrá bien? —le pregunté.

—Por lo menos puedes estar seguro de que haré todo lo posible por ayudarla.

—Gracias.

—Cuando el juicio comience, se llamarán a todos los testigos, y ahí tendrás que decir todo lo que viste, todo lo que sabes. Vincent intentará arruinar a como dé lugar el testimonio de Bianca, pero no lo dejaremos, ¿está bien?

—¿De qué podría hablar?

—Brain Walker —contestó de inmediato—. Tratará de perjudicarlos de cualquier forma. Dirá que trabajaban para él, que incendiaron su mansión, que estuviste meses atormentándolo... Es posible que hasta lleve a personas en calidad de testigos para que hablen de lo bueno que es y también de lo «loca» que está Bianca Morelli. Y deberán ser fuertes para soportarlo.

—Lo somos —aseguré.

—Sé que sí. —Evan sonrió.

Cuando Bianca llegó del baño se veía un poco más compuesta. Me regaló una sonrisa y se sentó a mi lado. Evan nos contó lo que procedía ahora, y escuchamos atentos todo lo que debíamos hacer.

52
¿POR QUÉ?

28 de diciembre de 2018

En cuanto ella puso un pie afuera de la comisaría, entendió lo que estaba a punto de suceder. Bianca lo vio a través de los arbustos; vio a aquel hombre que le resultó conocido porque se lo había encontrado antes en un par de reuniones que Vincent organizaba en casa. Pero ahora no usaba traje. Ahora vestía de negro completamente y apenas se veía en los matorrales.

El terror invadió su cuerpo cuando el punto de color rojo se posó en la camiseta de Damián. No fue capaz de decir lo que estaba pasando, porque de alguna forma entendía que sería demasiado tarde. El miedo a perderlo era mucho más fuerte que cualquier otra cosa, así que lo único a lo que se aferró fue a él, abrazándolo con fuerza.

—Gracias —dijo con un hilo de voz. El corazón le latía en todo el cuerpo, las lágrimas ya estaban corriendo por sus mejillas. Damián no sabía lo que estaba por ocurrir y aun así la abrazó como si fuera la última vez—. Eres lo mejor que me ha pasado. En toda mi vida —concluyó Bianca.

Y se lo dijo así, porque tal vez esa sería la única vida en la que conocería a un Damián Wyde, y necesitaba confesárselo.

Nunca supo si había escogido las palabras adecuadas.

El hombre que tantas veces los acechó y vigiló en las sombras, y a quien le habían pagado por lo que estaba a punto de hacer, tenía solo una tarea: asesinar a Damián Wyde sin importar el costo que eso implicara. La chica de diecinueve años se interpuso en su camino cuando lo abrazó con fuerza y, cuando él hizo contacto visual con Damián, no hubo vuelta atrás. No le dejó pensar su próximo movimiento.

Disparó.

Solo disparó en la dirección que indicaba el infrarrojo, consiguiendo que ambos se desplomaran en el cemento fuera de la comisaría en donde acababan de hacer una de las declaraciones más estruendosas de los últimos tiempos. Esa que removería a todo el país.

Pero no le importó.

No le importó lo jóvenes que eran, lo enamorados que estaban y lo trágico que podía resultar que se perdieran el uno al otro.

DAMIÁN

El dolor de cabeza no me dejaba abrir los ojos. Fruncí el ceño y sentí una mano tocando la mía. Estaba fría. Lentamente abrí mis ojos y el primer rostro que vi fue el de mamá. Supe que estaba en la sala de un hospital. Estaba conectado a máquinas, pero no lograba entender nada más.

—No te esfuerces, Damián. —Escuché su voz. Sus ojos estaban rojos, como si hubiese estado llorando por horas. ¿Qué hacía allí?

Intenté sentarme en la camilla, y una punzada en el estómago me detuvo.

—¿Qué demonios ocurrió? —intenté hablar. El dolor de cabeza se hizo más agudo cuando las palabras salieron de mi boca.

—Tuviste un accidente, hijo. Pero ya está todo bien —dijo con la voz entrecortada.

No alcancé a preguntar nada más cuando unas enfermeras entraron en la sala para revisarme. Según ellas, me encontraba estable y fuera de riesgo vital, pero nadie me quería decir lo que había pasado en realidad. Intentaba recordar, pero el dolor de cabeza no me permitía pensar. Era como si mi cerebro hubiese bloqueado parte de mis recuerdos.

Una de las enfermeras adicionó un medicamento en la gran bolsa de suero, y comencé a sentir cansancio. Lo último que quería hacer era dormir, pero no me oyeron. No pude articular una palabra cuando ya me encontraba, otra vez, perdido.

Cuando volví a despertar, el dolor de cabeza había menguado. Ya no había nadie en la sala y lo único que pude hacer fue mirar el techo gris de la sala de hospital. Intenté recordar por qué estaba ahí, pero no conseguía recordar demasiado. Recordaba a un hombre mirándome. A Bianca, sí. Bianca estaba conmigo, luego hubo un estruendoso disp... ¿Él había disparado?

Saqué las sábanas de encima de mi cuerpo y levanté mi bata. Me miré el estómago y solo vi un gran parche en él. Lo jalé sin pensar y vi mi herida, los puntos que me habían dado para curarme.

Volví a poner el parche en el estómago y me levanté de la cama sin sentir dolor. De inmediato, dos enfermeras intentaron detenerme.

—No puedes ponerte de pie todavía —me dijo una de ellas acercándose a mí. Me tomó del brazo e hizo que regresara a la camilla.

—Estoy bien, no me duele nada —contesté—. Solo necesito saber de alguien.

—No te duele nada porque estás con medicamentos —informó la otra chica.

—Necesito saber dónde está Bianca —expresé. Ambas se quedaron mirándome por unos segundos y rápidamente me obligaron a volver a la camilla.

—Debes descansar, Damián.

No quería descansar.

Vi el tiempo pasar con la mirada puesta en el reloj de la pared. Marcaba las dos de la madrugada. Nadie entraba a la sala. Me quité con cuidado la aguja que se encontraba en mi brazo izquierdo y me puse de pie. Cogí mi pantalón, que estaba tirado sobre una de las sillas, y recorrí los pasillos buscando a Bianca en cada una de las habitaciones.

«Cálmate», susurré para mí mismo cuando sentí que comenzaba a respirar con pesadez y que mi herida empezaba a doler.

Continué mi camino hasta que escuché a una enfermera gritar mi nombre detrás de mí. No me detuve, solo apuré mi paso hasta que al final del pasillo vi un par de rostros familiares: Daven junto a Paige.

Daven se acercó a mí, me aferró de los hombros y me abrazó.

—Daven. —Respiré con pesadez.

—¡Señor Wyde! ¡Debe volver a la sala! —reclamó la enfermera. Se acercó a mí y me tomó de un brazo.

—Volveré, solo deme unos segundos —le pedí, y ella frunció el ceño con molestia. Miré a mi amigo y noté que tenía el rostro desencajado.

—Debes descansar, Damián —intervino Paige.

Su rostro estaba pálido, sus ojos estaban rojos e hinchados.

—Díganme qué sucedió, por favor —les pedí.

Quizá ya sabía la respuesta, pero no quería aceptarla. Los ojos de Paige se llenaron de lágrimas y solo fue capaz de girar su cabeza para que no la viera destrozada. Daven, con su semblante frío, me observó directamente a los ojos.

—Solo dímelo —rogué bajando la voz.

—Bianca no soportó el disparo, Damián...

Pestañeé un par de veces. Sonreí imaginando que era una broma. No podía creer algo así.

—¿De qué hablas, Daven? —Golpeé su hombro sin fuerza—. ¿Qué dices? —Mi voz se quebró, y Daven solo se limitó a asentir—. Estás mintiéndome, ¿cierto?

—Damián, lo lamento tanto...

—¿Paige?

Se acercó a mí y me abrazó con fuerza. Apenas pude levantar los brazos para corresponderla. Sentía que todo era una pesadilla de la que quería despertar, pero nadie gritaba mi nombre para sacarme de ella. Ni siquiera mis ojos se empañaron; solo sentí una gran punzada en el pecho, como si estuviesen rompiendo cada trozo que me quedaba adentro.

¿Qué demonios estaba pasando? ¿Por qué nos hacían esto?

Me separé de Paige y jalé mi brazo para que la enfermera me dejara en paz. Daven me llamó una vez más, pero no lo escuché. Comencé a caminar sin dirección alguna; no sabía a dónde dirigirme. Cada paso que daba se sentía más pesado que el anterior, no podía entender cómo de un segundo a otro todo se había ido a la mierda. La cerámica blanca del hospital parecía romperse en cada paso que estaba dando para salir de ahí. Divisé la puerta de un baño y me metí adentro.

«No es cierto, Damián», susurré para mí.

Con agua helada me mojé el rostro, le di un puñetazo al lavabo y luego al espejo, consiguiendo que se rompiera y que mis nudillos sangraran.

No podía permitirme llorar, no quería creer en lo que me habían dicho, pero sabía que era probable. Ella se había puesto por delante de mí, abrazándome. ¿Por qué demonios había hecho eso? ¿Por qué eligió ser ella y no yo?

Las lágrimas llegaron a mi rostro, pero más que dolor, estaba sintiendo un profundo enojo y culpa.

Comenzaron a golpear la puerta con fuerza, pero no fui capaz de ponerme de pie para abrir. Me encontraba débil: la herida había comenzado a doler y estaba temblando. De pronto sentí un frío insoportable y un dolor de estómago muy fuerte. Quería vomitar. Pero lo único que conseguí hacer fue llorar y golpear la cerámica del suelo con el puño, tan levemente que ni siquiera sentí dolor en los nudillos. Ya no tenía fuerzas.

—¡Damián, abre la puerta! —Escuché la voz de Evan. Como no respondí, dio un golpe a la puerta y la partió en dos.

No levanté la cabeza, pero sentí cómo me sacó de la cerámica y caminó junto a mí hasta la sala en que se encontraba mi camilla.

—Quiero verla —le pedí.

Las enfermeras ya estaban poniendo de nuevo la aguja en mi brazo y quitándome la sangre del tórax.

—No puedes ahora, Damián. Estás débil.

—¿Cuándo ocurrió todo esto? ¿Cuánto tiempo ha pasado? —pregunté con frenesí.

—Solo fue ayer, hijo.

—Necesito verla, por favor.

—Damián.

—¡Por favor! —alcé la voz. Mis ojos se empañaron una vez más— Por favor, llévame a verla. Es que no lo creo. —Las lágrimas recorrieron mi rostro, pero no me importó—. Necesito verla, no me hagas pedírtelo de rodillas.

—Está bien —dijo él. Sus ojos estaban cristalizados. Supuse que estaba así de afectado por mi dolor—. Irás conectado a la máquina, pero necesito que seas fuerte.

No podía estar fuerte, pero si debía mentir para poder verla, así sería. Solo me limité a asentir.

Mis piernas temblaban, mis oídos zumbaban y sentía el corazón casi saliendo de mi pecho. Al costado de Evan iba una enfermera hablándole acerca de algo, pero ni siquiera podía escucharlos, solo estaba concentrándome en no desmayarme o romper algo. Quería con todas mis fuerzas que fuese una vil mentira, una broma, aunque fuese cruel. Prometía no enojarme si era una puta broma.

El pasillo al que entramos era frío. Nos detuvimos frente a una puerta y la enfermera me puso una mascarilla. Entré en silencio, solo podían escucharse las ruedas de la maquina conectada a mi brazo.

Solo una gran cortina nos separaba de la camilla. No había ningún sonido de alguna máquina midiendo la pulsación. Jalé de la cortina y vi a una persona cubierta con un plástico celeste hasta la cabeza. Mis manos temblaban, y con un miedo que nunca había sentido antes deslicé la sábana plástica de encima.

Sentí que me rompía entero cuando la vi.

Sus ojos estaban cerrados, su cabello seguía tan negro como siempre y sus labios estaban levemente abiertos. Estaba pálida, pero parecía dormir. Toqué su rostro con cuidado y me percaté de que estaba muy fría.

—Dios, Bianca... —bajé la voz.

Me quité la mascarilla aún temblando y no pude evitar quebrarme una vez más. Me volteé a mirarla de nuevo.

—¿Por qué has hecho eso? —le pregunté, sabiendo que no conseguiría una respuesta—. Sabes que soy una mierda sin ti. ¿Por qué escogiste esto, Bianca? —Las lágrimas recorrieron mi rostro y ya sentía que no podía respirar—. Explícame, por favor, que no entiendo.

Me acerqué a ella y tomé su cuello. Respiré profundo y luego la levanté para abrazarla. Su cuerpo rígido y sin vida no tuvo reacción alguna, pero yo solo estaba sosteniéndola con fuerza, con mucha fuerza. Me quería meter en su piel. Irme junto a ella. Yo no merecía seguir viviendo.

Lentamente la dejé acostada en la camilla. Besé sus labios y luego su frente. Tomé su mano y solo me quedé ahí, sintiéndola.

—Lo lamento tanto, Bianca —susurré.

No entendía por qué estaba sucediendo eso. Y no podía evitar sentir culpa. Tal vez la quise mal, tal vez merecía a alguien que la quisiera mucho mejor que yo, que la cuidara y que no la hiciera sentir presionada. Tal vez fue eso, sí, tal vez se sintió presionada por mí. Debí haberla besado más, quererla mucho más e incluso debí haberme percatado de que alguien nos seguía ese día. Debí haber estado alerta en todo momento.

No debí haberme dejado llevar por lo que sentía; no debí quererla tanto como para conseguir que todo a mi alrededor desapareciera; no debí sentirme en las nubes cuando estábamos juntos, ni menos debí inventar teorías ridículas y enamoradizas esas noches frías. Debí preocuparme más; debí atenderla sin irme a otro planeta; debí armarla sin pensar en que también estaba armándome a mí mismo.

La había estado queriendo tanto que a veces, como el día anterior, cuando algo bueno ocurría sentía que todo desaparecía. Solo éramos ella y yo, pero ¿cómo no me percaté?

—¿Por qué no me advertiste que había alguien ahí, Bianca? —susurré—. Tal vez hubiese podido esconderte, tal vez hubiésemos podido devolvernos a la comisaría.

—No es tu culpa, Damián. —Escuché la voz de mi padre.

Era injusto, muy injusto que el mundo no pudiese ver nunca más el rayo de luz que era Bianca Morelli. Era injusto que nadie más viera detrás de sus ojos aquellas historias. Que no pudieran escuchar sus historias de amor con finales felices.

—Ya es hora de irnos —irrumpió la enfermera.

—Está bien. Vamos, Damián —habló Evan poniendo una mano en mi hombro.

Una punzada en mi garganta se hizo notar con fuerza. Llevé la mano a mi sien y me la masajeé intentando comprender qué es lo que haría ahora. Me había quedado solo y sin ningún motivo para continuar adelante.

—Voy de inmediato —dije.

Ambos notaron que quería quedarme unos segundos solo junto a ella, así que salieron de la sala. Respiré profundo y me armé de valor.

—¿Recuerdas que anoche me preguntaste cuál era el motivo por el que apareciste en mi vida? —pregunté y de inmediato sentí la pesadez por no haberle dado una respuesta más clara y reconfortante. La vida era tan minúscula y me había quitado todo. Me había quitado los segundos, los minutos y las horas al lado de Bianca. Me había quitado el único rayo de luz que parecía darme esperanza—. Apareciste para enseñarme a querer, pequeño rayo. Me entregaste eso que algunas personas nunca consiguen. Apareciste para aflojar mi forma de ver la vida, de ver el mundo. Llegaste así, rompiendo todos los esquemas que tenía, irrumpiste y te metiste en mí como un puto escarabajo. —Sonreí secándome el rostro—. Iluminaste estruendosamente mi vida, que se encontraba en un puto callejón oscuro y sin salida, conseguiste que todas las palabras que averigüé una vez cobraran sentido. Y ya no sé qué demonios voy a hacer ahora sin ti... —Mi voz se cortó.

N N N

Tres días después

Todo era muy reciente, y mis sentimientos estaban a flor de piel. La vida estaba golpeándome duro, pero no dejaría que todo acabara así de fácil.

Me dieron el alta médica el mismo día del funeral. Todo el mundo estaría ahí y yo sentía que no podía acercarme a ese lugar hipócrita y frívolo.

Daven fue por mí al hospital y le pedí que me dejara en el departamento de Bianca, en donde solo entré a sacar las llaves de mi motocicleta. No fui capaz de meterme en su habitación, de encontrarme con sus cosas ni tampoco de mirar un poco más la cama donde habíamos estado durmiendo juntos. No quise quedarme para sentir el departamento vacío y congelado.

Me subí a la motocicleta y no le dije a nadie lo que iba a hacer. Me abroché el casco y me puse en marcha. Evan me había mantenido al tanto de la investigación, por lo que sabía dónde se encontraba el hijo de puta. Comencé a acercarme en la motocicleta al lugar lleno de edificios impresionantemente lujosos y altos. Aparqué la moto en un sitio alejado y comencé a caminar.

Mi teléfono sonaba en mi pantalón, pero no contestaría.

Lo vi sentado bebiendo una copa de vino tinto con su amante. Sonreían juntos y también hablaban de cosas que no lograba oír. Vestía un traje negro, de seguro luego iría al funeral. Mi mandíbula se tensó. Lo único que quería era enterrarle una navaja en el cuello. No sabía si eso iba a aliviar mi dolor, pero al menos dejaría de existir y no me atormentaría cada noche pensando en las mil formas que se me ocurrían para asesinarlo.

Vigilé sus movimientos desde lejos. Ni siquiera se percató de que me encontraba ahí esperándolo. Lo vi salir al estacionamiento. La mujer de cabello rojizo se metió en su auto, y Vincent Hayden comenzó a caminar hasta su enorme camioneta.

Primero enterré la navaja en dos de sus llantas y corté un par de cables por si se le ocurría escapar. Lo vi subirse a su camioneta y, como no encendió, vi cambiar la expresión de su rostro. La mujer había salido del estacionamiento unos minutos antes.

Lentamente me acerqué hacia su lujoso automóvil y me apoyé en la parte trasera. De inmediato abrió la puerta del conductor y me observó fijo. No tenía ganas de hablar, solo de que pagara por todo lo que había hecho.

—¿Qué haces aquí? —preguntó.

Verlo me provocaba un odio inmenso. Lo observé sin decir ninguna palabra, saqué la navaja de mi bolsillo y rayé su auto hasta que estuve frente a él.

—Hay cámaras aquí —comentó con nerviosismo.

Yo no dije nada. Él comenzó a dar pasos hacia atrás hasta que se tropezó con sus propios pies y cayó de espaldas al cemento, dándose un golpe seco en la solera. Iba directo a apuñalar su cuello cuando un auto entró al estacionamiento con una rapidez que solo podría ser de una persona. Al frenar se deslizó dejando una gran marca de las llantas.

—¡Damián! —Escuché su voz prepotente.

Se bajó del automóvil negro con un traje elegante y caminó hasta estar frente a mí. Era Brain.

—Vámonos —dijo.

Su mirada fría estaba puesta en la mía mientras Vincent nos contemplaba desde el cemento.

—No me vas a detener ahora —expresé.

Brain se quedó mirándome amenazante, pero no me causaba miedo. Tomó mi muñeca con fuerza, y aunque intenté sacármelo de encima, me dobló el brazo y me quitó la navaja de la mano.

—Te dije que nos íbamos. Y si yo digo eso, tú te vienes conmigo —ordenó.

Respiré con pesadez. Miré a Vincent por última vez y salí de ahí dirigiéndome al auto de Brain.

—No dejaré que Damián se ensucie las manos contigo —murmuró Brain—. Es solo un chico que tiene lo que tú jamás vas a tener en tu puta vida. Pero no esperes que todo se quede aquí, Vincent. Porque yo ya he estado en la cárcel por matar a un acosador y estaría el resto de mi vida por matar a otro. —Escupió en su rostro y caminó con desplante frívolo hasta que estuvo arriba de su auto.

Cerró la puerta y salimos rápido del estacionamiento.

—¿Cómo sabías que estaba aquí?

—Contactos —contestó.

—Quiero que me dejes en paz —expresé con molestia.

—Lo lamento, Damián, pero eso no ocurrirá. —Desvió levemente su mirada a la mía y luego continuó con su camino.

Estuvimos mucho rato dando vueltas en el auto de Brain en silencio, hasta que se detuvo en una cafetería y me invitó a un café helado para «despertar mi cerebro de ideas estúpidas». La hora del funeral cada vez estaba más cerca, y mis manos comenzaron a sudar.

Los doctores entregaron las cosas de Bianca a su familia, pero al parecer su madre se encontraba tan mal que Julie tuvo que hacerse cargo, y me preguntó cuál era su ropa preferida. ¿Qué podía contestar? Escogí un pantalón que me recordó a Francia y una camiseta de mangas largas. Le entregué la pulsera que le había regalado y le pedí que, por favor, no la perdiera de vista. Bianca debía quedársela, no yo. Julie se hizo cargo de cada detalle y Paige la ayudó. La maquillaron, la vistieron y también pusieron flores en su cabello negro.

Llegamos al lugar donde sería el funeral. Brain aparcó el auto y se bajó junto a mí. A la distancia divisé a Evan acompañado de un par de policías. Se quedó mirándome y luego observó a Brain de pies a cabeza. Me saludó y Brain le sonrió con ironía.

—¿Qué hace él aquí? —preguntó Evan.

—Acabo de salvar el culo de tu hijo, así que no jodas ahora —expulsó Brain Walker en su típico tono sarcástico y crudo.

Se abrió paso entre las personas y me dejó a solas con Evan.

—¿De qué demonios habla? —me enfrentó mi padre.

—De nada.

Divisé a unas personas bajar un ataúd de un automóvil donde venían Julie, Paige y otras personas que no conocía. De inmediato mi estómago se apretó, y el nudo regresó a mi garganta.

Estábamos rodeándola, cada uno en su lugar, aunque me mantuve distante. Todos estábamos ahí: Julie, Paige, Daven, Owen, Lauren, hasta Dayanne y sus amigas. También otros compañeros de Bianca que no conocía. Su padre llegó junto a su esposa y su hijo, al que probablemente Bianca nunca conoció, ya que jamás habló de él. Claire estaba ahí, y Vincent llegó en un taxi.

Me mantuve junto a Daven. A ratos sentía que algunas personas estaban mirándome más de la cuenta. No podía soportar ver a Vincent ahí, pero debía controlarme. Claire estaba llorando desconsolada, tanto que se ahogaba con sus propias lágrimas. Vincent acariciaba su hombro y también fingía dolor. No podía creer que existiera tanta hipocresía en las personas. ¿Cuántas veces intentó pedir ayuda y ella no hizo nada?

Su padre se encontraba afectado también, pero lloraba con calma. Él sabía que no había estado presente en la vida de su hija y se limitaba a mantener el silencio.

—No creo que soporte esto por mucho tiempo —susurré. Daven me escuchó y me hizo un gesto para que mantuviera la calma.

El hombre comenzó a dar su pésame y a decir palabras «lindas y conmovedoras» acerca de la muerte. Ni siquiera había sido un accidente, y eso me colmaba la paciencia de una forma insoportable. ¿Cómo era posible que todos lo pintaran como un maldito accidente?

Ninguna lágrima recorría mi rostro. Me incomodaba profundamente la hipocresía de todos. Luego de una oración interminable llena de sollozos de Claire en su volumen máximo de voz, el maestro de ceremonia pidió que alguien dijera unas palabras. Nadie dio un paso adelante para hablar y, cuando vi a Vincent hacer nada más que el gesto de ponerse de pie, mi mandíbula se tensó y el enojo recorrió por completo mis venas. Ese enojo que no sentía hacía meses.

—Que no lo haga —murmuré.

—Damián... —dijo Owen.

—No.

Antes de que Vincent pudiese pararse frente a todos, salí de mi lugar y me puse a un lado de la persona encargada de las oraciones. Él se quedó mirándome estupefacto y Vincent volvió a la silla con un semblante enfadado.

—¿Dirás unas palabras? —me preguntó el hombre, y yo asentí.

No miré a Evan ni a Brain. Tampoco a mis amigos, pues sabía que ellos estarían con la vena de su cuello marcada esperando que no soltara ninguna mierda que arruinara las cosas, pero ¿acaso no notaban que ya estaba todo arruinado en ese lugar? ¿No notaban que esa farsa de funeral estaba siendo invadido por una masa de hipócritas?

—Seré breve —comencé sin ninguna expresión en el rostro, o eso creí, pero al menos no estaba sintiendo incontrolables ganas de llorar—. Estoy de pie aquí frente a ustedes porque me atrevería a decir que conocí a Bianca más de lo que lo hicieron todos, exceptuando a Julie, claro —dije, y ella sonrió con tristeza—. A Bianca, a mi Bianca, le hubiese dado asco esta tremenda escena hipócrita que estamos viviendo aquí —expulsé y solo pude ver el rostro de Vincent desencajarse. Claire abrió los ojos con sorpresa—. Están aquí, llorando como si el mundo fuese a acabar justo ahora, pero nadie fue capaz de mirar más allá de sus propias narices y ver cómo el único mundo que estaba cayéndose a pedazos era el de ella. Intenté quererla, intenté armarla, les juro que lo intenté, y busqué ayuda, ¿saben? —Me detuve en los ojos de su madre por unos segundos—. Pero les valió una mierda cuando ella gritó por auxilio. Están ahí, lamentándose, preguntándose qué hicieron mal para merecer tanto dolor... —Rodé los ojos—. Métanse su puto dolor hipócrita por el culo.

El hombre que había dado la oración hacía un par de minutos estaba con el rostro desencajado. Se acercó a mí para que dejara de hablar, pero lo ignoré. Hasta que Evan y Brain se acercaron a mí y me tomaron del brazo.

—Esperen —alcé la voz—. Para que no haya ninguna duda: ¿ustedes creen que la muerte de Bianca fue un accidente? ¿Cuántos vinieron aquí con la estúpida idea de que Bianca en su locura *sufrió* un accidente? —pregunté, y algunos de sus compañeros se quedaron anonadados mirándome—. Pues lo que ocurrió fue que nos dispararon. Y les aseguro que no descansaré hasta secar al culpable en la cárcel.

Me abrí paso entre las personas y caminé hasta estar fuera del inmenso parque lleno de personas difuntas y de historias que tal vez nunca conoceríamos.

—¡Damián! —Escuché la voz de Evan venir detrás de mí. Volteé a mirarlo y me detuve para esperarlo—. Damián, sé que estás destruido, pero no dejes que eso te vuelva ciego. El caso sigue en marcha, mañana iremos por Vincent y el juicio continuará.

—Ya nada vale la pena, Evan. —Mis ojos se cristalizaron, y él aflojó su mirada—. ¿Cómo seguiré viviendo después de esto?

—Lo harás, créeme. —Apoyó las manos en mis hombros.

—No quiero —confesé—. No quiero seguir adelante ni esforzarme más. No tengo ninguna puta razón para continuar, ¿sabes? Ya me arrebataron todo lo que tenía.

—Damián, yo no abandonaré a Bianca luego de haberla visto destrozada contándome lo que le ocurrió por años. No la escuché por más de dos horas ni tampoco la vi irse tranquila de mi oficina para que esto arruinara su objetivo.

Sus palabras llegaron a mi cuerpo como grandes y frías flechas. Tenía razón, pero no quería admitirlo. Más grande era el dolor que estaba sintiendo al perderla para siempre que enfocarme en todo lo que le hubiese gustado a Bianca que hiciera por ella.

—De acuerdo —me limité a decir—. Solo déjame tranquilo por unos días. Necesito tragar todo esto.

—Confío en ti.

Asentí.

Estuve alrededor de cinco días fuera de la ciudad, durmiendo en lugares en los que no pensé dormir; aunque, claro, dormir era lo que menos podía hacer cuando tantos pensamientos de odio invadían mi mente. También visité a la vieja Esther, y fumando sustancias ilícitas una vez más me preguntó qué había ocurrido con mi vida, y también quería que le contara mi historia de amor junto a Bianca Morelli. Le conté cada detalle de cómo nos habíamos conocido y hasta dónde habíamos llegado juntos. Le conté las cosas que hablaba dormida, cuántos lunares tenía en la espalda y también lo difícil que era secarle el cabello cuando se duchaba, pues tenía muchísimo. Le conté que fumaba cigarrillos en el balcón y adoraba andar en motocicleta cuando llovía torrencialmente. Le dije lo insegura que era y lo hermosa que se veía cuando se desnudaba. Las historias malísimas que inventaba y sus carcajadas a las cuatro de la madrugada por algún pésimo chiste que ella misma se contaba. Enfaticé en sus ojos. En lo hermosos que eran, en lo azules y profundos que llegaban a ser cuando lloraba o cuando reía. Hablé de su valentía por largos minutos; aseguré que no conocía a mujer más valiente que ella, y que además poseía una locura ácida y extraña. No podía dimensionar el millón de cosas que le conté a la vieja Esther acerca del amor de mi vida. Ella solo me escuchaba con los ojos ilusionados mientras encendía un cigarrillo tras otro.

Luego de esos días regresé a la ciudad, pasé por el departamento de Bianca a recoger mis cosas y me fui a la casa de Evan, quien estaba esperando por mí. No sabía lo que había sucedido en esos días, por lo que solo esperaba que me diera buenas noticias. No podía abandonar todo el sacrificio de Bianca. No podía dejarla sola, y si debía terminar todo yo, lo haría sin importar el precio.

—Anoche arrestaron a Vincent —dijo. Luego se sirvió un vaso con agua y se sentó en su sofá.

Su familia estaba en casa, pero en ese momento era lo que menos me importaba. Mi tía estaba ahí, aunque no entraba a la oficina de Evan cuando estaba yo. Su hijo estaba en el piso de arriba. Ni siquiera nos conocíamos; lo único que sabía era que tenía mi edad, pero yo no quería hacer vida familiar. Solo necesitaba despojarme de todo lo que contuviera cariño, hacer las cosas bien con la justicia y largarme de la ciudad para siempre.

—¿Y ahora qué? —pregunté.

—El juicio comenzará mañana, y necesito que estés ahí como testigo —informó—. Con el abogado no queremos tardar demasiado en el caso. Solo necesitamos encerrarlo.

—Está bien, cuenta conmigo. —Asentí—. ¿Ya lo interrogaste?

—Sí, pero no habló. Solo lo hizo su abogado.

—¿Es un buen abogado?

—Lo es, pero el nuestro es mejor. —Sonrió.

Estuvimos conversando por unos minutos más y luego me marché a la casa de mi madre. Ella estaba ahí con una amiga a la que, por supuesto, no conocía. Mamá parecía otra persona, era como si la hubiesen puesto de nuevo sobre la Tierra. Estaba maquillada, con ropa limpia y tenía la casa pulcra y con música de fondo. Había comenzado a trabajar en un restaurante de mesera y, al menos, se veía recompuesta.

—¿Estás bien? —me preguntó.

Me senté en el sofá que hacía mucho no veía limpio.

—Sí —me limité a decir.

—¿Vendrás a vivir aquí otra vez? —Se le dibujó una sonrisa en el rostro, leve, pero pude notarla. Sus ojos ilusionados me observaron con cariño, aunque no iba a darle la respuesta que estaba esperando. Ya había tomado una decisión.

—No —contesté—. Solo me he venido a quedar por unos días; tal vez durante todo el tiempo que dure el caso de Bianca. Luego me marcharé.

—¿A dónde irás?

—A Francia.

—¿Qué? —Rio—. ¿Con qué dinero?

—He estado ahorrando, y ya he visto departamentos para una persona.

—No puedes arrancar de todo el mundo para siempre, cariño. —Posó su mano encima de la mía.

—No estoy arrancando. Solo necesito mi tiempo.

—Entiendo. —Movió levemente la cabeza de arriba hacia abajo—. ¿Vas a trabajar allá o qué pretendes hacer?

—Trabajar, por el momento.

El juicio comenzó más rápido de lo que creí, y trabajando en él junto al abogado y junto a Evan los días parecían pasar mucho más rápido.

Analizábamos las palabras de Bianca una y otra vez; el abogado encontraba detalles que nos servían. Pensé que no podría volver a oír su voz sin quebrarme, pero pese a que lloré la primera vez, me armé de valor para continuar. Vincent Hayden no hablaba en los juicios a menos que las preguntas estuvieran dirigidas a él. Intenté no caer en el juego que hacía conmigo. Sabía que quería asesinarlo, y por lo mismo no dejaban que me topara con él.

✂ ✂ ✂

«Era una chica que necesitaba muchísima atención. La quería muchísimo; siempre necesitó de mi cariño. Comencé a notarla extraña una vez. Se enfermaba seguido, estaba pálida, no comía y evitaba a toda costa desayunar junto a su familia, pues ese era el único momento donde se reunían. Bianca me pedía que no me preocupara, pero de todas maneras lo hice. Y creo que en mi ignorancia la presioné para que me contara. Sabía que se trataba de Vincent Hayden. Cuando le hablaba acerca de él, se descomponía. Aun así, no entendía tanto, ya que él frente al mundo era tan amable y bueno... Cuando Bianca se decidió a contarme estaba con Damián, que parecía siempre un guardián a su lado, sosteniéndola. Ella estaba con el rostro morado, con los labios heridos y también con los brazos cubiertos de moretones horribles. Todo se lo había hecho Vincent, y cuando me contó por supuesto que le creí y renuncié de inmediato».

Declaración de Julie Williams

«Bianca siempre fue la princesa de la casa. Pasábamos tiempo juntos, veíamos películas y también comprábamos helados todos los viernes luego de la escuela. Estábamos muy unidos. Pero en un momento comencé a tener problemas con Claire, su madre. Ella se enamoró perdidamente de Vincent estando en una relación conmigo. Peleé por meses la tutela de Bianca, pero ella no me la dio ni cedió con las visitas. No quería tener nada que ver conmigo. No sé si porque la influenciaron o porque simplemente me odiaba de la noche a la mañana. Un día llegó una orden de alejamiento: no podía acercarme a ella ni a mi hija por una supuesta agresión que jamás cometí. Si me acercaba, me meterían a la cárcel. Luego, cuando se iba a cumplir la orden de alejamiento, me llegaba otra nueva, y así hasta que me mantuve alejado de Bianca por todos estos años. Le envié regalos, cartas, pero ni siquiera podía llamarla. Quería compensar el dolor de habernos perdido. Claramente lo hice mal. En todos estos años contraté a cinco abogados diferentes para que me ayudaran, pero todo se resumía a que Vincent Hayden tenía poder y contactos. Conocí a Damián a través de Evan; me contó lo que estaba sucediendo e intenté ayudar. Se quedó un par de días en mi casa y vigilamos a Vincent Hayden desde lejos. A veces debía salir de casa porque no soportaba ver a este imbécil vigilándola por las cámaras, viendo cómo se duchaba o secaba, cómo comía. No sé cómo Bianca fue capaz de soportar tanto y sin que nadie le creyera».

Declaración de Stefano Morelli

«Bianca no fue la que me contó lo que le estaba ocurriendo, fue Damián. Fui insistente, lo confieso. No había visto a Bianca en varios días y lo único que sabía era que Damián siempre se mantenía junto a ella. Le insistí en que me contara lo que estaba ocurriendo. Lo llamé, lo visité, lo interrumpí en cosas importantes, hasta que no tuvo más remedio que decirme la verdad. Bianca estaba encerrada en un hospital psiquiátrico y ni siquiera tenía una orden médica que indicara que lo necesitaba. En la universidad parecía una chica dura e impenetrable. Cruel y fría, pero en realidad era una chica como todas, con temores y necesidad de cariño. En poco tiempo nos volvimos muy amigas».

Declaración de Paige Vicentino

«Me peleé con ella en cientos de ocasiones, nos llevábamos muy mal. Era cruel, fría y distante. No dejaba que nadie se metiera en su vida y odiaba que hablaran mal de ella. En varias ocasiones fui yo quien la provocó y terminé con golpes en el rostro porque sí, Bianca era muy exaltada y todo lo resolvía a puñetazos. Todos la miraban como si fuese una diosa, pues era hermosa, y ella parecía creérselo, pero creo que no la conocí lo suficiente. No fui capaz de ablandar mi corazón con ella y estoy arrepentida por eso. Muchas veces la maldije, también dije que merecía estar encerrada porque realmente estaba loca. Pero no debo mentir: en varias ocasiones la encontré llorando encerrada en el baño. A veces llegaba a la clase con bolsas negras debajo de los ojos y como una sonámbula. Siempre la fastidié y nunca le pregunté por qué estaba así de mal un viernes por la mañana, por ejemplo, cuando el viernes todos estamos un poco más felices. Cuando llegó Damián a trabajar a la universidad, quise fastidiarla también metiéndome en su vida, pero no resultó. El rostro de Bianca estaba desencajado siempre. Creo que ella tenía un profundo miedo de que todo el mundo supiera cómo realmente era Bianca Morelli».

Declaración de Dayanne Campbell

«La vida puso a Bianca en mi camino como un regalo; la adoraba, la cuidaba y no sé cómo todo se me escapó de las manos. Debí creerla. Una vez me dijo que se escapaba por las noches porque no quería estar en casa, y yo no entendía por qué, si nuestra casa era hermosa y acogedora. Me dijo que Vincent me drogaba por las noches, y una vez más no lo creí. Hasta que hace poco me hice un examen y apareció un medicamento que jamás tomé. Creo que me dio muchas señales para que me percatara de lo que estaba sucediendo. No desayunaba conmigo cuando estaba Vincent, sentía un profundo asco hacia su persona y siempre lo relacioné con que estaba sufriendo por haberse separado de su padre. Le creía perdidamente a Vincent, pues él jamás me había hecho daño a mí. Bianca me contó la verdad cuando regresé de un viaje de negocios. Aunque antes de que llegara a casa, Vincent ya me había contado que Bianca se había escapado luego de haber sufrido una crisis de pánico muy fuerte. Dios, qué ciega fui. Bianca llegó para contarme cuando mi cerebro ya estaba convencido de que mi hija estaba con problemas psiquiátricos. No sé qué problemas tuvieron Damián y Vincent, pero por semanas me hicieron creer que Damián estaba muerto. Luego, sin más, quedé embarazada, y fue eso lo que desató que mi hija volviera a la ciudad. Quería luchar y enfrentarse a ese monstruo para que su hermano o hermana no sufriera lo mismo. Otra vez no la creí. Tal vez si la hubiese creído en esa ocasión, ella estaría viva. Solo puedo recordar que salió de casa y Damián se quedó mirándome decepcionado. "Te vas a arrepentir cuando sepas toda la verdad", me dijo, y tenía tanta razón».

Declaración de Claire Hayden

«Bianca siempre fue una chica con problemas y Claire puede confirmarlo. Fumaba mucho: cigarrillos y otras sustancias ilícitas. Me robaba el dinero de la caja fuerte, no sé con qué fin. Ella pensó que no la había descubierto, pero claro que lo hice y lo dejé pasar. También la vi trabajando para Brain Walker. Hacía de las suyas junto a Damián Wyde, entregaban drogas y también robaron en grandes mansiones. Pregúntenselo a él mismo. Comencé a notar actitudes extrañas en Bianca: tenía ataques de agresividad cuando algo no ocurría de la manera en que ella quería y también golpeaba cosas cuando Claire no estaba en casa. Se golpeaba a sí misma. Hablé con algunos médicos que me aconsejaron encerrarla, y luego de la última crisis, la internamos en el hospital psiquiátrico. Le hizo bien durante un largo tiempo, hasta ahora, claro. Damián Wyde se encargó de hacer mi vida un caos. Rayaba las paredes de mi casa, de mi oficina, de mis autos. Me perseguía hasta el trabajo amenazándome con que me asesinaría. También quemó mi antigua casa junto a Brain Walker... Estoy seguro de que Bianca les metió tantas cosas en la cabeza a Damián y a Brain que su único objetivo fue hacer de mi vida una mierda. Yo jamás podría poner en peligro la vida de una adolescente. Pueden verlo en todas las campañas antiabuso y antidrogas de las que soy representante y rostro».

Declaración de Vincent Hayden

«Bianca era una chica extraña. Bueno, a mí me parecía extraña, pues era rica, asistía a una universidad de lujo y vivía en una mansión, y sin embargo, ella cada noche escapaba de ahí y me pedía a veces que "por favor" no la llevara a casa. No nos dimos cuenta de cuándo nos enamoramos, pero ella quería mantener todo lo que tenía conmigo en secreto. Supongo que no quería que nadie se entrometiera en algo que le había costado tanto encontrar. Una noche fui a verla a su casa porque discutimos; era tarde y ella no había aparecido en el callejón. Subí por su balcón para que sus padres no me vieran y me encontré con la escena más escalofriante y horrible de todas. Vincent Hayden estaba detrás de ella apretando sus brazos; ella lloraba en silencio y parecía quieta como una roca. No pensé demasiado lo siguiente: solo me metí a su habitación y golpeé tanto como pude a Vincent. Él no me vio porque estaba oscuro. Ella tampoco supo quién era. Solo la oí correr mientras le daba puñetazos a Vincent y cuando lo dejé inconsciente me largué. No sé si debí ir con la policía enseguida o si debía decirle a ella que fuéramos, pero no quise pasar a llevar sus decisiones; solo me encargué de estar junto a ella las noches que se le diera la puta gana estar conmigo. Antes habíamos estado cerca de tener sexo y no había resultado. Pensé que era yo o que éramos muy apresurados, pero luego entendí lo que ocurría. A ella le daba un terror enorme encontrarse íntimamente con una persona, permanecía insegura y odiaba ser mujer. Una noche íbamos a vernos; ella se tardó en llegar y me preocupé, pues sabía que su madre se había ido de viaje y vivía con un monstruo. Me dispuse a ir a por ella, pero a lo lejos vi a alguien corriendo hacia mí; era Bianca. Su ropa estaba deshecha, tenía heridas en el rostro y también lloraba sin poder hablar. Esa noche cayó de rodillas frente a mí, estaba destruida y no supe qué demonios hacer. Lo único que sabía era que no dejaría que regresara jamás a vivir a ese lugar de mierda. Intenté protegerla, quererla, armarla y que se encontrara consigo misma, pero me lo hicieron tan difícil... La encerraban de un lugar en otro diciendo que estaba enferma, y yo ya estaba colapsando. Confieso que intenté en cientos de ocasiones asesinar a Vincent, y no me dejaron. Confieso que me volví loco por meses, que lo seguía y amenazaba para que la sacaran de los lugares caóticos en los que estaba. Lo único que me tranquilizaba era llegar a escribir cartas para ella. Fue como vivir en un puto agujero.

Bianca decidió contar todo cuando supo que su madre estaba embarazada. No quería que otro niño viviera lo mismo que ella. Se armó de valor, se sentó frente a un policía y le contó todo. Realmente ustedes no pueden dimensionar la valentía que poseía Bianca, no pueden dimensionar cuánto luchó contra sus demonios. No saben ni estuvieron ahí cuando lloraba por las noches o despertaba gritando por una pesadilla causada por sus recuerdos. Se odiaba a sí misma, se daba asco, no le gustaba mostrarse tal cual era ni tampoco que la vieran desnuda porque, joder, era lo peor que le podía pasar. Intentó suicidarse dos veces, y estoy seguro de que eso solo lo sabemos Paige y yo. Ella creía que lo único que tenía en su vida era yo; no podía vivir bien si yo no me encontraba a su lado. Se sentía libre conmigo, imagínense eso... Imaginen a una chica de diecinueve años dependiendo de un tipo como yo. Ella debía ser libre, debía amarse a sí misma porque era bellísima por dentro y por fuera; debía poder dormir tranquila por las noches y pensar que en este mundo de mierda jamás hubiese estado sola. Debió saber que yo no era el único imbécil que la amaba; debió enterarse de que había un sinfín de personas que la valoraban tanto como yo lo hacía. Debía querer recuperar su aliento. Debió ser capaz de enamorarse las veces que se le diera la gana, de mandarme a la mierda si no le gustaba alguna de mis opiniones y reírse a carcajadas por una película dramática mal actuada. Solo quería verla vivir. Quería verla sonreír. Siempre quise que fuera feliz, incluso si yo no estaba ahí. Prometo que intenté decirle de todas las formas posibles que yo no era indispensable, que ella podía ser feliz consigo misma, con su propia luz. Porque Bianca era un rayo, destrozaba a quien se le diera la puta gana, pero para mí solo era un pequeño rayo de luz».

Declaración de Damián Wyde

EPÍLOGO

DAMIÁN

—Se condena a Vincent Hayden a cadena perpetua, con agravantes de... —Dejé de escuchar al juez que se encontraba dando la sentencia para Vincent Hayden.

Luego de semanas en donde se hicieron exhaustivas investigaciones, y en que casi me tuvieron encerrado para que no fuera a golpear a Vincent Hayden a su casa por todo lo que hablaba acerca de Bianca, pude respirar tranquilo. Vincent Hayden pasaría el resto de su vida tras las rejas. Moriría en una celda, solo y frío.

Su mirada se desvió hacia la mía. Se encontraba completamente serio, como si hubiese estado esperando esa respuesta de los jueces. Clavé mi mirada en la de él hasta que él tuvo que desviarla.

La policía se acercó a Vincent y se formó un silencio profundo en la sala. Solo se escuchaba el controlado sollozo de Claire, que ahora no era más una Hayden, sino que volvía a su apellido de soltera. Su vida se había ido a la mierda en unos días, y nunca entendió todas las advertencias que le dio Bianca. Sacaron a Vincent de la sala con forcejos de su parte, pero nadie se opuso ni habló. Los testimonios y las pruebas eran tan claras que las personas que lo apoyaban parecían haberse tragado su propia lengua.

—Damián. —Escuché la voz de Claire a mis espaldas.

Ya estábamos saliendo del juzgado, y me encontraba dispuesto a ir a casa para tomar mi maleta y marcharme.

Volteé a mirarla y me detuve. Mi madre se subió al auto de su amiga y ahí me esperó. Claire se detuvo frente a mí y me sonrió con tristeza.

—Solo quería darte las gracias por todo el tiempo que estuviste junto a mi hija —me dijo con los ojos cristalizados.

—No me des las gracias —comenté con seriedad—. No lo hice por ti.

Ella se quedó en silencio y no tuve nada más que decir. Bajé las escaleras del juzgado y me dirigí hasta el auto. Abrí la puerta y me subí en él sin mirar a nadie más. El camino a casa fue bastante rápido; no tuve tiempo de pensar demasiado en lo que estaba pasando, solo tenía metido en mi cabeza que quería irme del país e intentar rehacer mi vida lejos de todos.

—¿Te irás esta noche? —me preguntó mamá entrando en la habitación en la que estaba quedándome.

—No lo sé —contesté—. Creo que tengo un par de cosas que hacer antes.

—De acuerdo. —Sonrió levemente. El silencio se quedó atrapado entre nosotros por unos segundos, hasta que la vi entrar por completo a la habitación y se sentó en una silla frente a la cama—. Estoy muy orgullosa de ti, Damián —confesó.

—No hice nada para que te sientas orgullosa. —Sonreí sin ganas. Me acerqué a la cama y me senté mirándola.

—Te has convertido en un gran hombre a pesar de toda la miseria por la que te hice pasar. —Sus ojos se empañaron, y el nudo de mi garganta se hizo presente—. No sé cómo agradecerte todo lo que has hecho por mí a lo largo de los años. Me siento tan culpable por no haberte dado una infancia digna de un chico como tú.

—Tranquila, mamá. —Tragué mi inquietud—. Si no hubiese pasado por todo lo que pasé, no sería el que soy ahora. Ella sonrió con tristeza y asintió sutilmente dándome la razón. Se levantó de la silla y me dejó a solas en la habitación. Antes de marcharme tenía algo por hacer, y no me caracterizaba por ser alguien que dejara las cosas a la mitad. Cerca de las dos de la madrugada tomé mis botas y mi chaqueta, me las puse y luego caminé fuera de casa. Me subí a la motocicleta y emprendí mi camino. No hacía tanto frío, y eso indicaba que pronto vendría una tormenta.

Serendipia, como siempre, me esperaba con los brazos abiertos. Aparqué la motocicleta en medio de la calle y me quedé de pie frente a la solera que por tanto tiempo utilizamos para sentarnos a fumar un cigarrillo, para contar historias que no existían y también para hablar acerca de teorías que probablemente a nadie se le ocurrirían. No pude evitar imaginarnos ahí, sentados uno junto al otro. Ella poniendo su cabeza en mi hombro cuando nos encontrábamos en silencio, o apagando su cigarrillo en la calle.

Casi pidiéndole permiso a mis piernas para avanzar, caminé hasta sentarme en el mismo lugar en que me senté por meses. Encendí un cigarrillo y lo dejé a mi lado. Luego encendí el mío.

—Lo lamento, Bianca —murmuré—. Es solo que creo que el cementerio no es buen lugar para visitarte.

Sus carcajadas estaban pegadas en mi cabeza; se reproducían una y otra vez. También sus llantos o sus bromas aburridas de medianoche. De pronto, recordé lo que tenía en mi teléfono. Lo saqué de mi bolsillo y me fui a las notas de voz mientras sostenía el cigarrillo entre mis labios. Había alrededor de cuatro grabaciones que habíamos hecho de nuestro juego «Cuéntame una historia». Tres de esas grabaciones pertenecían a ella, pues siempre las grabé para burlarme de lo aburridas que eran y también porque me parecían fantasiosas y porque sus finales felices, en el fondo, me gustaban. Apreté la primera que se titulaba: «Princesa, quiéreme».

—Supongamos que es una época lejana en donde existían princesas y príncipes —decía entre risas.

—Está bien, aunque no me gustan esas historias medievales —le respondía con seriedad.

Rápidamente recordé el lugar en el que estábamos cuando hicimos esa grabación. Estábamos justo ahí, en Serendipia. Tendidos en el cemento mirando estrellas que sí se veían.

—Solo continúa imaginándotelo —repetía.

—Ya comienza la historia, Bianca —le reclamaba.

—Esta historia comienza así: era una princesa tan, pero tan fea, que nadie en el pueblo quería casarse con ella a pesar de ser una ricachona de pies a cabeza. La pobre tenía una nariz prominente y un lunar de pelos en la mejilla derecha. —Solo se escuchaba mi risa a punto de escapar, y ella reía a carcajadas y luego continuaba—. El príncipe Amado no la conocía...

—Espera, ¿Amado? ¿En serio?

—Pues sí, no me interrumpas. Yo les creo los nombres.

—Bien. —Reí.

—El príncipe Amado no la conocía. Pero un día, la hermana de la fea princesa les organizó una cita a ciegas por internet.

—¿Internet? ¿En serio?

—¡Ya! —dijo con risa—. Al príncipe Amado, en cuanto la vio, le pareció horrible, pero ¡tenían muchísimas cosas en común! A él le gustaban los perros, a ella los collares para perros. A él le gustaba el helado de chocolate, y a ella las chispas. Amado odiaba la música, y ella una vez había roto una radio.

—¿Cómo es que esa extraña pareja logra tener un final feliz? —le pregunté. Se hizo un silencio y luego continuó.

—Pues el hada madrina del pueblo tuvo que intervenir. Así Amado se enamoró de ella —finalizó—. Ya corta la grabación, he terminado. —Reía.

Detuve la grabación con una sonrisa en el rostro. Bianca sabía que era malísima inventando historias, pero no se esforzaba en hacerme creer que sí. Solo era ella misma frente a mí, y me encantaba.

Me iba a costar asumir lo que había pasado y no sabía si algún día entendería por qué el destino, o lo que fuera que estuviera a cargo de nosotros, había tomado la decisión tan drástica de llevársela. No entendía si era justo o no, si debí actuar de otra manera o si simplemente así debía ser. El cigarrillo que había encendido por Bianca ya se había consumido. Lo apagué en la acera y luego pisé el mío. Me iría para no volver, y me quedaría allá si me gustaba. No estaba seguro de si era una buena decisión o si debía sentarme a reflexionar un poco más acerca de mi futuro. De lo único que estaba seguro era de que siempre había sido un tipo impulsivo; y también de que Serendipia me recibiría con los brazos abiertos cada vez que decidiera volver a su oscuro callejón para fumar un cigarrillo.

N N N

Llovía como si el cielo fuese a caer sobre mi cabeza. Evan pasó por mí temprano, cerca de las siete de la mañana. No entendía a dónde íbamos, pero él me aseguraba que, si no iba, me arrepentiría de irme sin haberlo visto con mis propios ojos. La lluvia no cesaba, y a través del vidrio del auto divisé que nos acercábamos a una cárcel de máxima seguridad.

—¿Por qué me has traído aquí? —Alcé la mirada. Él me observó por unos segundos y luego aparcó el auto en el lugar de policías.

—Porque cuando vamos a empezar de cero, debemos cerrar ciclos —expresó.

Nos bajamos del auto y entramos rápido al lugar para evitar quedar empapados por las enormes gotas que caían.

Vi a Evan saludar a un par de personas, y sin pedir autorización a nadie entramos por un pasillo. Era un pasadizo iluminado con pequeños focos en las paredes. No había ventanas y las pocas puertas que había parecían estar completamente selladas.

—¿Qué es esto? —pregunté. Mi voz se escuchó como un altavoz por lo frío y vacío del pasillo.

Evan me ignoró y continuó su camino. Al doblar a la derecha encontramos una puerta de vidrio con esos carteles que dicen: «Solo personal autorizado». Vi que sacó una tarjeta y la apoyó en un lector. De inmediato se escuchó la cerradura abriéndose, y me hizo pasar.

Frente a mis ojos apareció una sala no más grande que mi habitación, completamente vacía, y con un ascensor a la derecha. Evan apretó el botón y las puertas se abrieron. Grande fue mi sorpresa cuando divisé que los números del ascensor iban hacia abajo. Marcó el -9. Una luz parpadeante y roja se encendió, y comenzaron a hablar antes de que el ascensor comenzara a moverse.

—Oficial, ¿tiene alguna orden? —La voz provino desde el techo. Miré hacia todos lados sin encontrar el orificio.

—No —contestó mi padre—. Solo vamos a visitar a un tipo.

—Acceso concedido.

El ascensor comenzó a descender, y en menos de un minuto estuvimos en el piso -9. Llegamos a un lugar donde había dos guardias afuera. Me revisaron por completo y luego accedieron a dejarnos pasar. Mientras caminaba a un lado de Evan solo podía pensar en que jamás imaginé que existiera un lugar como ese en una cárcel.

—¿Me puedes decir qué es esto?

—Es algo que solo conoce el gobierno —expresó mi padre—. Es una cárcel subterránea.

—¿Todos llegan aquí?

—Por supuesto que no. Nadie llega aquí; solo unos pocos.

—¿Cuántos?

—No mantenemos a más de quince —soltó.

Guardé silencio.

Nuevamente un pasillo blindado apareció frente a nuestros ojos. Había quince puertas, todas con una ventanilla pequeña. Desde adentro se escuchaban quejidos, también golpes en las paredes de metal.

—Puerta cinco —me indicó mi padre. Se quedó de pie al principio del pasillo y me hizo dirigirme hasta allí.

Habían pasado solo unos días desde que habían condenado a Vincent Hayden. Caminé sigiloso hasta encontrarme frente a la puerta. Me asomé por la pequeña ventanilla y, finalmente, lo vi. Estaba sentado en el suelo golpeando la parte trasera de su cabeza en la pared. Habían pasado apenas unos días y ya estaba mucho más delgado y pálido. La puerta se abrió y él de inmediato alzó la mirada. Nos quedamos mirando. Él desde el suelo y yo de pie.

—¿Qué demonios haces aquí? —su voz sonó rasposa.

Sus ojos parecían desorbitados, como si estuviese volviéndose loco.

—¿Viniste a sacarme? Por favor, sácame —me pidió. Rápidamente se puso de pie, pero al caminar unos pasos escuché una electricidad emanar de su cuerpo. Él cayó de nuevo al suelo, ahogó un grito de dolor y no volvió a moverse—. Esto es lo que querías —murmuró apenas.

—Así es —dije, por fin.

—Al menos estoy vivo —sonrió desde el suelo.

Volvió a intentar incorporarse y otra vez se puso de pie. Lo miré mejor: tenía una cadena en su pie izquierdo, que se conectaba a una pared blindada. En su mano se encontraba el aparato que le daba choques de corriente cuando hacía algo estúpido. El cual lo dejaba en el suelo por varios minutos.

—¿Vivo? —Reí.

La verdad, no me estaba causando nada de lástima verlo en las condiciones que estaba. Merecía eso, merecía que lo golpearan, merecía estar solo y golpearse a sí mismo. Merecía volverse loco, alucinar y no dormir por las noches. Merecía no comer, y que nadie pudiera verlo, porque se encontraba en un lugar que nadie en el mundo sabía que existía.

—No estás vivo, Vincent —solté, y él abrió sus ojos con exageración. Miró su pie encadenado y comenzó a forcejear con él—. ¿Sabías que estás en un lugar que nadie conoce? Morirás solo, morirás desquiciado e imaginando cosas que no existen. Ya estás malditamente muerto —Le escupí en el rostro y luego le di unas palmadas.

—Pero nada te devolverá a Bianca —soltó y luego comenzó a reír con frenesí.

—Estoy tranquilo con eso, ¿sabes? —Sonreí apacible—. Ella está en un lugar al que jamás podrás llegar. Ella te metió aquí, piensa en eso. Vivirás todos estos años sabiendo que ella fue quien se encargó de meterte aquí. Perdiste a Claire, a tu hijo que venía en camino, también tus millones y tu mansión. Ahora solo eres esto —dije con desdén—. Un saco de huesos lastimosos, sucio, cagado encima y un tipo despreciable.

—Sácame de aquí —suplicó—. Por favor. —Sus ojos se empañaron—. Por favor, sácame; haré lo que quieras.

Comenzó a caminar y recibió otro choque de corriente que lo lanzó al frío suelo. El grito llegó a su garganta.

—¡Por favor! —continuó moviéndose. Esta vez se arrastró. La corriente llegó a su cuerpo entre gritos—. ¡Ya deténganse! —gritaba con desesperación—. ¡Damián, por favor, haz algo bueno y sácame!

Corriente otra vez.

Escuché la voz de Evan decirme que ya era hora de salir de ahí porque comenzaría la rutina diaria. No entendí hasta que lo vi.

Cerré los ojos con escalofríos. Esperaba no tener que volver a ese lugar jamás, y esperaba que jamás Vincent saliera.

—Solo quería que vieras eso —dijo Evan, y yo asentí en silencio—. Lamento si fue muy duro.

—Está bien —articulé—. Es lo mínimo que merece.

—¿Cuándo te vas?

—Por la tarde.

Un año después

—No jodas, Rayo —solté.

Lo miré fijamente mientras el pequeño me observaba con confusión. Ladeó la cabeza y sus grandes ojos amarillos me siguieron.

—Te advertí cientos de veces que lo debías hacer aquí. —Indiqué la caja con arena—. No en la puta alfombra —dije molesto.

El pequeño gato gris me seguía hacia donde fuera como si nada hubiese pasado. Saqué una bolsa plástica y levanté el excremento de la alfombra.

—¡Encima pareciera que estás enfermo del estómago! —alcé la voz. Rayo se corrió unos centímetros atrás y con sus pequeñas patas comenzó a correr por el pasillo.

El olor era insoportable. Iba a tener que llevar la alfombra a algún lugar para que la lavaran. Puse detergente encima de la mancha y luego agua, escobillé hasta que se vio mejor y luego envolví la alfombra y la puse en el balcón.

«Miau», oí desde la sala.

—No mereces comida. —Lo señalé con el dedo, y él comenzó a restregarse por mis piernas y luego apoyó sus patas en mis tobillos.

No me gustaban mucho los animales, pero Rayo había llegado a mi vida en un mal momento, y por ningún motivo iba a dejarlo por ahí tirado. Era un gato callejero que vagaba por los alrededores de la torre Eiffel. Estaba solo y con frío. Y su color gris más su pelaje esponjoso me hacían viajar a esos ojos azules que tenían mis pedazos esparcidos por mi antigua ciudad.

El departamento que había conseguido hacía algunos meses era un poco más grande que el anterior. Al menos este tenía dos habitaciones y una cocina un poco más espaciosa, aunque en realidad no necesitaba tanto espacio. Me costó un poco hablar con la dueña del pequeño edificio para que me dejara tener a Rayo ahí, y prometí que se comportaría y ahora no estaba haciéndolo.

Había estado comunicándome con mamá y también con Evan. Se encontraban mejor y alegres por mí. Pensaban que había tomado una buena decisión al venir a París y no lanzarme de un décimo piso por el dolor irracional que sentía. El camino de «comenzar a sanar» todavía no iniciaba, pues no me había detenido todavía a inspeccionar mis recuerdos. Confiaba en que todo mejoraría y en que algún día recordaría a Bianca con una sonrisa. De a poco iba a sentir que todo tenía una razón de ser; aún no lo sentía, pero confiaba en que el maldito destino no me había dejado vivo por nada.

Owen y Daven mantenían la comunicación conmigo. Ellos me mantenían informado de lo que estaba sucediendo en la ciudad. Al menos Paige se encontraba mejor, Julie había encontrado un nuevo trabajo y Claire había vendido la mansión para irse a vivir a un departamento de soltera. No dejó su cargo en la universidad, pero se había tomado un largo receso, pues la depresión había podido con ella. No sé si decir que ella merecía sentirse así; solo me conformaba pensando en que todo estaba moviéndose al lugar correcto. Aunque me doliera hasta el último de mis sentidos pensarlo así.

—Iré a ver si encuentro un lugar donde laven alfombras —avisé.

Y en realidad no sabía por qué lo hacía, si el único que se encontraba ahí era el pequeño Rayo.

«Miau».

Tomé las llaves, mi chaqueta y salí del departamento. Era un edificio de apenas cuatro pisos, así que no teníamos ascensor. Bajé las escaleras y me dispuse a caminar en busca de algún lugar. Era domingo, un día bastante aburrido, ya que no trabajaba y no veía a los pocos amigos que había hecho.

Había encontrado trabajo en un restaurante mexicano. Había estado aprendiendo junto al dueño del lugar, quien me puso en la cocina. Eso me parecía infinitamente más divertido que lavar platos, al menos. Realizamos eventos para ocasiones especiales, y el horario me acomodaba. Otra actividad que adquirí para estar «mejor» fue ir al gimnasio y ahorrar para comprar una motocicleta.

Me había estado encariñando con Patrick, el dueño del restaurante, y la dueña del edificio en el que vivía. No quería que nadie más osara entrar en mi vida, no quería volver a sentir dolor ni tampoco preocupaciones. Así estaba bien y no dejaba de ser Damián Wyde. Prefería que nadie me jodiera porque me gustaba levantarme a las tres de la madrugada por un cigarrillo. Los bares cercanos eran mi lugar de encuentro con compañeros del trabajo. Me sentía cómodo con las personas que conocía, me sentía cómodo con estar sin que nadie volteara nada. Ya había dado un gran paso al haberme atrevido a adoptar a Rayo, pues me encariñaría con él.

Miré local por local, pero ninguno indicaba ser lavandería.

De pronto, mientras caminaba acercándome a la esquina, me quedé mirando la vitrina en donde había un sinfín de cosas para mascotas. Mis pies avanzaron, mi cabeza no. Fue en ese momento cuando choqué con alguien tan repentinamente que tuve que retroceder, aturdido.

Solo divisé que era una chica. Se encontraba sentada en el cemento y todo lo que llevaba se había escapado de sus manos. Libros, un par de papeles, además de dos cafés. Me costó percatarme de lo que había pasado. Ella se puso de pie mientras yo intentaba recoger el sinfín de papeles que traía consigo.

—Lo lamento —le dije algo avergonzado. Ella tenía las mejillas coloradas, no supe si por vergüenza o por molestia.

—Yo también, en serio —respondió mientras recogía un par de libros.

La miré con disimulo y me percaté de que sus manos estaban con tierra y su vestido había quedado lleno de polvo.

Su cabello rubio cubrió su vergüenza mientras se encontraba sacudiendo sus cosas.

—¿Estás bien? —pregunté.

—No —contestó. Su mirada chocó con la mía—. He roto un informe para el trabajo —se lamentó—. Perdón por lo estúpida que fui. Gracias por ayudarme con eso. —Me quitó unos papeles que ni siquiera me había dado cuenta de que no se los había pasado.

—Estás... un poco sucia —solté, y ella se quedó viéndose. Dio un leve suspiro como si quisiera calmarse—. ¿Necesitas ayuda con algo? —pregunté, porque yo había sido el menos perjudicado con el choque.

—No. —Sus ojos se empañaron y luego miró el suelo, directamente a los cafés.

—No es para tanto, solo son cafés —expresé. Ella levantó la mirada una vez más y apretó la mandíbula—. Ahí hay una cafetería, déjame comprarte otros.

—No entiendes —bajó la voz. Recogió ambos envases de café del suelo y los botó en un basurero cercano. La seguí con la mirada y ella volteó a verme—. Vamos, ve a comprarme esos cafés; son muy importantes —pidió con sencillez.

—¿Qué?

—Soy Violet Harris. —Se presentó mientras caminaba—. Y si no llego con esos cafés a la oficina, créeme que me despedirán de inmediato. Y no sabes cuánto necesito ese maldito trabajo —dijo confiada, como si me conociera desde siempre.

Reí sin entender demasiado. A pesar de que su vestido había quedado hecho un desastre, sus manos seguían raspadas y su informe había quedado envuelto en tierra y roto a la mitad, seguía digna y con una sonrisa inquebrantable en el rostro. Sus ojos verdes miraban al frente, y no le importó que su cabello rubio estuviese desordenado. Parecía un desastre en tacones floridos, caminando a toda velocidad en la acera para que le comprara dos malditos cafés; cafés que, según ella, le solucionarían la vida.

No pude evitar recordar cuando Bianca comenzó a hablar de cómo nos conocimos y nos burlamos de la situación tan cursi y menospreciada de cuando dos personas se encontraban en la mitad de la calle y chocaban, luego los libros de ella caían y así comenzaba todo.

¿Qué estás haciendo, Bianca Morelli?

—¡Dos capuchinos, por favor! —gritó mi acompañante. Se ganó unas miradas gratis de parte de chicos de la cafetería.

—Y dos cruasanes rellenos —le pedí a la chica que atendía.

—¿Algo más?

—No, gracias —contesté.

—¿Nombre?

—Damián Wyde —dije, y Violet se volteó a mirarme luego de haber estado inspeccionando toda la carta de la pared.

—Un placer conocerte, Damián Wyde.

—No sé si puedo decir lo mismo —respondí, y ella entrecerró los ojos—. Me has costado dos capuchinos y un cruasán.

—No pedí un cruasán.

—Soy amable. —Sonreí.

—Pues no te hubiese costado nada si hubieses ido mirando hacia el frente como las personas normales, ¿no? —Me observó seria.

Alcé una ceja y ella se quedó mirándome fijo.

—Empecemos de nuevo —propuse.

—De acuerdo.

—Digamos que te invité a un cruasán porque parecías una pordiosera con ese vestido envuelto en tierra —comenté.

Ella alzó las cejas, y levemente se le dibujó una sonrisa.

—Y digamos que yo te lo acepté porque luego de haber mendigado toda la noche en estas pintas, se me ocurrió aprovecharme de un pecoso envuelto en pelos de gato.

Hay personas que arman. ¿No, Bianca?

ESCUCHA LA *PLAYLIST* QUE INSPIRÓ ESTE LIBRO:

1. «Welcome to My Life» - Simple Plan
2. «Save You» - Simple Plan
3. «All I Want» - Kodaline
4. «The Night We Met» - Lord Huron
5. «Don't Forget Me» - Nathan Wagner
6. «In the End» - Linkin Park
7. «Atlantis» - Seafret
8. «Disconnected» - 5sos
9. «Ghost of You» - 5sos
10. «Jóvenes eternamente» - Pol 3.14
11. «Demons» - Imagine Dragons
12. «The Scientist» - Coldplay
13. «Hold On» - Chord Overstreet
14. «Train Wreck» - James Arthur
15. «Paradise» - Coldplay

AGRADECIMIENTOS

Un día Bianca me exigió contar su historia. Damián estaba atrás de brazos cruzados esperando que lo hiciera, y que, de paso, escribiera la de él. Y como buena autora (obligada por la presión creativa de medianoche) comencé a hacerlo. Debo confesar que siempre existieron en mi subconsciente y sabía que más temprano que tarde debía llevarlas al papel para que tú las conocieras (o para que dejaran de asfixiarme).

Esa es la razón por la que comenzaré agradeciéndoles a estos personajes por haber aparecido de forma estruendosa en mi vida (como una tormenta). Porque a través de ellos me permití expresar lo que un día me agobiaba; y contar la historia de jóvenes que han atravesado o están atravesando situaciones similares. Y porque gracias a Bianca y Damián me di cuenta de que crecí.

Agradezco a mi círculo cercano: mamá, papá, hermanos, mi pareja, amistades, y a mis compañeras y amigas de Wattpad. Saben lo agradecida que estoy por las grandes personas que son. Prometo siempre estar y nunca faltarles. Y si algún día les falto, me pueden encontrar en un librero, jeje.

También les agradezco a mis lectoras y lectores, sobre todo a aquellos que se vieron reflejados de algún modo en los protagonistas de este libro y tuvieron la valentía de escribirme, de desahogarse, de desquitarse. Gracias por confiar en mí. Mi buzón siempre estará abierto para ustedes, y estaré lista para escucharlos y enviar corazones virtuales (y parche curitas, por si los necesitamos).

Quiero decirles que no están solas ni solos. Lo prometo. Busquen ayuda, rompan el hielo y alcen la voz. Les aseguro que es el primer paso para sanar. No seamos indiferentes ante el dolor ajeno. A veces, todos necesitamos una mano (conocida o desconocida) para levantarnos.

ÍNDICE